【劉再復文集】⑬〈古典文學批評部〉

雙典批判

——對《水滸傳》和《三國演義》的文化批判

劉再復 著

題贈知己摯友再複兄

古今中外，洞察人文。
睿智明澈，神思飛揚。

——高行健，著名作家，諾貝爾文學獎獲得者。

煌煌大著，燦若星辰。
光耀海南，特此祝賀。

——李澤厚，著名哲學家、思想家。

一枝巨筆，兩度人生。
三十大卷，四海長存。

——劉劍梅，劉再復長女，香港科技大學人文學部教授。

出版說明

劉再復

香港天地圖書有限公司即將出版我的文集，二零二二年出齊三十卷，這是何等見識、何等作為、何等氣魄呵！天地出「文集」，此乃是香港文化史上的盛舉，當然也是我個人的幸事、大事，我為此感到衷心的喜悅。

我要特別感謝天地圖書有限公司。「天地」對我一貫友善，我對天地圖書也一貫信賴，我曾為天地圖書的傳統題詞：「天地遼闊，所向單純，向真，向善，向美。圖書紛繁，索求簡明，求質，求精，求好。」天地圖書的前董事長陳松齡先生和執行董事劉文良先生都是我的好友。和我情同手足的文良好兄弟雖然英年早逝，但他的夫人林青茹女士承繼先生遺願，繼續大力支持我的事業。此文集啟動之初，她就聲明：由她主持的印刷廠將全力支持文集的出版。三四十年來，「天地」歷經多次風雲變幻，對我始終不離不棄，不僅出版我的《漂流手記》十卷和《潔白的燈芯草》、《尋找的悲歌》等，還印發了《放逐諸神》和八版的《告別革命》，影響深遠。現在又着手出版我的文集，實在是情深意篤。此次文集的策劃和啟動乃是北京三聯前總編李昕（現為商務顧問）和天地圖書的董事長曾協泰二兄，他們怎麼動起出版文集的念頭我不知道，但我知道他們都是性情中人，都是出版界老將，眼光如炬，深知文集的價值。協泰兄和李昕兄商定之後，請我到天地圖書和他們聚會，決定了此事。讓我特別高興的是協泰兄拍板之後，天地圖書的全部脊樑人物，全都支持此事。天地圖書總經理陳儉雯小姐（陳松齡的女兒）直接代表天地掌管此事，編輯主任陳幹持小姐擔任責任編輯。其他參與「文集」編製工作的「天地」同仁經驗豐富，有責任感且好學深思，具體負責收集書籍、資料和編輯、打字、印刷、出版等事宜，讓我特別放心。天地圖書全部精英投入此事，保證了「文集」成功問世，在此我要鄭重地對他們說一聲謝謝。

閱讀天地圖書初編的文集三十卷的目錄之後，我的摯友、榮獲諾貝爾文學獎的著名作家高行健特寫了「題贈知己摯友再復兄：古今中外，洞察人文。睿智明澈，神思飛揚。」十六字評價，一言九鼎，讓我高興得好久。爾後，著名哲學家李澤厚先生又致賀，他在「微信」上寫道：「煌煌大著，燦若星辰。光耀海南，特此祝賀。」我的長女劉劍梅（香港科技大學人文學部教授）也發來賀詞：「一枝巨筆，兩度人生。三十大卷，四海長存。」我則想到四五十年來，數十卷書籍，至今之所以不會過時，多年不衰，值得天地圖書出版，乃是因為三十卷文集都是純粹的學術探索與文學創作，而非政治與時務。政治以權力角逐和利益平衡為基本性質，即使民主政治也改變不了政治的這一基本性質。我的所有著述，所有作品都不涉足政治，也不涉足時務，所以站得住腳，贏得相對的長久性。

我個人雖然在三十年前選擇了漂流之路，但我一再說，我不是反抗性的政治流亡，而是自然性的美學流亡。所謂美學流亡，就是贏得時間，創造美的價值。今天我對自己感到滿意的就是這一選擇沒有錯。追求真理，追求價值理性，追求真善美，乃是我永遠的嚮往。我對此無愧無悔。我的文集分兩大部份，一部份是學術著述，一部份是散文創作。無論是人文學術還是文學創作，我都追求同一個目標，持守價值中立，崇尚中道智慧，既不媚左，也不媚右；既不媚上，也不媚下；既不媚俗，也不媚雅；既不媚東，也不媚西；既不媚古，也不媚今。所謂中道，其實是正道，是直道，是大道。

最後，我還想說明三點：一是本「文集」，原稱為「劉再復全集」，後來覺得此名不符合實際，因為收錄的文章不全。尤其是非專著類的文章與訪談錄。出國之前，特別是上世紀七十年代末與八十年代初的文字，因為查閱困難，幾乎沒有收錄集子之中。所以還是稱為「文集」較好，可留有餘地。待日後有條件時再作「全集」。二是因為「文集」篇幅浩瀚，所以成立了一個編委會，我們不請學術權威加入，只重實際貢獻。這編委會包括李昕、林崗、潘耀明、陳松齡、曾協泰、陳儉雯、梅子、陳幹持、林青茹、林榮城、劉賢賢、孫立川、李以建、葉鴻基、劉劍梅、劉蓮。「文集」啟動前後，編委們從各自的角度對「文集」提出許多很好的意見，所有的意見都非常珍貴。謝謝編委們！第三，本集子所有的封面書名，全由屠新時先生一人書寫完成。屠先生是《美中郵報》總編。他是很有才華的追求美感的書法家。他的作品曾獲國內書法比賽中的金獎。

「文集」出版之際，僅此說明。

於美國科羅拉多州波德
二零一九年十二月三日

目錄

附錄

序言　地獄門前的思索

林崗

劉再復一九八九年去國遠遊時，正值學術研磨和積累的盛年。不少他的朋友為此惋惜，他自己也面臨前所未有的嚴峻人生考驗。然而，他的人生正是在顛沛流離的異國漂流中獲得了鳳凰涅槃般的再生，完成了心靈與精神生命的蛻變。二十年來，語言就是他的故土，語言就是他的祖國。時間和空間的阻隔並不能截斷由語言紐帶連接起來的文化與精神的通道，順着這條由聖哲先賢、先知前輩構築的神秘小道的指引，他接通精神血脈，在遙遠而陌生的土地抒寫心靈，尋覓人性，反思現實，探索歷史。一如二十世紀八十年代時那樣，他在文學創作和學問探索兩個方向用功，筆耕不輟。一面以飽含深情和智慧的詩性文字，綿延着文學的血脈；另一面以無畏的追求真理的精神，承繼着博學、審問、明辨、慎思的問學傳統。這二十年的文學創作有《漂流手記》、《遠遊歲月》、《西尋故鄉》、《獨語天涯》、《漫步高原》、《共悟人間》、《閱讀美國》、《滄桑百感》、《面壁沉思錄》、《大觀心得》等漂流系列散文，共十卷；而學術著作也在思想史、文學史和作家評論等數個方向上展開，先後出版有《紅樓夢悟》、《共悟紅樓》、《紅樓人三十種解讀》、《紅樓哲學筆記》等稱為「紅樓四書」的關於《紅樓夢》的四種評論，還有《現代文學諸子論》、《放逐諸神》、《高行健論》、《罪與文學》等多種著作，還有產生廣泛回響的與李澤厚的對談集《告別革命》和海外訪談集《思想者十八題》。劉再復的學術眼光在去國之後益加深邃，學術視野益加寬闊，學術境界亦進入純粹之境。近日讀到他剛寫完的新著《雙典批判》，更是深有感觸，他的思想鋒芒一如往日。

一

「雙典」是劉再復書中用語，指《水滸傳》和《三國演義》。今次，他把批評的矛頭指向幾乎是最多國人閱讀，最受讀者和通俗媒體追捧的古典小說。水滸和三國不僅被國人閱讀了數百年，而且被國人崇拜了數百年。如果不計閱讀質量而僅計算發行數量，筆者相信「雙典」是中國流傳最廣的古典小說，在《紅樓》、《西遊》、《金瓶》之上。文學批評關注的只是小說，要是算上說書、鼓詞、評彈、影視、漫畫、網絡遊戲等古老和現代的媒介形式，那《水滸》和《三國》的流傳程度，更是驚人。「雙典」浸潤了一代又一代的「三國迷」、「水滸迷」，餵養了一代又一代的「三國中人」、「水滸中人」；「雙典」既是語言文字載體的小說藝術，又和讀者的崇拜、批評的追捧、其他媒體的利用一起，構成一種文化現象。劉再復的《雙典批判》，以一人之力與這種文化現象抗衡，大有「雖千萬人吾往矣」的氣概。他提出的基本論點是具有震撼性的，對「三國迷」和「水滸迷」無異於當頭棒喝：

> 五百年來，危害中國世道人心最大最廣泛的文學作品，就是這兩部經典。可怕的是，不僅過去，而且現在仍然在影響和破壞中國的人心，並化作中國人的潛意識。現在到處是「三國中人」和「水滸中人」，即到處是具有三國文化心理和水滸文化心理的人。可以說，這兩部小說，正是中國人的地獄之門。

不過，劉再復是講道理的，他並不是故作驚人之論，也不是要跟中國無數的「水滸迷」、「三國迷」過不去，他只是把自己對作品真切的見解提出來，以喚起讀者的思索。哪怕是不認同劉再復的看法，也不要跳將起來，而是要平心靜氣，好好想一想，他提出的問題值不值得我們順勢檢討「雙典」的基本價值觀。文學作品是以潛移默化之力去影響讀者和人心的，也就是梁啟超說的「浸、熏、提、刺」的作用。藝術的水準越高，修辭越加精妙，如果它的基本價值觀是與人類的善道有背離的，那它的「毒性」就越大。就像毒藥之中加了糖丸，喝的人只嚐其甜味，而不知不覺毒素隨之進入體內。《水滸》和《三國》正是這樣藝術水準很高而修辭精妙的文學作品。劉再復雖然批判「雙典」，但並不否認「雙典」的藝術價值。而正因為它們的藝術性，才要將被偽裝包裹起來的有問題的文化價值發掘出來，並鄭重地指出來。用他的話說，這兩部小說的最大問題是，「一部是暴力崇拜；一部是權術崇拜」。

劉再復是以文化批判的眼光看待這兩部小說的，他把《水滸》和《三國》的文化現象放在漫長歷史演變中觀察，提出了「偽形文化」的問題。劉再復受史賓格勒的啟迪，從史氏《西方的沒落》中分析阿拉伯文化的「偽形」演變，而聯想到中國文化在歷史演變中的「偽形」問題。不過史賓格勒以為宗教力量的滲入是引起阿拉伯文化「偽形化」的原因，而劉再復在此基礎上再進一新解，認為中國文化的「偽形化」不是由於外部文化力量的融入滲透，而是由於「民族內部的滄桑苦難，尤其是戰爭的苦難和政治的變動」原因。筆者以為，這確實是一個對歷史有銳見的觀察。

晚清時期進化論思想瀰漫中國的知識界，以為努力進化，人生與社會也必將抵達一個盡善盡美的境地。章太炎先信後疑，提出「俱分進化論」，抗詰來自西方的這股「科學樂觀主義」。他懷疑「進化終極，必能達於盡美醇善之區」的看法，而以為「善亦進化，惡亦進化」。章太炎這種「惡亦進化」的思想，與劉再復《雙典批判》討論的文化「偽形化」，實在就是異詞而同指，「偽形」其實就是人類惡根及其文化在歷史演變中的積累和沉澱。反觀人類數千年的文明史，沒有任何理由認為歷史是只朝着道德至善的方向進化。在歷史演變過程中，人類的善根在發揚光大的同時，惡根也不甘示弱，所以人類的為禍也呈層級遞進之勢。這一點，中西皆然。「偽形文化」開了苗頭，也如同杯中茶垢一樣，日積月累，越來越厚，而人們的生活也因此而習非成是，如入鮑魚之肆，久而不聞其臭。歐洲史上，迫害異端是其文化的「偽形」之一。從羅馬帝國時期迫使不甘就範的基督徒徒手與猛獸搏戲於鬥獸場，到中世紀教廷對付巫女、異教徒的火刑柱，再到「二戰」納粹以工廠流水線的現代技術屠殺猶太人……這種迫害異端的「惡的進化」使人觸目驚心。

劉再復揭出「雙典」崇拜權術、崇拜權力的問題，在中國歷史上也是由來有自。從先秦諸子開始講「術」講「勢」，教導人主如何使用「詭道」，以四両撥千斤。同時，更重要的是大一統局面開創了巨大無比的官場舞台，供各色人主、人臣於其間長袖共舞。歷經兵燹人禍，朝代更迭，權力舞台如走馬燈來來去去，你方唱罷我登場。其間的殘忍苛刻、陰謀詭計不計其數，這種反覆進行的逆向淘汰，終於在元明之際結晶為它的「偽形」表述——敍述一場場勾心鬥角故事的文學文本，成就了一本中國人生的通俗教科書。任何一個有觀察能力的人，都不能否認小說《三國》與這種歷史和文化的聯繫，而這部小說之所以受到那麼多國人的追捧，亦只有從這種歷史和文化中才得到說明。北宋歐陽修作《新五代史》，就寫過一位與羅貫中筆下三國諸君貌異心同的人物，這就是歷事五姓九君而與孔子同壽七十三歲而亡的馮道。他的寡廉鮮恥真是堪當虛擬的文學形象與真實歷史人物的恰當匹配。怪不得歐陽修在《馮道傳》的序文中感嘆：「蓋不廉，則無所不取；不恥，則無所不為。人而如此，則禍亂敗亡，亦無所不至，況而為大臣而無所不取，無所不為，則天下其有不亂，國家其有不亡者乎！予讀馮道《長樂老敘》，見其自述以為榮，其可謂無廉恥者矣，則天下國家可從而知也。」從先秦諸子的講「術」講「勢」，至五代史馮道出神入化的運用，再到《三國演義》的薈萃提煉，或以為這就是權術文化的爐火純青，達到了極致了吧？孰知不然，它的當代演變還有更精彩的「集大成」。劉再復在《雙典批判》中提到他「文革」中痛切的經驗，知曉所謂「政治鬥爭三原則」：（1）「政治鬥爭無誠實可言」；（2）「結成死黨」；（3）「抹黑對手」。

這個總結，比之《三國演義》更畫龍點睛，也更有「現代性」。但是這種「現代性」不是使一個國家的政治邁向文明和人道的現代性，而是邁向萬劫不復深淵的「現代性」，也就是中國歷史文化演變數千年而沉澱下來的「偽形」。這是綿延不斷的「惡的進化」，這是講究權謀術數的渣滓。

同樣，對造反性的暴力無條件的崇拜更是中國歷史和文化演變而形成的「國粹」。暴力相向在人類歷史上也許是與人類相始終的現象，但是在倫理和道義上給予造反的暴力如此積極而正面的價值，在各大文明傳統中，恐怕是只此一家而別無分店。西方世界給予造反性的暴力在倫理上的首肯始於現代史上的法國大革命，而中國，筆者相信從神話至文明史的開端便是如此。如果這也是人類史本身一種倫理的「突破」，則中國文明無疑是先拔了頭籌。可惜的是這種「先知先覺」給中國社會帶來了深重的災難，也留下了沉重的倫理包袱。如何評價造反性的暴力在中國史上的意義，也許不是這篇短文能說清楚的。但是今天我們至少可以確定，它是一種災難性的「倫理突破」，它連同它造成的歷史災難確實應當喚起現代中國人反省此種政治倫理。從古至今一貫不容置疑的暴力造反的正當性，應當被放在現代政治倫理的天平上拷問。

當年齊宣王與孟子論起湯放桀和武王伐紂的事，因湯和武王都曾向桀和紂稱臣，至少是偽裝地稱臣，所以齊宣王略有挑釁地問孟子，「臣弒其君，可乎」？不料孟子起而強辯：「賊仁者謂之『賊』，賊義者謂之『殘』。殘賊之人，謂之『一夫』。聞誅一夫紂矣，未聞弒君也。」這段對話是中國政治倫理學史上的一個分界線。一夫是否可誅，這是一個可容辯論的問題。但從此以後，臣誅君、民誅官、下誅上，甚至彼誅此，都可以借助「誅一夫」的旗號進行而有了充分的道義正當性。孟子這種政治倫理觀念，不僅僅是他個人「好辯」的產物，而是表現了悠久的民族集體意識。比「誅一夫」更流行的古代口號無疑就是「替天行道」了，「一夫」的抹黑畢竟比不上「天道」那樣崇高而有美名。而比「替天行道」更通俗的現代口號是「造反有理」。「現代」的降臨伴隨着「天道」的隱替，「天道」無人相信了，當然就比不上「有理」更加鼓舞現代人心。至於有甚麼理，則無需說明，這「造反有理」的口號更帶着一股橫蠻無忌、勇往直前的「現代性」。「文化大革命」中，我們都領教過了的「最高指示」：「馬克思主義的道理千條萬緒，歸根結底就是一句話：造反有理。」造反有甚麼理，老人家還是沒有講出來，我們可以視作這代表了路人皆知而不必講的常識，連老祖宗的精華都可以歸結為一句話，那它不是日常生活的常識是甚麼？

翻開歷史，歷代揭竿謀反的豪傑之士無不利用「天意」來佐證暴力的正當性。喊着「帝王將相寧有種乎」口號的造反始祖陳勝、吳廣，當年便自書「大楚興，陳勝王」，將它塞入魚腹，置於魚肆，再暗使人取回剖開，示愚民百姓以為「天意」，又使心腹夜晚學狐狸叫說：「大楚當興陳勝當王。」將這種偽造的天垂示當作自己「替天行道」的證據。漢末張角行五斗米道，自編民謠，「蒼天已死，黃天當立。歲在甲子，天下大吉。」又使親信傳唱，以為民謠。元末紅巾軍謀反前，好事者先鑿一獨眼石人，刻上「莫道石人一隻眼，此物一出天下反」。然後趁着月色將它埋在即將開鑿的河道中，並預先散佈童謠「石人一隻眼，挑動黃河天下反」。待開河民工掘出石人後，謀反者群起煽動，以為上合天意，下符民心，由此而展開轟轟烈烈的元末群雄大起義。《水滸》所寫兩個造反的頭領晁蓋和宋江都善於運用此種由來已久的手法，證明嘯聚山寨、暴力揭竿的正當性。晁蓋等七人策劃取「那一套富貴」生辰綱時，晁蓋便向眾人說了自己的一個夢兆：「我昨夜夢見北斗七星，直墜在我屋脊上，斗柄上另有一顆小星，化道白光去了。我想星照本家，安得不利？」一個實際上的搶劫行為，經夢兆的打扮就成為「替天行道」的光榮。諸路好漢「小聚義」於梁山，經過一番推讓排定座次，宋江便津津樂道給他帶來災難的民謠：「『耗國因家木』，耗散國家錢糧的人，必是家頭着個木字，不是個『宋』字？『刀兵點水工』，興動刀兵之人，必是三點水着個工字，不是個『江』字？這個正應在宋江身上。」他的應聲蟲李逵聞聲跳將起來呼應：「好！哥哥正應着天上的言語。」無論古代的「替天行道」還是現代的「造反有理」，筆者相信，草根的復仇和被壓迫者原始的仇恨本身不能完全解釋為甚麼造反者的暴力在中國史上可以那麼血腥、殘酷，在此基礎上必須加上政治倫理的力量，才能說明它的血腥性和殘酷性。因為政治倫理就是意識形態，它給人的行動賦予正當性，當一個暴力行為被說成是「替天行道」或「造反有理」的時候，當事人便只覺得其合理，而不覺得其殘酷、血腥。當風雲際會，人們集合在這種正當性的旗幟下之時，人性中的暴力傾向就被組織化了，組織的力量便把暴力的災難推向更高的層級。人的良知和天性被這種意識形態層層遮蔽，往而不返。當我們觀察歷史上暴力現象的時候，深感可怕的甚至不是暴力本身，而是把暴力打扮得合理正當的這種「替天行道」和「造反有理」的意識形態。當我們從當代的暴力災難遠溯歷史的時候，就可以看到綿延而累代加強的這種文化的「偽形化」。此種「惡的進化」造就了中國文化中對造反性暴力的崇拜。

二

權謀術數，有人群存在的地方就有它的市場，本無足怪。但是由於有了《三國》，它獲得了生動而通俗的表達方式，耳濡目染，口沫手胝，於是造就了傳人無數；同樣揭竿謀反，得國家神器便有它的存在合理性。但是由於有了水滸，一紙風行，深入人心，鼓舞了多少「仁人志士」。它使勇者效法，「該出手時就出手」；它使心竊喜而怯者精神振作，「風風火火闖九州」。《三國》和《水滸》傳遞的拙劣的文化價值及其老少皆宜的魅力使得「雙典」成了國人「厚黑之學」最為通俗而引人入勝的教科書。在歷史上，「厚黑之學」教導出來的最成功的門徒其實就是中國最末一個朝代——清朝——的統治者。清人得以定鼎中原，《三國演義》之功不可沒。如果當年不是皇太極效法周瑜利用蔣幹盜書的反間計使崇禎殺害了滿洲聞之喪膽的明朝邊疆大將袁崇煥，清人的入關乃是難以想像的。說不定一部國史沒有甚麼「清朝」的字眼而只有「後金」。一本通俗小說開創了一個朝代，這樣的說法多少有點兒誇張，但是只有那些食髓知味的實踐者，才會對坊間的演義小說感激涕零，深知其價值。文學的作用從來就是難以估量的，我們無法將它數量化，也無法將它實證化，但這並不意味着文學的作用可有可無，看看「雙典」的風行程度，便可知它們潛移默化的力量是何等巨大。

對於《三國》和《水滸》其中的負面遺產，其實本來是應該好好清理的，尤其是一個國家邁向現代文明和建設現代生活的時候，崇拜權術和崇拜暴力可以演變成一個很嚴重的問題。劉再復的《雙典批判》提出一個很有價值的假設：「如果『五四』新文化運動不是把孔子作為主要打擊對象，而是把《水滸傳》

和《三國演義》作為主要批判對象就好了。」或以為歷史不能假設。當然過去了的事情不能重來，但通過假設我們能夠看清歷史，能夠分清善惡，能夠辨明義理。「五四」新文化運動是中國邁向現代文明社會的關鍵一步，胡適就認同「五四」新思潮是「重估一切價值」的思想運動。而被置於「重估」的那些價值中，恰恰是缺漏了《水滸》和《三國》，而儒家和孔子則被置於清算的火爐上烘烤。九十年過去了，事後想來確實覺得這是一個當年的「戰略誤判」。這個誤判或許與先驅者造反心理存在某些聯繫，對一切來自民間、來自大眾喜好的東西有一種不加鑒別的奉承傾向。陳獨秀提出文學革命的「三大主義」中，「平易」和「通俗」的文學就列入未來嚮往的目標。按照胡適白話文和陳獨秀「三大主義」的標準，《水滸》和《三國》與「五四」文學的區別，除了前者屬於古代的之外，其他並沒有衝突。由於它們的語言選擇和民眾喜愛，「雙典」逃過了「五四」文化價值的「重估」。不過，我們不能由此而苛求「五四」，中國社會的現代進程是漫長的，價值的「重估」也不可能是一蹴而就的。劉再復在新的社會現實條件下，提出「雙典」批判的話題，正是對「五四」「重估一切價值」精神的傳承，也是補足了「五四」未能完成的「國民性」檢討和批判的一課。

正如劉再復在《雙典批判》指出的那樣，魯迅很早就明確意識到《水滸》和《三國》與國民性的深刻聯繫。魯迅的話可以作證：「中國確也還盛行着《三國演義》和《水滸傳》，但這是為了社會還有三國氣與水滸氣的緣故。」沒有國民擁戴的基礎，任何小說都不能「盛行」。既然有「三國氣」、「水滸氣」，雙典代有傳人而子孫徒眾就不足為奇。不過可惜的是魯迅就此打住話頭。究竟甚麼是「三國氣」，甚麼是「水滸氣」也沒有明確道出來。把話挑明，「三國氣」其實就是權術氣、厚黑氣；「水滸氣」其實就是流氓氣、痞子氣。它們代表了國民性中陰暗而偽劣的部份，代表了人性中萬劫不復的深淵。《雙典批判》將《水滸》和《三國》這方面的問題擺在至善和人道人性的陽光下來討論，從小說的故事及其敍述中發現問題，將魯迅當年的問題意識推進到更加深入的境地。筆者覺得，劉再復提出「雙典」存在的暴力、權術和對女性態度這三大問題，實在值得好好檢討。

《三國》和《水滸》的成書並非像通行本署名的那樣是由羅貫中、施耐庵寫出來的，這已經是學術圈的共識。這兩部作品是由很多至今都不知名的說書者創始了眾多不同的流行話本或故事底本，再行由文人匯集、增刪、整理、潤色、編定而成的。也許是由於這個原因，這兩部古典小說集合了來自不同甚至矛盾的文化價值觀，但是它們最基本的層面、最大量的敍事確實是傳達出文化「偽形」的信息。劉再復將它概括為對暴力的崇拜、對權謀術數的崇拜和對女性的偏見和歧視，這並未冤枉「雙典」。《水滸》講述的是各式不同的江湖好漢揭竿造反的故事，而《三國》敍述的則是漢末群雄爭霸的故事。我們都會認同，故事的題材並不能決定故事講述所隱含的價值觀的選擇，所以「雙典」的文化「偽形」，崇拜暴力和權術，並不是因為故事的講述選擇了這樣的題材，完全是因為作者的敍事倫理，即由於作者在故事的講述中所體現出來的倫理觀念，它們認同或加強了故事角色那種違背至善之道的卑劣行為；或者至少是敍述者帶着褻玩的態度品賞故事角色的殘忍而偽善的行為。文學之所以潛移默化影響讀者，往往不是像宣傳那樣由外面灌輸，而是通過看似與故事本身天衣無縫結合在一起的敍述者傳達的敍事倫理，令讀者不期然地影照於眼前，默識於心。古人所謂詞曲小說移人心性，說的就是這回事。所以，「雙典」的暴力崇拜和權術崇拜問題，歸根到底是作者所持的敍事倫理違背了文明的原則，違背了人道精神。

莎士比亞四大悲劇之一的《麥克白》講述的是逆臣篡權弒君的故事。麥克白殺害無辜老王的行為不亞於梁山的好漢，而麥克白的陰險、權謀亦不讓於三國群雄。如果單以題材而論，《麥克白》的故事更加牽涉血腥、陰險和卑鄙，但是莎士比亞面對宮廷陰謀的題材，卻寫出譴責暴力和卑鄙權謀的不朽悲劇。如果以這一點與《水滸》和《三國》比較，兩者的根本差異就在於作者所持的敘述倫理的不同，不惟不同，簡直有霄壤之別。兩者的思想境界、人生境界、美學趣味，其差別有如天上人間。文學，如《麥克白》可以稱作偉大和不朽，而如《水滸》和《三國》則只能叫做流行和平庸。為了說明問題，不妨略加引用。第二幕麥克白刺殺了睡夢中的國王後，聽到了敲門聲，莎士比亞讓這位權慾熏心的逆臣來了一段道白：

> 那打門的聲音是從甚麼地方來的？究竟是怎麼一回事，一點點的聲音都會嚇得我心驚肉跳？這是甚麼手！嘿！它們要挖出我的眼睛。大洋裏所有的水，能夠洗淨我手上的血跡嗎？不，恐怕我這一手的血，倒要把一碧無垠的海水染成一片殷紅呢。

慾望、貪婪通向了可怕的罪行，而可怕的罪行通向了無休止的恐懼和心理紊亂，這恐懼本身就成了對罪行鐵板釘釘的確認。這段麥克白的獨白，既是角色的心理活動的表白，也是敘述者無言的譴責和批判。莎士比亞的類似筆法再現於第五幕麥克白夫人自殺的消息傳來，麥克白預感來日無多而作的一段詩一樣美的唸白：

> 明天，明天，又一個明天，
> 一天一天地躡步前行，

直到最後的一秒鐘。
我們所有的昨天，
不過替傻子照亮了通向死亡的路。
要熄滅了，要熄滅了，短促的燭光！
人生不過是一個行走的影子，
一個在舞台上指手畫腳的拙劣戲子，
登場片刻，就在無聲無息中悄然退下。
它是一個蠢人講的故事，
充滿了喧嘩和騷動，卻全無意義。

這既是麥克白由貪婪而引發的弒君篡位的邪惡行徑即將落幕收場時的悲鳴，又是對貪慾的哲學的反思，更是對罪行的審判。莎士比亞就是這樣，講述出來的事件本身和敍述者對它的態度是有清楚區別的，讀者能夠感受到莎氏對罪行的譴責和批判，道義的審判始終凌駕於題材本身。作為事件的故事雖然是陰暗的，但卻有一道人性和哲思的光芒照亮了這陰暗的地獄。敍述不是對弒君篡權的血腥陰謀的默認、玩賞和無評價的呈現，而是伴隨着最嚴厲的譴責、最富智慧的嘲弄和最富有道義感的審判，而這譴責、嘲弄、審判恰恰就是融化在對人物及其行為的敍述之中的。

以此反觀「雙典」的故事講述，則境界的高下立見。讓我們舉《水滸》所寫武松的例子。武松殺嫂獲罪流放到孟州，以義氣相感，效勞於營管兒子施恩，為報蔣門神侵奪家財而最後演出血濺鴛鴦樓的故事。這個報仇雪恨的事兒看起來頗有大義凜然的味道，但看過恩仇的來龍去脈之後，卻覺得施恩也是一個巧取豪奪之徒，他與蔣門神以及背後的張團練、張都監其實都是一丘之貉。施恩一家的發跡勾畫出一幅活生生的圖景，講出中國社會中靠着政治權力的庇護和暴力的威嚇從事壟斷經營而大發其財的秘密。武松效法於這種社會惡勢力，而醉打蔣門神，人雖勇而天良泯滅。作者卻將此事當成抗惡之舉，期望寫出武松義薄雲天的英雄氣概，何其善惡不分，良知泯滅而至於此！可以說武松的這種「義氣」全無價值，簡直就是流氓氣，若剔除了敍述者美化之詞，武松此舉充其量就是一個街頭流氓的所為，一個地頭惡霸的妄行。事件的敍述雖然生動，但筆者卻為作者的才華惋惜，因為作者欠缺至善的人生價值和慈悲憐憫之心，使得絕世的語言表現能力只能寫出一場街頭鬧劇。及至血濺鴛鴦樓，武松的行為更是令人髮指。一刀一個殺死的共十五個人之中，只有蔣門神等三人與事件有關，其餘都是無辜。對於這種不問青紅皂白的殺戮，敍述者讓武松殺戮之餘，留下自以為精彩神勇的一筆：「便去死屍身上，割下一片衣襟，蘸着血，去白粉壁上，大寫下八字道：『殺人者，打虎武松也。』」這裏寫的固然是角色的行為，表現了角色的無所畏懼，但作者的落筆也不可能是單純的角色行為，這角色行為本身便傳達出敍述者對此種行為的肯定和讚美。因為敍述者在這裏要表現的主要不是殺人行為的本身，除了手起刀落，也無太多細節。作者主要表現的是殺人殺得大義凜然，殺人殺得理直氣壯，殺人殺得神勇無懼。這角色的大義凜然、理直氣壯和神勇無懼本身，便包含了作者的殘忍、嗜血和善惡不分。劉再復在《雙典批判》中說：

> 中國的評論者和讀者，只求滿足自己的心理快意，忘了用「生命」的尺度即人性的尺度去衡量英雄的行為。當然，與其說忘了，不如說是根本沒有意識到，因為一種「嗜殺」的變態文

化心理已經成了民族的集體無意識。魯迅一再批評中國人喜歡看同胞們殺頭，骨子裏是血腥式的自私與冷漠，可惜沒有覺悟到。武松至今仍是中國人心目中的大英雄，他那些殺小丫鬟、小女兒和馬伕的血淋淋的舉動，是可以忽略不計的。

《三國》故事敘述所表現的倫理觀念，表面上看與《水滸》大有區別，好像《水滸》犯在善惡顛倒或善惡的界線不分，而一部《三國》忠奸邪正則自始至終念念不忘。但是掀開這層表象的區別，實質還是很接近的，「雙典」都病在敘述者價值觀的庸俗與淺薄。與《水滸》的善惡顛倒不同，《三國》的敘事倫理出在它的教科書心態，猶如自恃自家的寶貝，生怕世人不知，一件一件拿出來炫耀擺譜，玩賞小智權詐。作者猶如一位教匠，啟蒙教眾。當然我們也要承認，作者是出眾的教匠。教甚麼呢？自然是權謀厚黑一類。《雙典批判》說中了它的要害：「《三國演義》是中國權術的大全，機謀、權謀、陰謀的集大成者，是指它展示了中國權術的各種形態。全書所呈現的政治、軍事、外交、人際等領域，全都突顯一個『詭』字，所有的權術全是詭術。」它的忠奸邪正，以劉蜀為忠正，以曹魏為奸邪，這道統觀是外加上去的。無論忠奸，都奉權詐為宗，無論邪正，都是奸狡的豪雄。其中所寫的種種得意權謀，多數不見於正史，如桃園結義、貂蟬美人計、諸葛亮三氣周瑜、孔明借箭、蔣幹盜書、周瑜打黃蓋、劉備擲子、司馬懿詐病賺曹爽等，史書上並無一言道及。有的是根據正史一言半語或野史雜乘無根之談添油加醋而成，如三顧茅廬、曹劉煮酒論英雄和劉備種菜園子等。當然筆者指出這些，並不是認為史書所無，演義就不許虛構和添加，而是由此可以看出作者藉着中國官場或人生的一般經驗從中提煉而加諸《三國》人物的身上。而作者所注重添加的成份，恰恰是權詐陰謀一類。作者要把現實人生中種種權謀機變之道做一個集中的展示，以為後學效法之用。《三國》作者的這個用心，我們不能說它險惡，但至少是平庸，缺乏崇高的人生境界，缺乏人文的關懷；就歷史觀念而言，也是淺薄的，遠不如《三國志》或《晉史》。

劉再復的《雙典批判》還向我們提出一個「雙典」閱讀史的問題。《三國》和《水滸》以接近於現今的版本流傳，也有四百多年的歷史。而在這漫長的閱讀流傳史上，暴力崇拜和權術崇拜的閱讀，始終佔據了主流的位置。這固然是「雙典」的文化「偽形」和它自身的文化價值觀的問題，但是明清之際的評點家的推波助瀾也是要負上很大的責任，這同樣是一筆閱讀史上的宿債。正是他們當年漫無節制和不負責任的褒揚，形成了此後一代又一代讀者的「前理解」。而缺乏批判眼光的讀者，自覺不自覺便先入為主，接受他們的觀點。看一看至今都流傳不息的對武松和李逵的褒揚，看一看坊間層出不窮的「水煮三國」、「三國的商戰理念」、「三國官場之道」之類的書，就可以知道明清之際的評點家大有傳人。在《水滸》評點中，容與堂本署名李卓吾評本和貫華堂金聖歎評本影響最大，而流毒也最廣。劉再復的指出十分中肯：

> 李卓吾的水滸評點，其致命的錯誤是對暴力的化身李逵的崇拜。他之後，金聖歎延續這種崇拜，但他的第一崇拜對象是武松，並獻給他一個「天人」的最高桂冠。而李卓吾的第一崇拜對象是李逵，他獻給李逵的最高桂冠是「活佛」。

「天人」和「活佛」兩頂帽子戴在武松和李逵頭上，可謂荒唐至極。這兩人是《水滸》着墨最多而最為暴力的，作者對暴力的偏好很大程度上是藉着他們的故事傳遞出來。明清評點着力鼓吹兩人無道放縱的殺戮，可謂失教喪心，任性張狂，一如晚明攬妓縱酒的狂禪，是那個時代的精神病態。值得指出的是，其實金聖歎是看出《水滸》故事的殺戮性的，例如貫華堂本他寫的《序二》，說到水滸一百單八人：「其幼，皆豺狼虎豹之姿也；其壯，皆殺人奪貨之行也；其後，皆敲樸劓刖之餘也；其卒，皆揭竿斬木之賊也。」不過，水滸一干人，除宋江之外，他採取的是抽象否定，具體肯定的評點策略。他的上述認識並沒有體現在具體的文本評點之中。或許是那個時代他也有隱衷，對情之所鍾也不得不用虛與委蛇的手法遮掩一下，也未可知。但是他所遮掩的恰恰是絲毫不用遮掩的，而他肯定的恰恰是最不值得肯定的。他具體肯定最多的兩個人，恰恰就是《水滸》的兩架殺戮機器——武松和李逵。金聖歎此評為後世評點家開了惡例。這筆評點家不負責任的遺產，也是要好好清理的。

二十世紀八十年代在北京的時候，筆者知曉劉再復有一個學術研究的興趣點，他要寫一部自晚明西學東漸以來的中國人自我反省和自我認識的精神史。毫無疑問，他的這一學術興趣與「五四」新思潮的「重估一切價值」和批判國民性有內在的關聯。「五四」新思潮在這方面開了一個頭，也自有它深刻的地方，然而不能說已經盡善盡美，尤其是思考自己民族文化傳統中那些帶有負面價值的東西，批判而揚棄之，更是一個長期的課題。「五四」新思潮是過去了，但是它開創的民族自我反省的思想課題卻是未竟之業。劉再復的《雙典批判》是他對「五四」新思潮反思國民性的未竟之業多年繫懷於心的交代，也是他去國之後於顛沛流離之中矢志不移追求自己學術理想的創獲。他新著完成，囑我寫序文。我讀後有所感，於是便借題發揮，序不敢言，僅附於驥尾，與讀者分享閱讀《雙典批判》的所得。

二零零九年九月於中山大學

導言　中國的地獄之門

一、文學批評與文化批判

所謂「雙典」，指的是中國文學的兩部經典作品《水滸傳》與《三國演義》。所謂批判，是指文化批判，即價值觀批判，不是文學批評。

文化批判與文學批評是兩個很不相同的概念。文學批評的對象是文學，其批評標準，一是考察文學的精神內涵；二是考察文學的審美形式。我所理解的文學包括三大要素，一是心靈；二是想像力；三是審美形式。文學批評乃是對這三者的把握。而文化批判的對象則是蘊含於文學作品文本中的文化意識。它只涉及精神內涵，不涉及審美形式，它與心靈有關，但與想像力、審美形式無關。換句話說，在進行文化批判的時候，必須懸擱審美形式、想像力等要素，而直接面對文學作品的精神取向、思想觀念、文化意識、人性原則等價值要素。對「雙典」的批判，正是對其核心價值觀以及相關的思想文化意識的批判。

無論是文學批評還是文化批判，都是一種判斷。前者的重心是審美判斷（美），後者的重心是倫理判斷（善）。審美判斷不設置政治法庭與道德法庭，它的基本性質是康德所說「無目的的合目的性」。所謂無目的，是指無直接的、具體的功利目的，即無世俗的政治目的和道德目的。但是，它又合目的性，也就是符合人類生存、溫暖、發展、延續的總目的，也符合人性向真向善向美靠攏的總趨向。因此，真正美的東西，總是包含着最廣義的善。說文學「以美儲善」，指的正是廣義的善；說文學不是以美「揚善懲惡」，指的是狹義的善惡。文學不可把自身蛻化為道德說教。

倫理判斷不同於審美判斷。它是「有目的的合目的性」判斷。它不隱瞞自己的倫理目的。倫理作為巨大的體系，它至少應作政治性倫理（以「正義」、「權利」為目標）和宗教性倫理（以「善」為目標）之分，兩者均有鮮明的價值內涵，因此，倫理判斷實際上是一種價值判斷——價值觀、價值取向的判斷。文學批評乃是審美判斷，它的出發點是藝術感覺，不是概念。其關鍵是進入文本展示的審美世界，領悟其中的心靈內容和審美特點，不作政治道德價值判斷。而文化批判則要把作品中的倫理內容抽離出來，作為審視對象。它的批評出發點不是藝術感覺，而是維繫人類社會的共同的價值規範，即最廣義的合文明合人性的「善」。

初步區分之後，我們又會發現，文學批評與文化批判都涉及文學作品的精神內涵，兩者又有交叉與聯繫。以日本當代文學為例，要說文學的震撼力與影響力，首席作家應是三島由紀夫。但是，瑞典學院的諾貝爾文學批評家們寧可把光榮授予川端康成和大江健三郎，也不給予三島由紀夫，這是因為三島的暴力傾向，特別是他所鼓吹的武士道精神，不符合諾貝爾的價值理想（可理解為最廣義的善）。儘管三島由紀夫的作品具有藝術魅力，但他的暴力主義價值觀恰恰與人類永久和平的理想主義和普世價值觀背道而馳。因此，我們可以承認三島由紀夫是日本「二戰」後最有魅力的作家，但完全不能接受他的作品所蘊含的價值觀念與文化意識。相應地，我們也會作出判斷，他不屬於托爾斯泰這種建構精神高峰的偉大作家。

對於《水滸傳》和《三國演義》這兩部小說，從文學批評的角度說，應承認它們是非常傑出、非常精彩的文學作品，不愧是文學經典。金聖歎曾說，《水滸傳》寫了一百單八將而有一百零八個樣。僅此一點，就是了不起的文學成就。除了塑造一百零八個個性形象，還寫了其他數百個人物，要駕馭這麼多形象，很不容易。文學批評雖帶有主觀性，但並非完全沒有客觀標準。文學作品確實有高低之分、優劣之分。「劣」的小說寫一千個人物，也是「千人一面」；「優」的小說，哪怕只寫兩個人物、三個人物，也是兩個人兩個樣，三個人三個樣。《水滸傳》寫一百零八個人物，能寫出一百零八個樣，這就是藝術，這就是文學才能。金聖歎稱之為「大才子書」，它當之無愧。我們對《水滸傳》的文化批判，是在肯定其為傑出文學作品的前提下進行的。

《三國演義》也是一部精彩的長篇小說。對這部小說的語言、結構、戰爭場面描寫等方面的藝術成就的評價高低不一，但它塑造的人物形象，不管你喜歡不喜歡它，都應當承認，寫得非常成功。其主要人物諸葛亮、曹操、劉備、關羽、孫權、張飛、趙雲、周瑜、呂布、魯肅、司馬懿等，個個都可稱為別林斯基所說的「典型」形象。成書幾百年後，這些形象沒有被時間所沖淡，仍然活生生地站立在億萬中國讀者的眼前，這就很了不起。這部小說的戰爭場面、戰爭幕後的鬥智場面、宮廷鬥爭場面以及種種陰謀詭計都寫得十分精彩，令人難以忘卻。像貂蟬這樣一個「佳人」鬥敗兩個「猛人」（董卓、呂布）的場面，便是中國文學史上未曾見到的美人「與狼共舞」的藝術性很強的場面。這位美人在極其險惡的場景中上演的是東方「陰謀與愛情」的政治戲，隨時都可能人頭落地，但她冷靜應對，展示其千姿百態，無論是故作悲傷狀、故作驚訝狀，還是故作自殺狀，皆裝得出神入化，無懈可擊。小說描寫她「大鬧鳳儀亭」，對呂布又是言情，又是提醒，又是逼迫，又是裝着要跳水自盡，刺激其自尊心，每一步都在俘虜呂布和離間呂布與董卓的關係。這種美人征服英雄、弱女子捕獲兇猛虎狼的戲劇性描寫，的確引人入勝。從文學批評的角度上看，應當肯定，這種敍事藝術已達到很高的水平。但是，如果從文化批判的角度上看，我們則會發現貂蟬這個女子只是政治馬戲團裏的精彩動物。她很漂亮，很聰明，但沒有內心，沒有個體意識，沒有自由意志，只是政治鬥爭的工具，權力較量的棋子，並無自身的靈魂。說到底，她只是一個忠於主人（王允），甘心以姿色和身體報效主子的女奴。

《三國演義》和《水滸傳》這兩部作品，在中國文學史上，是小說成熟的標誌。中國小說的發展，大體上可劃分為三大階段。一是故事階段；二是話本階段；三是敍事藝術階段。雙典之所以能成為文學經典，就在於它標誌着中國小說進入敍事藝術的成熟時期。所謂敍事藝術的成熟，是指小說寫作已有語言的自覺、結構的自覺、手法的自覺，尤其是人物形象塑造的自覺。中國向來都把詩歌與散文視為文學的正宗，戲劇與小說則屬邪宗。《水滸傳》、《三國演義》問世之後，被視為「大才子書」（金聖歎評語），小說的地位得到很大的提高。作為文學作品，今天我們仍然應當肯定它的傑出性和藝術魅力，不可否定。然而，正因為「雙典」具有藝術魅力，蘊藏在作品中的毒素就更難被發現發覺，危害就更大。從這個意義上說，「愈是經典，愈要批判」的理念是對的，不管這是誰第一個說出來的。這一理念的意思是說，因為經典作品帶有巨大的藝術性，因此在時間風浪的刷洗中其魅力一直經久不衰，讀者按其習慣性的思維代代相傳，默默接受，在欣賞的快樂中已遺忘叩問與質疑，在無意識中已完全接受經典中的價值取向和精神毒素。這種毒素影響之大，是一般性作品無法比擬的。正是這樣，對經典進行必要的批判，指出經典中的黑暗面，質疑其價值取向的嚴重問題，便成了當代文化人的重要使命。

因此，可以承認《三國演義》與《水滸傳》是有才氣、有藝術魅力的「大才子書」，但是，我們又要拒絕這兩部作品中所蘊含的毒氣與血腥氣，從價值觀上指出：這兩部作品，固然是「大才子書」，但又是「大災難書」。一部是暴力崇拜；一部是權術崇拜。兩部都是造成心靈災難的壞書。《水滸傳》《三國演義》大約產生於明代永樂之後、嘉靖之前，即公元一五二二年前後。五百年來，危害中國世道人心最大最廣泛的文學作品，就是這兩部經典。可怕的是，不僅過去，而且現在仍然在影響和破壞中國的人心，並化作中國人的潛意識繼續塑造着中國的民族性格。現在到處是「三國中人」和「水滸中人」，即到處是具有三國文化心理和水滸文化心理的人。可以說，這兩部小說，正是中國人的地獄之門。

二、天國之門與地獄之門

以往談論中國古典小說，總是籠統地講「四大名著」（《三國演義》、《水滸傳》、《紅樓夢》、《西遊記》）或五大名著（再加上《金瓶梅》或《儒林外史》），沒有分清這幾部名著在精神內涵上的巨大差異。以《紅樓夢》為坐標，《水滸傳》、《三國演義》和它的區別可用「霄壤之別」與「天淵之別」來形容。襲用這兩個常用的概念來描述還不足以反映筆者個人感受到的差異。因此，我必須借用西方兩個著名的雕塑的名字來表述。一個是十五世紀意大利基伯提所作的「天國之門」；另一個是法國羅丹製作的「地獄之門」。對於中國人的人性之路而言，《紅樓夢》可稱為「天國之門」。甚麼是人性？人性是人對自身動物性的理性提升與詩性提升。人怎樣從慾進入情又從情進入靈？《紅樓夢》全作了回答。如果「天國」是指美好人性的終極歸宿，那麼《紅樓夢》正是導引我們走向天國的「天國之門」。書中的賈寶玉、林黛玉等，都是把我們引向天國的詩意生命，即幫助我們走出爭名奪利、爾虞我詐之地獄的詩意生命。而《水滸傳》與《三國演義》卻是中國人的「地獄之門」。中國人如何走進你砍我殺、你死我活、佈滿心機權術的活地獄？中國人的人性如何變性、變態、變質？就通過這兩部經典性小說。

羅丹的「地獄之門」，製作了三十七年，直到逝世還未完成。創作的靈感首先來自但丁，據說，坐在地獄頂上中央點的「思想者」就是但丁。但丁在《神曲》的開篇裏，根據貝德麗采（以往的情人，現在的女神）的囑託，跟隨詩人維吉爾來到地獄的門口，看到地獄之門刻着可怕的銘文，也就是地獄的定義：「從我這裏，進入悲慘之城的道路；從我這裏，進入永恆痛苦的道路；從我這裏，進入永劫人群的道路……你們走進這裏，就放棄一切希望吧。」按照但丁的定義，地獄便是希望之死，地獄之門便是毫無希望之門。說《水滸傳》與《三國演義》是地獄之門，也正是說，如果中國人沒有意識到這兩部經典的巨大病毒，繼續在其中沉浸，那麼，中國的人性將毫無出路。關於羅丹的「地獄之門」，寫過羅丹專著的里爾克（一八七五—一九二六）曾作如此描述：「羅丹放了幾百件手掌大小的人物塑像，表現了形形色色的激情，表現了滿足慾望的歡欣與自覺罪孽的深重。他創造了許多許多軀體，像群野獸般吃咬扭纏在一起。又如重物般往深淵裏墜落；這些軀體諦聽一如臉龐，躍動宛如胳膊，環環相扣，看上去彷彿花環與蔓枝。從一串串沉重的人體，從痛苦的根蘖，升起充滿活力的罪之津渡。」[1] 整個《水滸傳》和《三國演義》中的形象與情節，就像里爾克所見到的地獄之景，表面上看去彷彿是花環與蔓枝，實際上是一串串沉重的肉體環環相扣，相互吃咬扭纏，像重物般地往深淵裏墜落。

面對地獄般的生存狀態，作為思想者的羅丹與里爾克，頭腦是清醒的，他們展示與描述時，其基本

1 《羅丹：激情的形體思想家》中譯本，第四一頁，台北：時報文化出版公司，一九九八年。

點是批判的，其情感是悲哀的。而「雙典」的作者與讀者的態度恰恰相反，其基本點是謳歌的，其情感是禮讚的。也就是說，無論是作者還是讀者都沒有意識到「水滸中人」與「三國中人」處於地獄般的生存狀態之中，其價值觀念和文化觀念如同地獄一般沉重與黑暗。這種無意識，也就是潛意識。它說明，《水滸》與《三國》已進入中國人的深層文化心理結構，成為中國國民性的一部份。正是看到「雙典」嚴重地影響中國人的文化性格並成為中國人的集體無意識，所以筆者不得不面對「雙典」，對其核心價值觀提出根本上的質疑。這裏應當特別說明的是，第一個發現「雙典」與中國國民性相通的是魯迅。他在一九三五年就說：

> 中國確也還盛行着《三國演義》和《水滸傳》，但這是為了社會還有三國氣與水滸氣的緣故。[1]

魯迅這一論斷極為深刻，可惜沒有引起注意。魯迅的意思是說，中國人喜歡《水滸傳》與《三國演義》，是因為有其國民性基礎。即中國人的文化心理與之相通合拍。說得刻薄一點，是氣味相投。但魯迅只講到中國人樂意接受《水滸》、《三國》的原因，而未講另一面：《水滸》、《三國》產生之後又反過來強化中國的水滸氣與三國氣，又在塑造新的國民性格。這是一種惡性的互動：原有的國民性造成《水滸》、《三國》的心理基礎；《水滸》、《三國》產生後又使原有的國民性進一步惡質化。毫無疑問，

1　魯迅：《且介亭雜文二集．葉紫作〈豐收〉序》。

這兩部小說正在創造大群的、與自身氣息相通的讀者，這就是水滸中人與三國中人。特別是現代電影電視技術產生之後，穿越閱讀的障礙，這兩部小說更是大規模地掌握人心與同化人心。影片中《該出手時就出手》的主題歌正在成為新的人生基調，也正在塑造新的人格。可惜少有人反省。像李逵那樣出手排頭砍去卻毫無心理障礙，這意味着甚麼？

多年前，筆者曾經寫過一篇文章《誰在統治中國》[1]。自從《水滸傳》、《三國演義》誕生後，中國表面上看好像是帝王將相在統治，是總統元首在統治，其實不是。因為這些帝王將相、總統元首又被這兩本書所統治，所以真正在統治中國人心的，是這兩部書。我現在引證其中一段：

誰在統治中國？

筆者在這裏提出的是文化問題，不是政治問題。在政治層面上，無論是古是今，誰當皇帝誰執政，自然就是統治者，這是無須論證的。但在文化層面，誰是統治者？誰在統治中國，卻是一個大問題。誰在統治中國？我要回答：是兩部書的文化價值觀在統治中國，一部是《三國演義》，一部是《水滸傳》。可以說，從明代這兩部書產生之後，中國就逐漸被這兩部書所統治。到了現代，從上到下，都被這兩部書所塑造、所改造，並被書中的基本觀念主宰着。毛澤東雖然批判過《水滸》，但他批判的是宋江只反貪官、不反皇帝的投降主義。而腦子卻被《水滸傳》中的「造反有理」的基本理念所統治。至於《三國演義》，他有數以百計的「批示」，

1 收入《滄桑百感》，香港，天地圖書有限公司，二零零四年。

從諸葛亮的精緻戰法到張魯的道教社會主義，都極為欣賞。「五四」之後，中國從西方引入各種主義、各種學說，但都未能真正統治中國。唯有一九四九年革命成功之後，馬克思主義才在思想上取得幾十年的統治地位，被執政黨宣佈為統治思想，但是，馬克思主義在文化層次上真的統治了中國嗎？怕未必。或者說，在意識的層面上，中國人接受馬克思主義，但在潛意識層面上，則仍然被《三國演義》與《水滸傳》所統治。在「文化大革命」中，馬克思主義意識形態被推向歷史高峰，馬克思主義的千頭萬緒被歸結為一句話，就是「造反有理」，骨子裏還是《水滸傳》的基本思路。至於「文化大革命」中和這之前歷次政治運動中的暴力、權術、陰謀、橫掃一切的氣勢等更是來自《三》、《水》無疑。當年紅衛兵、造反派拉山頭、結幫派，打得你死我活，其殘忍程度讓人瞠目結舌，講的「革命路線」，實際上是《三國演義》中桃園結義的行為模式與準則。馬克思主義之外的其他主義與思潮，包括當今在大陸還常常談論的存在主義、結構主義、後現代主義、後殖民主義等等，都只能在很小的範圍內（主要是知識分子中的一部份）產生影響，可說是「無關大局」。而真正在影響、感染、掌握中國的世道人心的是《三國》與《水滸》。特別是這兩部小說改編為電視連續劇之後，其影響之大，更是難以估量。通過電視，《三國》與《水滸》再一次征服了中國的男女老少，再一次塑造了中國人的文化性格。這種塑造力與影響力是看不見的，但它勝過千軍萬馬。一九四九年之前，中國人的文化心理，就被《三國》、《水滸》所塑造，廣大的鄉村中到處都有關帝廟、趙公元帥廟。但是，這些人格神主要活動在鄉村，難以進入城市。而現在，《三》、《水》通過最先進的科學技術走遍世界上所有華人居住的地方，所到之處，都像英雄降臨，華族的新一代人再次被《三》、《水》所統治。

三、原形文化與偽形文化[1]

籠統地講四部古典名著，從人類文化學的角度上說，其錯誤是沒有分清一個民族的原形文化與偽形文化。本書要鄭重地說明：四部典籍中《紅樓夢》與《西遊記》屬原形文化；而《三國演義》與《水滸傳》則屬於偽形文化。

原形文化是指一個民族的原質原汁文化，即其民族的本真本然文化；偽形文化則是指喪失本真本然的已經變形變性變質的文化。每種民族文化在長期的歷史風浪顛簸中都可能發生蛻變，考察文化時自然應當正視這一現象。

把文化劃分為原形文化與偽形文化，首先是受到史賓格勒（Oswald Spengler）的名著《西方的沒落》一書的啟迪。此書的第十四章《阿拉伯文化的問題之一：歷史的偽形》和第十五章《阿拉伯文化的問題之二：馬日的靈魂》，講的正是文化的變形，也就是文化如何發生「偽形」現象。史賓格勒在論述阿拉伯文化與俄羅斯文化發生「偽形」的原因時，強調的是外因，是外來文化的入侵與影響。《西方的沒落》

1 本文借用史賓格勒「偽形」概念，並賦予對立項——「原形」，以構成原形文化與偽形文化的對峙性論述。以此框架內，原形文化指涉兩種涵義：一是原始標準化文化模式；二是原始本真性文化形態。前者可稱為原型文化，後者可稱為原形文化。本文雖指涉兩者，即兩者都可能發生偽形，但強調後者，因此論述中一律稱原形文化。歷史及某種原始文化形態的偽形是一個過程。其偽形的結果也可能產生偽形模式而變成標準化偽型。但為了避免概念的繁雜，本文放下「原型」與「偽型」，即使涉及模式，也都使用「形態」，不用「型態」概念。

台北中譯本的譯者陳曉林先生把史賓格勒的偽形文化思想作了如此概說：

> 阿拉伯的宗教與文化，一直錯綜複雜，迷離恍惚，為歷史學家所不敢問津。可是史賓格勒卻以兩個概念，「歷史的偽形」與「洞穴的感受」，一舉澄清了阿拉伯文化種種的迷霧。「偽形」本是一個礦物學上的名詞，意指：一個礦坑中原有的礦石，已被溶蝕殆盡，只剩下一個空殼，而當地層變化時，另一種礦質流了進來，居於該一殼內，以致此礦的外形與內質，截然不同。所謂「歷史的偽形」，即是指在阿拉伯文化尚未成形時，由於古典文明的對外擴張，武力佔領，以致整個被古典文明覆壓於上，不能正常地發展，故而其文化形態與宗教生命，皆一時被扭曲而扼抑，但古典文明其實已經血盡精枯，只剩下一個空殼，故而一旦阿拉伯文化在重荷之下脫穎而出，其基督教便立刻征服了整個的希臘世界。這同時也完滿解釋了伊斯蘭教，何以能以一個沙漠中的小派，倏忽興起，如飆風驟雨，席捲了偌大的領域。[1]

二零零一年，北京商務印書館再版齊世榮等六位先生的中譯本。關於「歷史的偽形」這一重大概念，此譯本則用「歷史上的假晶現象」來表述。且看定義「假晶現象」的一段文字：

> 一種礦石的結晶埋藏在岩層中。罅隙發生了，裂縫出現了，水份滲進去了，結晶慢慢地被

1 《西方的沒落》，齊世榮等譯，第三三零頁，北京，商務印書館，二零零一年。

沖刷出來了，因而它們順次只剩下些空洞。隨之是震撼山嶽的火山爆發；熔化了的物質依次傾瀉、凝聚、結晶。但它們不是隨意按照自己的特殊形式去進行這一切的。它們必須填滿可填的空隙。這樣就出現了歪曲的形狀，出現了內部結構和外表形狀矛盾的結晶，出現了一種石頭呈現另種石頭形狀的情況。礦物學家把這種現象叫做假晶現象。[1]

大陸的譯本第一版問世於一九六三年，台灣譯本問世於一九八五年。儘管從礦物學上說，譯為「假晶現象」十分準確，但我得到啟迪的則是台譯本的「偽形」概念。因為事關重大，我們不妨把陳曉林先生關於「假晶現象」的另一種譯法，也錄示於下：

> 在岩層中，本已嵌入了某一礦物的結晶體。當裂縫與罅隙出現時，水流了進來，而結晶體逐漸洗去，所以在一段時間之後，只剩下了晶體留下的空殼。然後發生了火山爆發，山層爆炸了，熔岩流了進來，然後以自己的方式僵化及結晶。但這些熔岩並不能隨其自身的特殊形式而自由地在此結晶，它們必須將就當地的地形，填入那些空間中。故而，出現了扭曲的形態，晶體的內在結構與外在形式互相抵觸，明明是某一種岩石，卻表現了另一種岩石的外觀。礦物學家稱此現象為「偽形」或「假蛻變」（Pseudomorphism）。[2]

1 《西方的沒落》，齊世榮等譯，第三三零頁，北京，商務印書館，二零零一年。
2 《西方的沒落》：陳曉林譯，台北，桂冠圖書公司。

儘管兩種譯法使用不同的概念，但都沒有離開原著的一個基本信息，這就是礦物的晶體在某種外部條件下會發生「假蛻變」現象，即出現扭曲的形狀，內部結構與外表形式相矛盾的現象。這種現象無論是稱作「假晶」現象也好，「假蛻變」也好，都是原晶體的「偽形」。史賓格勒把礦物學上的「偽形」現象引申到大文化的考察之中，用這一視角說明世界上多種文化變異現象，的確精彩而令人信服。

史賓格勒論述的重心是異質文化介入之後使原質文化發生「偽形」。中國文化也經受過異質文化的介入與衝擊。最重要的有兩次，一是古代佛教文化的傳入，一是近代西方文化的傳入，兩次都使中國文化發生某些變形，但是不是已造成「偽形」，則需認真研究後才能下結論。筆者現在可以說的是，第一次雖發生某些變形，但因為中國文化本身具有巨大的同化力，並沒有造成偽形。佛教文化在中國傳播後演化成中國的禪宗，它作為一種獨立的文化存在，並沒有導致儒、道這一主流文化的瓦解與徹底變質。至於邊陲少數民族文化（如蒙、滿文化）的入侵並在政治上獲得統治地位，更是被漢文化所同化。第二次異質文化的介入，以「五四」為大規模的起點（之前嚴復、梁啟超諸子的引介為小規模），至今雖有九十年，對中國的傳統文化的衝擊猛烈空前，但如何估量中國文化的變形變質，還需要時間。

應用原形、偽形文化區分的視角觀察中國文化，我們會發現一點，不僅是外來異質文化的衝擊會產生變動力，而且民族內部的滄桑苦難，尤其是戰爭的苦難和政治的變動，也會使文化發生偽形。以儒家文化而言，孔子的《論語》屬於儒家原形文化，但是經過漢代帝王的「獨尊」之後，變成統治階級思想之後便發生了第一次變形。到了宋明，經過幾派大儒的闡釋與發現，儒家文化進一步制度化，並發展出許多嚴酷的行為規範模式，如三綱五常、三從四德等等，儘管其中有王陽明偉大心學的出現，但儒家原典（原形）已經發生「偽形」了。「五四」新文化運動的先鋒們本意應是批判儒家的偽形，但在「打倒孔家店」的籠統口號下，有時分清，有時則沒有分清。分清時批判了婦女節烈觀和二十四孝圖等，反而使儒家原典的本來面目更清楚，分不清時則把孔子揭示的真理一概付之斧鉞。今天我們有了原形、偽形區分的意識，倒是可以繼續清除儒家偽形部份而重新開掘儒家原典的豐富資源。

如果說《論語》是儒家文化的原形，那麼《山海經》則是整個中華文化的形象性原形原典。它雖然不是歷史（屬神話），卻是中華民族最本真、最本然的歷史。它是中國真正的原形文化，而且是原形的中國英雄文化。《山海經》產生於天地草創之初，其英雄女媧、精衛、夸父、刑天等等，都極單純，他們均是失敗的英雄，但又是知其不可為而為之的英雄。他們天生不知功利、不知算計、不知功名利祿，只知探險、只知開天闢地、只知造福人類，他們是一些無私的、孤獨的、建設性的英雄。他們代表着中華民族最原始的精神氣質，他們的所作所為，說明中華民族有一個健康的童年。他們所做的大夢也是單純的、美好的、健康的大夢。關於《山海經》所體現的中國原形文化精神，筆者在二零零二年就說過：

《山海經》所凝聚、所體現的中國文化精神是甚麼呢？這裏，我必須用非常決斷的語言說，它體現的是一種「知其不可為而為之」的精神。「女媧補天」、「精衛填海」、「夸父逐日」、「后羿射日」等等，全是這種精神。天可以補嗎？海可以填嗎？烈焰可以追趕嗎？太陽可以射落嗎？都不可能。但遠古的英雄卻偏偏說：能！偏偏把不可能的事當作可能去爭取，去奮鬥。這就形成一種大精神。精衛是一隻小鳥，它嘴上所啣的樹枝那麼細微，而滄海卻那麼深廣浩瀚，這是何等巨大的反差，但是堅韌的生命不在乎這種反差。因為他們有一種原始的天真，不知計較成敗，不知計較得失，只知一往無前地進取。進取的過程是最重要的，結果倒在其次。生命的精彩全在爭取另一可能性的過程之中。我國古代的神話英雄，不僅知其不可為而為之，而且其所作所為的一切都是建設性的，都是為人間造福的。要麼是為世界填補空缺，要麼是為生民創造綠洲，要麼是為天下贏得安寧，要麼是為百姓治理洪水。這與後來《水滸傳》、《三國演義》中那些殺人英雄和玩弄權術陰謀的英雄完全不同……其實，真正的英雄是救人。而魯迅先生在《拿破侖與隋那》一文中批評過英雄崇拜的混亂與顛倒。隋那是牛痘疫苗的發明者，救活了無數孩子，而拿破侖則侵略了大半個歐洲，殺了無數人，也把自己的國民當作炮灰，但人們總是不斷地讚頌拿破侖而忘記隋那。所以魯迅批評說：「拿破侖的戰績，和我們有甚麼相干呢？我們卻總是敬佩他的英雄，甚至於自己的祖宗，做了蒙古人的奴隸，我們還在恭維成吉思汗」；「自從有了這種牛痘以來，在世界上真不知救活了多少孩子——雖然有些人大起來還是去給英雄們做炮灰，但有誰記得這發明者隋那的名字呢？殺人者在毀壞世界，救人者在修補它，而炮火資格的諸公，卻總是在恭維殺人者。」《山海經》中的女媧、精衛、夸父、后羿等都是世界的「修補者」，全是救人英雄。他們知其不可為而為的，全是修補世界的創造行為。[1]

我們說《紅樓夢》是中國的原形文化，不僅因為這部小說一開篇就緊連着《山海經》，（故事從女媧補天說起，主人公乃是女媧淘汰的石頭），而且因為《紅樓夢》中的主人公和他心愛的諸女子，以及浸透於全書的精神，都是《山海經》的精神與赤子情懷，都遠離《山海經》之後的泥濁世界，特別是

1　參見拙著《滄桑百感》，第二一六—二一七頁，香港，天地圖書有限公司，二零零四年。

巧取豪奪的世界。賈寶玉這個人也是知其不可為而為之，他用他的天真挑戰着一個龐大的泥濁世界，與夸父、精衛一樣呆傻。《山海經》所呈現的中國原形文化精神是熱愛「人」、造福人的文化精神，是嬰兒般的具有質樸內心的精神，《紅樓夢》連接、呈現並豐富化了的正是這種精神。《西遊記》的主人公孫悟空及唐僧所呈現的也是這種精神。孫悟空與唐僧所形成的心靈結構，是童心和慈悲心融合為一的結構。孫悟空如同不死的刑天，而唐僧則給他以慈悲的規範，即不可殺人的規範。唐僧所要造就的英雄是造福人的英雄。這一基本精神與《山海經》完全相通。因此，《西遊記》完全屬於中國的原形文化。

《水滸傳》與《三國演義》則不同。以《山海經》為坐標和參照系，我們便可發現這兩部小説發生了嚴重的「偽形」。其英雄已不是建設性的英雄，而是破壞性的英雄，其生命宗旨，不是造福人，而是不斷地砍殺人。他們不是要去「補天」，而是自己想成為「天」（《三國演義》）或打着替天行道的旗號無法無天（《水滸傳》）。他們已失去《山海經》時代的天真，或把天真變質為粗暴與兇狠（如《水滸傳》的李逵與武松），或埋葬全部天真與全部正直，完全走向天真天籟的極端反面，要盡心術、權術與陰謀（《三國演義》），人的全部智慧不是用於補天與填海，而是用於殺人與征服。《水滸傳》與《三國演義》這兩部書有襲用傳統的「忠義」理念，但沒有靈魂。兩部書都沒有精神指向。魯迅用「三國氣」與「水滸氣」來描述，實在是太恰當了。兩書中只有氣，沒有靈魂；只有情緒，沒有信念；只有政治沙場，沒有審美秩序。中國文化的原始精神，走到了「雙典」，便走到了「偽形」的高峰。

《水滸傳》與《三國演義》，一方面是中國英雄文化的偽形，另一方面又是中國女性文化的偽形。中國文化大系統中，它的早期有一個女性文化的原形。在此原形中，女性具有創世的崇高地位。這裏有上文已提及的《山海經》中的女媧，這個既補天又造人的創世者是女性。這是中國文化原形的偉大象徵。

在《山海經》中另一女性是填海的精衛，她原是炎帝的女兒，化為精衛鳥之後以填海為自己的目標，是「補天」的對應性行為。這說明中國女性在遠古時期地位非凡。而在西周時期，周人始祖后稷的母親姜嫄，又是神似的偶像。傳說她於郊野踐巨人足跡而懷孕生稷。《詩·大雅·生民》載：「厥初生民，時惟姜嫄。」《史記·周本紀》又記：「周后稷，名棄。其母有邰氏女，曰姜原。姜原為帝嚳元妃。姜原出野，見巨人跡，心忻然說，欲踐之，踐之而身動如孕者。」這一傳說，與《聖經》中的耶穌誕生的故事相似，耶穌的母親也是因神跡而受孕，後來成為聖母。可見在周代，中國生民只認女性為真正的創生者。到了戰國時期，最早出現的由老子創造的偉大哲學著作《道德經》，更是崇尚柔性、崇尚雌性、崇尚牝性的文化。其中「弱之勝強，柔之勝剛」，「以天下之至柔克天下之至剛」的思想，早已是眾所周知，而「知其雄，守其雌」（第二百八十一章）和「牝常以靜勝牡」（牝，雌性動物；牡，雄性動物。參見第六十一章）的「雌性優勝」理念則容易被忽略。老子雖然沒有直接談論婦女，但《道德經》的哲學整體的精神指向是重「水」性、重柔性、重雌性、重牝性則極為明顯。這位偉大哲學家在兩千五百年前就提出牝能勝牡，雌能制強，柔能勝剛，這就為女性能站立於大地而奠定了根本的哲學基礎。這一哲學啟迪我們，英雄文化不等於就是雄性文化。真正的英雄必須把握柔與剛、雌與雄、牝與牡的合情合理合勢關係，作為男性英雄，更應當充分尊重女性，看到自己往往不如女性。這種雌性優勝的哲學，是中國的原形哲學，是中國文化的真正精華。而《水滸傳》與《三國演義》則是這種哲學的變形變質。兩部經典都在崇尚雄性暴力的同時蔑視、仇視雌性，砍殺和利用女性（下文再細說），從而展示中國文化中最黑暗的一頁。

四、人性文化與非人文化——聶紺弩的假設和筆者的補充

區分原形文化與偽形文化之後，筆者想起內心崇敬的著名詩人、作家聶紺弩關於「五四」新文化運動的一個假設。這一假設他多次對我表明。他說，「五四」新文化運動要是高舉《紅樓夢》的旗幟就好了。「五四」新文化運動的基本點是批判的——批判非人的社會與非人的文化，但是，缺乏正面的旗幟（只好把尼采、易卜生等當旗幟）。其實，《紅樓夢》就是產生於中國土地上的關於人的偉大旗幟。他說：「《紅樓夢》是人書，人的發現的書，是人從人中發現人的書，是人從非人（不被當作人的人）中發現人的書。」[1] 聶紺弩這一見解是極其深刻的見解。「五四」高舉人的旗幟，以空前的力度揭露中國標榜仁義道德的舊文化乃是吃人的文化，但是，「五四」的思想先鋒忘記，中國的文化系統中卻有一部高舉「人」的旗幟的大書，可以作為正面的旗幟和參照系，這就是《紅樓夢》。聶紺弩晚年體弱難以走動，背靠小床只讀幾部古代小說，正如他的《自遣》詩所說的「自笑餘生吃遺產，《聊齋》、《水滸》又《紅樓》」。[2] 聶紺弩對《紅樓夢》和《水滸傳》均有許多精闢的、獨到的見解，而發現「五四」這場批判「非人」、「吃人」文化，以人為主題的文化大變革卻未能把《紅樓夢》這部人書作為旗幟的缺陷，更是了不起的極其深刻的見解。這一見解從根本上啟發了我。所以筆者寫了「紅樓四書」，把他的思想貫徹其中，期待《紅樓夢》雖不能成為「五四」旗幟但能成為中國人永遠的心靈旗幟。

1 《人民日報》一九八六年一月二十日碧森的文章：《老幼情深》。

2 羅孚編：《聶紺弩詩全編》，第一一三頁，學林出版社。

把《紅樓夢》這部人書作為「五四」的正面旗幟，這是聶紺弩的假設。被他的假設所啟發，我則作了第二假設：如果「五四」新文化運動不是把孔子作為主要打擊對象，而是把《水滸傳》和《三國演義》作為主要批判對象就好了。「五四」作為一個發現人的運動，包括三個層面的發現，即發現人、發現婦女與發現兒童（這是周作人的概說）。而《水滸傳》恰恰是不把人當人，無論是官府還是造反者均如此。水滸英雄直接吃人肉的有王英、張青和孫二娘等，更不說官府間接「吃人」了。至於婦女，無論是《水滸》還是《三國》，她們要麼是政治馬戲團裏的動物（如貂蟬、孫權妹妹孫尚香等）；要麼是被殺戮的對象（如潘金蓮、潘巧雲、李巧奴等）；要麼就是啞巴工具和武器（如扈三娘，只是打仗工具，沒有語言）。至於兒童，連四歲的無辜小衙內，也被李逵一斧砍成兩段。

因此，如果說，《紅樓夢》是真正的「人」的文化，那麼，「雙典」則是「非人」的文化，是人任人殺戮的文化。「五四」新文化的價值核心，用一公式表述是「人＝人」，而在「雙典」中，我們則看到「人≠人」的公式，公式裏包括集團之外的人不是人，女子不是人，兒童不是人。「五四」新文化運動高舉的是人的旗幟，而且還突出個人，尊重每一個體生命，是一個很偉大、很了不起的運動，它如果在樹立對象與打擊對象上作一轉換，以曹雪芹取代尼采，即以《紅樓夢》作為正面旗幟，而以「雙典」代替孔子而作為主要批判對象，那麼，它同樣會有震撼，而且能嚴格地分清中國文化的精華與糟粕，原形與偽形，其張揚的核心價值（人—個體價值）和打擊的核心觀念（人變成非人）都將更為明確而無可爭議。

筆者作這樣的假定，並不是想入非非。實際上在新文化運動展開的前夕，運動的旗手陳獨秀在一九一六年已和康有為論辯過。在康有為看來，中國風俗人心的頹敗，是「不尊孔」之故。陳獨秀不同意，寫了《孔子之道與現代生活》一文駁斥他。有意思的是，在駁難的文章中他卻透露出一個信息，認為風俗人心敗壞，莫大於淫殺，就是黃巢、張獻忠之輩的淫殺。只是這種淫殺屬於過去，在文明社會的今天已不再發生。他這樣寫道：

> 康先生與范書曰：「夫同此中國人，昔年風俗人心，何以不壞？今者，風俗人心，何以大壞？蓋由尊孔與不尊孔故也。」是直瞽説而已！吾國民德之不隆，乃以比較歐美而言。若以古代風俗人心，善於今日，則妄言也。風俗人心之壞，莫大於淫殺。此二者古今皆不免，而古甚於今。黃巢、張獻忠之慘殺，今未聞也。有稍與近似者，亦惟反對新黨贊成帝制孔教之湯薌銘、龍濟光、張勳、倪嗣沖而已。古之宮廷穢亂，史不絕書。防範之策，至用腐刑。此等慘無人道之事，今日尚有之乎？古之防範婦人，乃至出必蔽面，入不共食；今之朝夕晤對者，未必即亂。古之顯人，往往聲妓自隨，清季公卿，尚公然蓄嬖男寵，今皆無之。溺女蠻風，今亦漸息。此非人心風俗較厚於古乎？[1]

關於世道人心，是今不如昔還是今勝於昔？暫且不論。但陳獨秀既然認定「風俗人心之壞，莫大於淫殺」，並認為黃巢、張獻忠屬於淫殺慘殺之名手，（只是「今未聞」）那麼，把《水滸傳》中的「淫殺」作為主要批判對象，便不是奇想天開。陳獨秀拒絕康有為「尊孔」的妄説可以理解，但走向另一極端，

1 《陳獨秀文章選編》（上），第一五六頁，北京，三聯書店，一九八四年，原載《新青年》二卷四號。

把孔子作為風俗人心敗壞的總根而放過黃巢、張獻忠等，則大有可商榷之處。

聶紺弩「假設」雖然沒有使用原形文化與偽形文化的概念，但他作為一個熱愛《資本論》（其讀本至今還保存在筆者手裏）、相信馬克思主義的作家，實際上是信奉一個民族具有兩種文化的觀點（列寧提出過「兩種文化」思想）。也就是相信，中國在自己的傳統中具有最優秀的文化資源。「五四」新文化運動的歷史功勳不可抹煞，但它對傳統文化缺少真偽的分辨卻是巨大的缺憾。如果當時的新文化先覺者能用「原形」與「偽形」的視角去觀察傳統，那麼，他們一定會發現，不僅上述的中國的英雄文化和女性文化發生了「歷史的偽形」，而且中國的道德文化也發生了嚴重的偽形。以孔子、孟子為代表的在先秦時期創造的道德文化是這一文化體系的「原形」，到了宋明，則有一部份發揚了原形，無論是程朱理學還是陸王心學，都有一大部份是孔孟倫理學的發揚光大，但是也有一部份發生「假蛻變」，例如「存天理、滅人欲」觀念，「餓死事小，失節事大」的觀念，三綱五常、三從四德行為模式等等，就屬偽形，至於後來所形成的婦女節烈觀（包括立牌坊的反人性的行為）以及「二十四孝圖」等愚孝行為語言，更是拙劣的變形。「五四」新文化運動的初衷，打擊的其實是偽形的孔子和偽形儒家倫理，並非孔子的原典（《論語》原形），可惜由於理論準備不足，只能籠統地提出「打倒孔家店」的口號，從而把儒家的原形與偽形一起掃蕩。《水滸傳》與《三國演義》中的英雄及梟雄們不像後來的太平天國革命，公開打擊儒生，摧毀孔廟，他們倒是紛紛高舉忠義的倫理旗幟，但是，其倫理文化卻全面變質，無論是《水滸傳》的「聚義」、「忠義」，還是《三國演義》的結義，都是「義」文化的偽形。當然，聶紺弩的假設和我的補充假設，只是假設而已。歷史已翻開新的一頁，筆者的假設也超越了「五四」，而從廣闊的角度說明正在進行的「雙典批判」的意義。

五、黑暗王國與光明個案

儘管我以明確的語言進行「雙典批判」，但仍然必須說明，除了肯定小說的文學成就之外，在價值觀的批判中，我也並不是否定小說中一些具有人性光輝的人物與細節，可惜這種人物與細節過於稀少。就《水滸傳》而言，能讓人感到人性溫暖的只有一個人，這就是魯智深。他是唯一的一個，第一個道破這「唯一」二字的，是台灣大學中文系的樂蘅軍教授。她在《古典小說散論》裏如此論說魯智深，很值得我們整段引證而加以細讀：

魯智深原來是一百零八人裏唯一真正帶給我們光明和温暖的人物。從他一出場不幸打殺鄭屠，直到大鬧野豬林，他一路散發着奮身忘我的熱情。固然魯智深同樣不能免於殺戮，但「時常行善而不犯罪的義人，世上實在沒有」（舊約傳道書）。況且有甚於此的，他正義的赫怒，往往狙滅了罪惡（例如鄭屠之死，瓦官寺之焚）。在他慷慨胸襟中，我們時感一己小利的局促（如李中之賷藥和送行）和醜陋（如小霸王周通的搶親）；在他磊落的行止下，使我們對人性生出真純的信賴（如對智真長老總是坦認過失，如和金翠蓮可以相對久處而無避忌，如梁山上見着林沖便動問「阿嫂信息」），這是如武松者所不肯，如李逵者所不能的）。而超出一切之上的，水滸賦給梁山人物唯一的殊榮，是魯智深那種最充分的人心。在渭州為了等候金老父女安全遠去，魯智深尋思着坐守了兩個時辰；在桃花村痛打了小霸王周通後，他勸周通不要使劉太公養老送終，承祀香火的事「教他老人家失所」；在瓦官寺，面對一群襤褸而自私可厭的老和尚，雖然飢腸如焚，但在聽說他們三天未食，就即刻撇下一鍋熱粥，再不吃它——這對人類苦難情狀真誠入微的體悟，是水滸中真正用感覺來寫的句子。這些瑣細的動作，像是一陣和煦的微風熨帖地吹拂過受苦者的灼痛，這種救世的憐憫，原本是締造梁山泊初始的動機，較之後來宋江大慈善家式的「仗義疏財」，魯智深這隱而不顯的舉動，才更觸動了人心。水滸其實已經把最珍惜的筆單獨保留給魯智深了，每當他「大踏步」而來時，就有一種大無畏的信心，人間保姆的呵護，籠罩着我們。金聖歎認為魯智深雖是上上人物，卻總有一大段不及武松、李逵（讀第五才子書）完全是任性的評論。[1]

樂教授這段精闢精彩的論說比金聖歎高明，是她分清了魯智深與武松、李逵的不同，這不同，不是魯不及武、李，而是具有武松、李逵所沒有的人性光輝。樂教授判斷：「魯智深原來是一百零八人裏唯一真正帶給我們光明和溫暖的人物。」這一判斷不是武斷，而是極有見地、極為準確的人物鑒定和小說整體把握。能給讀者帶來光明與溫暖的人物，是「唯一」的，只有一個。我們不能全盤否定《水滸傳》的人性光輝，就因為它還有魯智深在，我們所以要態度鮮明地批判《水滸傳》，就因為它太缺乏光明與溫暖，可惜在魯智深之外，具有太濃重的黑暗、冰冷與殘酷，包括主要英雄武松與李逵，也是太多令人難以容忍的兇殘、冰冷與黑暗。看不到武松、李逵的黑暗，還籠統地賜予英雄的稱號，這不僅僅是金聖

1《古典小說散論》，第八八—八九頁，台北，大安出版社，二零零四年。

歎的盲點，而且是《水滸傳》誕生之後，一代又一代無數讀者的盲點。

除了有魯智深這樣的光明個例之外，《水滸傳》還用無是無非、無善無惡的筆觸描寫了一段宋徽宗的情愛故事，無意中透露了一線人性光輝。在充滿道德法庭的中國社會裏，一個身居社會塔尖的皇帝也是沒有自由的，他竟然必須挖地道去私會身為妓女的情人。如果作者暗示，這是尤物誤國，也設置一個道德法庭對宋徽宗和李師師進行道德裁判，那將是大敗筆。但施耐庵沒有這樣做，他只是如實地娓娓道來，無褒無貶。在充滿血腥味的小說框架裏，居然還穿插了這樣一段具有人間性情的故事，一個皇帝為了追求情愛，可以上天下地的故事。這種富有人性的情節，沒有落入「慾望有罪」的邏輯中，真是精彩。對於這種個例，當然應在我們的文化批判範疇之外。可惜，尊重人性和人的慾望的權利，不是「雙典」的基調。

上部：《水滸傳》批判

第一章 社會性「造反有理」批判

——《水滸傳》小邏輯質疑

一、《水滸傳》的兩大基本命題

《水滸傳》文化，從根本上，是暴力造反文化。造反文化，包括造反環境、造反理由、造反目標、造反主體、造反對象、造反方式等等，這一切全都在《水滸傳》中得到呈現。我在本書所要講述的是蘊含於小說文本中的兩大基本命題：

一是：造反有理。

二是：慾望有罪。

這兩大命題，也可稱為兩大水滸邏輯。《水滸傳》是小說，不是理論著作，因此，這兩大命題不是直接由概念表述的顯命題，而是蘊含於全書之中的潛命題，是通過全部形象與情節揭示的根本觀念與根本邏輯。

第一基本命題，事實上是這樣一種公式與邏輯，即「凡是造反的都是合理的」。德國哲學家黑格爾曾提出一個著名的命題，叫做「凡是存在的都是合理的」，借用他的表述方式，我們可以把《水滸傳》邏輯歸結為「凡是造反的都是合理的」。僅此命題並不可怕，最可怕的是這一邏輯的實際內涵是「凡是造反使用任何手段都是合理的」。

《水滸傳》中的造反，可區分為兩種不同性質的大類型，一是社會性造反；二是政治性造反。前者是反社會，後者是反政權。前者反社會規範，反社會的不公平現象，雖也涉及貪官，但不指向皇帝，即不指向最高政治權力核心，不致力於改變政權結構。後者則從根本上改變政治結構與權力系統。《水滸傳》兩者都涉及。儘管宋江確有「只反貪官，不反皇帝」的思路，但整個造反行動，在實際上指涉了社會也指涉了政治權力中心。其「造反有理」的邏輯貫穿於兩者之中。

第一個基本命題的兩類造反均涉及英雄觀，第二基本命題則涉及婦女觀。認定「慾望有罪」，實際上是認定生活有罪。《水滸傳》中的英雄把婚外戀甚至把青年男女的愛戀視為罪惡。他們的仇恨，一面指向官府，一面則指向有情女子。其雙刃劍，一邊砍殺官吏，一邊砍殺所謂「淫婦」。官而貪，可殺；婦而淫，更可殺。貪是惡，淫更是惡，甚至是惡之首，絕不可恕。《水滸傳》英雄的暴力是雙向的，一面指向強者，一面指向弱者。指向女子這些弱者時，英雄們不是反政府，也不是反社會，而是反生活。這一點，《水滸傳》文化表現為極端主義。他們可以放掉頭號仇人高俅（小說中有高俅被梁山所俘然後又放他回京的情節），但絕不會放過有婚外戀的女子。其對女人的仇恨甚至超過對敵人的仇恨。如果說，在第一命題上，《水滸傳》設置的是政治法庭，那麼，在第二命題中，設置的是空前嚴酷的道德法庭。「雙典批判」，是對此雙重法庭的反思。

二、兩種不同質的造反

在對第一基本命題進行批判之前，首先應當說明的是，筆者並非籠統地否定一切造反，也並非否定許多革命包括暴力革命的歷史合理性。革命有廣義與狹義之分，有暴力與非暴力之分，有社會性、政治性、文化性、種族性、宗教性之分，造反也是如此，對於任何一個革命、造反事件，都應放在具體的歷史語境中，做具體的分析，不可做籠統的本質化的判斷。筆者對《水滸傳》第一基本命題的批判，鋒芒指向的是暴力造反。但這不是否定宋代農民起義的歷史合理性，而是批判《水滸傳》中所顯示的暴力崇拜和造反旗號下的反人性的黑暗手段。

就最廣泛的意義上說，一切反抗都帶有造反性質與革命性質。人受壓迫了，為甚麼不反抗？魯迅早就這樣說。魯迅甚至說：「所謂革命，那不安於現在，不滿意於現狀的都是。」（《集外集．文藝與政治的歧途》）還說：「其實『革命』是並不稀奇的，惟其有了它，社會才會改革，人類才會進步，能從原蟲到人類，從野蠻到文明，就因為沒有一刻不在革命。」（《而已集．革命時代的文學》）魯迅這裏所說的革命，顯然是最廣義的革命，與「改革」的意思差不多。這種「沒有一刻不在革命」的變革當然是天經地義的，比這更激烈一些的對於壓迫的反抗，也是天經地義的。因此，談論「造反」、談論「革命」時，對於語義的界定就顯得非常重要也非常必要。就魯迅本身來說，他是一個傳統文化的大造反者，甚至被稱為「革命家」，但是，他聲明，「革命是並非教人死而是教人活的」（《二心集．上海文藝之一瞥》）。「無產者的革命，乃是為了自己的解放和消滅階級，並非因為要殺人……」（《南腔北調集．辱罵和恐嚇決不是戰鬥》）基於這種認識，魯迅批判李逵那種「排頭砍去」的以殺人為大快樂的造反。作為一個最清醒的思想者，魯迅還分清兩種不同質的造反，一種是改革者的造反，另一種是寇盜式的造反。他在《再論雷峰塔的倒掉》一文中劃清了這兩種造反的界線。說明區別的要點在於前者有理想之光的照耀，後者則沒有。在魯迅生活的年代，曾到中國進行多次演說的英國哲學家羅素在談論造反時，其思維方式與魯迅相通，他分清了貴族性造反與農民性造反的區別。在《西方哲學史》第二篇第二十三章（《拜倫》）中，他說：「拜倫在當時是貴族叛逆者的典型代表，貴族叛逆者和農民叛逆者或無產階級叛亂的領袖是十分不同的類型的人。餓着肚子的人不需要精心雕琢的哲學來刺激不滿或者給不滿找解釋，任何這類的東西在他們看來只是有閒富人的娛樂。他們想要別人現有的東西，並不想要甚麼捉摸不着的形而上學的好處。……有足夠吃的就是善，其餘的事情是空談。沒有一個挨着餓的人可能會有旁的想法。……貴族叛逆者既然有足夠吃的，必定有其他的不滿的原因。」[1] 羅素說明，農民的造反乃是為了生存目的（吃飽飯）的造反，而貴族造反則超越生存目的而追求更高的目的，如擴大權力或擴大存在意義的目的等。羅素是從哲學史的視角來觀察造反行為的，無論我們是否贊成他的觀點，注意造反具有不同性質是絕對必要的。

回到《水滸傳》的本題上來，我們首先要肯定從終極意義上說，反抗人對人的壓迫與剝削，具有天然的合理性，屬於天經地義。就以《水滸傳》而言，小說一開篇描寫林沖的故事，說明「官逼民反」的道理，即林沖的造反是有理由的。林沖受到高俅、高衙內如此迫害，無論林沖如何退讓，權勢者還是要把他置於死地。對此，凡正直之心都不能不感到義憤，都不能不支持他的反抗與鬥爭，尚有不滿，只是覺得林沖過於懦弱，過於猶豫。林沖的命運，典型地反映中國社會無路可走、無處安生的大黑暗。一旦擁有絕對權力，就視百姓為豬狗，利用權力欺壓人民，以至在光天化日之下搶奪他人妻子，連一個禁軍教頭的妻子也無處逃生。為了達到目的，權勢者還可以使用一切卑鄙手段，以至反讓被損害者蒙受天大

1 《西方哲學史》中譯本下冊，第二九四—三零三頁，北京，商務印書館，一九八二年。

罪名，被放逐到天涯海角。林沖已被剝奪了一切，流落到風雪邊境，但權勢者的屠刀還是不放過他。他不僅哭訴無門，而且生存無地。一個高級軍官，其命運尚且如此，更何況平民百姓。就林沖來說，他真正是被逼上梁山的。他上梁山——造反，具有充分的理由，即具有充分的現實合理性。中國歷史上許多暴力革命，也具有歷史合理性。

本書批判「造反有理」的命題，選擇《水滸傳》作為批判對象，但不選擇《西遊記》，反而認為《西遊記》也是連接《山海經》的原形文化。其實，《西遊記》也寫造反，其主角孫悟空正是大鬧天宮的造反英雄，但是，對於孫悟空的造反和孫悟空的整個形象，我們只感到無可非議，他的整個形象不像李逵、武松那樣可怕，倒是讓人感到可愛。這種總感覺的背後，是造反性質與手段的區別。造反具有不同的質，無論是目的還是手段，都具有不同的質。我們先不說他大鬧龍宮、大鬧天宮的理由，只說他整個生涯（包括前期的造反和後期的取經），有一個最重要特徵：不濫殺無辜。無論是大鬧龍宮、天宮還是到西天取經的征途中，他從未砍殺過任何一個無辜百姓。他經歷了無數戰鬥，打擊了許許多多妖魔鬼怪，但止於打妖孽，絕不傷害平民百姓。因為他身邊有個師父叫唐僧，師父有個緊箍咒，這是對孫悟空的制約，是孫悟空的行為規範。緊箍咒這個聖物與象徵物，象徵着造反（取經過程中打擊妖魔和騙子，也屬造反）必須具有行為準則和道德邊界。任何鬥爭都不可胡來，不可濫殺無辜。吳承恩將自己的造反英雄引向另一條歷經千辛萬苦的征途，並為他設置了一個師父和一個緊箍咒，這是一種天才的結構。吳承恩的智慧和理性就寓於此一結構之中。緊箍咒暗示，任何戰鬥，包括造反，都應當有一個「度」，有一個規範。唐僧代表着人類的慈悲之心，任何對黑暗的反抗，最後都有一個總體的合目的性，即合人類的生存、溫飽與發展，因此，反抗黑暗時自己不可化為黑暗，不可以在反抗中破壞人類的生存、溫飽與發展。造反有一個度，有一定規則與規範，這是極為重要的。《水滸傳》英雄的問題，就在於他們總是越過這個「度」。《西遊記》很了不起，他創造了一個孫悟空在花果山時期，曾與牛魔王結拜過兄弟的情節，這一情節暗示，神魔之間、人妖之間只有一牆之隔，兩者很容易發生轉換，越過某種邊界就會發生質的變化。如果沒有緊箍咒的制約，如果沒有唐僧所掌握的度，孫悟空就可能不是走向佛，而是走向魔，變成另一個牛魔王。因為有規則、有制約，所以孫悟空的造反和征戰，從不傷害無辜。這是一條大邊界。李逵、武松等和孫悟空不同就在於他們沒有制約，沒有掌握「度」的緊箍咒，從而總是越過邊界。他們的一切行為，只呈現一個公式，這就是「凡是造反的都是合理的」。不管出於甚麼目的、使用甚麼手段都是合理的，哪怕濫殺無辜也是合理的。《水滸傳》所以能夠長久不衰地統治中國人心，是因為它有一個替天行道的邏輯，也就是說，因為我是替天行道，我便天然合理，我使用任何手段也天然合理，連濫殺無辜也具有道德理由和至上理由。

《西遊記》唐僧、孫悟空師徒搭配結構的隱喻，是我國原形優秀文化凝聚而成的偉大隱喻，其深刻的內涵恰恰給人類反抗、造反行為作了三項最寶貴的提示，這三項如下：

1、任何造反都應有慈悲導向。即魯迅所說的，革命乃是為了「救人」，不是為了「殺人」。

2、任何造反都不可越過一定的道德邊界。即必須持守一定的「度」。

3、任何造反的手段都必須合人類生存延續的總目的性。即合乎人性準則。

《水滸傳》的造反與《西遊記》的造反不同之處在於它缺乏慈悲導向，像李逵排頭殺人的行為，把四歲的小衙內砍成兩段的行為，把戀愛的男女剁成肉塊的行為，均未受到作者與讀者的譴責，均被認為是英雄行為。以往的《水滸傳》評論者充分肯定水滸英雄的種種行為，皆用一個理由，因為他們擁有偉大的目的：替天行道。論述中把目的與手段分開，彷彿為了一個崇高的目的，甚麼卑鄙兇殘的手段都可以使用，未意識到目的與手段是密不可分的互動結構，使用黑暗的手段、卑劣的手段不可能達到光明、崇高的目的。「無法無天」的野蠻行為不可能「替天行道」。我們對《水滸傳》的批判，正是在指出，在替天行道的旗號下的無法無天行為並不合理。

三、水滸若干小邏輯批判——關於「搶劫有理」等理由的質疑

如前文所說，《水滸傳》中的造反可分為兩大類。一類是梁山聚義之前的社會性造反，也可以稱作小造反；一類是梁山聚義之後的矛頭直指朝廷（政權中心）的政治性造反，可稱為大造反。《水滸傳》進入中國人的深層文化心理之後，兩類造反都被視為合理，甚至天經地義，因此，《水滸傳》產生之後，一直缺乏根本性的質疑與批判。現在我們對這兩類造反分別進行一些評述。先從社會性造反說起。

社會性造反，矛頭是指向社會的不公平、不合理現象，不是指向政權中心，即尚未進入「農民起義」、「農民革命」的範疇。社會性造反乃是對維繫社會的基本原則、基本規範的挑戰。《水滸傳》中智取生辰綱、血洗鴛鴦樓以及張青、孫二娘的人肉飯店等等，都屬於這類造反。這是一種廣義的造反，是對社會現存秩序的懷疑、不滿、挑戰與破壞。在今天的中國，這類造反的某些部份，如智取生辰綱，仍被視為無可非議的英雄行為。

1、對「智取生辰綱」模式質疑

《水滸傳》開篇不久就展開一個關鍵性情節：智取生辰綱。這是梁山起義之前的一次有組織的重大造反行為。從事這一行為的人物晁蓋、吳用、公孫勝、劉唐、阮氏兄弟，後來都成為梁山起義初級階段的首領和骨幹。這一眾所周知的劫取事件，其緣起是大名府梁中書（梁世傑）收買了十萬貫慶賀他的岳父蔡京生辰的禮物，委託楊志監押護送到東京。劉唐打聽到這一消息後給晁蓋報信。接着便是晁蓋、吳用策劃此事。吳用在動員阮氏兄弟時說：「取此一套富貴不義之財，大家圖個一世快活。」（第十五回）他們在行動前所作的宣誓也說：「梁中書在北京害民，詐得錢物，卻把去東京與蔡太師慶生辰，此一等正是不義之財。我等六人中但有私意者，天地誅滅，神明鑒察。」（第十五回）小說作者的詩證也說：「只因不義金珠去，致使群雄聚義來。」

無論是劫取生辰綱的豪傑，還是《水滸傳》的作者，強調的都是「不義之財」。後來小說的讀者所以會同情、支持劫取行為，也因為劫取的是不義之財，於是劫取行為便成了天經地義。「智取生辰綱」是一種行為模式，這種模式本來是明目張膽的搶劫行為，但是，它卻變成中國人謳歌的正義行為。這是為甚麼？因為在行為背後有一個正義的理由，這就是「為富不仁」，英雄們劫富濟貧才成為仁義之舉。

對此，我們要提出的問題是：當我們確認某些財物屬於「不義之財」的時候，例如梁中書的生辰禮物，先要確認它是不義之財。那麼，作此確認之後，我們的提問是：能否用不義的手段即暴力搶劫的手段去解決財物的歸屬？換句話說，我們在肯定梁中書劫奪的錢財（生辰綱）為不合法不合理不合情時，是否可以肯定晁蓋的行為便是合法、合理、合情的？這與對待「以暴易暴」的態度相似，即在否定第一暴力的合理性時（假設不義之財是權勢暴力所奪取），能否肯定第二暴力的合理性。這裏涉及一個人類社會是否可以處於暴力和搶劫的循環中的大問題。其實，人類社會每天都有不義的行為發生，社會中也充滿不義之財，但文明社會之所以文明，恰恰在於避免用「不義」對抗「不義」，而是通過宗教、教育等辦法特別是通過法律程序來消解不義。這種消解，首先必須對「不義之財」進行甄別與判斷，而在判斷之前又必須作出「無罪」假設，即並非不義之財的假設。端出人們所熟知的這一套，不是書生氣，而是提出一個問題：解決不義之財的難題，是用血與劍的橫暴手段還是用法與理的文明手段。如果說，一千年前的宋代江湖豪傑無法接受文明手段，只能用不義的手段奪取不義的財富，那麼，千年之後，是否還要給予「智取生辰綱」一個正義性的判斷？是否還要把奪取行為視為天經地義的英雄行為？

與此相關，「智取生辰綱」背後的「為富不仁」、「劫富濟貧」等理由也值得質疑。中國歷來的農民革命都以劫富濟貧為基本口號。《水滸傳》的讀者所以會同情「智取生辰綱」的行為，一是因為中國的貪官污吏多數是一群吮吸民脂民膏的喝血的動物，二是這一行為符合中國農民絕對平均主義的文化心理。包括中國近現代的革命，孫中山也提出平均地權的理想。但是，歷史已經證明實現經濟上的絕對平等是永遠的烏托邦。無論是中國的「齊物論」哲學（莊子）、「不二法門」哲學（禪宗），還是西方的基督哲學（愛一切人）或啟蒙家的平等哲學，其平等都只能是人格上的平等，而不可能是經濟上的平等。富和貧的差別，經濟生活水平的差別將永遠存在。富了之後可能走向「仁」，也可能走向「不仁」。但「富有」本身沒有罪，「富而不仁」也不是一種必然。「劫富濟貧」理念的錯誤，不僅在於它是一種絕對平均主義，而且還在於它用刀槍暴力手段（劫）強行實現絕對平均主義。也就是說，它不僅是一種烏托邦的幻想，而且是一種以暴力實現烏托邦的妄想。

關於「劫富濟貧」背後的文化心理，歷來缺少分析。基督教把「嫉妒」視為七大原罪之一，教導信徒努力排斥這種心中的惡魔。但是，中國人絕對平均主義的背後則是病態性的極端嫉妒心理。《水滸傳》時代就有這種心理，現代人變得更加瘋狂罷了。「智取生辰綱」的行為所以會讓中國人（包括現代中國人）感到痛快，就是它迎合了中國自古皆然的嫉妒心理。只要這種心理存在，「智取生辰綱」就永遠是英雄的行為。魯迅說中國人喜歡《水滸》、《三國》就因為中國本身是水滸氣、三國氣很重的國家。我們還可以具體一些說，中國人為甚麼非常欣賞「智取生辰綱」，這就因為中國人的心理是充滿嫉妒、充滿絕對平均幻想的心理。

中國的富人富了之後，總是蒙受各種巨大壓力，包括意識形態的壓力，道德的壓力，人際關係的壓力，文化心理的壓力。富了之後沒有安全感，這是因為富了之後面對的不僅是各種企圖「智取」他們手中財富的江湖豪傑，還要面對無所不在的海洋般的嫉妒的目光和這目光背後的仇恨的毒液。如果「智取生辰綱」的行為模式還被當作英雄行為模式，那麼，「富—不義—劫富—正義」的邏輯就會永遠籠罩社會也會永遠壓在富人的頭上。中國一直沒有經歷過西方那種以「新教倫理」取代舊教倫理的巨大轉變。馬克斯．韋伯《新教倫理與資本主義精神》一書就精彩地描述了這種轉變。按照他的概述，西方資本主義的興起，除了經濟本身的原因之外，還有精神上的原因，這就是「新教倫理」的產生和這一理念對財產、賺錢以及富人看法的根本轉變。新教倫理揭示，上帝是支持富人賺錢的。關於這一精神，余英時先生在《中國近世宗教倫理與商業精神》一文中如此概說：

> 韋伯《新教倫理》的特殊貢獻在於指出：西方近代資本主義的興起，除了經濟本身的因素

之外，還有一層文化的背景，此即所謂「新教倫理」，他也稱之為「入世苦行」（inner-worldly asceticism）。他認為加爾文派的「入世苦行」特別有助於資本主義的興起。所以他的《新教倫理》主要是以此派影響所及的區域為研究的對象，如荷蘭、英國及北美的新英格蘭等地。他特別徵引了富蘭克林（Benjamin Franklin）的許多話來說明「資本主義的精神」。這一精神中包括了勤、儉、誠實、有信用等美德。但更重要的是人的一生必須不斷地以錢生錢，而且人生便是以賺錢為目的，不過賺錢既不是為了個人的享受，也不是為了滿足任何其他世俗的願望。換句話說，賺錢已成為人的「天職」或中國人所謂「義之所在」（calling）。[1]

賺錢，積累財富，在倫理道德的審判台上，從被判決為「不義」到被判決為「義」，這是一個理念上的翻天覆地的巨大轉變。中國雖然如余先生所說的，在一部份明清士人中間已發生了轉變，但是，在根深蒂固的潛意識中，中國人仍然是把富與「不義」、「不仁」緊連在一起。真正把賺錢富裕視為「義之所在」的，幾乎沒有。也就是說，在深層的文化心理上，中國還沒有完成以新教倫理取代舊教倫理那種根本性的價值觀的轉變。在《水滸傳》時代，更是如此。梁山好漢們「三打祝家莊」，是宋江成為起義領袖後親自領導的一場戰爭，也是梁山造反隊伍大規模走向社會的開端，這場戰爭至今還不斷被謳歌被肯定。但是，只要我們心平氣和地研究一下攻打祝家莊的理由，就會發現它沒有理由。因為其理由只是時遷偷了一隻雞，之後店小二又說了一番話：「客人你們休要在這裏討野火吃，只我店裏不比別處，

1 《儒家倫理與商人精神》，第二三七頁，廣西師範大學出版社，二零零四年。

拿你到莊上，便做梁山泊賊寇解了去。」這店小二果然領時遷到莊中，祝家莊果然把他當作梁山賊寇報了官府。就是這一隻雞，引發了一場遍地橫屍的戰爭。其實，一隻雞的事件，只是一個藉口。形成這場戰爭的根本原因，是梁山泊將士心中，個個都有一個「為富不仁」的大理由。祝家莊作為梁山附近的地主大莊園，水滸英雄早就想把它吃掉以營養自己和壯大自己。即使沒有時遷偷雞，他們早晚也會用「劫富濟貧」的旗號把它掃蕩。「三打祝家莊」與「智取生辰綱」，一是偷劫，一是明打，形式不同，但在意識形態層面上卻是一回事，支持「劫」，支持「打」的都是同一個理由：為富不仁不義，打的是不義之人，奪的是不義之財。

還有一點值得注意的是，我們看到的西方之盜總是確認自己盜是盜，劫是劫，如搶劫銀行，絕不會聲稱自己是為了「濟貧」。但中國的劫富，總是戴着濟貧的面具。因此「劫富濟貧」也成了農民起義的一種策略性口號。應當承認，許多農民起義軍在開始打下一個城池之後也常有開倉濟民的現象，以收買人心。然而，一旦掌握政權，自己當起皇帝，首先還是經營自己的富貴新格局。勝利者成為暴發戶，失敗者成為破落戶，富的只是一小部份人，窮的還是大多數。起義之初的「劫富濟貧」到頭來只是「劫富濟私」，殘酷的戰爭，結局只不過發生富貴的主體易位罷了。晁蓋等人沒有直接提出「劫富濟貧」的虛假口號，不戴面具，但他們卻赤裸裸地宣稱搶劫財富是為自己，即「劫富濟私」。除了吳用說「取此一套不義之財，大家圖個一世快活」之外，阮小五在談論梁山人時也說：「他們不怕天，不怕地，不怕官司；論秤分金銀，異樣穿綢錦，成甕吃酒，大塊吃肉，如何不快活？」阮小七則說：「人生一世，草生一秋，我們……學得他們過一日也好。」這是說，搶劫「不義之財」的目的，並非去做接濟社會的正義事業，只是把財富從梁中書的腰包轉向自己的腰包。也就是說，貪官的「十萬貫」是不道德的，搶劫「十萬貫」而放入自己的腰包也不能說是道德的。蔡京、梁中書固然可恨，但晁蓋、吳用的劫取行為也並不可愛。

這裏涉及「十萬貫」背後的社會規則、法律制度等關鍵性問題。一個大官僚的生辰，另一個中等官僚可以搜刮民脂民膏達「十萬貫」作為賀禮，這本身反映出當時社會制度的巨大不合理性以及社會規則（包括潛規則）的巨大弊端。搶劫是對黑暗規則的懲罰，正是這一點，帶給讀者「痛快」。但是，在懲罰不合理規則時，搶劫者用的又是一種野蠻的、黑暗的規則，那不過是以黑對黑和以暴對暴的行為。梁中書對百姓是「盜取」，晁蓋等對梁中書也是「盜取」。梁中書使用的是「第一暴力」（通過國家機器的權威和爪牙的暴力詐取人民的財產），那麼，晁蓋等使用的則是第二暴力（直接訴諸刀槍）。這種以盜易盜、以暴易暴，以一種不合理規則取代另一種不合理規則的辦法，只能讓人類處於萬劫不復的黑暗循環之中。

支持「智取生辰綱」，已經成為中國的民族集體無意識。也就是，對於晁蓋等的劫取行為，中國人已無質疑意識和質疑能力，這裏涉及兩個大理論問題。

一是目的與手段的問題。我們退一步說，如果晁蓋等的劫取真的是為了「劫富濟貧」，那麼，使用的手段是屬於盜匪手段，是否可取。多數的論者常把目的與手段分開，彷彿為了一個崇高的目的，甚麼卑鄙的手段都可以使用。梁山聚義之後，其全部問題就在於高懸一個替天行道的崇高目的之後卻使盡一切「無法無天」的手段（後文將細述）。筆者認為，手段與目的是不可分段的結構，沒有手段黑暗的光明目的，也沒有偉大目的下的卑鄙的手段。

二是「私人財產不可侵犯」的人類公理是否帶有普遍性，即這一公理是否還適應於一些被懷疑為

「貪官污吏」的財產上。也就是說，尚未經過判決就先行「抄家」沒收財產的行為，是否屬於人類正當的行為。

2、張青「菜園子原則」批判

如果說「智取生辰綱」還是指向上層社會的話，那麼，菜園子張青和他的妻子孫二娘開設人肉飯店所確立的吃人原則卻是指向全社會，包括下層社會。張青、孫二娘後來也進入一百零八個英雄系列，他們開的飯店公然製作人肉包子，凡路過他店鋪的人，都可能被剁成肉醬，連武松都差點被砍殺被吃掉，這是駭人聽聞的野蠻到極點的野獸行為。孟子的人禽之辨在這裏是很好理解也很好劃分的。張青夫婦的行為不是人的行為，而是典型的吃人的獸的行為。他們製造人肉包子的行為包括捕獲人—砍殺人—宰割人—烹煮人—拍賣人的幾個最黑暗、最野蠻的行徑，這裏可怕的還不在於殺人，而在於宰割人體與品嚐人肉時毫無心理障礙，甚至自以為是天下豪傑好漢的行為。正因為毫無「殘忍」的自知，所以才會制訂出菜園子規則——除了三種人不吃之外，其他的一律吃。這三種人是和尚、妓女、囚犯。張青大言不慚地告訴武松，說他早已吩咐「渾家（妻子）」，「三等人不可壞他」，其理由表述如下：「第一是雲遊僧道，他又不曾受用過份了，又是出家的人。」（張青還自誇因為有了此一原則才沒有吃了魯智深）第二等是江湖上行院妓女之人。「他們是衝州撞府，逢場作戲，陪了多少小心得來的錢財，若還結果了他，那廝們你我相傳，去戲台上說得我等江湖上好漢不英雄。」「第三等是各處犯罪流配之人，中間多有好漢在裏頭，切不可壞他。」（第二十七回）按照張青的說法，因為這三種人在不同程度上反社會，所以就放過他們。其他的一概吃，這就是說，除了社會中極少數人（也許還不到百分之一）不吃之外，百分之九十九都在捕獵烹煮之列。何況張青夫婦根本無法分辨真假好漢，魯智深、武松差點被吃掉就是明證。

像張青這種人，事實上是一種尚未完成人的進化的「忍人」，即毫無不忍之心的人。按照孟子的說法，是缺乏「四端」的人，也就是披着人皮的禽獸。然而，因為他進入梁山系統，也成了英雄好漢去「替天行道」。這個孫二娘，加入梁山前吃人如吃家常便飯，上梁山參加戰鬥時則不分青紅皂白濫殺無辜。張青、孫二娘的除三種人外，其他的一律都可吃可作人肉包子的肉餡，這是對社會基本人群的放肆殺滅。此行與獸的區別只是獸無法對人進行分類，而孫二娘、張青則分出三種人可以免死、可以放入「另冊」。如果論「罪」，孫二娘、張青如此吃人，是真正的罪，是人類公認的在任何時間任何地點也沒有辯護理由的罪惡。因為它違背的不是一個國度、一個朝代的「法」，而是維繫人類社會生存的人類共同法。然而，因為孫二娘、張青後來都加入梁山集團，集合到「替天行道」的旗下，也就是進入一百零八將的兄弟圈子之內，因此，他們吃人便無罪，不吃三種人的菜園子原則（或可稱黑店原則）便得到欣賞與認可。情慾有罪而吃人無罪，視潘金蓮、潘巧雲等為魔鬼，視孫二娘為英雄，這就是《水滸傳》的價值觀，典型的水滸邏輯。

菜園子文化，其實是一種非人文化，即不把人當人的文化，或者說，是一種圈內人可稱兄弟、圈外人皆可殺戮的非人文化。這不僅是張青的原則，也是梁山的原則。關於這點，魯迅早已看得很深很透，所以他才批評賽珍珠把《水滸傳》翻譯成「皆兄弟也」是不對的。一九三四年三月二十四日，魯迅在寫給姚克的信中說：

> 近布克夫人[1]譯《水滸》，聞頗好，但其書名，取「皆兄弟也」之意，便不確，因為山泊中人，是並不將一切人們都作兄弟看的。[2]

魯迅這一批評可謂一針見血，他揭示水滸中人的關鍵性觀念，即嚴格分清圈內圈外的觀念，只有在圈內（即一百零八將內）才是人、才是兄弟，圈外則不是兄弟也不是人。圈內人，即使是吃人之人，如矮腳虎王英、李逵、張青，也是兄弟、英雄，圈子之外，則可以「排頭砍去」、任意屠殺。了解了這一文化大觀念，就可理解，為甚麼他們會為了救一個兄弟，可以屠城（如為救盧俊義於法場，下文再細說）。無論是《水滸傳》的「忠義」（宋江改「聚義堂」為「忠義堂」）還是《三國演義》的「結義」（桃園三結義），其「義」的要點都是沒有愛的普遍性、沒有把人視為人的普遍性。只有在結義、聚義的範圍內的人才被視為人，結義之外的人則是非人或可吃用之人。能用者不吃，不能用的則隨時可殺可吃。魯迅揭示的這一真相，是中國所有的青洪幫真相，也正是從張青到王倫到宋江等水滸骨幹的共同準則，至少是共同的潛規則。

3、投名狀——人頭入門券的象徵

關於水滸主體（一百零八將），本書將再細說。這裏我們先重溫一下王倫的「投名狀」。林沖被高俅迫害而走投無路時，前來投奔在梁山泊佔山為王的王倫。王倫要他先交出一個投名狀，也就是加入團

1 指賽珍珠——引者註。

2 《魯迅全集》，第十二卷，第三五九頁。

夥的入門證明券。這種投名狀，不是別的，是一個血淋淋的人頭。先到門外去殺一個人來表明上山的決心。這一細節雖小，卻透露出王倫這等山寨之王一個重大的內心信息：不把人當人。一個人頭，一個生命，根本是微不足道的，它不過是英雄闖天下坐天下事業的一根墊腳的草芥，一粒鋪路的沙子。「投名狀」的故事不可忽略，我們不妨重溫一下：

> 王倫道：「兄弟們不知，他在滄州雖是犯了彌天大罪，今日上山，卻不知心腹。倘或來看虛實，如之奈何？」林沖道：「小人一身犯了死罪，因此來投入夥，何故相疑？」王倫道：「既然如此，你若真心入夥，把一個『投名狀』來。」林沖便道：「小人頗識幾字，乞紙筆來便寫。」朱貴笑道：「教頭你錯了。但凡好漢們入夥，須要納投名狀，是教你下山去殺得一個人，將頭獻納，他便無疑心，這個便謂之投名狀。」林沖道：「這事也不難，林沖便下山去等，只怕沒人過。」王倫道：「與你三日限。若三日內有投名狀來，便容你入夥；若三日內沒時，只得休怪。」林沖應承了，自回房中宿歇，悶悶不已。正是：
>
> 愁懷鬱鬱苦難開，可惜王倫忒弄乖。
> 明日早尋山路去，不知那個送頭來。

這一故事雖小，但寓意重大。它和「菜園子原則」相通。除了本團夥與本團夥特別保護的少數人之外，其他人皆可殺可吃。他們皆如同豬狗牛羊，隨時可以拿來剝皮，拿來烹飪，拿來玩樂，拿來作食物、玩物、證物。林沖乍聽王倫的條件，還不知道「投名狀」是怎麼回事，朱貴告訴他這是「殺得一個人，將頭獻納」時，也不驚訝，愁的只是「只怕沒人過」，找不到可供獻納的活人頭。可見，即使像林沖這樣的英雄，一個人頭在他心中也如同草芥，無足輕重。這說明，在他的潛意識裏，也把普通人不當人，以無辜的人頭作為自己的入門券也無妨。中國當代詩人北島有一句名詩，說「卑鄙是卑鄙者的通行證」，把人頭作為通行證，象徵着怎樣的卑鄙、兇殘與野蠻，無須多說。可怕的是，許多中國人和林沖一樣，對血淋淋的「投名狀」習以為常，未動不忍之心。犯愁的不是無辜者人頭落地，而是自己難以找到無辜者的人頭，入夥無門。

4、「血洗鴛鴦樓」的血腥圖像

《水滸傳》反社會的事件中最嚴重的事件，是武松的血洗鴛鴦樓。武松這時候還沒有上梁山，還沒有進入政治性造反，此舉還屬社會性造反的範圍。「血洗鴛鴦樓」事件的導因是武松發配到孟州安平寨之後受施恩的小恩小惠而替施恩痛打蔣門神並奪了快活林，可是卻由此得罪了蔣門神的朋友與後台張團練、張都監，於是，張都監便設圈套捉拿武松。武松便因此怒火沖天並進行復仇。當他得知仇人正在鴛鴦樓聚會時，便奔往那裏進行一場血腥的屠殺：他先進了馬院，殺了一個養馬的馬伕。爬入牆內，在廚房裏又殺了兩個丫鬟，然後上鴛鴦樓，剁砍了張都監、張團練、蔣門神和兩個親隨。這之後，他萌生一個念頭：「一不做，二不休，殺了一百個，也只是這一死」，於是，便下樓殺了張都監的女兒、兒媳、養娘及家中的幾個女子。至此，武松才心滿意足。在這場大屠殺中，武松頂多有理由殺三個人：張都監、張團練、蔣門神，可是他卻殺了十五個人，而且連小丫鬟、小女子也不放過。這些都是無辜的生命，可是，他就是不放過。砍得刀口缺了，砍得滿樓橫屍，砍得滿地鮮血，砍得「心滿意足」，方可罷手。這已讓人目瞪口呆了，然而，更為可怕也是更為讓人驚心動魄的是他的心理態度：感到理直氣壯。在死屍上割了一片衣襟，蘸着鮮血，在白粉壁上寫下八個大字道：「殺人者，打虎武松也」，而且還自語道：「我方才心滿意足，走了罷休。」武松在復仇中如此濫殺無辜，又如此理直氣壯、興高采烈，真是不可思議。

武松如此濫殺又如此理直氣壯，已讓我們目瞪口呆了。可是，竟有後人金聖歎對武松的這一行為讚不絕口，和武松一起沉浸於殺人的快樂與興奮中。武松一路殺過去，金聖歎一路品賞過去。他在評點這段血腥殺戮的文字時，在旁作出歡呼似的批語，像球場上的拉拉隊喊叫着：「殺第一個！」「殺第二個！」「殺第三個！」「殺第七個！」「殺第八個！」「殺第十一、十二個！」「殺第十三個、十四個、十五個！」批語中洋溢着觀賞血腥遊戲的大快感。當武松把一樓男女斬盡殺絕後自語道：「方才心滿意足。」而金聖歎則批上：「六字絕妙好辭。」觀賞到武松在壁上書寫「殺人者，打虎武松也」時，他更是獻給最高級的評語：「奇文、奇筆、奇墨、奇紙。」說「只八個字，亦有打虎之力。文只八字，卻有兩番異樣奇彩在內，真是天地間有數大文也」。一個一路砍殺，一個一路叫好；一個感到心滿意足，一個感到心足意滿。武松殺人殺得痛快，施耐庵寫殺人寫得痛快，金聖歎觀賞殺人更加痛快，《水滸》的一代又一代讀者也感到痛快。在皆大歡喜、皆大痛快中是否有人想到，無辜的小丫鬟人頭落地，無辜的馬伕人頭落地，無辜的傭人人頭落地。小丫鬟、小馬伕也是生命，也是有父親有母親有兄弟有姐妹有膚髮有心靈的生命。武松砍殺這些無辜的生命時不但沒有心理障礙而且心滿意足，金聖歎對於這種砍殺行為，不僅沒有心理惻隱而且拍手稱快，而後代讀者面對慘不忍睹的血腥，卻個個一睹為快，一睹再睹，看熱鬧，看好戲，看血的遊戲。個個欣賞站立在血泊中的高大英雄，代代讚美站立在血泊中的英雄。這個英雄有多高？金聖歎乾脆稱他為「天人」，高到了頂，美到了頂。金聖歎和讀者這種英雄崇拜，是怎樣的一種文化心理？是正常的，還是變態的？是屬於人的，還是屬於獸的？是屬於中國的原形文化心理，還是偽形的中國文化心理？

可以肯定地說，這是中國的偽形文化。《山海經》裏補天的女媧、填海的精衛、追日的夸父等建設性的英雄到了《水滸傳》，變成武松這樣的殺戮性英雄。偽形文化乃是《山海經》這種原形文化的變質，也是《道德經》這種原形經典的蛻化。《道德經》對待殺人的態度才是中國人的原始態度。老子在《道德經》中曾提出一個「勝而不美」的命題，即使戰爭勝利了，也不感到快樂，因為在戰爭中殺了人。因此即使勝利了，也不要舉行慶功活動，自讚自美，反而應當以喪禮來對待勝利。這與從羅馬開始的凱旋門文化大不相同，與凱撒、拿破侖對待戰爭勝利的態度大不相同，是一種充滿人道、人性的態度。在武松殺人「心滿意足」的時候，我們重溫一下老子的話特別有意思。老子在《道德經》第十三章中這樣說：

> 夫兵者，不祥之器，物或惡之，故有道者不處。
>
> 君子居則貴左，用兵則貴右。兵者不祥之器，非君子之器，不得已而用之，恬淡為上。勝而不美，而美之者，是樂殺人。夫樂殺人者，則不可得志於天下矣。
>
> 吉事尚左，凶事尚右。偏將軍居左，上將軍居右。言以葬禮處之。殺人之眾，以悲哀泣之，戰勝以喪禮處之。

老子認定戰爭、殺人是壞東西，如果不得不戰爭而且勝利了，也不要得意洋洋，反之，應當帶着哀痛的心情對待勝利，用喪禮的儀式去處理勝利的後事。這是一種最合人性也最合天理人理的態度。老子這種思想，才是中國文化的精華，才是真正的英雄觀念。所以真正合人性的人類英雄，都應當以悲哀的心情對待勝利，包括對待被自己打敗的失敗者。這種大悲憫便是對生命的尊重和對暴力的否定。這種態度比拿破侖建立凱旋門的行為語言，其精神水平真高出千百倍。用老子的思想作為參照系，我們可以看到武松正是一個「勝而美者」，濫殺無辜而大美大樂者。最奇怪的是，武松這種血腥的殺人行為，不僅武松殺人者自美，而且描寫殺戮的作者也「美」（字裏行間洋溢着筆調之美）。至於金聖歎，他乾脆說「魯達已是人中絕頂，若武松直是天神」，居然把武松奉為神明。金聖歎對《水滸傳》的評點，文字痛快淋漓，自有它的犀利處，但對武松的傾倒，則反映出他原來也是一個嗜殺的傢伙。他腰斬《水滸傳》，只是覺得這些天神與英雄最後在征討方臘中死的死，傷的傷，太煞風景，太不讓人痛快，未必還有甚麼深刻之處。除了殺人者、書寫者、評點者都美都樂之外，還有就是《水滸》的一代又一代的中國讀者和今天的中國電視觀眾，看了也覺得「痛快」。當下人們唱着「該出手時就出手」的歌，不知有多少人曾想到《水滸傳》中的武松這麼一出手意味着多少生命死於血泊之中。中國的評論者和讀者，只求滿足自己的心理快意，忘了用「生命」的尺度即人性的尺度去衡量英雄的行為。當然，與其說忘了，不如說是根本沒有意識到，因為一種「嗜殺」的變態文化心理已經成了民族的集體無意識。魯迅一再批評中國人喜歡看同胞們殺頭，骨子裏是血腥式的自私與冷漠，可惜沒有覺悟到。武松至今仍是中國人心目中的大英雄，他那些殺小丫鬟、小女兒和底層社會的馬伕等血淋淋的舉動，是可以忽略不計的。

第二章　政治性「造反有理」批判

——《水滸傳》大邏輯質疑

上一章我們分析了《水滸傳》的社會性造反，其造反的邏輯是：社會規則不合理，所以我使用甚麼手段對付社會均屬合理，包括搶劫、濫殺、開人肉包子黑店。這一邏輯用更簡明的語言表達，是社會惡，我可以比社會更惡；社會黑，我可以比它更黑。在此邏輯下，造反有理變成搶劫有理，殺人有理，吃人有理。

本章我們將進入《水滸傳》主題，也是梁山泊農民起義的主題，即政治性造反——大規模的鬥爭鋒芒直指朝廷政權的造反。這一造反具有其歷史的合理性。小說一開始寫林沖被高俅父子所迫害，因被權貴逼上死路而被逼上梁山，也就是說，黑暗的政權把英雄逼得無路可走只剩下造反一條路可走，這叫做「官逼民反」。林沖的例證展示了造反的充分理由，展示了宋代這一場農民革命的歷史合理性。如果說，「造反有理」是指被壓迫的人民在黑暗政權的逼迫下不得不揭竿而起，那麼，這種造反確實有理，確實具有歷史的合理性與人類求生的合理性。林沖是值得同情的，《水滸傳》作者施耐庵講述林沖的故事時所採取的同情和理解的基本點也是對的。

但是，我們所要批判的「造反有理」的大命題，不是譴責「官逼民反」下的民反，而是批判一個造反大邏輯，即「凡是造反的使用甚麼手段都是合理的」。梁山造反者打着「替天行道」的旗號造反，於是凡造反皆天然合理，其一切行為天然正確，無法、無天、無視百姓生命、無視山外人的任何尊嚴權利也正確。對於《水滸傳》文化的反人性內涵，之所以數百年來無法正視，就因為一切反人性內涵都被「替天行道」的崇高旗號掩蓋住了。有了「替天行道」的旗號，革命便成了聖物聖行，在革命崇拜與英雄崇拜下，造反者做好事自然好，但做一切壞事也變成天經地義，理所當然，這就把造反有理簡單地變成公理，對其黑暗行為失去了批判能力。

我們現在僅從「官逼民反」的反命題——「民逼官反」（這裏的「民」指的是梁山好漢）這一視角來看看梁山造反者的行為是否全都有理。歷來的《水滸傳》讀者，往往只看到前命題的血腥，卻未看到後命題的血腥。我們現在從梁山首領逼迫朱仝、安道全、秦明、盧俊義上山的過程看看個中是如何充滿血腥味的。

一、「造反」旗幟下的殺嬰行徑

先看看梁山首領逼迫朱仝上山的歷程。關於朱仝，我們借用孟超先生對他的概說：

朱仝，本是鄆城縣富户，身長八尺四五，面如重棗，目若朗星，有一部虎鬚髯，長一尺五寸，所以綽號「美髯公」，重義氣，輕錢財，結識江湖好漢，學得一身好武藝。充當了鄆城縣衙馬兵都頭。七星聚義劫生辰綱後，他與雷橫去捉晁蓋，智穩插翅虎，放走了晁天王。宋江殺了閻婆惜之後，鄆城縣又派了他和雷橫一道前去捉人，雷橫搜過莊前莊後，他又進去在佛堂之內，揭起地板，將索子一拽，銅鈴一聲，宋江便從窨子裏鑽將出來，說：「只怕雷橫執着不會

> 周全人」，義釋了宋江。後來又因釋放雷橫，刺配滄州，在知府衙中每日抱了小衙內玩耍。雷橫上了梁山之後，晁蓋宋江亦皆感念他的義氣，便派吳用雷橫說他上山，因為李逵摔死了小衙內，他只好歸入山泊，是梁山泊馬軍大驃騎兼先鋒使。[1]

朱仝是個好漢，這無可懷疑，梁山英雄惜英雄，也無可厚非。問題是，朱仝不願意「入夥」，梁山首領要逼他入夥，便施用了一個毒計：朱仝仗於情義，放走了雷橫，自己卻被刺配滄州牢城。到了滄州，知府見朱仝一表人才，便留下他在府中當差，其四歲親子小衙內見到朱仝時就喜歡上他的長髯，要朱仝抱着玩耍，知府見狀只好把心愛的兒子託付給他照看，也由此而非常信任他。於是，梁山的頭領們便從這裏入手，設計逼迫朱仝上山。吳用帶着李逵來到滄州府，由雷橫配合，在吳用與朱仝說項時，李逵乘機抱走小衙內，先在這個四歲小嬰兒的嘴上抹上了麻藥，讓孩子無法出聲，然後帶入林子裏，用斧頭把孩子的頭「劈做兩半個」。由於要達到讓朱仝走投無路而不得不上山，竟使用如此毒計。正如柴進事後坦白告訴朱仝，此事乃是宋公明禮請足下上山、同聚大義，「因見足下推阻不從，故意教李逵殺害小衙內，先絕了足下歸路，只得上山坐把交椅」。李逵一斧定乾坤。朱仝在滄州再也沒有容身之所也沒有容身之理，只好跟吳用上山。但是，他從此恨透了李逵，也向柴進訴說自己難以接受這種違背天理的手段。他說：「是則是你們弟兄好情意，只是忒毒些個。」（第五十一回）

砍殺嬰兒小衙內，從人性上說，是令人驚心動魄的「忒毒」事件。這一事件說明，在梁山英雄的

---

1 孟超：《水泊梁山英雄譜》，聶紺弩序，北京，三聯書店，一九八五年。

意識與潛意識中，除了梁山「兄弟」的生命是有價值的之外，其他生命均無足輕重，即都可以用作成就造反事業的祭品和工具。但人性尚存的人不禁要對此事件提出問題：李逵怎麼下得了手？宋江、吳用等怎麼下得了殺嬰的決心？屈原提出「天問」，今天，我們要提出「人問」：說造反有理，是造反救人而不是造反殺人，那麼，四歲嬰兒是不是人？以他的幼小生命作為人質，以他的人頭推動造反事業是否合理？武松殺小丫鬟，李逵殺小嬰兒，沒有任何心理障礙，一刀一個，一斧一個，這說明，這兩位英雄沒有任何不忍之心，屬於「忍人」。筆者曾在拙著《人論二十五種》中有篇「忍人論」，對忍人作了簡略的定義：

在中國文化系統中，「不忍」是一個重要概念。孟子最先講不忍之心。他認為人性中善良的一面，就是「不忍之心」、「惻隱之心」。不忍之心，就是良心，就是人之所以成為人的一種特徵，即和野獸不同的一種特性。例如，人見到同類被摧殘、被殺戮、被迫害，就會產生一種同情心。這種同情心，野獸就未必有。一個正常人，見到婦女小孩掉到河裏，總會感到不安。見屠伯砍殺人的手腳、頭顱總會感到難受，不忍「目睹」，這是人性世界中某種神秘的東西在起作用，我們的古聖人把這種東西稱作「不忍之心」。我想，有這種不忍之心的人，就是正常人，而不是「忍人」。忍人則是掏空這種不忍之心的人，他們對人類的不幸、災難、殘暴，能夠做到不動情、不動性、不動心。由於見殘忍而不動心，所以他自己還可以充當殺手。尤其重要的是，他們不僅可以幹殘忍的行為，而且還能毫不動心地欣賞殘忍的行為，這種能夠製造殘忍和欣賞殘忍的人，就是忍人。

武松、李逵正是自己充當殺手幹了殘忍行為一點也不動心甚至還自我欣賞的忍人。奇怪的是，對於殺嬰（殺小衙內）殺少女（殺小丫鬟）的殘忍行為，李逵、武松不動心，而後世讀者見到這種行為也輕輕放過。先不說武松，讀者之所以會放過李逵是因為李逵「政治正確」，殺人完全是為了梁山造反事業，美其名曰：大道理管小道理。但是，中國文化從孟子開始就指出這不是小道理，有無不忍之心乃是人禽之別、人獸之別的大道理，人之所以成為人，是人不可作禽獸行，這是根本道理，這個大道理也應當「管」造反之理。

如果說，砍殺嬰兒是對肉體的消滅，那麼，強制朱仝入夥，卻是對心靈的消滅，至少可以說是對人的內心的強行改造。朱仝雖然稟性正直，不願與黑暗同流合污，但這不等於他非變成革命集團中人不可，他可以做多種選擇。或在山下暗地裏支持革命或在黑白兩個陣營的中間地帶（灰色地帶）生活。可是，梁山領袖們不許他做選擇，一定要他上自己的戰車。其實這是比肉體摧殘更為深刻的生命摧殘與對生命主權的剝奪。

二、「造反」旗幟下的殺人嫁禍

為了逼迫朱仝上山，殺了一個人，為了逼迫醫生安道全上山，則殺了四個人。關於安道全上山的情節，比較少人提及它。不像「血洗鴛鴦樓」那麼出名，也不像李逵殺小衙內那麼廣為傳說，但是，這也是「造反有理」旗號下的血腥事件，其性質與李逵的殺嬰相似。

安道全屬於地煞星七十二員中的前列，被稱作「地靈星神醫安道全」。逼迫「神醫」上山的念頭起始於宋江得病。宋江在攻打大名府的次日突然覺得「神思疲倦，身體酸疼，頭如斧劈，身似籠蒸，一臥不起」。吳用前來探望時想起宋江「夢晁天王所言：百日之災，則除了江南地靈星可治」，便與宋江商定派張順去裏脅安道全上山。張順帶着吳用「好歹定要和他同來，切勿有誤」的使命，直奔建康府，張順見到安道全後説明緣由，但安卻不能爽快答應，因為他還眷戀着生得「十分美麗」的妓女李巧奴。這巧奴知道此事後果然不讓安道全遠走。張順知道，只有殺掉巧奴，並把殺人之罪嫁禍於安道全才能逼他一同上山。於是，當天夜裏，安道全與巧奴共宿的妓家裏便發生一場慘案。其情節如下：

> ……約莫三更時候，廚下兩個使喚的也醉了；虔婆東倒西歪，卻在燈前打醉眼子。張順悄悄開了房門，踅到廚下，見一把廚刀，明晃晃放在灶上，看這虔婆，倒在側首板凳上。張順走將入來，拿起廚刀，先殺了虔婆。要殺使喚的時，原來廚刀不甚快，砍了一個人，刀口早卷了。那兩個正待要叫，卻好一把劈柴斧正在手邊，綽起來，一斧一個，砍殺了。房中婆娘聽得，慌忙開門，正迎着張順，手起斧落，劈胸膛砍翻在地。張旺燈影下見砍翻婆娘，推開後窗，跳牆走了。張順懊惱無極，隨即割下衣襟，蘸血去粉牆上寫道：「殺人者安道全也！」連寫數十處。……挨到五更將明，只聽得安道全在房中酒醒，便叫巧奴。張順道：「哥哥，不要則聲，我教你看兩個人。」安道全起來，看見四個死屍，嚇得渾身麻木，顫做一團。張順道：「哥哥，你見壁上寫的麼？」安道全道：「你苦了我也！」張順道：「只有兩條路，從你行。若是聲張起來，我自走了，哥哥卻用去償命；若還你要沒事，家中取了藥囊，連夜徑上梁山泊，救我哥哥。這兩件隨你行。」安道全道：「兄弟，忒這般短命見識！」有詩為證：

紅粉無情只愛錢，臨行何事更流連。
冤魂不赴陽台夢，笑煞癡心安道全。（第六十五回）

張順為了逼安道全上山，一夜竟殺了四個人：巧奴、巧奴依傍的「虔婆」，還有兩個廚下小使喚者。（後又追殺了張旺）殺了人後，立即在牆上寫道「殺人者安道全也」，而且「連寫數十處」，嫁禍於安道全。到了這個地步，安道全也只能跟着上山了。

發生這一慘案之後，《水滸傳》的作者最後用四句詩作了總結。這詩特別值得注意，其是非觀、價值觀全在其中。在施耐庵看來，強迫安道全踏着無辜者的鮮血上山天然有理，巧奴人頭落地活該，誰叫她「紅粉無情只愛錢，臨行何事更流連」。全怪她拉後腿和安道全太癡心。如此慘劇，殺人者沒有罪，被殺者反而有過，這就是「造反有理」的邏輯：那些刀下鬼全都在阻撓英雄的「替天行道」的偉大事業，誰阻撓這一事業，就格殺勿論。李逵殺小衙內是遵循此一邏輯，張順殺巧奴一家，也是這一邏輯。不過，李逵「殺嬰」與張順的「滅奴」還算小打小鬧。在同一邏輯下還有更大規模的悲慘劇。逼迫秦明、盧俊義上山而造成的大規模流血，就是這樣的慘劇。

三、「造反」旗幟下的掃蕩

秦明是青州兵馬統制，一個善於舞弄狼牙棒，具有「萬夫不當之勇」的宋朝軍官。他受慕容知府之命，前去征剿清風寨（其時宋江、花榮也在，寨主燕順、王英、鄭天壽），卻中了埋伏而被俘。被俘後宋江、花榮勸其入夥，秦明不答應。宋江、花榮便留他一夜盛情款待。趁他酒酣睡熟之時，讓人穿戴上他的戰襖、衣甲、頭盔，手拿狼牙棒，騎上他的戰馬，帶上一支隊伍去攻打城子，並對城邊的老百姓進行屠殺掃蕩，還放火燒了房屋。慕容知府以為秦明已叛變，怒火沖天，立即對留在城內的秦明家眷進行報復，殺了秦明的妻子家小。而清風寨這邊，秦明一覺醒來，卻全然不知風雲突變，宋江等照樣熱情有加，取出他的頭盔、衣甲，牽過他乘坐的那匹馬，交給他狼牙棒，送他下山。直到秦明來到慕容城門之下，才聽到知府在城頭痛罵，聲討他的「叛變」燒殺行為。看到城頭軍士用槍挑着他妻子的人頭，才叫苦不迭，氣破胸脯地喊叫：「不知是那個天不蓋、地不載、該剮的賊，裝着我去打城子，壞了百姓人家房屋，殺害良民，倒結果了我一家老小，閃得我如今上天無路，入地無門！」（第三十四回）此後，宋江、花榮等又玩了一番心術，讓山寨中五個好漢齊齊跪下賠罪，把花榮的妹妹送給秦明，在這種軟硬兼施中才使秦明歸順。

為了強制秦明入夥，使用如此毒辣的陰謀詭計，其手段之黑暗不僅在於騙術本身，還在於為實現陰謀不惜讓秦明一家老小死於刀斧之下，更不惜對城邊的無辜百姓進行一場無端的燒殺。小說寫道：「原來舊有數百人家，卻都被火燒成白地，一片瓦礫場上，橫七豎八，殺死的男子婦人，不計其數。」（第三十四回）

為了讓「一個」軍官加入自己的「造反」行列，可以斷送「不計其數」的生命，這是《水滸》的「數學」。秦明到了山寨聚義廳前，宋江向他講述這種數學方程式：「總管休怪，昨日因留總管在山，堅意不肯，卻是宋江定出這條計來，叫小卒似總管模樣的，卻穿下足下的衣甲、頭盔，騎着那馬，橫着狼牙棒，直奔青州城下，點撥紅頭子殺人。燕順、王矮虎帶領五十餘人助戰，只做總管去家中取老小。因此殺人放火，先絕了總管歸路的念頭。今日眾人特地請罪。」秦明見說了，怒氣於心，欲待要和宋江等廝拼，卻又自肚裏尋想：一則是上界星辰契合，二乃被他們軟困，以禮待之，三則又怕鬥他們不過。因此只得納了這口氣，便説道：「你們弟兄雖然好意，要留秦明，只是害得我忒毒些個，斷送了我妻小一家人口。」宋江答道：「不恁地時，兄長如何肯死心塌地？若是沒有嫂嫂夫人，宋江恰知得花知寨有一妹，甚是賢惠，宋江情願主婚，陪備財禮，與總管為室如何？」秦明見眾人如此相敬相愛，方才放心歸順。

在宋江這段「坦白」中，可以得知，為了逼使秦明上山，必須「先絕了總管歸路的念頭」，而為了實現此「絕」，他們必須做「絕」，不惜斷送秦明「妻小一家人口」和不計其數地殺人放火。這種為了增加山寨的一分力量而不惜讓無辜百姓遍地橫屍的思路，秦明用「忒毒」二字加以評價。但梁山領袖卻能「理直氣壯」地行動，理直氣壯地陳述，這就因為他們自以為所做的一切都是在「替天行道」，秦明妻小人頭落地和城邊百姓生靈塗炭只是行道中的應有之義。

四、「造反」旗幟下的屠城

比強制秦明入夥規模更大的強制行為是逼迫盧俊義上山。盧俊義原是有名的河北三絕，武藝高強，棍棒天下無雙。梁山集團為了提高山寨的地位與聲望，便打他的主意。讓一個大商賈、大豪紳參加一個本質上是反大地主、大豪紳、大商賈的革命集團是極不容易的。何況盧俊義一身清白，既不近官，也不近匪，有名有望，有財有勢，為甚麼要落草為寇呢？毫無疑問，盧俊義和梁山起事的原始首領，其社會地位和文化心理的落差是巨大的，幾乎無可填補。然而，宋江、吳用等出於「革命需要」，刻意要強制他入夥，以壯革命聲威。由於地位、心理懸殊，要逼迫盧上山就格外困難，因此，這一過程所使用的各種陰謀手段也就更加黑暗和殘酷。此次吳用親自出馬，用盡智多星的全部本事。

這個過程包括：吳用裝扮相命大師，裝扮成救主（恐嚇盧俊義「百日內必有血光之災，須到東南一千里外避難」，從而引盧入圍）；包括題反詩嫁禍於盧俊義，置盧俊義於真反朝廷的死罪之中；包括在蘆葦蕩邊進行軍事埋伏的強行綁架（由李俊、阮氏兄弟出手）；包括擒拿李固又欲擒故縱放李固回城，以讓李固向官府告密（對李固說：「你的主人，已和我們商議定了，今坐第二把交椅。此乃未曾上山時，預先寫下四句反詩，在家裏壁上。本想殺你們，顯梁山泊行短，放你們回去，休想主人回。」）；包括明知盧俊義返回大名府必入牢獄，仍放盧俊義去品嘗牢獄之災以讓盧俊義陷入絕境（盧俊義返京後被公堂打得「皮開肉綻，鮮血迸流，昏暈三四次，套在身上的死囚枷鎖達一百斤，嚴刑之下，屈打成招」；包括最後為了救盧俊義而不惜屠城。整個過程的每一手段都極為險惡。而造成的後果則不僅是盧俊義飽受刑罰，身心受到難以想像的摧殘，而且家庭破裂，妻子變故，更嚴重的是大名府內的老百姓蒙受了一場大災難，這就是為了搭救盧俊義和石秀而進攻大名府（今日北京）所進行的屠城。此次是梁山全軍出擊的大規模軍事行動，戰鬥格外慘烈。李逵等各路兵馬不分青紅皂白一路砍殺，見人就殺，殺得天昏地暗，全城一片刀光血影。小說寫道：

煙迷城市，火燎樓台。紅光影裏碎琉璃，烈焰火中燒翡翠。前街傀儡，顧不得面是背非；照夜山棚，誰管取前明後暗。斑毛老子，猖狂燎盡白髭鬚；綠髮兒郎，奔走不收華蓋傘。踏竹馬的暗中刀槍，舞鮑老的難免刃槊。如花仕女，人叢中金墜玉崩；玩景佳人，片時間星飛雲

散。可惜千年歌舞地，翻成一片戰爭場。（第六十六回）

此次屠殺之慘狀，連準備投奔梁山、此次行動的內應、職業劊子手蔡福都看不下去，動了不忍之心，求柴進趕緊想法阻止屠殺下去。小說文本透露了這一驚人的職業殺手為百姓求情的細節：

……卻說柴進和蔡福到家中收拾家資老小，同上山寨。蔡福道：「大官人，可救一城百姓，休教殘害。」柴進見說，便去尋軍師吳用。此及柴進尋着吳用，急傳下號令去，教休殺害良民時，城中將及損傷一半。（第六十六回）

「城中將及損傷一半。」這是怎樣的數字？這是怎樣的死亡景象？《水滸》着重描繪梁山人馬的英雄行為，並不描寫濫殺情狀，可是，蔡福請求柴進「救一城百姓」的簡單信息，卻明明白白地透露梁山隊伍不僅在劫牢救囚，而且在進行一場大屠城。「城中將及損傷一半。」小說僅輕描淡寫地提這麼一句，可這意味着多少人頭落地，多少鮮血橫流。這種巨大血案，本是驚天地、泣鬼神的慘劇，可是，也是在「造反有理」的理念掩蓋下，從未進入中國人的反省日程，倒反而也屬替天行道的範疇之中。革命本來應是救百姓於水火之中，然而，攻打大名府卻把滿城百姓置於悲慘的水火之中。這種合理性何在呢？然而，這一切不合理的、反人性的行為都因為一種革命崇拜的「造反有理」的思路而合理化，即因為一種「替天行道」的旗號而合理。所謂「造反有理」，正是用這種偽合理性來遮蔽其行為的極其殘酷的極不合理性。

盧俊義上山之後，坐上了第二把交椅。從一個大財主、大豪紳變成一個反叛大財主、大豪紳的革命大寨主。梁山集團似乎真的把他改造成功了。然而，真是成功了嗎？《水滸傳》裏只寫他入夥後的一些戰功，並未書寫盧氏的心理情緒。英雄傳只按照它的造反有理的邏輯一路寫去，並不管每個生命個體的生命邏輯。正是掩蓋了個體生命邏輯，所以造反有理的邏輯才一代又一代地遺傳給中國人，年復一年地塑造着中國的民族性格。

五、關於「造反有理」的四點思索

強制朱仝、安道全、秦明、盧俊義等參與革命集團的事件，引發三個值得思考的中國文化問題：

1、以往談論「逼上梁山」的現象時，只談論「官逼民反」，「民不得不反」的一面，忽略還有另一面是「民逼官反」。倘若我們揚棄歷代統治集團把造反者誣稱為「匪」，而把梁山的原始核心視為社會底層的豪傑，那麼，這些武裝了的「民」逼「官」反（姑且也把盧俊義視為官層的一員）與官逼民反一樣浸透着血腥味，一樣殘酷。高俅等迫害林沖，用的是國家機器（替天子行道）與國家名義下的各種卑鄙手段，而宋江等逼迫朱仝、安道全、秦明、盧俊義，用的是「革命」（替天行道）和革命名義下的各種殘酷手段。手段不同，卻同樣侵犯他人的生命權利與靈魂權利，都置他人於極端的痛苦之中與災難之中。其實，民是人，官也是人，雖然其政治地位、經濟地位有差別，但人格是平等的。官僚們仗勢欺人，不把老百姓當人，這是黑暗的上對下的壓迫；而民間造反集團對壓迫的反抗也不可濫殺官員，也不可用人類公認的諸如「殺人放火」等罪惡行為強加在他們身上，對他們強行「改造」。穿着秦明的盔衣戰甲去濫殺百姓而讓秦明與他的家小承擔災難，又讓秦明認同陰謀者的道路，包含着多種心靈摧殘、人性摧殘。這種民逼官反的形態其實也是一種壓迫形態。

2、確認「造反」的某種歷史合理性，同情造反者對「專制制度」或「專制權力」的反抗，並不意味着對反抗者「專制人格」的認同。宋江、吳用、李逵、張順等強制他人入夥的行為所表現的人格，乃是一種極端專制人格。不尊重他人生命的自由選擇，包括政治立場的自由選擇，對人實行強制性「改造」和逼迫他人接受自己的觀念、立場與道路，這就是專制人格。中國的男子多數都具有專制人格。專制人格用於家庭，便是家庭專制；用於社會，便是政治權力專制。中國雖然發生過無數次反叛專制制度與專制政權的農民革命，其結果只是改朝換代，並未建立新的非專制的政治模式與文化模式，其原因就在於原專制政權的主體與反抗專制政權的主體，其文化心理結構是相同的，都是專制性質、霸道性質的心理結構和思維方式。換句話說，皇帝與反皇帝的造反者，官僚與反官僚的造反者，在潛意識層面上是兩兄弟，他們只是專制國民性錢幣的兩面。

3、中國人，無論是民、官還是知識分子，其生存環境均極為惡劣，而最惡劣之處是在兩極性的政治營壘中沒有自由選擇的第三空間。要麼是黑，要麼是白，要麼是革命，要麼是反動。兩個陣營的搏鬥你死我活，一個要吃掉一個。兩個陣營都要求佔人口絕大多數的平民百姓與知識分子依附一方和投入一方，不承認黑白之間的廣闊灰色地帶。金庸《笑傲江湖》的主人公令狐沖的處境其實是中國人與中國精英的典型處境，他想在正邪兩方中獨立獨行，但不被允許。他既是所謂正教（華山派）岳不群的弟子，喜歡岳不群的女兒，又愛邪教教主的女兒任盈盈。他武藝特別高強，兩派都要利用他，利用不了又要加害他。幸而那時的世俗社會之外還有一個山林社會可逃避，他最後與任盈盈只好逃到那個不見人間煙火的地方吹奏「笑傲江湖」的千古絕唱。從宋江梁山起義的年代直到現代，中國始終沒有第三空間。沒有盧俊義存活的第三空間。美國總統下台後，可以不參與政事，寫自己的傳記，其實他們就生活在第三空間之中，他們所以有逍遙的權利，是因為有一個政治勢力不可踏入不可侵犯的個人生活領域。這個領域如果消失，自由就會喪失。

4、在《水滸傳》展示的從「官逼民反」到「民逼官反」的過程中，我們發現兩種怪物。一種是專制皇權政治造成的以「高俅」的名字為符號的怪物，這種怪物本沒有才能、品格、智慧，只有拍馬、巴結、獻媚的本事，但他仰仗專制機器逆向淘汰的黑暗機能，爬上權力寶座的塔尖並為所欲為無惡不作而造成革命的合理性。另一種怪物，是造反大戰車造成的以李逵、武松、張順的名字為符號的怪物。這些怪物本來質地單純，但在「替天行道」的造反合力下，一味只知服從殺人的命令，只有力量，沒有頭腦；只有獸的勇猛，沒有人的不忍之心；政治性造反是推翻舊政權的你死我活的最慘烈的生死存亡的鬥爭，戰爭極為殘暴也極為險惡，造反者為了生存與發展下去，無法使用正規手段，它注定要破壞維繫社會存在的基本規則，因此就走向濫殺的血腥道路。而造反集團也需要這種怪物作為他們的先鋒，在黑暗中為集團殺出一條血路。於是，這種怪物的產生就成為一種必然。不僅中國的大造反運動如此，其他國家的大革命也如此。關於這種現象，法國史學家托克維爾在其名著《舊制度與大革命》中首先揭示了這一點。他在論述法國大革命時說了這樣一段話：

> 許多人將大革命視為魔鬼在世間顯靈。自一七九七年起，德·梅斯特爾先生便說道：「法國革命具有惡魔的特點。」反之，另一些人卻在大革命身上發現了上帝的福音，它不僅要更新法蘭西的面貌，而且要使整個世界煥然一新，或者說要創造一種新人類新世界。在當時的若干

作家身上，都有這種帶宗教色彩的驚恐心理，好比薩爾維當初見到蠻族一樣。伯克繼續闡述他的思想，驚呼道：「法蘭西豈只喪失了舊政府，簡直喪失了所有政府，與其說法蘭西一定將成為人類的災難與恐怖，倒不如說它幾乎成了屈辱與憐憫的對象。然而，自這座被謀殺的君主專制的墳墓中，卻走出來一個醜陋、龐大、超出人類一切想像力的令人可怖的怪物。這個醜陋的怪物徑直向目的地奔去，不懼危險，不因悔恨退步；它對一切固有的準則，和一切常規的手段不以為然，誰要是對它的存在不理解，它便把誰擊倒。」[1]

托克維爾不像路德．皮特（英國政治家，曾任首相並組織反法同盟對抗拿破侖）把大革命的英雄們視為魔鬼，也不像另一些人把它視為天使。（中國的金聖歎就把武松視為「天人」），但清醒地看到從大革命的烈火與舊制度的廢墟中走出一種被視為英雄的怪物——醜陋、龐大、超出人類全部想像力的可怕的怪物。這種怪物確如托克維爾所描述，它徑直向目的地奔去，不為危險所懼，不因悔恨卻步；它無視一切固有的準則，無視一切常規的手段。我們在《水滸傳》中看到的李逵，正是這種怪物。

李逵以及《水滸傳》中的其他英雄如武松、張順、石秀、楊雄等，他們有托克維爾所描述的怪物的共性，而且還有自身的特性。這種特性，又是水滸主要英雄的共性。概括地說，其特性有兩點，一是嗜殺；二是不近女色。下邊我們將要講述的《水滸傳》的第二大命題，也將進一步講述水滸怪物的這些特色。

1 托克維爾：《舊制度與大革命》，高龍川譯，第一三—一四頁，北京，京華出版社，二零零零年。

第三章　「慾望有罪」潛命題批判

一、慾望的權利與「慾」的不平等

浸透《水滸傳》全書的第一大邏輯、大觀念是「造反有理」，這一邏輯與理念形成它的英雄觀。浸透全書的第二大邏輯、大觀念是「慾望有罪」，也可以說是「生活有罪」，從而形成小說的婦女觀。中國古往今來對婦女的蔑視、鄙薄、排斥、詆毀，在《水滸》中走到了極端。

慾望，特別是食慾與性慾，這是生命自然人性的起點。它本無善無惡，屬於中性概念。但人之所以為人，在於其慾望有別於動物，能把慾轉化為情，這一過程便是生命自然的人化。所謂人性，乃是動物性慾望的理性提升。有慾望才是人，能提升慾望更是真正的人。人性不同於動物性，也不同於神性。神性沒有慾望，沒有激情，沒有食的要求也沒有性的要求。文明社會不是用動物性的標準放縱人，也不是用神性的標準禁錮人，而是以人性的態度首先確認慾望的權利，然後對慾望進行提升（教育）與制衡（道德、法律等）。但《水滸傳》的核心價值觀念之一是認定慾望有罪，而婦女是慾望主體，因此她們是禍水，是萬惡之源。「萬惡淫為首」，淫不僅是萬惡之源而且是萬惡之首。《水滸傳》與《紅樓夢》在對待婦女的態度上表現為兩極。《水滸傳》中的婦女不是人，而是物，大體上屬三類物，即尤物（如潘金蓮、潘巧雲、閻婆惜）、器物（如扈三娘、李巧奴）、動物（如孫二娘、顧大嫂等）。水滸英雄對三者中的尤物充滿仇恨，皆報以斧頭與刀劍，他們更是把婚外戀的女人視為頭等罪犯，皆判處死刑送入地獄。而《紅樓夢》則把少女視為天地鍾靈毓秀的結晶，把少女視為宇宙本體。對於已婚女人則「分別視之」，有的變成「死珠」與「魚眼睛」，沒有生命的活力；有的則仍然有情愛追求，如秦可卿。對於後一種女性，《紅樓夢》報以最大同情。秦可卿雖屬潘金蓮、潘巧雲式的婚外戀者，但她被視為頭號「可人」（可愛的美人），死後給予驚天動地的厚葬，被送入上堂。曹雪芹的偉大之處，正是承認人類情慾的權利和情慾的合理性與合法性。《紅樓夢》只設審美法庭，不設道德法庭。《水滸傳》和《三國演義》正相反，只有道德法庭，沒有審美法庭。

中國的封建等級政治文化與道德文化，其虛偽性，很集中地表現在兩個字上的不平等，一個是「刑」字，一個是「慾」字。刑不上大夫，歷來如此。高官權貴和平民百姓在法律面前、國家機器面前從來不平等。兩千多年前莊子就揭示了「竊鈎者誅」、「竊國者侯」的荒誕現象。另一種荒誕則是在「慾」字面前帝王可以擁有三宮六院，權貴可以妻妾成群，而平民百姓一旦有了婚外戀則被訴諸道德法庭和政治法庭，甚至承受種種慘無人道的酷刑。可悲的是，在這一點上，歷來都是大眾與統治者完全一致，皆把所謂「淫婦」視為國家之大敵，天下之大敵。《水滸傳》在政治層面上是唱反派，在道德層面上尤其是在禁慾主義的道德意識層面上，則與統治者高度一致。如果他們革命成功，婦女不僅得不到解放，而且將進入更黑暗的地獄。在這一點上，武松、李逵等，與挖地道和妓女李師師偷情的宋朝皇帝（宋徽宗）無法相比，後者（統治者）實在比前者（造反者）「文明」得多，「人性」得多。

二、英雄特色與英雄對美人的殺戮

由於根深蒂固的仇視女性的理念與情結作祟，因此，水滸的主要英雄李逵、武松便形成兩大特徵，一是嗜殺，二是不近女色，後者成了英雄的信條。這兩個特點有時分開，有時結合在一起。分開時，英雄可以在沙場上或在其他場合上拼殺，從中取得快樂。而結合在一起時，則要在殘殺女性時獲得最高的快感。以李逵為例，他所以會成為頭號英雄，便是他不僅善於殺人，而且絕對不近女色。也不許其他兄弟接近女色，哪怕他最崇拜的大哥宋江，一旦接近女色，李逵就要找他算賬，幾乎不惜火併。李逵戲負荊請罪，演的就是他誤認為宋江搶走劉太公的女兒，氣得砍倒杏黃旗，要當堂劈死宋江，大義凜然。後來才明白是誤會。這一戲劇故事出自《水滸傳》第七十三回。在《水滸傳》中，誰不近女色，誰就佔領道德的制高點，誰就是最高的法官。李逵在梁山泊中就是這樣的大法官。可惜這位法官太殘忍。第七十三回《黑旋風喬捉鬼》寫道，李逵「之夜鬧東京之後，和燕青一道返回梁山，途中經過一個名叫四柳村的地方，便借宿在莊主狄太公院裏。太公告訴李逵半年之前他的嫡親女兒家中『着了一個邪祟』，便不出門。」李逵聽了之後，就趁吃飽喝足之時到他的女兒房中去捉鬼。到了房裏，見到一個後生摟着一個婦人在那裏說話，原來是男女情慾，這可了不得。情愛之中的男女比惡鬼還壞，李逵怎能容忍，立即舉起大斧把後生的頭砍下，提到床上，然後又把鑽入床底下的狄公女兒揪到床邊，也「一斧砍下頭來」，之後再把兩個人頭拴在一起，把兩具屍首相並，這還不夠，接下去李逵又進一步玩他的血腥遊戲：

（李逵）把兩個人頭拴做一處，再提婆娘屍首和漢子身屍相並。李逵道：「吃得飽，正沒消食處。」就解下上半截衣裳，拿起大斧，看着兩個死屍，一上一下，恰似發擂的亂剁了一陣。

李逵笑道：「眼見這兩個不得活了。」

甚麼是虐殺狂？此時的李逵便是。只要人性尚存，都會對這種比野獸還兇殘的行為感到震驚。李逵憑甚麼如此殘殺這對年青男女，就因為他們相愛相聚。當他提着人頭來到廳前時，狄太公哭着說：「師父，留得我女兒也罷。」可李逵理直氣壯地說：「打脊老牛，女兒偷了漢子，兀自要留他？你恁地哭時，倒要賴我不謝。」一個未嫁的年青女子找一個情侶，被說成「偷漢」，而「偷漢」，就應是「死罪」，就應當碎屍萬段。在李逵的潛意識裏是他替社會、替狄太公除了大害，社會和狄太公還應當感謝他呢！可見，「情慾有罪」的觀念在李逵的心裏扎得多麼深。在他的潛意識世界裏，有一個多麼可怕多麼兇殘的道德法庭，這個法庭比閻王殿裏的死亡法庭還黑暗！

兩個戀愛中的青年男女，英雄們尚且如此仇恨，那就更不用說婚外的「偷情」女子了。於是，《水滸傳》最殘暴、最黑暗的道德法庭便集中地對準最後均被判為死刑和比死刑更殘暴的酷刑的有名的三大「淫婦」——潘金蓮、潘巧雲、閻婆惜身上。

關於潘金蓮，早在二十世紀八十年代中期，大陸劇作家魏明倫已通過戲劇質疑了《水滸傳》的理念。不必使用現代文化參照系，就以產生在明代的另一部長篇小說《金瓶梅》來說，作者的理念就與《水滸傳》大不相同。作為現實主義的傑作，《金瓶梅》的理念是生活無罪，慾望無罪。它寫的是真實的生活狀態，無論是寫社會世態還是男女情慾，都是如實描寫，不作價值判斷，不設帶有刀斧刑具的道德法庭，其對女子的態度是同情與悲憫。寫到潘金蓮，便先寫其性壓抑，再寫性報復，最後才寫性變態。對於潘金蓮及其他女子，社會沒有敵視狀態，作者也沒有敵視筆調和愛憎態度。即使西門慶，他雖玩賞女性，但也還是尊重女性，並不辱待女性。這大約是中國男子的一般狀況。他外出時，其將過門的妾李瓶兒耐不了寂寞，與蔣竹山私通。但他回來後得知此事並沒有對李瓶兒進行報復，更沒有殺戮，仍然娶李瓶兒。圍繞他身邊的諸女子爭寵，明爭暗鬥也甚為殘酷，但讓人只感到這是女子本身的人性弱點或人性惡，並非作者刻意歪曲醜化女人或對女子懷有敵視、仇恨的態度。《水滸傳》則不一樣，它每一筆每一節都有道德價值判斷，潘金蓮頭上懸着的是最嚴酷的道德刀劍。她經歷了兩次性壓抑（被強行嫁給一個老地主又嫁給一個特別矮小的武大郎），作者沒有同情的筆調。一個青春女子，其「性」被如此壓抑後產生情愛的萌動，愛上武松，這是合人性的，或者說這是帶有人性慾望的合理性。但作者不覺得有理，而是覺得有罪，是對英雄的勾引。潘金蓮後來在謀殺武大郎的過程中，始終是被動的。開始時被誘惑，落入了社會給她安排的圈套。這裏首先是社會有責任。社會未能給她情慾的權利和合法性，因此，她與西門慶的結合在某種意義上也是在實現作為年青女子的慾望的權利。後來，她走過頭了，被動地參與他們設計的謀殺丈夫的行為，真正犯了罪，可是，作者未想到，此罪不僅是她自身人性弱點的結果，而且也是社會禁慾專制主義的結果，情愛自由被剝奪的結果，「慾望有罪」文化理念的結果。可是武松只知她十惡不赦，大刀直刺她的心窩，還砍下她的頭顱，試看這段文字：

> 那婦人見頭勢不好，卻待要叫，被武松腦揪倒來，兩隻腳踏住他兩隻胳膊，扯開胸脯衣裳。說時遲，那時快，把尖刀去胸前只一剜，口裏銜着刀，雙手去挖開胸脯，摳出心肝五臟，

供養在靈前。喀嚓一刀，便割下那婦人頭來，血流滿地。

這種極其野蠻的酷刑，武松做得痛快淋漓，享受的是人頭落地瞬間的快樂。《水滸傳》作者寫得痛快淋漓，大約也享受到揮灑血腥筆墨的快感，至於讀者，應當也有不少人讀得痛快淋漓，進入「大快人心」之境。

如果說武松殺潘金蓮，還有罪的理由（潘畢竟是謀害丈夫的同謀），那麼，石秀殺潘巧雲則純粹是性慾的理由。楊雄的妻子潘巧雲與當和尚的「師兄」裴如海有私情（裴拜潘巧雲之父為乾爹），這就是有夫之婦的所謂外遇。對此，楊雄本可寫「一紙休書」了斷婚姻也就罷了。可是石秀給他出謀劃策，讓楊雄把她引到僻靜的翠屏山中，先對潘巧雲和小丫鬟迎兒進行了一番恐怖審判，然後再進行一場恐怖殺戮。肉體摧殘與精神摧殘同時進行。《水滸傳》第四十六回描寫這段過程：

楊雄道：「兄弟，你與我拔了這賤人的頭面，剝了衣裳，我親自伏侍他。」石秀便把那婦人（潘）頭面首飾衣服都剝了，楊雄割兩條裙帶來，親自用手把婦人綁在樹上。石秀也把迎兒的首飾都去了，遞過刀來說道：「哥哥，這個小賤人，留他做甚麼？一發斬草除根。」楊雄應道：「果然，兄弟把刀來，我自動手。」迎兒見頭勢不好，卻待要叫，楊雄手起一刀，揮作兩段。那婦人在樹上叫道：「叔叔勸一勸。」石秀道：「嫂嫂，哥哥自來伏侍你。」楊雄向前，把刀先挖出舌頭，一刀便割了，且教那婦人叫不得。楊雄卻指着罵道：「你這賊賤人！我一時間誤聽不明，險些被你瞞過了。一者壞了我兄弟情分，二乃久後必然被你害了性命。不如我今日先下手

> 為強。我想你這婆娘心肝五臟怎地生着，我且看一看。」一刀從心窩裏直割到小肚子下，取出心肝五臟，掛在松樹上。楊雄又將這婦人七事件分開了，卻將頭面衣服都拴在包裹裏了。

面對這種慘無人性的殺戮行徑真叫人渾身戰慄。可是，兩個水滸英雄卻冷靜得很，先是毒罵，折磨其心，後則動手，割舌頭，刺心窩，刀尖直插肚腹，這還不夠，進而取出心肝五臟掛在樹上，最後還要進行七件分屍。這種行為，集中了中國的凌遲、剝皮、割舌、分屍的精髓，把刑罰推到極限。世上的酷刑用到這個地步，對付的卻是一個手無寸鐵的弱女子，一個犯有婚外戀「錯誤」的結髮妻子。這是比斷頭台還兇殘的暴力刑場。而楊雄所以會如此兇狠，潛意識裏是認定妻子犯的是天下第一大罪。萬惡淫為首，犯下此罪的女子，一刀了斷其生命是不夠的，必須挖出心肝五臟，必須如五馬分屍似的將那「婦人七件東西分形」才算「正法」。楊雄殺妻與武松殺嫂的細節相似，暴虐的瘋狂度也差不多，這就是因為他們有共同的理念和相似的潛意識心理。面對這種傷心慘目的暴行，數百年來的中國讀者提出質疑者極少，其中除了國民性相通之外，還有一個原因是《水滸傳》的作者作了鋪墊。作者不斷咒罵和尚，說他們是餓中色鬼，也不斷醜化潘巧雲，渲染她離間楊雄與石秀的兄弟關係，讓讀者誤認為楊雄擁有殘殺潘巧雲的道德理由。其實，在這些語言雲霧的背後，真正的理由只有一個，就是情慾不僅有罪，而且有大罪，有死罪，有千刀萬剮的天下第一罪；支持這種殘酷法庭與殘酷刑場的是中國千百年形成的大男子主義的「夫權」文化——「夫為妻綱」的絕對化，夫權的絕對化，使婚姻之後男方實現了對女方的絕對佔有，包括生命權情慾權的絕對佔有。因此，男方可以有三妻四妾，而女方則連婚外戀的權利都沒有。這種絕對夫權，對於婦女來說便是絕對地獄。楊雄把妻子視為大敵，就因為妻子侵犯了他的絕對夫權，這是絕對不可饒恕的。像楊雄這些水滸英雄，可以給自己的宿敵放出一條生路，如給高俅放出一條生路，但絕對不可能給有婚外戀的妻子放出一條生路。

三、天堂、地獄、人間——《紅樓夢》、《水滸傳》、《金瓶梅》對婚外戀女子的不同態度

對待婦女的態度，《紅樓夢》、《水滸傳》、《金瓶梅》等三部小說全然不同，尤其是對婚外戀的婦女，其態度更可以用上「天淵之別」這個大詞彙。簡明地說，對於走出婚姻牢籠的「婚外戀」婦女，《紅樓夢》把她們送入天堂，《金瓶梅》把她們放入人間，《水滸傳》則把她們打入地獄。

《紅樓夢》中最著名的婚外戀者是秦可卿；《金瓶梅》和《水滸傳》中最著名的婚外戀者則是潘金蓮。前者還有李瓶兒、林太太等，後者還有潘巧雲等。

秦可卿是婚外戀者，無可懷疑。她死的時候，賈珍哭得像「淚人兒」，傷心至極，許多紅學家都喜歡考證秦可卿與賈珍的情愛關係，之所以有考證的餘地，是因為小說文本中對這段情感故事只是暗寫、曲寫，即寫得非常含蓄，只能意會，不能言傳。秦可卿死後，其丫鬟瑞珠觸柱而亡，考證家們認為這是她撞見了賈珍與可卿的情愛場面，也說得過去。秦可卿不僅與賈珍有情愛關係，和賈寶玉也有戀情，她是寶玉的性啟蒙者。賈寶玉先有與啟蒙者的戀情，然後才有和襲人的「初試雲雨情」，難怪焦大要大罵寧國府不乾淨，偷情的偷情，「扒灰的扒灰」，「養小叔子的養小叔子」。奴才焦大在這裏扮演道德法庭的審判者，而且義憤填膺。但《紅樓夢》的作者，偉大的曹雪芹，並不扮演焦大的角色。他暗示秦可卿是婚外戀者，而且膽子很大，上通公公，下勾小叔子，屬於「亂倫」的婚外戀者，大逆不道至極。然

而，對待這個女子，曹雪芹卻把她寫成最可愛的人。她的名字叫做可卿，就是可人——可愛的人。她的字號叫做兼美，兼有林黛玉的傷感之美與薛寶釵的賢淑之美及其他各種美。她不僅才貌雙全，而且是個未被發現的哲學家與管理家。她臨終之前，託夢給王熙鳳說的那一番遺囑，有虛有實，有形而上的「登高必跌重」、「否極泰來」等玄思，又有「祖塋附近多買田莊農舍」的具體建議（第十三回），句句說到點子上、要害上，簡直是個天才。對於這個婚外戀者，曹雪芹不僅獻給她最美的筆墨，描畫出最美的形象，而且在她死後安排了最隆重的葬禮，讓她享受最高的哀榮，連北靜王都出面進行路祭。最為重要的是，還把她送入天堂。在小說起始部份中寶玉夢遊太虛幻境，她就有了一個「警幻」仙子妹妹的身份，死後她自然又回到姐姐身邊。曹雪芹把秦可卿這種婚外戀者即被世俗勢力界定為「尤物」、「淫婦」的女子界定為「可人」，實際上給歷史翻了一個大案。他翻大案，不是作為造反者去搏擊聲討陳舊理念，而是用審美法庭取代道德法庭。審美境界乃是高於道德境界的天地境界和宇宙境界。曹雪芹把秦可卿放在審美境界中，她的一切行為均無善無惡，無是無非，但都很美。曹雪芹才是女性的偉大解放者。

與秦可卿戀小叔子（寶玉）相似，潘金蓮也戀小叔子（武松），但兩人的命運卻截然不同，秦可卿得到《紅樓夢》作者與讀者的充分同情與愛慕，而潘金蓮卻得到《水滸傳》作者與讀者的憎惡與咒罵。作者的價值觀不同，筆下人物的遭遇也大不相同。秦可卿被送入天堂，《水滸傳》中的潘金蓮則被送入地獄。小叔子的尖刀插進她的胸膛且不說，施耐庵更是一路淫婦長、淫婦短，說「親夫卻教姦夫害，淫毒皆成一套來」（第二十五回），讓讀者個個對潘金蓮恨得咬牙切齒。最後武松割下潘金蓮的人頭來祭奠武大郎，這武大郎固然值得同情，但潘金蓮就只能仇恨、仇殺嗎？施耐庵給武大郎「設祭」，其中設置的是最嚴酷的道德法庭和斷頭台。《水滸傳》和《三國演義》對女人都沒有審美意識，只有政治意識與道德意識。「雙典」不僅把「淫婦」視為萬惡之首，而且視為萬惡之源。如果說，潘金蓮和潘巧雲的形象向社會宣示的是「萬惡之首」，那麼，另一個形象「淫婦」閻婆惜，其暗示的則是「萬惡之源」。如果沒有閻婆惜的偷情並導致告密，滿心忠孝的宋江何至於舉刀殺人，「落草為寇」？宋江在梁山大鬧革命，最後又被招安打方臘，種種「罪惡」，其源頭就是閻婆惜的情慾。「宋江殺惜」的是是非非並不重要，重要的是這一寓言暗示的是一個女人改變了一個男人的一生，一個女人造成一個具有儒家心腸的血性男子最後不得不上山為「匪」。男權社會總是說女人是禍水，從商周時代的妲己到《水滸傳》中的眾「淫婦」，全是禍水。潘金蓮、潘巧雲、閻婆惜等便是禍水、禍根、禍源的綜合形象。從《水滸傳》所反映出來的「情慾有罪」的理念及讓人戰慄的對於性情婦女的極端仇恨，便可以明白，中國婦女是最難解放的。她們的「解放」，即實現情慾的一些基本權利，不僅要面臨巨大的道德、意識形態等多種壓力，而且要面臨滅頂之災的巨大浩劫。因此，可以把婦女解放視為社會解放的標誌。「五四」時期的新文化先行者正是這樣看。中國的婦女解放基本上是一種「奴隸解放」的形態，說得更徹底一些，是「地獄解放」的形態。

與《紅樓夢》、《水滸傳》的天堂、地獄兩極位置不同，《金瓶梅》把潘金蓮等婚外戀者放在「人間」正常生活的層面上。

《金瓶梅》是一部現實主義的傑作，寫實寫真都寫得很徹底，前文已說過，它只展示生活的原樣原生態，不作任何道德判斷，更不設置道德專制法庭。它暗示的是「慾望無罪」、「生活無罪」的理念。中國的男人女人是怎樣生活的？《金瓶梅》寫得最清楚。中國男人粗糙庸俗到甚麼地步？看看西門慶就知道。中國女人爭風吃醋爭到甚麼地步？看看潘金蓮和西門慶的其他妻妾就知道。然而，《金瓶梅》的作者只是冷靜地娓娓寫來道來，並不激憤亢奮。小說作者把西門慶寫成大俗人，但沒有把他寫成大惡人。與此同時，作者把潘金蓮寫成渴望情慾的婦人，但也沒有把她寫成十惡不赦的「淫婦」。生活本就如此，人性本就如此，作者冷觀過社會人生，也如實地見證社會人生。面對社會百態，人生百相，他不驚不喜，不憤不悲。寫潘金蓮也只是作為一個有慾望、有激情、有快樂、有痛苦的普通女人來寫，對她的一切行為，只是逼真地呈現，全然沒有評說與判斷。社會庸俗，她俗在其中，家庭關係緊張，她也在緊張中掙扎。她唯一的要求就是過日子並求得性的滿足，這種需求也無是無非，無善無惡，作者對此既不嘲笑也不讚頌，既不溢美也不溢惡。說她可愛，並不可愛；說她可恨，並不可恨；說她可憐，並不可憐；說她可悲，並不可悲；說她可怕，並不可怕。中國數千年來的大戶妻妾就是這樣生活過來，這樣度過她的一生。她的一切情感追求，你說她是偷情也罷，通姦也罷，有心也罷，無恥也罷，悲劇也罷，喜劇也罷，其實她都不在乎這些評語，只知道一個女人該如此生活，順其生命自然如此生活。總之，潘金蓮是活在人間的真實中。這人間並非天堂，但也不是地獄，它是人的社會，人的家庭。

孟超先生在《金瓶梅人物論》中曾為潘金蓮說過公道話，質疑「淫婦潘金蓮」的罪名，他如此介紹和評論說：

> 潘金蓮是清河縣南門外潘裁縫的女兒，排行六姐。父親早死，被媽媽賣在王招宣府裏學彈唱，王招宣死後，她媽媽又把她爭將出來，轉賣給張大户做了丫頭，張大户收房作妾，而大婦不容，又把她嫁給了賣燒餅的武大郎，事實上還是張大户的外室。武大郎既矮又醜，但他的弟弟武松，卻是一個打虎的漢子，金蓮愛慕不遂，便被西門慶勾搭上了；於是害死了武大，嫁

給西門慶做了第五房妾。在西門家裏，私僕受辱，爭寵爭財，等西門死後，更私通西門慶女婿陳敬濟，結果，被趕出來，為武松報兄仇所殺。

「淫婦潘金蓮」，這五個字似乎早已成了千古定案了；論其平生，嫁了好多次，偷了許多人，謀害過本夫，挑撥過無數的口舌，至於獻媚，爭寵，嫉妒，淫蕩……各種事實，載滿了《金瓶梅》全書，好像一概都是她無可辯駁的罪名，而千百年後還遭到萬人唾罵，做了人們嘴巴上示眾的標本，永遠不得超脫，永遠不得翻身，大約這也算活該的報應哩；可是我們如果仔細地深思一下，潘金蓮是不是天生的壞胚子？在甚麼環境產生這樣的人物？她是甚麼出身？她是甚麼身份？她遭受了甚麼際遇？她怎樣地對付着她的生活？她憑借了甚麼活着？她為了甚麼遭到了慘死？這些問題一一地回答起來，就不那麼簡單，但因為這些，她才能成為《金瓶梅》中主要的角色，也才是《金瓶梅》裏邊被糟蹋得最厲害的一個，被迫害得最殘酷的一個，所以說她是千古悲劇人物，也並非武斷。

孟超先生說潘金蓮是「千古悲劇人物」是對的，但說她在《金瓶梅》裏是被糟蹋得最厲害、被迫害得最殘酷的人卻未必。真正被糟蹋並蒙受最殘酷殺戮的是《水滸傳》中的潘金蓮，她被自己所愛的小叔子砍下了頭顱還被挖了五臟六腑，施耐庵讓自己筆下的英雄俘虜了頭號敵人高俅還放走了他，但這些英雄絕對不放過潘金蓮、潘巧雲、閻婆惜等，他們對這些弱小的性情女子報以最高的仇恨，投以最無情的劍刃。水滸的絞刑架與斷頭台為誰準備着？就為潘金蓮、潘巧雲等準備着。

第四章　屠殺快感的兩大現象

一、屠殺快感的審美化現象——對李卓吾《水滸傳》評點的質疑[1]

把李逵、武松、楊雄砍殺快感帶入審美批評領域，從而導引讀者進入野蠻品賞趣味的是明代與明清之際的小說評點家，包括李卓吾、金聖歎等。

李卓吾（李贄）是我國近代思想解放的先驅者之一，他的《童心說》在近五百年來的作家中產生了深刻的影響。在宋明理學出現「存天理，滅人欲」的腐朽命題之後，是他最先鮮明地肯定人的慾望的權利，認定「人之所欲」，自古皆然，也是人性本然。他說：

1　世傳題名李卓吾批點的《水滸傳》有兩種，一是萬曆四十二年袁無涯刻一百二十回本《忠義水滸全傳》，另一是最遲刊於萬曆三十八年的容與堂刻百回本《李卓吾先生批忠義水滸傳》。袁無涯刻本的批點是偽託於李卓吾名下，學術界看法一致，但容與堂本的批點者是否實屬李卓吾本人，抑或又是偽託，學術界意見不一。章培恒定容與堂本「非李卓吾所批」。主要根據是明代錢希言《戲瑕》卷三《贗籍》中的一條記載，以及李贄《忠義水滸傳敘》盛讚宋江而容本批點對宋江評價頗低，還有容本所提《黑旋風集》一事，又見於《戲瑕》，推定評點為假託，實際評點者可能是明人葉晝（見章培恒《容與堂本水滸傳前言》，上海古籍出版社，一九八八年）。然而，陳洪根據李贄《與焦弱侯書》的記載，李贄確言自己批點過《水滸傳》，而袁無涯刻本參考了容與堂刻本；另外容本批點在思想觀點、言語風格上均合於李卓吾其他著作，定世傳的李卓吾批點《水滸傳》就是容與堂刻本。陳的辯解甚為詳細，本文以為可從（見陳洪《中國小說理論史》第三章《群星璀璨》，安徽文藝出版社，一九九二年）。

聖人雖曰，「視富貴如浮雲」，然後之亦若固有；雖曰，「不以其道得之，則不處」，然亦曰，「富與貴是人之所欲」。今觀其相魯也，僅僅三月，能幾何時，而素衣霓裘、黃衣狐裘、緇衣羔裘等，至富貴享也。禦寒之裘，不一而足；裼裘之飾，不一而襲。凡載在鄉黨者，此類多矣。謂聖人不欲富貴，未之有也。[1]

李卓吾非孔崇佛，兼有佛心童心，並衝破傳統教條的牢籠，敢於肯定慾望的權利，很了不起。照說，他對《水滸傳》的評點應當會有振聾發聵、啟迪後人之處，至少，其評點應有慈悲的導向（佛性）、保護兒童、婦女的導向（人性），可是，他卻朝着相反方向進行評論，崇尚《水滸》中的暴力，品賞暴力下的血腥趣味，對後人產生極為惡劣的影響。李卓吾的《水滸》評點，是他的全部著作中思想最混亂的部份，顯然是他的敗筆。李卓吾是筆者崇仰的偶像之一，對於他的異端性思想，尤其是追求生命本真的精闢思想，一直衷心地吸收，但是，對其《水滸》的評點（不包括藝術鑑賞部份），卻完全無法接受。

李卓吾的《水滸》評點，其致命的錯誤是對暴力的化身李逵的崇拜。他之後，金聖歎延續這種崇拜，只是第一崇拜對象是武松，並獻給他一個「天人」的最高桂冠。而李卓吾的第一崇拜對象是李逵，他獻給李逵的最高桂冠是「活佛」。所謂「佛」，最重要的是擁有慈悲心，但李逵離開慈悲心十萬八千里。佛最表面的要求應是戒殺生，但李逵恰恰是嗜殺的第一斧手。李卓吾不僅視他為活佛，而且把他視為童心的載體，以為李逵是「童心說」的形象代表，這更是大錯特錯。在這種基本判斷發生重大錯誤之後，

1《李氏文集》第十八卷，《明燈道古錄》上卷。轉引自侯外廬主編《中國思想通史》第四卷，第一零六九頁，人民出版社，一九九二年。

李卓吾連婦女的慾望權利被李逵摧毀的時候，也不置一詞，甚至繼續謳歌。

李卓吾稱李逵為「活佛」，見於容與堂本《水滸傳》第五十回。那是李逵在攻打祝家莊殺人無數之後，連宋江也覺得過份而不給記功。

> 黑旋風笑道：「雖然沒了功勞，也吃我殺得快活。」

對此，李卓吾在行間批道：妙人，妙人，超然物外，真是活佛轉世。

李卓吾把李逵當作活佛，當作天真爛漫的孩子，因此，相應地真把李逵的殺人血腥遊戲當兒戲，把兇殘當有趣，竟欣賞品賞起殺人慘劇來。不妨看看第七十三回的評點：

> 李逵把那漢子先一斧砍下頭來，（行間批：佛。）提在床上，把斧敲着床邊，喝道：「婆娘，你快出來！若不攢出來時，和床都剁的粉碎！」婆娘連聲叫道：「你饒我性命，我出來。」卻才攢出頭來，被李逵揪住頭髮，直拖到死屍邊，問道：「我殺的這廝是誰？」（眉批：李大哥也仔細，奇！奇！）婆娘道：「是我姦夫王小二。」李逵又問道：「磚頭飯食，哪裏得來？」婆娘道：「這是我把金銀頭面與他，三二更從牆上運將入來。」李逵道：「這等醃婆娘，要你何用？」揪到床邊，一斧砍下頭來，（行間批：趣。）就解下上半截衣裳，拿起雙斧，看着兩個死屍，一上一下，恰似發擂的亂剁了一陣。李逵笑道：「眼見這兩個不得活了。」（行間批：趣。）插起大斧，提着人頭，大叫出廳前來：「兩個鬼我都捉了。」（行間批：趣。）

再看看第四十三回對李逵直接大口吃人肉的評點：

李逵盛飯來吃了一回，看着自笑道：「好癡漢，放着好肉在面前，卻不會吃。」（行間批：趣人。）拔出腰刀便去李鬼腿上割下兩塊肉來，把些水洗淨了，灶裏扒些炭火來便燒，一面燒一面吃。（眉批：好下飯。）

李逵砍人頭，剐人體，吃人肉，展示的是野獸喝血般的最野蠻最血腥的人間慘劇，面對這種血淋淋的場景，李卓吾竟然用「佛」、「奇」、「趣」三個字一路品賞下來，把野獸當菩薩，把殘忍當有趣，這不是審美，不是文學批評，而是對惡的咀嚼，對瘋狂的謳歌。這種以殘忍為美為有趣的病態評論，反映出背後暴力崇拜的價值觀。

只顧品賞暴力趣味，李卓吾竟然忘了自己所肯定的慾望的權利，如果這種肯定是徹底的，那就應當肯定女子婚外戀並非大惡大罪，不該對她們進行摧殘殺戮，可是李卓吾面對武松、雷橫等人的砍殺女人行為還是嘖嘖稱讚。

「佛」字批語符合李卓吾的評點習慣，典型例子是萬曆二十六年《卓吾先生批評龍谿王先生語錄鈔》，這部書遍佈「佛」字批語，可以作為旁證。《水滸傳》評點「佛」字含義多端，語義複雜，下面例子都出現在血腥場景裏：

說時遲，那時快，把尖刀去胸前只一剜，口裏銜着刀，雙手去挖開胸脯，摳出心肝五臟，

（行間批：佛。）供養在靈前。喀嚓一刀，便割下那婦人頭來，（行間批：佛。）血流滿地。（第二十六回）

這雷橫是個大孝的人，見了母親吃打，一時怒從心發，扯起枷來，望着白秀英腦蓋上打將下來。那一枷梢打個正着，劈開了腦蓋，撲地倒了。（行間批：佛。）（眉批：真孝子，真仁人，真菩薩，真聖人。）（第五十一回）

初讀李卓吾的《水滸》評語，會感到奇怪：這是怎麼回事？一個那麼聰慧、那麼正直的思想家，怎麼會如此欣賞、謳歌暴力？通讀下去，才了解，原來，李卓吾愛李逵是異端愛異端，是李卓吾把李逵的暴力視為正義的暴力，是認定李逵用暴力對付一個充滿壓迫的暴力世界即以暴抗暴是合理的，總之，也是造反有理。有了這個大道理、大邏輯管着，李逵及其同路弟兄的一切血腥手段不僅合理，而且很美很有童趣。作為童趣，暴得愈烈，殺得愈狠，就顯得愈真也愈有觀賞價值。砍殺主體（李逵等）愈砍愈快活，欣賞主體（李卓吾）則愈看愈快活，愈看愈有趣。李卓吾在評點中突出李逵，是因為他有殺人的決斷性與徹底性，這種徹底性，使李逵感到「其樂無窮」，也使李卓吾感到「其樂無窮」。後世讀者熱愛李逵，也是讀者們覺得這個李大哥給自己帶來「其樂無窮」。

二、屠殺快感的國際性現象

從上文所引述的李逵、武松、楊雄等對女性的憎恨與殺戮中，可以發現，他們擁有一種共同的心理，這就是攻擊女性的快感。而這種快感，只是他們的殺戮快感、攻擊快感的一部份。他們的殺戮往往不分青紅皂白，一律排頭砍去，尤其是李逵，他不僅是殺戮女性有快感，而且是一切殺戮都有快感。第四十回寫他的殺人風格，乃是「火雜雜地掄着大斧，只顧砍人」，「不問軍官百姓，殺得屍橫遍地，血流成渠。推倒傾翻的，不計其數」。晁蓋見到如此殺景，想阻止而叫喊：「不干百姓事，休只管傷人！」但他還是止不住砍殺的慾望，「一斧一個，排頭兒砍將去」。他殺人簡直殺得上了癮，有人可殺，就像有鴉片可抽，掄起斧頭就像提升鴉片煙筒煙槍，精神就來，心裏就快活。在打祝家莊時，他殺人無數，連宋江也說他違反軍令，雖然立了功，也只能將功補過，但李逵不在乎，說：「雖然沒了功勞，也吃我殺得快活。」殺人而感到快活，聞到血腥味而感到舒坦，這種心理，武松在「血洗鴛鴦樓」之後也表達過。前文已說過，武松殺了十五個人之後在牆上寫了「殺人者，打虎武松也」，並自語道：「我方才心滿意足，走了罷休。」殺了人，痛快；殺了一大片人，盡興；殺了十五個人，才心滿意足。武松、李逵這兩個主要英雄，心理何等相似！都在殺人中得到快感，而其快感的程度又與殺人的多寡成正比，殺得愈多，其快感就愈充分愈強烈。如果說，李逵、武松是殺得愈多愈痛快，那麼楊雄則是殺得愈兇殘愈痛快，挖出舌頭，不夠；挖出心肝，不夠；把挖出的五臟六腑懸掛於樹上品賞，這才「心滿意足」，才快活。楊雄在殺潘巧雲時與武松殺潘金蓮，有一細節是相同的，都是除砍頭之外，還要一刀插進心窩，取出心肝五臟。唯有這樣做，才能滿足其心理快感的要求。施耐庵在描寫武松殺嫂時，特別寫了聲音和速度：喀嚓一刀，便割下那婦人頭來，血流滿地。可以想到，武松自己聽到這「喀嚓」一聲的時候，心裏是多麼快活。也可以想像到，楊雄在品賞懸掛於樹上的妻子的心肝五臟時是多麼興奮。更可以想到，李逵在砍殺狄公村的女兒及其男伴時，聽到斧頭剁肉的聲音是多麼稱心銷魂。

對於這種病態的慾望與病態的快感，筆者曾想到，這是不是中國的國民劣根性的表現？思索之後，認定這種黑暗的野蠻的心理不僅屬於中國，而且屬於人類進入文明社會之前共有的一種未開化的心態。也就是說，從動物進化而來的人類，其動物性向理性的提升不是一次性完成，也不是集體完成。在整個進化的過程中，在進化未充分完成的階段上，地球上的各個種族都可能發生這種以殺戮為快感源泉的野蠻行徑。這一判斷，我們可以從西方的文明發展史中得到印證。埃利亞斯所著的《文明的進程》一書，曾從「情感模式」的變遷這一視角來考察西方文明的過程乃是不斷擺脱野蠻的攻擊慾、殺戮慾的過程，也就是「各種殘酷的做法，由摧殘和折磨別人而引起的快感，以及對體力上的優勢的炫耀等，越來越被置於國家組織的確立的強大的社會控制之下」的過程。[1] 此書作者揭示，歐洲中世紀是個非常野蠻的時期，人們往往只知道那個時期黑暗的宗教專制，不知道那個時代的社會情感模式極其黑暗，連宮廷詩人也渴望聽到殺戮的聲音，甚至也追求血腥的快感。作者展示的這種砍殺快感和攻擊快感，簡直與李逵如出一轍。我們不妨閱讀幾段：

> 中世紀的社會生活正好朝着與此相反的方向發展。那時候，搶劫、戰爭、對人和野獸進行追捕，所有這一切都直接屬於生活之必須。因為這些活動與其社會結構相符，所以可以公開地表現出來。對那些有權有勢，剽悍健壯的強者來說，這些活動也是他們的生活樂趣。

---

1 《文明的進程》中譯本，諾貝特・埃利亞斯著，王佩莉譯，第二九六—二九七頁，北京，三聯書店，一九九八年。

在宮廷抒情詩人貝爾特朗・德・博爾恩所寫的一首戰爭頌歌中有這樣一話：「我對您說，只要我聽見兩軍陣內高喊：『殺死他們！』聽見樹蔭下失去主人的馬匹在嘶叫，聽見『救救我，救救我！』的叫喊；看見大人小孩一個個倒在草地上，看見被旗杆尖頭戳穿的屍體在流血，就能吃得下，睡得香。」

只有當人們耳聞目睹戰爭的喧囂和混亂：胸腹俱裂的屍體，致人於死地的梭鏢長矛，失去了主人的馬匹的嘶叫聲，「衝啊！」的叫喊聲以及受傷倒地者的呼救聲，才能體會到生活和飲食起居的樂趣。文學作品中所記載的這一切使我們對原始情感的狂暴有一個印象。

在貝爾特朗・德・博爾恩所寫的這首戰爭頌歌中還有一處這樣寫道：「令人愉悅的季節來臨了。我們的戰艦就要出征，我們勇敢強悍、舉世無雙的理查德國王就要到來。我們馬上就能看到盼望已久的場面：人們揮金如土，新造好的石炮爭先恐後地施展其本領，城牆將被摧毀，城樓將要倒塌，敵人將會飽嘗囹圄和鎖鏈的滋味。我喜歡藍色的、油光鋥亮的盾牌，喜歡五彩繽紛的戰旗、旌旗與平原上紮起的帳篷連成一片的景象；我喜歡矛被折斷、盾被擊穿、烏亮的頭盔被劈成兩爿，我喜歡廝殺格鬥。」

根據一首《武功歌》的解釋，戰爭便是強者衝向敵人，扯斷其葡萄蔓，砍去其樹林、破壞其農田、摧毀其城堡、填平其水井、抓住並殺死俘虜……

砍去俘虜的肢體是一種特別的嗜好。也是在這一首《武功歌》裏，國王說：「至於您講到的我的頭顱我毫不擔憂，我把它當作木瓜，對此嗤之以鼻。任何一個騎士只要讓我逮住，我定要割掉他的鼻子或耳朵，叫他無地自容；若是一個執達官或商人，我就要砍掉他的雙腳或手臂。」[1]

此書還記錄了從十三世紀到十五世紀中，一些武士對戰爭的酷愛，當他們看到鮮血橫流時竟然激動得熱淚盈眶。有一個名叫讓·德比埃伊的武士就這樣直截了當地說：「戰爭是件令人愉快的事情。在戰爭中人們彼此愛戴。當人們看到格鬥進行得那麼激烈，看到鮮血流淌時，便不由激動得熱淚盈眶。」《文明的進程》的作者認為，這種激動還包含着一種與戰友休戚相關的情感，尚可為之辯護，而發生在十六世紀的還有一種純粹的從折磨與虐待得到的快感。作者寫道：

舉一個十六世紀的例子，也許可以比較形象地來闡明這個問題。之所以從許多例子中挑出這一個，是因為它說明了人是如何通過眼睛來滿足其殘酷慾望的。這種殘酷的做法沒有任何理性的理由，也不是為了達到任何懲罰和管教的目的，而純粹只是為了從折磨和虐待中得到一種快感。

十六世紀的巴黎，在每逢慶祝施洗約翰節（宗教節日，在每年的六月二十四日）的時候總要活活燒死一二十隻貓。這一慶祝方式是很有名的。民眾們歡聚一堂，奏起節日的樂曲。在一個支架下堆起一個大大的木柴垛。然後人們把裝在布袋或籃子裏的貓掛在支架上。布袋和籃子開始燃燒，貓紛紛落在柴火堆上，而人們則因為聽到它們咪咪慘叫而感到高興。通常總是有國

1 《文明的進程》中譯本，諾貝特·埃利亞斯著，王佩莉譯，第二九七—二九八頁，北京，三聯書店，一九九八年。

王和宮廷裏的人在場。有時候人們請國王或王太子享受點火這一榮譽。聽說有一次因為國王卡爾九世的希望，人們特意抓了一隻狐狸，和貓放在一起燒。

聽到砍殺的吶喊，看到旗杆尖上的屍體在流血，就吃得下，睡得香，這不是李逵的狀態嗎？把砍掉他人的雙腳與手臂作為自己的嗜好，有得砍就過癮，這不是李逵的特徵嗎？從折磨與虐待中得到快感，這不是李逵、武松、楊雄等兄弟們的共同情感模式嗎？原來，聽到生命刀下火中咪咪慘叫就高興的心理，中國有，西方也有。彼此都是從動物那裏變過來的，作為人而立於地球上的時間並不長，有些人未完成人的進化，野獸性壓倒人性並不奇怪。奇怪的是，中國的文人如金聖歎，把野獸性視為神性，不僅不批評武松的非人行徑，還把他評為「天人」，為武松的殺人屈指叫絕，也從武松的濫殺中得到快感。那麼，我們這些早已走進二十世紀、二十一世紀的文明人，是否要與李逵、武松一樣，在電視屏幕上看到他們的一路砍殺，仍然叫好，甚至也因此吃得下，睡得香呢？是否也還要緊跟金聖歎，放聲歌唱武松為「天人」，把一個嗜殺的野蠻人捧到天上去？

第五章 《水滸傳》中的地獄之光
——關於宋江的再評價

上述「造反有理」與「情慾有罪」的基本意識，構成了地獄之門，但是，《水滸傳》的文化價值觀念也還有可取的一面，這是地獄中的亮點，我們不妨稱之為「地獄之光」。

這個地獄之光就是由宋江所體現的另一種政治遊戲規則：名為「招安」實為和平妥協的規則。關於對宋江的評價，歷來爭議很大。不管是歷史上的宋江，還是文學上的宋江，都有爭議。對於文學上的宋江，罵得最狠最兇的是金聖歎。金聖歎關於《水滸傳》的藝術，其評論確有可取之處，關於這點，林崗先生在《明清之際小說評點研究》一書已有詳細說明，我們暫且放下。但金聖歎是個造反狂、革命狂，他的《水滸》評點本身，就是一場革命。革命的主要對象是宋江，革命的依靠對象也即革命楷模是武松，他腰斬《水滸》，武斷地砍掉第七十回後的全部文本，其原因也有種種說法，但其主要原因恐怕是他忍受不了他崇拜的革命楷模武松等在征討其他革命軍的征程中犧牲了，而宋江的下場還不夠慘。在金聖歎的革命性思維框架裏，宋江既然是頭一個應打倒的對象，他就進行無情打擊，把人世間最惡毒的字眼加給宋江，並給他扣了十幾頂罪惡的帽子，把宋江本質化為：狹人、甘人、駁人、歹人、假人、呆人、俗人、小人、鈍人等，他的原文如下：

> 村學先生團泥作腹，鏤炭為眼，讀《水滸傳》，見宋江口中有許多好語，便遽然以「忠義」

兩字過許老賊，甚或弁其書端，定為題目，此決不得不與之辯。……夫宋江之罪，擢髮無窮，論其大者，則有十條。而村學先生猶鰓鰓以忠義目之，苦惟恐不得當者，斯其心何心也！

或問於聖歎曰：「魯達何如人也？」曰：「闊人也。」「宋江何如人也？」曰：「狹人也。」曰：「林沖何如人也？」曰：「毒人也。」「宋江何如人也？」曰：「甘人也。」曰：「楊志何如人也？」曰：「正人也。」「宋江何如人也？」曰：「駁人也。」曰：「柴進何如人也？」曰：「良人也。」「宋江何如人也？」曰：「歹人也。」曰：「阮七何如人也？」曰：「快人也。」「宋江何如人也？」曰：「厭人也。」——然則水滸之一百六人，殆莫不勝於宋江。

一九七五年八月十四日，毛澤東發表如下談話：《水滸》這部書，好就好在投降。做反面教材，使人民都知道投降派：

《水滸》只反貪官，不反皇帝。搨晁蓋於一百零八人之外。宋江投降，搞修正主義，把晁的聚義廳改為忠義堂，讓人招安了。宋江同高俅的鬥爭，是地主階級內部這一派反對那一派的鬥爭。宋江投降了，就去打方臘。

這支農民起義隊伍的領袖不好，投降。李逵、吳用、阮小二、阮小五、阮小七是好的，不願意投降。

魯迅評《水滸》評得好，他說：「一部《水滸》，說得很分明：因為不反對天子，所以大軍一到，便受招安，替國家打別的強盜——不替天行道的強盜去了。終於是奴才。」《三閒集・

從金聖歎到毛澤東都把「招安」視為投降。魯迅在《流氓的變遷》中也確實嘲諷了「招安」，但是，魯迅除了用感性的文學語言講招安之外，還曾用理性的學術語言說明招安，並未把「招安」本質化即簡單化。他說：

其中招安之說，乃是宋末到元初的思想，因為當時社會擾亂，官兵壓制平民，民之和平者忍受之，不和平者便分離而為盜。盜一面與官兵抗，官兵不勝，一面則擄掠人民，民間自然亦時受其騷擾；但一到外寇進來，官兵又不能抵抗的時候，人民因為仇視外族，便想用較勝於官兵的盜來抵抗他，所以盜又為當時所稱道了。至於宋江服毒的一層，乃明初加入的，明太祖統一天下之後，疑忌功臣，橫行殺戮，善終的很不多，人民為對於被害之功臣表同情起見，就加上宋江服毒成神之事去。這也就是事實上缺陷者，小說使他團圓的老例。[1]

魯迅這段話的要義是說當時老百姓也有「招撫」的意願。從民間質樸的眼睛看，官與盜爭鬥，必然殃及老百姓。招撫之後，盜軍與官軍聯合，幫朝廷抵抗外族，倒是人民所期望的。魯迅的著作中對農民革命的領袖向來沒有好感。他筆下的張獻忠，不過是一個殺人如麻的惡魔。在官魂、民魂、匪魂中，他

1 魯迅：《中國小說的歷史的變遷》，見《魯迅全集》第九卷，第三二四—三二五頁，人民文學出版社，一九八一年。

只覺得民魂有價值。因此，在《中國小說的歷史的變遷》中，他也是從「民魂的視角」來闡釋「招安」的。這一視角乃是一種歷史的、理性的、以人民利益為本位的視角，倘若以此視角看宋江，就會看到宋江這個形象身上包含着複雜的文化內容，其價值取向很有可取之處，現從四個方面來說明：

一、領袖的非英雄性與非英雄原則

錢穆先生在對中國歷史的研究中，發現一個大現象，這就是領袖人物並不呈現英雄性，反而是非英雄性。他說：

集團必有一領導，但領導性的重要，次於集團性。所以每一集團中的領導人，不易見其英雄性。而英雄性之表現，常在領導人之下。如漢高祖以下有韓信，韓信的英雄性表現反多於漢高祖。此下歷代莫不如此。明白言之，在中國人的觀念裏，英雄不宜為領導人，亦不易成大事業，如項羽即是一例。此種觀念深入中國人的心裏。即在小說中，亦如此表現。如施耐庵的《水滸傳》，托塔天王是晁蓋，為初創梁山泊七人中的領袖。然晁蓋在七人中，反而像是最無用，最不見英雄性，但他卻成為一領袖。倘使我們真要講這七個人中帶有英雄性的，反而是最末的三人，阮小二、阮小五、阮小七，比吳用、公孫勝更表現出英雄性。後來宋江上梁山，接着晁蓋成為梁山上一百零八位好漢中正式的領袖，然而宋江最不表現有英雄性，而像是一無用的人。究竟在歷史上，真實的宋江是不是這個樣呢？我們不去管他。然而在有極高智慧，寫《水滸傳》的施耐庵的觀念裏，把宋江寫成這樣，是有極深用意，亦可說是一番極高真理。中國的歷史傳統，一番大事業的領導人，決不由他個人的英雄表現。宋江則亦是這樣的。若論宋江是否是一偽君子，像金聖歎所批，這個我們不論。總之，我們大家所看到的宋江，是這樣一個沒有用的人。而他下面如林沖、武松，卻全是十足的英雄人物。林十回、武十回的流傳故事以外，其他還有如魯智深、花榮、關勝、呼延灼等，亦全是個英雄。只有梁山泊的第二個領袖，副領袖盧俊義，卻與宋江一般無用。這可說《水滸傳》雖是一部小說，卻實把握到中國歷史傳統文化精神在集團性與英雄性的比重上的甚深妙義。無怪要成為此下六百年來中國社會人人愛誦的一部書了。……更顯見的又如《西遊記》。唐僧是個最無用的人，至今幾乎人人皆知。孫悟空神通廣大，一搖身七十二變。其他如豬八戒、沙和尚，亦還有一點用。但唐僧是他三人的領袖。這當然不是歷史，但亦不是一套哲學，只可說是中國人的一套傳統觀念。這有中國人的國民性在內，而中國的文化特性亦就在內了。諸位試先讀《水滸傳》、《西遊記》，乃及如《三國演義》等小說，再來讀中國一部二十五史，這中間的甚深妙義，不就明白顯見了嗎？[1]

閱讀《水滸傳》，我們會感到奇怪，宋江不過是一個縣級的小吏，既無文功，也無武功，怎麼會有那麼大的能耐和凝聚力而成為一支龐大起義隊伍的領袖？宋江有自知之明，打完曾頭市之後，梁山好漢們在忠義堂商議梁山泊之主的時候，宋江竭力推舉活捉史文恭的盧俊義為首領，並作了自我描述：「……

1 錢穆：《從中國歷史來看中國民族性及中國文化》，第五二頁，香港中文大學出版社，一九九七年。

宋江文不能安邦，武又不能附眾，手無縛雞之力，身無寸箭之功。」（第六十八回）說的句句是大實話。這些真實的自我評價之語，正是錢穆先生所說的「無英雄性」。那麼，既然沒有英雄性，他又是靠甚麼吸引英雄、領導英雄呢？對此，我們也許可以作一回答：宋江雖無英雄性，但有大包容性。這種包容性是一種絕對的平等觀念，無勢利觀念，它能包容三教九流，上至皇帝將軍，下至流氓小偷，只要有一德一才一技一藝，他都能兼收並蓄。「能容則大」，宋江個子矮小，心胸卻很大，他雖無英雄之性，卻有包容各種各類英雄好漢的聖賢情懷。早在縣城裏當小吏的時候，即上山之前，他就沒有任何勢利眼，包容了下層的各種社會角色，盡可能援助社會邊緣人物和被拋棄、被歧視的人物，包括被社會認為「有問題」的人物，從而讓人稱為「及時雨」，正如小說所言：「但有人來投奔他的，若高若低，無有不納，便留在莊上館穀，終日追陪，並無厭倦。若要起身，盡力資助，端的是揮霍，視金似土。人問他求錢物，亦不推托。且好做方便，每每排難解紛，只是周全人性命。如常散施棺材藥餌，濟人貧苦，賙人之急，扶人之困，以此山東、河北聞名，都稱他作『及時雨』。卻把他比作天上下的及時雨一般，能救萬物。」（第十八回）這種包容性在上梁山之後即他正式成為起義隊伍領袖之後進一步發展，擴展到包容一切戰俘，尤其是被俘的朝廷將領，從而使得梁山聲威大振，實力大增。宋江這種罕見的包容性發展到極峰，就是包容皇帝：只向世界討個公平，不想消滅皇帝。宋江的「招安」大思路，其奠定的人性基石就是這種大包容。就個體生命而言，包容是一種博愛的性格；就文化而言，包容是一種「不二法門」的「齊物」文化；從哲學而言，又是一種你活我也活的哲學。凡降生於人間的一切生命，不管它充當甚麼世俗角色，地位有何差別，均有活的權利。

二、獨創農民革命的另一種「遊戲規則」

中國的農民革命，從陳勝、吳廣揭竿而起開始，到黃巾起義、黃巢起義，都是「蒼天已死、黃天當立」的模式，即打倒皇帝「取而代之」的模式。李逵等高喊奪皇帝的「鳥位」，也是這個模式。陳勝最著名的語言是「帝王將相，寧有種乎」，認定帝王也沒甚麼根基，沒甚麼了不起，確實表現出一種英雄氣概。這些農民起義後來都以失敗告終，反而是利用農民起義造成的局勢振臂一呼的劉邦勢力取得成功，他自己當大皇帝，然後屠殺功臣，實行新的專制統治。梁山泊起義之後，明清的朱元璋、李自成、洪秀全等也是重複劉邦的模式。因此，在中國農民革命史上雖也有「招安」事例，但即使有，也都是假受招安，把招安作為策略（緩解之計），以東山再起，唯有宋江是真招安，真把爭取「招安」作為自己的起義綱領。他確實建構了另一種農民革命的路線，即妥協、談判的路線。用當下流行的語言說，他創立了中國農民革命的另一套遊戲規則。這一規則，對於他來說，是自覺的，一貫的，不因李逵、武松等的反對而動搖。在第七十一回英雄排座次時，他再次宣告：

宋江自從鬧了江州上山之後，皆賴託眾弟兄英雄扶助，立我為頭。今者共聚得一百八員頭領，心中甚喜。自從晁蓋哥哥歸天之後，但引兵馬下山，公然保全。此是上天護佑，非人之能。縱有被擄之人，陷於縲絏，或是中傷回來，且都無事。今者一百八人皆在面前聚會，端的古往今來，實為罕有。從前兵刃到處，殺害生靈，無可禳謝。我心中欲建一羅天大醮，報答天地神明眷佑之恩：一則祈保眾弟兄身心安樂；二則惟願朝廷早降恩光，赦免逆天大罪，眾當竭力捐軀，盡忠報國，死而後已；三則上薦晁天王早升天界，世世生生，再得相見。

後代評論家金聖歎對宋江深惡痛絕，便是痛恨宋江這種路線。在金聖歎之前同樣欣賞暴力、欣賞李逵的李卓吾對待宋江卻是另一種態度，這位偉大的異端思想家肯定宋江是大賢大忠有義之人，而且也肯定他的招安路線。他說：

……則謂水滸之眾，皆大力大賢有忠有義之人可也。然未有忠義如宋公明者也。……獨宋公明者，身居水滸之中，心在朝廷之上，一意招安，專圖報國，卒至於犯大難，成大功，服毒自縊，同死而不辭，則忠義之烈也，真足以服一百單八人者之心，故能結義梁山，為一百單八人之主耳。

李卓吾不僅把宋江看成一百零八人的首領，而且把他看成是一百零八忠義之士的第一志士。所以如此判斷，是李卓吾看到他「一心招安」，並無私心，成大功者服毒自殺，死而不辭。這就是說，宋江開闢的招安大思路，是可以探討的思路，不可以輕率地把「小人」、「歹人」、「投降主義者」等黑帽子扣到他的頭上。

譴責宋江的招安思路的最重要理由是宋江「只反貪官，不反皇帝」，宋江的起義綱領確實如此。但是，歷來的評論者只是譴責他的革命不徹底，不敢把矛頭指向皇帝，沒有想到「不反皇帝」包含着「不想當皇帝」的根本性思想，即不以圖謀皇權帝位為革命目標的另一種革命設計。而沒有當皇帝的野心，這不是簡單的事，甚至可以說是破天荒的、了不起的大思路。中國有兩個大概念：俠與盜，在這裏發生了分野。中國人向來敬重俠而不敬重盜。儘管兩者都對現狀不滿，都拔刀而起，都反抗反叛，但有一根本區別，就是俠反叛成功後「不佔有」，即不把勝利成果佔為己有，而盜則相反，反叛是為了佔有。最大的「有」，就是那一頂至高無上的皇冠。宋江不貪戀這頂皇冠，不想奪取這頂皇冠，不想自己戴上這頂皇冠，這就是「俠」的品格，俠的行為模式。宋江的招安思路，實際上是想讓自己的「兄弟們」去掉「盜」的惡名，在歷史上留下「俠」的美名。當代世界革命史上有個名為「切．格瓦拉」的古巴革命領袖，當革命成功之後，他拒絕新政權給他的任何高級頭銜和榮譽，繼續他的「革命」。人們可以不同意他的立場，但不能不承認，這是一種只反叛不佔有的革命俠客精神，獨立於政治權力層面之外的文化精神。

三、宋江形象所體現的「俠」的本真內涵

中國農民革命文化中除了缺乏通過妥協談判的方式解決政權的爭端之外，還缺乏一種真正的「俠」的精神。魯迅在《流氓的變遷》一文中說：「『俠』字漸消，強盜起了，但也是俠之流。」中國農民革命者都標榜自己有劫富濟貧等行俠精神，但後來人們逐漸懷疑，因為他確實如魯迅所言，蛻化成「盜」，最終變得俠盜難分。但事實上還是可分的，盜的行為指向在於佔有，或佔有財物，或佔有江山，而真俠則為俠而俠，只管行俠，不管佔有。這種區別實踐於農民革命，便有旨在奪取皇冠的盜之道和旨在不要

皇冠只要公平的俠之道的分野。宋江身為農民革命領袖，但不想當皇帝，沒有佔有江山的妄想，這正是反抗而不索取反抗的最高利益的真俠精神。他所以要走妥協之路，其實是愛他的兄弟的，他和李逵、武松的意識差別乃是俠與盜的差別。他不明說，但內心是明白的。

宋江未上梁山之前，就有俠氣。他在江湖上名聲很好，最後在他的旗幟下，團結了清風山、二龍山、桃花山、白虎山、少華山、芒碭山等各路隊伍，組成一支革命大軍，聲威之大，震動天下，「官兵數萬，無敢抗者」。在他的統領下，攻破了江州、華州、大名府及東平、東昌等重要城市，震驚了宋氏王朝。當時來自各個階層的梁山泊豪傑個個都服他，用石秀的話說，除了宋江，「便是大宋皇帝也不怕他」。在江湖社會甚至整個底層社會，其聲望連大宋皇帝也不及他。他有足夠的條件和當時的皇帝做一較量。但是，他偏偏不想當皇帝，不做佔有宮廷江山的皇帝夢。這便是「真俠」、大俠。這種真俠精神也是中國革命文化中所缺少的。因此，可以說，宋江補充了中國革命文化中的兩個「缺」：一是和平妥協政治遊戲規則之缺；二是只反抗不佔有的真俠精神之缺。可惜的是《水滸傳》作者並不了解填補此兩缺的重大意義。更不幸的是宋江本身也沒有意識到他在創造新的規則和新的歷史精神，而這一新規則不僅是與皇權的衝突應放棄暴力手段，而且意味着放棄一切暴力手段解決其他爭端，包括招安之後和其他農民革命集團的爭端。結果宋江接受了皇帝的指令，成了充當鎮壓其他農民革命集團的工具，犯下了致命的歷史性錯誤。這不僅葬送了「兄弟」們的生命，而且葬送了他的新遊戲規則，只剩下讓人嘆息的歷史大悲劇。

四、宋江妥協路線的哲學分析

錢穆先生總結中國領袖人物缺乏英雄性特徵，卻又成為英雄的領導人，其原因如果從哲學的高度上分析，就是思維方式的不同。領導人如果只一味表現他的英雄人格，勢必難以顧及非英雄階層即最大多數的老百姓利益甚至也無法顧及集團的利益。因此，對於宋江的招安思路，不同的視角就會有不同的評價。前文已經提及，如果從英雄人格的視角（金聖歎這類文人的視角基本上也是英雄人格視角）着眼，就會覺得宋江太窩囊、太懦弱、太缺英雄氣，但如果從民眾的視角着眼，他們重視的不是少數人的英雄業績，而是多數人的日常生活，安安穩穩比轟轟烈烈更重要。魯迅對招安一事的態度，時而理性，時而感性。持感性立場用的英雄視角，便罵招安是「奴才」行為；用理性立場即民眾視角則對招安有所理解。對於魯迅罵招安為奴才一事，台灣學者、中國古典文學的研究家郭玉雯作了很中肯的批評，她說：

> 魯迅說：「一部水滸，說得很分明，因為不反對天子，所以大軍一到，便受招安，替國家打別的強盜——不『替天行道』的強盜去了，終於是奴才。」其實，接受招安而忠於天子是民間敘事才能表現出來的恕道，而非奴性。

郭玉雯對此又解釋道：

其實，招安的想法未必只出於宋末元初，任何時代，朝廷對於盜賊一定有剿或撫的兩手策略；實力如果夠，可以直接剿滅；軍力若不足，可直接招撫，也可以剿不成而變為招撫。從民間的角度來觀察，一旦強盜出現，自然希望朝廷招撫，因為官軍與盜賊打仗，必然波及無辜的百姓。招撫之後，如果能幫朝廷打敗另外的巨寇，甚至抵抗外族，更為人民所祈願。[1]

郭玉雯從歷史的、民眾的視角質疑「受招安即奴才」的說法，筆者想從哲學的視角再作一點補充。筆者早已說過，人類的生存哲學大體上有三種哲學大思路。第一是「你死我活」，即一個消滅一個、一個吃掉一個。哲學上也常用「非此即彼」、「非黑即白」的語言表述。第二是「你活我也活」，即通過對話、談判、妥協達到這一個和另一個的共存共生，哲學上通常用「亦此亦彼」等語言表述。第三種是「你死我亦死」，即「與汝偕亡」，「同歸於盡」。這三種哲學，如果用更簡單的語言表述，第一種是鬥爭哲學；第二種是和諧哲學；第三種是死亡哲學。從中國古代的荊軻刺秦王到當代的恐怖主義哲學都可以劃入第三種哲學的範疇。這種死亡哲學，沒有規則，但不能不承認其有勇敢赴死的英雄氣概。清醒的革命集團的領導人所以缺少英雄性，是他們一般都拒絕這種哲學。中國歷代的農民革命領袖多數採取的是第一種哲學，他們和皇帝定要拼個你死我活，不是我打倒皇帝，就是我讓皇帝剿滅。宋江創立另一種革命遊戲規則，實際上是把「你死我活」變為「你活我也活」，以妥協共存的哲學代替生死一決的哲學。從李逵到金聖歎，都不能理解這種哲學，即使知道了，也只能罵一句「這是甚麼鳥哲學」。郭玉

1 郭玉雯：《〈水滸傳〉之構成與金聖歎的詮釋》，台北，《漢學研究》第二十三卷，第一期。

雯說民眾反而可以理解招安，實行「恕道」，就是在他們的潛意識裏，最根本的問題是活着，生着，有安寧的日子過着。易經講天地之大德曰生。在老百姓的潛意識世界裏，這個「生」字，就是「你活我亦活」。讓大家都能活，便是德行。調和妥協，雖不是英雄行，但也不是奴才行，而是智者行甚至藝聖賢行。此行意義重大而深遠。今天，這恰恰是解決社會矛盾的最符合人性的基本方式。因此，也可以稱作「地獄之光」。

下部：《三國演義》批判

本書上部已說明，《水滸傳》是中國的一扇地獄之門，那麼，下部將說明，《三國演義》是更深刻、更險惡的地獄之門。最黑暗的地獄在哪裏？最黑暗的地獄不在牢房裏，不在戰場裏，而在人心中。《三國演義》顯露的正是最黑暗的人心，它是中國人心全面變質的集中信號。也就是說，以《山海經》為標誌的中國童年時代那種單純的人心，發展到《三國演義》已全面變質變態，徹底地偽形化。《三國演義》是一部心術、心計、權術、權謀、陰謀的大全。三國中，除了關羽、張飛、魯肅等少數人之外，其他人，特別是主要人物劉備、諸葛亮、孫權、曹操、司馬懿等，全戴面具。相比之下，曹操的面具少一些，但其心也黑到極點。這個時代，幾乎找不到人格完整的人。

《三國演義》展示的時代，是一個英雄輩出的時代，又是一個人心險惡的時代；是一個各路戰旗飛揚的時代，也是一個無數人頭落地的時代；是一個智慧發展到最高峰的時代，又是一個陰謀發展到最成熟的時代；是一個「仁義」叫得最響亮的時代，又是一個人性最黑暗的時代。這個時代，從表面看是沙場上力量的較量，實際上是騙術、權術、詭術、心術的較量。誰的心地最黑、臉皮最厚，誰就是勝利者。換句話說，人心愈險惡、面具愈精緻、偽裝愈精巧，成功率就愈高。這個時代是戰亂的時代，其英雄之所以為英雄，關鍵不在於身具萬夫不當之勇，而是身戴無人可比的面具。面具決定一切。一九一七年李宗吾先生（一八七九—一九四四）的奇書《厚黑學》出版。他說他讀遍二十四史，終於讀出「厚黑」二字。所謂厚，就是臉皮像劉備那麼厚，所謂黑，就是心如曹操黑。如果沒有厚顏與黑心，就不能成為稱霸一方的「大英雄」。《三國演義》的總效果是不斷製造出沒有心靈卻有心計的「三國中人」。當今有些政治人與經濟人，雖不知李宗吾先生的感憤之言，卻記得厚黑二字的深意，並變形為新厚黑學，鼓吹要在政壇上與商場上成功，就要具備厚臉皮與黑心腸兩樣東西。這些被慾望所主宰的厚黑「學人」，倘若讀魯迅的《狂人日記》，說不定也會把魯迅揭露中國舊文化「吃人」理解為要得到榮華富貴就該去「吃人」。李宗吾先生用徹底的語言說明《三國演義》中二雄的本質，倒是說到要害上了。這部經典所集中的詭術、權術、心術，真是又黑又厚。

本書上部對《水滸傳》進行文化批判，要點是對暴力崇拜、暴力趣味的批判；而對《三國演義》的批判，重點則在於揭示權術遊戲的真面目。在對《水滸傳》的批判中，筆者批評了李卓吾讚美「第一活佛」李逵，竟然沉浸在暴力趣味的品賞中。對於李卓吾先生這位異端思想家，筆者即使在批評他的暴力趣味時，也充分理解他的本真性格。他是「童心說」的草創者，自己想當「真人」，也崇尚「真人」。而真人最不能容忍的是喪失人性本真本然的權術、心術、詭術等。他欣賞李逵，就是把李逵當作「真人」的典範，而李逵的砍殺，也被他視為是孩子的遊戲。他忘記真人可以有真性情，但不可以有真殘暴。「頭顱擲處血斑斑」（鄧拓語），這不可以當作兒戲。在對李卓吾的批評中，筆者對《水滸傳》與《三國演義》這兩部經典的根本區別也更為明晰了。我想，李卓吾可以讚美李逵，但不會讚美劉備與曹操。這就是說，《水滸傳》儘管充滿暴力的血腥味，但沒有《三國演義》那一整套的權術與心術。儘管《水滸傳》中也有吳用施行的詭計，但與《三國演義》那種厚臉黑心的權術體系相比，那只不過是小巫見大巫。吳用的計謀只能算小策略，不能算大騙術。而《三國演義》則充滿大騙術。

中國的民間智慧產生了一個既樸素又深刻的勸誡：少不讀《水滸》，老不看《三國》。這一民間真理啟迪我們，人進入成年之後，不可走向《三國》。這是一種教人自救的智慧。中國文化系統雖有《三國演義》，但也有《道德經》，前者引導人們走向成熟的圓滑、成熟的世故，讓你贏得全套的生存技巧與生存策略；後者呼喚你復歸於樸、復歸於嬰兒，讓你拒絕世故與圓滑，放下一切心術與面具。兩種文化，兩種人生方向。民間智慧關於「老不看《三國》」的提醒，實際上是心靈大方向的提示。本書不過是在發揮民間智者早已揭示的真理。

中國這一民間智慧產生於何時何地何人，筆者無從考證。但是，這種提醒在知識士人的層面上也早已有之。錢鍾書先生的《談藝錄》就提到陸祁孫的警告：

……尚喬客《持雅堂文集》卷二《關廟碑辨》記許昌關廟有碑謂廟即「秉燭達旦」故址，因嘆「好觀小説」之誤人。《水滸》、《封神》中人物多不見經傳，事跡亦奇譎荒唐，士大夫鮮以為信史。《三國志》則不然，彌近似而大亂真，讀者忘其不實無稽，誤以野語為雅馴之言。故陸祁孫《合肥學舍札記》卷一：「余深惡演義《三國志》，子弟慎不可閱。嘗見京朝官論蜀漢事，有誤引演義者，頗遭訕笑。甚至裒然大集，其中詠古之作，用及挑袍等事，笑枋流傳。」章實齋《丙辰劄記》謂周倉見《三國演義》，「儒者所弗道；如桃園等事，學士大夫直作故事用」；而其《外集》卷二《華陀墓》七律二首即用《演義》七十八回、二十三回事，又以吉平誤為華陀，正復躬自蹈之，豈非《演義》浸染之深哉。嚴元照《蕙櫋雜記》：「王文簡《雍益集》有《落鳳坡弔龐士元》詩；元人撰漢壽廟碑云：『乘赤兔兮從周倉。』皆出《三國演義》。」……[1]

1　錢鍾書：《談藝錄》第七十一節，引自《錢鍾書集·談藝錄》下卷，第六九零頁，北京，三聯書店，二零零一年。

陸祁孫在《合肥學舍札記》中警告：對於《三國演義》，「子弟慎不可閱」，用的是決斷的語言，毫不含糊。而史學家章學誠則認為《三國演義》只可作故事看，而「儒者所弗道」。知識人的心靈切勿向它靠近，這也是筆者的意思，從文學批評角度上說，應肯定《三國演義》是文學傑作，但對其精神內涵，則須警惕，勿被浸染。與章學誠同時，清代顧家相在他的《王余讀書廛隨筆》中說：「蓋自《三國演義》盛行，又復演為戲劇，而婦人、孺子、牧豎、販夫，無不知曹操之為奸，關、張、孔明之為忠，其潛移默化之功，關係世道人心，實非淺鮮。」此說極是。《三國演義》對中國「世道人心」的危害實在太深太大。

第六章　中國權術的大全

一、權術與制度之別

《三國演義》是中國權術的大全。所謂權術，就是政治手段。但政治手段有些是必要的、負責的政策與策略，有些則完全是詭詐性、奇譎性的計謀手腕，後者便是權術。宋代葉適所作的《寶漠閣待制知隆興府徐公墓誌銘》寫道：「三代聖王，有至誠而無權術。」把權術視為「至誠」的對立項，十分準確，權術的主要特點正是沒有真誠，只有機變手段。葉適這句話的重要性還在於說明，中國湯堯禹舜時代的上古原形文化，沒有權術，只有真誠。到了春秋戰國時期，《孫子兵法》、《韓非子》、《鬼谷子》、《戰國策》等兵家、法家、道家、縱橫家等著作出現，中國文化才發生巨大的偽形，出現權術政治遊戲的第一個高潮；東漢末年，也就是三國時代，則出現第二次高潮。後一次高潮，其規模之大、謀略之深、詭計之細密，是第一次高潮無法比擬的。

倘若如葉適所言，「三代聖王，有至誠而無權術」，那麼，《三國演義》中的權人權術家們則相反，可謂「三國諸王有權術而無至誠」，個個都極會偽裝、極善於耍弄陰謀詭計。被《三國演義》捧為正面形象的仁君劉備，其特點也是只有權術而無至誠，或者說，只在拜把兄弟的小圈子內有真誠而在圈子之外則無真誠。劉備的勝利，乃是偽裝的勝利。

權術歸根結底是種手段和技巧。「術」本來是與「道」相對立的概念。世無道，術便勃興。中國文化以誠為本，誠能通神，誠即道，因此，世無誠時術也勃興。三國時代是個戰亂時代，中國文化中的「道」到了此時已全面崩潰，權術家們口中念念有詞的道，只不過是「術」的面具。曹操對皇帝早已失去忠誠，但還需要皇帝做招牌，「挾天子以令諸侯」，此時維護天子，不是道，而是術。

中國古代文化中所講的道，在現代文化中則用另一套語言表達。如果我們暫且懸擱形而上層面的哲學表達，那麼，在現實社會政治層面的道，主要應當是指制度。而權術恰恰是制度崩潰後的產物，中國的權術那麼發達，就因為制度無效，反而是權術機謀有效，生存技巧有效。錢穆先生一生研究中國文化，得其要點，他在《中國歷代政治得失》一書中，特別指出「制度與法術」的對立，兩者此起彼伏，制度衰則權術興。分清「制度」與「法術」這兩個基本概念極為重要。他說：

> 我們講政治制度，有一些確實是制度，有一些則只能叫做事件或法術。制度指政治而言，法術只是件事情或手段；不好說是政治。大抵制度是出之於公的，在公的用心下形成的一些度量分寸是制度。而法術則出之於私，因此沒有一定恰好的界限。所謂方法與權術，二者之間，當然又不能仔細分。而且一個制度之成立，也當然有許多複雜關係，總不免夾帶有當時一些私意的。要說建立一制度，而絕對地大公無私，不僅古代歷史未之有，就是將來的歷史，要說一個國家建立某項制度，而絕無人事關係，絕無私心夾雜，恐怕這希望也還遠。不過公私之間該有份量的輕重。現在再說中國歷代政治制度究竟是出於公的多呢？還是出於私的多呢？究竟法術的意義重呢？還是制度的意義重？論漢代，西漢可說是制度，東漢則多半出於光武的私心。

論唐代，確實可說在建立制度，而宋代則有許多只算是一種法術。明代，有許多只能說它是一些事，不能說它是一些制度。尤其是清代，可說全沒有制度。它所有的制度，都是根據着明代，而在明代的制度裏，再加上他們許多的私心。這種私心，可說是一種「部族政權」的私心。一切由滿洲部族的私心發出，所以全只有法術，更不見制度。[1]

錢穆先生說，有些朝代有制度，如西漢、唐代；有些朝代則空有制度之名，實際上只有法術，如東漢、清代。東漢的第一位皇帝劉秀就開始露出術的端倪，到了漢末，則完全是權術的天下。當時政治大舞台，成了一個傀儡皇帝（漢獻帝）當看守的權術較量的大擂台。各種制度只是一張廢紙，連聖旨也是廢紙（只有密旨密詔在求諸於人），那麼，要存活就只能靠玩手段與玩技巧了。誰玩得好，誰就是勝利者。錢穆先生在論述制度與法術的區別時還指出關鍵性的一點，就是凡熱衷於法術者都有私心，這一意思實際上是說，凡玩弄權術者都是心術不正者。品端心正的大公無私者依仗健全的制度，無須依靠政治技巧和其他生存技巧。制度應體現社會公眾的利益，權術家們一旦確認制度的權威，必定會損害自己的私利。《三國演義》中諸方的首領，從曹操到劉備、孫權，從曹丕到司馬懿，哪一個不是私心當頭呢？

1 錢穆：《中國歷代政治得失》第五講「清代」，台北，大中國印刷廠，一九九六年。

二、劉備的儒術

筆者說《三國演義》是中國權術的大全，機謀、權謀、陰謀的集大成者，是指它展示了中國權術的各種形態。全書所呈現的政治、軍事、外交、人際等領域，全都凸顯一個「詭」字，所有的權術全是詭術。史書只說「春秋無義戰」，但未說「三國無義戰」。魏、蜀、吳的長期紛爭，並不是正義的一方與非正義一方的決戰。《三國演義》的作者站在「擁劉抑曹」的立場，認為劉備代表劉氏漢王朝的皇統正統，因此也認定他代表正義的一方，以為劉備係「天下為公」，未看到他的一己私心，所以竭力美化劉備一方。但是在美化中，也暴露出劉備的種種詭術。

如果把《三國演義》讀作一部兵書，那麼其詭詐尚可理解。因為孫子早就說過：「兵者，詭道也。」（《孫子．計》）曹操曾對這一定義作註，說：「兵常無形，以詭詐為道。」以孫子為緣起，兵不厭詐，已成為公理。在你死我活的戰場，以消滅對方為目的，只要能達到目的，便不擇手段，特別是偽裝、欺騙等手段。可是，以《三國演義》為開端，中國的詭術從軍事進入政治，進而泛化到一切人際關係領域，到處是詭人詭士、詭舌詭言，在沙場上施行的是詭計、詭謀，在日常生活中則充滿詭情、詭態、詭行。「詭」字進入兵事不奇怪，甚至進入政事也不奇怪，奇怪的是，《三國演義》的「詭」進入了婚事（如孫夫人孫尚香變成孫權與劉備爭鬥詭計的籌碼）、情事（如貂蟬成為董卓、呂布的陷阱）、兒女事（如呂布把女兒作為和袁紹等交易的工具）。從高度上說，《三國》詭到宮廷的尖頂。從深度上說，《三國》詭到人性的最深處。從廣度上說，《三國》詭到人人用計，不詭不能活。

詭術，其實就是騙術，就是偽裝術。因此，《三國演義》展示一條規律，誰偽裝得最巧妙，誰的成功率就最高。表面上看，魏、蜀、吳三方是力量的較量，實際上是詭術的計量，即騙術與偽裝術的較量。論個體的力量，呂布力量最大，劉、關、張三人聯手也打不過他，但是，他是大失敗者，敗在曹操手下，也敗在劉備手下。臨死之前，他才看透劉備的偽裝（假朋友），可惜太晚了。論群體的力量，曹營大大勝出劉備集團與孫權集團，但是，在赤壁之戰中，曹操被打得落花流水，狼狽逃竄，差些喪命，曹操不是輸於力量，而是輸於詭計，他完全沒有識破劉、孫聯軍的那麼多詭計，不斷上當。龐統的連環計，黃蓋的苦肉計，周瑜的離間計（借蔣幹而滅水軍將領）等等，他全中計。曹操雖然也「詭」，但還是上了更「詭」者的當。可見，詭術詭計之高明，也是山外有山，強中更有強中手。

其實，曹操的詭術不如劉備，早在「煮酒論英雄」的情節中就顯露出來了。劉備的一裝再裝，曹全然不覺。這段故事表明劉備的偽裝術非同一般，可幫助我們理解為甚麼他能成功地建立蜀國，不妨重溫一下。

故事發生於建安三年（公元一九八年），本駐小沛的劉備因呂布襲擊而投奔曹營，被曹操任命為豫州牧。同年十月，他隨曹東征，活捉呂布並殺了呂布，返回許昌後被提升為左將軍。他「身在曹營心在漢」，參與了漢獻帝的妻舅、車騎將軍董承鏟除曹操的陰謀，在天子手書的血字密詔上簽字畫押，並叮囑董承「小心，切不可洩」。一面參與如此重大的反曹政治陰謀，一面卻裝得甚麼事也沒有。為了騙過曹操的耳目，他特在自己的寓所後闢一菜園，每天澆水施肥，一身汗水，對甚麼都不關心，惹得性急的關羽和張飛很不耐厭。他這樣裝倒使曹操放了心。有一天他正在菜園裏，曹操派人把他請到府中，一見面，曹操說：「你在家中做了大好事。」劉備嚇得臉無血色。曹拉着劉走到後園，說「你學習種菜，真不容易」，果然沒有看出種菜中的詭術。接着，他們便煮酒論道，酒半，突然雷閃，見到烏雲似龍，曹操便說起龍：「能大能小能升能隱，龍可比當今英雄。」於是問起劉備：「誰是當今英雄？」接着，劉備的回答便是滿篇「詭言」。他先是作謙卑狀，說「我無知淺陋」，當曹操硬要他講時，他便裝糊塗說：「淮南袁術，兵糧充足。」曹操反駁道，袁術不過是「憑先世榮耀，我早晚捉住他」。劉備立即改口，又裝糊塗：「河北袁紹，今盤冀州……」曹又反駁道：「袁紹表面厲害，實際膽小，有謀無斷，想幹大事又惜生命，見小利而忘義。」劉備聽後第三次裝糊塗，開了「劉表、劉璋、張魯、張繡」等一串名字。曹操說這些不過是「碌碌小人，何足掛齒」之後，劉備才認真地問英雄是「誰？」，當曹操說「唯使君與曹耳」時，他嚇得魂不附體，連手裏的筷子也拿不住而掉落地上。此時曹操竟看不出劉備的詭態，問道：「大丈夫也怕打雷嗎？」劉備立即應以詭言，「孔聖人遇驚雷有所動」，終於逃過一場風險。

劉備最後這一句話，打的是「孔聖人」的牌子，這是劉備詭術的關鍵，也是了解劉備的鑰匙。前邊的文字已說，《三國演義》是中國權術心術的大全，這些詭術包括儒術、法術、道術、陰陽術、詭變術等等，而劉備玩的是打着孔聖人面具的儒術，即扮演「仁君」，滿口「仁義」，但謀取的是自己和集團私利的聖者詭術。魯迅於一九三四年寫過《儒術》、《隔膜》等文，揭露儒術是一些士大夫的政治術和帝王的統治術。他引用宋代余闕的《送范立中赴襄陽詩序》的話，「……雖天道忌滿惡盈，而儒者之澤深且遠，從古然也」，甚麼時候都可高人一等，即行的是虛偽的謀私利的儒術，收到的卻是「仁君」、「仁臣」等一片禮讚之聲的「儒效」。魯迅說：

但是，清朝的開國之君是十分聰明的，他們雖然打定了這樣的主意，嘴裏卻並不照樣說，用的是中國的古訓：「愛民如子」，「一視同仁」。一部份的大臣，士大夫，是明白這奥妙的，並不敢相信。但有一些簡單愚蠢的人們卻上了當，真以為「陛下」是自己的老子，親親熱熱的撒嬌討好去了。他哪裏要這被征服者做兒子呢？於是乎殺掉。不久，兒子們嚇得不再開口了，計劃居然成功；直到光緒時康有為們的上書，才又衝破了「祖宗的成法」。然而這奥妙，好像至今還沒有人來説明。（《且介亭雜文二集·隔膜》）

魯迅這裏講的是清朝帝王的統治術也是打着中國古訓的旗號滿口仁義的儒術。結果一部份臣民上了當，斷了頭。劉備在打江山的過程中用的也是「愛民如子」、「兄弟仁義」一套儒術，結果呂布、劉表、劉璋一個一個都上了當，或丢頭顱或丢城池。魯迅説這種利用祖宗成法的奥秘沒有人來説明。其實，莊子早就道破這奥秘乃是一種詭術。莊子在《徐無鬼》篇第十二節説：「夫堯畜畜然仁，吾恐其為天下笑。後世其人與人相食與。夫民，不難聚也，愛之則親，利之則至，譽之則勸，致其所惡則散。愛利出乎仁義，捐仁義者寡，利仁義者眾。夫仁義之行，唯且無誠，且假夫禽貪者器。是以一人之斷制利天下，譬之猶一必見也。夫堯知賢人之利天下，而不知其賊天下也，夫唯外乎賢者知之矣。」莊子這裏指出仁義包含着愛與利，可惜真正願意付出的愛少，而通過仁義之名謀取「利」的則很多。因為，借仁義之名的行為，便造成虛偽（無誠），義字本身也成為「禽貪者」的工具。莊子真是一針見血。在《三國演義》中，我們看到劉備對劉璋所講的「義」，完全如莊子所言。

劉璋係益州牧，乃四川一方諸侯，因面臨曹操、張魯的雙重壓力，加上自身稟性儒弱，早就想借重同宗兄弟劉備的力量，而當時他的屬下大夫張松到北方曹營説項失敗後到南方卻受到劉備隆重款待，有感於知遇之恩，張松便獻上蜀中地圖，請劉備「長驅西指」，入主西川，他與法正、孟達等兩位心腹契友可做內應。劉備聽到張松的大計後，口頭上雖說：「劉季玉與備同宗，若攻之，恐天下人唾罵。」嘴上還念着同宗之義，心裏卻高興得不得了，也對張松感激到極點，並向張松作了許諾：「青山不老，綠水長存，他日事成，必當厚報。」張松投靠劉備後返回四川便實施其計劃，勸說劉璋請劉備相助，曰：「荊州劉皇叔，與主公同宗，仁慈寬厚，有長者風。赤壁鏖兵之戰，操聞之而膽裂，何況張魯乎？主公何不遣使結好，使為外援，可以拒曹操、張魯乎？」劉璋倒是老實，經張松一說就中計，連忙應允，曰：「吾亦有此心久矣。」並派張松推薦的法正、孟達作為使者前往荊州請兵入川。倒是劉璋的幕僚黃權、王累等一眼看清事態的嚴重而全力阻撓，尤其是王累，他更是直截了當地撕下劉備的面具：「……劉備入川，乃心腹大患。況劉備世之梟雄，先事曹操，便思謀害；後從孫權，便奪荊州。心術如此，安可同處乎？」王累說的是實話，劉備口裏講的是「義」，心裏卻是「術」。但劉璋不聽，仍然相信劉備同宗之義的真實，駁王累道：「玄德是我同宗，他安肯奪我基業？」並立即令法正帶上他的書信前往荊州。書信言辭殷切，完全相信劉備係「真仁義」：「……璋聞『吉凶相救，患難相扶』，朋友當然，況宗族乎？今張魯在北，旦夕興兵，侵犯璋界，甚不自安。……倘念同宗之情，全手足之義，即日興師，剿滅狂寇，永為唇齒，自有重酬。」此後，劉備便率軍入川，步步為營，開始時劉備還戴仁義面具。到了攤牌時刻便翻臉不認人，借錢糧軍馬不足而發難：「吾為汝禦敵，費力勞心，汝今積財吝賞，何以使士卒效命乎？」有了藉口，便採納龐統之計，開始圖謀成都，後又因張松暴露事件，與劉璋決裂，便大舉進軍攻下涪關，直逼成都。所謂「手足之義」也全埋葬於慘烈的腥風血雨之中。在慶功的宴會上，龐統和劉備兩人都喝得醉醺醺的，酒後吐真言，他們兩人有這麼一段對話：

玄德酒酣，顧龐統曰：「今日之會，可為樂乎？」龐統曰：「伐人之國，而以為樂，非仁者之兵也。」玄德曰：「吾聞昔日武王伐紂，作樂象功，此亦非仁者之兵歟？汝言何不合道理，可速退。」（第六十二回）

龐統說的是真話，伐人之國，非仁義之師；佔了便宜還要慶功作樂，非仁義之舉，這恰恰打中了劉備的痛處。劉備滿口仁義，可是，吃掉劉璋卻大背同宗之仁、兄弟之義，這種不仁不義的背叛行為偏偏被自己的軍師說破，這哪能受得了。他除了把自己比作武王伐紂的仁義之師以自慰之外，就是一反溫柔敦厚的脾氣，竟把龐統趕出宴席。按照老子在《道德經》中所言，兵者乃不祥之器，如果不得不用兵，而且取得勝利，也不應當高興慶功作樂，而應當以喪禮的形式悲哀地面對，這才算是仁義之師。但劉備不是這樣，一打下涪關這一戰略要地，就設宴勞軍，樂得酩酊大醉。龐統在酒後無意中撕下劉備的「仁義」面具，不能不使劉備作出強烈反應。

整個征西殲滅劉璋的過程，可以看到莊子所說的「捐仁義者寡，利仁義者眾」乃是真理。劉備的仁義，也只是以仁義之名謀取霸業之實。莊子所說的「無誠」二字，放到劉備身上極為貼切。劉璋把無誠當有誠，上的正是劉備柔術、仁術的大當。說曹操是不仁不義之「賊」，而劉備征西的仁義何在？說是「賊天下」太重了些，但說他的仁義不過是一種詭術，一種掩蓋霸業野心的權謀，絕不過份。我們說《三國演義》是一部權術的大全，正是它不僅包括剛性的露骨的曹操式的法術，也包括柔性的偽善的劉備式的儒術。

《三國演義》第四十一回、四十二回載，趙雲「單騎救主」，最後的結局是九死一生地衝出曹軍重圍救出阿斗。但在趙雲見到劉備的那一時刻，卻發生了這樣讓人意外的故事，書中寫道：

雲下馬伏地而泣，玄德亦泣。雲喘息而言曰：「趙雲之罪，萬死猶輕。糜夫人身帶重傷，不肯上馬，投井而死。雲只得推土牆掩之，懷抱公子，身突重圍，賴主公洪福，幸而得脱。適來公子尚在懷中啼哭，此一回不見動靜，多是不能保也。」遂解視之，原來阿斗正睡着未醒。雲喜曰：「幸得公子無恙。」雙手遞與玄德。玄德接過，擲之於地曰：「為汝這孺子，幾損我一員大將！」趙雲忙向地下抱起阿斗，泣拜曰：「雲雖肝腦塗地，不能報也。」

在此生死存亡之際，趙雲自然是忠勇可敬，但是糜夫人壯烈投井自殺也同樣感天動地，而小嬰兒雖然混沌未鑿，畢竟也穿越重重戰火和死亡深淵。可是，在這樣的時刻，劉備既沒有為夫人的死亡而悲傷，也不問小生命是否存活，只顧講一句駭人聽聞的話和做一個擲子於地的唐突行為，這不是為了籠絡趙雲的心是甚麼？愛才之心本是可以理解的，但是，以掩蓋愛子之心來凸顯愛才之心則是一種心機。這種連親子之愛也拿來籠絡人心的遊戲，正是權術的極致遊戲。

曹操在與劉備「煮酒論英雄」時說「夫英雄者，胸有大志，腹有良謀，有包藏宇宙之機，吞吐天地之志也」，而且認為，劉備所列舉的袁術、袁紹、孫策、劉表、劉璋、張魯之流皆是徒有虛名，唯有他和劉備才是真的英雄：「今天下英雄惟使君與操耳。」這一判斷固然把劉備嚇得雙手發抖，但畢竟道破一種真實，即劉備確實「有包藏宇宙之機」，這就是野心的心機。劉備與曹操在行為模式上雖有儒、法之別，但在「包藏宇宙之機」這一點上卻是相同的。擲阿斗於地，不過是「包藏宇宙之機，吞吐天地之志」的一種內心信息而已。

三、曹操的法術

如果說，劉備玩的是儒術，那麼，曹操玩的則是法術。「文化大革命」中的「智者」們把曹操定為法家，大致沒有錯。法家講權、勢、術，它的術與儒術相比，有剛柔之別、陽陰之別，所以魯迅稱法術為明術，雖然也是詭術、權術，但它只用「法」的名義，不用「仁」的面具。要殺人就造個合法的名堂，公開殺，明殺，明明是「詭」，但也使人無話可說。魯迅說：

> 法術原是極厲害、極致命的法術。（《且介亭雜文二集・五論「文人相輕」——明術》）

舊文人把法術搬到文壇，便是製造一個惡名、諢名、罪名，然後置對手於死地。例如先說你是「封建餘孽」、「布爾喬亞」或「無政府主義者」等，然後再加以撲殺，這便是作家們搬用的法術。這種法術，表面上是「明術」，其實也是詭計。它通過諢名、惡名先把你批倒批臭，而且一沾上惡名，「你跑到天涯海角，它也要跟着你走，怎麼擺也擺不脫」（《五論文人相輕——明術》）。曹操使用的正是這種法術，殺王垕，使用的是王違反軍法之名。《三國演義》第十七回所寫的曹操借王垕的人頭以定軍心，在《三國演義》中貌似插曲，實際上是最令人驚心動魄的一幕。我們不妨重溫這一故事：

卻說曹兵十七萬，日費糧食浩大，諸郡又荒旱，接濟不及。操催軍速戰。李豐等閉門不出。操軍相拒月餘，糧食將盡，致書於孫策，借得糧米十萬斛，不敷支散。管糧官任峻部下倉官王垕入稟操曰：「兵多糧少，當如之何？」操曰：「可將小斛散之，權且救一時之急。」垕曰：「兵士倘怨，如何？」操曰：「吾自有策。」

垕依命，以小斛分散，操暗使人各寨探聽，無不嗟怨，皆言：「丞相欺眾！」操乃密召王垕入曰：「吾欲問汝借一物，以壓眾心；汝必勿吝。」垕曰：「丞相欲用何物？」操曰：「欲借汝頭以示眾耳。」垕大驚曰：「某實無罪！」操曰：「吾亦知汝無罪，但不殺汝，軍心變矣；汝死後，汝妻子，吾自養之，汝勿慮也。」

垕再欲言時，操早呼刀斧手推出門外，一刀斬訖，懸頭高竿，出榜曉示曰：「王垕故行小斛，盜竊官糧，謹按軍法。」於是，眾怨始解。

軍糧不濟，軍心波動，面對這一危機曹操先施小計，即用小斛偷換大斛，並讓王垕去執行。行不通而激起軍憤時，他則施大計，借王垕的頭以平軍憤。面對這種人頭遊戲，善心的讀者會感到驚心動魄，但是，曹操卻表現得極為冷靜，一切行為「謹按軍法」。在權術家曹操眼裏，殺王垕不過是宰了一隻替罪羊而已，他明知道羊是無罪的，但必須「替罪」，這是安定軍心的大局所需。所以他非常冷靜地對王垕說「知汝無罪」但又要「借汝一物」。在這裏，曹操沒有任何心理障礙、人性障礙，玩的是殺人消災的血淋淋的權術。他沒有任何猶豫，所謂「婦人之仁」和他是絕不相干的，一個全軍的後勤將領的頭顱，不過是遊戲中的一枚小棋子而已。曹操和王垕的這一故事具有很高的象徵意蘊，它揭示：在政治權術的遊戲中，沒有生命價值可言，也沒有頭顱價值可言，一切都服從權術所指向的目標。在一邊是政治目標、一邊是生命頭顱的天平上，可以一邊是零，一邊則是一百。為了達到既定的權力目的，可以不惜使用一切最卑鄙的手段。這也說明，當權術走向巔峰的時候，人的生命尊嚴就會走向谷底。在這裏也可以看到：極權邏輯與生命邏輯是截然不同的。黑格爾說凡是存在的都是合理的，這一命題的荒謬是沒有區分權力邏輯與生命邏輯。借人頭以穩定軍心，這對於政治遊戲的權力邏輯來說，它是合理的，但對於生命原則生命邏輯來說，它卻是絕對不合理的。而曹操殺王垕，除了違背生命原則之外，也違反政治遊戲中最起碼的道德原則，它赤裸裸地嫁禍於人，不僅殺了人頭，而且還讓無辜的人頭承受道德罪惡，而這，正是權術的奧秘。

法術雖有明的一面，確實可稱之為「明術」，但也有暗的一面。魯迅在講文壇「法術」時，說文壇中人除了直接給人諢名、惡名等坑人之名，「還有一種是自己連名字也並不露面，只用匿名或由『朋友』給『敵人』以批評」（《論文人相輕——明術》）。曹操殺王垕用的是明術，殺禰衡則自己「並不露面」，讓「朋友」黃祖（劉表的部屬）去作「武器的批判」，即借黃刀而殺禰。這一點，連荀彧也不明其詭計，曹操只好明說：「禰衡辱吾太甚，故借劉表手殺之，何必再問。」（第二十三回）曹操知道禰衡是敢於直言的士人，自己動手消滅他，會失去天下士人之心，所以便施借刀殺人的詭計。果然禰衡很快就人頭落地，難怪魯迅要說「法術極厲害，極致命」了。魯迅當年稱法術為明術，今天我們則改稱為陽謀。權術中的陽謀、陰謀均厲害，兩者都可以置人於死命。

四、司馬懿的陰陽術

劉備玩儒術，曹操玩法術，但三國之爭最後的勝利者是玩「陰陽術」的司馬懿。陰陽文化也有原形與偽形之分。中國的陰陽家在戰國時期是與儒、道、法並行的一大家。《漢書．藝文志》列為九流之一。代表人物有鄒衍等。陰陽家們認為人類社會的發展均受水、火、木、金、土五種勢力的支配，提出「五德終始」、「五德轉移」說，用以說明歷史乃是循環性的變化。陰陽說後來還形成陰陽五行之學，分正術（府）、典術（州）、訓術。

但《三國演義》的陰陽術是陰陽文化的偽形，指的是政治鬥爭中的「陰陽臉」，用現代人的語言說，叫做兩面派，陰一套、陽一套，表面一套、背裏一套，一身而持兩種截然不同的態度。魯迅在《三閒集．文壇的掌故》中說：「於是不但笑啼俱偽，並且左右不同，連葉靈鳳所抄襲來的『陰陽臉』，也還不足以淋漓盡致地為他們自己寫照，我以為這是很可惜，也覺得頗寂寞的。」笑啼俱偽，扮陰陽臉，耍兩面派，在《三國演義》中成為一種非常重要的權術、心術。三國的結局，曹氏王朝的覆滅，其致命的一步是沒有看穿司馬懿的陰陽臉，中了司馬氏的「陰陽術」。司馬懿是個極為陰險的野心家與陰謀家，他出身望族，早就有取而代之、自坐江山的野心，但他卻極善於偽裝，而且裝到幾乎「入化」的境界。

在蜀魏的戰場上，能與諸葛亮周旋而且在軍事上打敗過諸葛亮的是司馬懿。儘管《三國演義》的作者竭力美化諸葛亮，並以「空城計」的故事來暗示司馬懿作為一個勝利者仍然在智慧上不如諸葛亮，但應當承認，司馬懿無論如何，是一個智慧高強的軍事統帥。他在戰場上的智慧也表現出一番壯觀。然而，一旦退入政治權力鬥爭場合，其智慧就發生變質，即其智慧的方向立即轉入非常殘忍的血淋淋的政治陰謀，顯得極端虛偽與奸詐。只要閱讀《三國演義》第一百零六回中的《司馬懿詐病賺曹爽》與一百零七回中《魏主政歸司馬氏》的故事便可一目了然。司馬懿篡奪魏國最高權力的野心早已有之。在陰謀篡權的過程中，他首先用「詐病」的韜晦之計迷惑曹爽。公元二四零年（正始元年），魏明帝曹叡駕崩，傳位給年僅八歲的幼子（其實是乞養之子）曹芳，託付司馬懿、曹爽輔政。曹爽當時門下有賓客五百人，其中不乏智慧之人（如何晏、桓範），他們提醒主子要防範司馬懿，因此，曹爽便命其弟曹義為中領軍、曹訓為武衛將軍、曹彥為散騎常侍，把兵權掌握在自己手上。而司馬懿知道暫時敵不過曹爽，便施韜晦之計，推病不問政事，兩個兒子也都退職閒居。公元二四七年，曹爽與親信何晏、鄧颺等準備出城遊獵，事先讓即將赴青州擔任刺史的李勝以拜別之名去探知司馬懿的虛實。司馬懿憑他的政治敏感，立即知道來意，便佯裝重病，演了一場好戲，小說寫道：

時魏主曹芳，改正始十年為嘉平元年。曹爽一向專權，不知仲達虛實，適魏主除李勝為青州刺史，即令李勝往辭仲達，就探消息。勝徑到太傅府中，早有門吏報入。司馬懿謂二子曰：「此乃曹爽使來探吾病之虛實也。」乃去冠散髮，上床擁被而坐；又令二婢扶策，方請李勝入府。勝至床前拜曰：「一向不見太傅，誰想如此病重。今天子命某為青州刺史，特來拜辭。」懿佯答曰：「并州近朔方，好為之備。」勝曰：「除青州刺史，非并州也。」懿笑曰：「你方從并州來？」勝曰：「山東青州耳。」懿大笑曰：「你從青州來也！」勝曰：「太傅如何病得這等了？」左右曰：「太傅耳聾。」勝曰：「乞紙筆一用。」左右取紙筆與勝。勝寫畢，呈上。

懿看之，笑曰：「吾病的耳聾了。此去保重。」言訖，以手指口。侍婢進湯，懿將口就之，湯流滿襟。乃作哽噎之聲曰：「吾今衰老病篤，死在旦夕矣。二子不肖，望君教之。君若見大將軍，千萬看覷二子。」言訖，倒在床上，聲嘶氣喘。李勝拜辭仲達，回見曹爽，細言其事。爽大喜曰：「此老若死，吾無憂矣！」

司馬懿見李勝去了，遂起身謂二子曰：「李勝此去，若無消息，曹爽必不忌我矣。只待他出城畋獵之時，方可圖之。」不一日，曹爽請魏主曹芳去謁高平陵，祭祀先帝。大小官僚皆隨駕出城。爽引三弟並心腹人何晏等及御林軍護駕正行，司農桓範叩馬諫曰：「主公總典禁兵，不宜兄弟皆出。倘城中有變，如之奈何？」爽以鞭指而叱之曰：「誰敢為變？再勿亂言！」當日，司馬懿見爽出城，心中大喜，即起舊日手下破敵之人，並家將數十，引二子上馬，徑來謀殺曹爽。

接下去的故事還有一些波瀾，但最後的結果是司馬懿全勝，近是「押曹爽兄弟三人並一干人犯斬於市曹，滅其三族」，遠則為司馬氏新王朝奠定了基業。這裏我們看到的司馬懿，一個在沙場上老謀深算的統帥，在政壇上又是何等奸詐。裝聾作啞，哽咽有聲，淚流滿襟，一副衰老病篤、危在旦夕的樣子；可是，在假面的包裹下則是滿腹刀劍，滿心殺機，而且時機一到，他一分一秒都不會差錯，立即發動血腥政變，對政敵一點也不留情，不僅誅其一身，而且滅其三族，又快又隱又準又狠，一場政變和屠殺如同一場兒戲，勝券在握，分秒不差，其機謀令人嘆為觀止。面對政變，曹爽的弟弟曹羲曾感嘆說：「司馬懿譎詐無比，孔明尚不能勝，況我兄弟乎？」司馬懿的智慧變成「譎詐」，這不僅是司馬懿一人，中國的智慧，在三國的紛爭中，幾乎都變成「譎詐」，只是「譎詐」的形式與深淺程度有所差別而已。

除了儒術、法術、陰陽術之外，《三國演義》還有道術。但這不是莊子意義上的道術。（《莊子．大宗師》：「魚相忘於江湖，人相忘於道術。」《莊子．天下》：「道術將為天下裂。」）也不是墨子意義上的道術。（《墨子．非命下》：「今賢良之人，尊賢而好功道術，故上得王公大人之賞，下得其萬民之譽。」）即不是指道路、學術、道德文章等意義，而是指道教的法術、方術。諸葛亮在赤壁之戰中設祭台、借東風，使用的便是道術、方術的把戲。諸葛亮可能有天文知識，預測出關鍵時刻必有東風，這是知識的力量，並非方術的力量，但諸葛亮故意做巫師、法師狀，詭稱自己可以向上天借得東風，這實際上在神化自己，以便征服曹操之前先征服東吳周瑜之心。因為屬於偽裝，說到底也是騙術，不過，這一騙術的形式乃是道術方術。只要能達到目的，甚麼術都可以用。

五、出神入化的美人術

《三國演義》除了集儒術、法術、道術、陰陽術、詭辯術等權術之大成外，還有一項權術創了歷史紀錄，這就是把女人作為政治較量重要砝碼的美人術。政場、商場上，美人計古已有之。吳越之爭時，越王勾踐用越美人西施打入吳宮，就是美人計。然而，像《三國演義》如此大規模如此廣泛如此不知羞恥地把美人特別是把自己的女兒、妹妹、乾女兒等當作政治籌碼，瘋狂地進行政治遊戲的，則前無古人，後無來者。《三國演義》中的美人計變成各方梟雄自覺的政治權謀，因此，用「美人計」來描述，份量太輕，所以不妨稱之為野心家們的美人術。

《三國演義》和《水滸傳》，有一個共同點，那就是不把女人當作人，即當作尤物、器物、動物等（下文另作細述）。骨子裏都對女人有種極端的蔑視。但是，《水滸傳》更多地表現出對婦女的殺戮，而《三國演義》則更多地表現為對婦女的利用。《三國演義》中的女子簡直像政治馬戲團裏的動物，一個一個被推到政治前台作表演。如果說潘金蓮、潘巧雲等屬於可憐，那麼貂蟬、孫尚香等則屬於可悲。

無論是曹操、劉備、孫權，還是諸葛亮、關羽、張飛或是袁術、呂布、董卓等，儘管之間鬥得你死我活，但其婦女觀卻是一致的，這就是女人只是為我所用的工具，有用的時候，它就存在；沒用的時候，它就不存在。第十九回寫劉備的崇尚者、獵戶劉安殺妻招待劉備，「當下劉安聞豫州牧至，欲尋野味供食，一時不能得，乃殺其妻以食之」。對於肉餐，劉備問：「此何肉？」劉安答：「此狼肉也。」劉備未語，飽食了一頓。第二天早晨，劉備看見一婦人被殺於廚下，臂上肉已剜去，才知道昨晚吃的是劉安妻子的肉，這才不勝傷感，揮淚上路。這個故事的象徵意蘊值得注意。在獵戶劉安心目中，女人（妻子）是隨時可以拿來烹食的動物（故稱妻子肉為狼肉）。其實，在劉備、曹操等政治大獵戶眼裏，婦女早已是動物，隨時都可以拿來使用、享用、吃用、利用。只是山中獵戶（安）太粗魯，而政治大獵戶則全戴着人的面具，吃起女人來另有一番情景與風味。這就難怪劉備向曹操說起此事時，曹操並無不忍之心，只是覺得劉安堪作楷模，「操乃令孫乾以金百兩往賜之」。曹操嘉獎劉安並不奇怪，奇怪的是後人羅貫中在描寫這一慘不忍聞的故事時用的全是讚美的筆觸。而對殺妻宴客的血腥事實，劉備倘若真有「仁義」之心，或者真有與禽獸相區別的不忍之心（孟子認為，人與獸之別只有「幾希」，關鍵就在有無「不忍之心」），那他就不能不譴責劉安。劉備的「仁義」只不過是他的政治面具，而其人性深處則不把婦女當作人尊重，才是他的真實的內心。在眾所周知的「趙雲救阿斗」的情節中，趙雲出生入死、殺出重圍，固然立了首功，但糜夫人捨身保護並非親生骨肉的阿斗，最後投井自殺，也是可歌可泣。但是，劉備見到趙雲時，除了摔阿斗於地上，只顧討好部將之外，竟然一句也不過問糜夫人的下落。中國的大男人主義加上奪取政權的政治野心，已把劉備的人性掏乾，心中哪有妻子的位置。在後來的婚娶孫夫人的政治戲劇中，他明知道這是政治陰謀，但他裝模作樣，假戲真做。如果說，周瑜是丟了夫人又折兵，那麼，他是得了夫人又得地。他對孫夫人既享用又利用，完全是把孫夫人當作政治馬戲團的一隻帶桂冠的雌馬（下文再細談）。

把女人當作政治遊戲中的玩物，從曹操就開始了。他為了控制漢獻帝，把三個女兒（曹憲、曹節、曹華）均嫁給獻帝做貴人。曹節立為后，曹操以岳父身份進入政權核心並控制政權。後來曹操「挾天子以令諸侯」，首先是把女兒作為「敲門磚」。曹操之外，其他梟雄也相競玩弄美人術。袁術為了拉攏呂布，提出與呂結親，後因陳登反對而未成功；但被曹軍包圍時，為了求得袁術幫忙，呂又急着把女兒送給袁術做兒媳婦。「呂布將女以綿纏身，用四色裹，負在背上，提戟上馬。」袁術之子袁譚向曹投降後，曹操也「以女許譚為妻」。不管是呂布的女兒還是曹操的女兒，都不過是政治棋局中的小卒子。

把女兒當作政治交易品和敲門磚，戲劇性並不強。雖屬權術，但並不精彩。《三國演義》中最精彩的真把女子當作政治大馬戲團動物而上演的是貂蟬和孫夫人孫尚香。以這兩位女子為主角，可看到當時的各方權術家把美人術玩到何等地步。德國著名詩人席勒寫過《陰謀與愛情》，但是，與《三國演義》中的「陰謀與愛情」相比，簡直是小巫見大巫。而三國時代的陰謀才是真陰謀、大陰謀，是戰略性的「陰謀與愛情」。需要說明的是，孫夫人本是一個與政治無涉的活生生的美麗生命，只因為她的身世特別，生為王妹，因此，生死搏鬥的雙方，從自己的哥哥孫權到大將周瑜以及對手一方的劉備、諸葛亮都在她身上用盡心機。在他們心目中，王妹並不是一個可以掌握自己命運和選擇自己未來的自由生命，而是一個玩物，一個器物，一個在政治遊戲中可以利用可以製造出精彩情節和重大政治利益效果的傀儡。當時蜀、吳雙方爭奪的中心是荊州，一方想討回荊州，一方想保住荊州，雙方都是野心家，已沒有妥協的可能。解決的辦法只有兩個：一是流血的戰爭；一是不流血的陰謀。迫於北方曹操集團強大的壓力，雙方都不想戰爭，那就只好訴諸卑鄙的陰謀。就在這種歷史場合下，一個帝王的妹妹成為雙方陰謀詭計的樞紐，一切醜惡心思都在此展現無餘。在東吳一方，周瑜的設計是借美人以奪江山；在劉備諸葛亮一方，則是既得江山又得美人。這是三國動亂時代最富有戲劇性的「陰謀與愛情」的故事，又是最沒有人性的借「愛情」以實現「陰謀」的典型的權術記錄。在「玩弄女性、謀求江山」這一點上，激戰雙方的首領與將帥，都是一丘之貉，即都是道道地地的權術家，其區別是聰明絕頂的權術家（諸葛亮）和不夠聰明的權術家（周瑜、孫權）的區別而已。在整個玩弄美人術的過程中，有一情節很有深意。這就是政治利益鬧劇發展到高峰，吳國太、喬國老在甘露寺方丈那裏親自會見「女婿」，而孫權、周瑜安排的刀斧手也已佈置停當，準備一舉誅殺劉備以讓大戲落幕，可是，恰恰在這千鈞一髮之際，趙雲出場（揭穿刀斧手埋伏之事），劉備跪倒泣告，吳國太大怒訓斥孫權，東吳的陰謀以破產而告一段落。經過這場血腥的生死遊戲，劉備與孫權都知道雙方已不共戴天，仇恨皆在各自胸中翻滾，但彼此又都裝出一副若無其事的君子、君主模樣，更衣後一起來到殿後的庭院之中。先是劉備，見到庭下有一石頭，他就拔起侍從者的所佩之劍，仰天祝曰：「若劉備能回荊州，成王霸之業，一劍揮石為兩段。如死於此地，劍剁石不開。」說完手起劍落，火光迸濺，砍石為兩段。接着，便是孫權和劉備的交會，小說繼續寫道：

孫權在後面看見，問曰：「玄德公如何恨此石？」玄德曰：「備年近五旬，不能為國家剿除賊黨，心常自恨。今蒙國太招為女婿，此平生際遇也。恰才問天買卦，如破曹興漢，砍斷此石。今果然如此。」權暗想：「劉備莫非用此言瞞我？」亦掣劍謂玄德曰：「吾亦問天買卦，若破得曹賊，亦如此石。」卻暗暗祝告曰：「若再取荊州，興旺東吳，砍石為兩半！」手起劍落，巨石亦開。至今有十字紋「恨石」當存。

孫權和劉備這兩個一方霸主，口裏祝告的和心裏暗算的完全是兩樣，口裏都罵着漢賊曹操，全是凜然大義，心裏盤算的則是當下的最大利益所在——荊州，而且仇恨已上升到舉劍剁石，以至留下「恨石」的歷史物證。在這個小庭院裏，兩位英雄心口不一，口是心非，胸中各懷「大志」，腹中各藏殺機與不可告人的「宇宙之機」，而在小庭院之外的大庭院中，東吳的宮廷正準備一場國家級的愛侶婚禮，數日之後，劉備與孫夫人就在紅燈紅燭的接引之下進入洞房，在放下門簾中結束喜劇的第一幕。一種極端「恨」的生死搏鬥，卻被謀略家們安排在「愛」的帷幕下進行。中國權術的虛偽、黑暗與精彩，到此真可嘆為觀止。

在孫夫人之前，另一齣由司徒王允導演的「陰謀與愛情」的權術大戲的主角是貂蟬。所不同的是孫夫人雖也是權術的工具，但並不自覺，也不是陰謀主體；而貂蟬則不同，她完全是自覺的工具，知道整個陰謀計劃，並成為陰謀主體，在整個陰謀的實施與實現中積極主動，起了決定性的作用。一個溫柔的美麗的生命，玩起心機心術和陰謀詭計時竟如此純熟，如此天衣無縫，以至讓一個堂堂的王朝宰相董卓也死於她的股掌之中，更是令人震驚。這反映出中國權術不僅流行在上層官僚集團之中，而且也已廣泛地浸入民間社會之中。貂蟬的權術遊戲，是《三國演義》這部權術大全的另一重要側面，它恰恰說明，心機權術已成為華夏民族的一種集體性格。所以我們不妨重溫它的某些行為細節。

貂蟬原先不過是司徒王允家的一名歌伎，只是因為自幼選入府中，教以歌舞，才貌俱佳，王允便以親生女兒相待，雖然出身貧賤，但在高級官僚府邸中耳濡目染，竟也精通權術心計。所以當王允跪在她的面前請求她幫助實現分裂董、呂的離間連環之計。以殺董卓時，這個「小女子」一點也不驚訝，更不猶豫，主人一說，她便心領神會。面對如此嚴酷、如此複雜的生死陰謀，她不僅沒有半點懼色，而且斬釘截鐵，胸中有數。她對王允說：「妾為大人萬死不辭，望即獻妾與彼。妾自有道理。」

決然決斷地說「妾自有道理！」此言份量千鈞。她的「自有道理」，雖不是胸中自有雄兵百萬，卻是胸中自有萬千心機心術，足以對付當朝兩位大人物。果然，一進入陰謀程序，她的百般手段，樣樣做得天衣無縫。言、說、歌、哭、喜、笑、怒、罵，全是裝，全是瞞，全是騙，但樣樣滴水不漏，樣樣表演得比舞台上的戲還真切動人。無論是初見呂布時「假意欲入」、「秋波送情」；還是次日在董卓臥室窗下與呂布再見時「故蹙雙眉，做憂愁不樂之態，復以香羅頻拭淚眼」；還是月餘之後，董卓得了小病而呂布探望之時於床後「探半身望布，以手指心，又以手指董卓，揮淚不止」；還是在百官拜送董卓，車馬如龍的時刻她在車上遙見呂布的「虛掩其面，如痛哭之狀」，每一個假造之情都真的讓呂布心碎，非上當不可。

而在色迷呂布之後，她又親自設計鳳儀亭的挑撥離間計，把董、呂逼向不可調和的境地。她先約呂布在鳳儀亭相會，對呂布哭訴說，「我雖非王司徒親女，然待之如己出。自見將軍，許侍箕帚，妾平生願此矣。誰想太師起不良之心，將妾淫污。……此身已誤，不得服侍英雄，願死於君前，以明妾志」，說完就往荷花池跳，假裝自殺。待呂布為此感動而表示「我知汝心久，恨不能共語」，她立即抓住時機，改變口氣求救說道：「妾度日如年，願君憐而救之」，促呂布早下決心。當呂布說「我會偷空而來，死老賊見疑，必當速去」，露出對董卓還心存懼慮時，她立即使出激將法說，「君如此懼怕老賊，妾身無見天日之期矣」，並說，「妾在深閨，聞將軍之名，如雷貫耳，誰想又受他人之制也」，言畢則淚下如雨，弄得呂布羞慚滿面，落入更深的陷阱。

呂布有勇無謀，還好對付，董卓則老謀深算，讓他上當更不容易，但貂蟬還是最終置他於死地。當董卓發現鳳儀亭私會時，先是擲戟刺呂布，後又拷問貂蟬「汝何與呂布私通也」，單刀直入。但貂蟬不慌不忙，趁機挑撥道：「妾在後園看花，呂布突至，妾見存心不良，恐為所逼，欲投池自盡，被這廝抱住。」沉着地應答。接着，老奸巨猾的董卓因受幕僚李儒的勸告，正在搖擺，便突然襲擊，提問道：「我今將汝賜與呂布如何？」這個問題之下充滿凶險。如果董卓的話是真的，則王允之計立即完結；如果是假，而貂蟬作出一般回應，則立即有殺身之禍。在此緊要時刻，貂蟬作出最強烈的回應，先是作「大驚」狀，號啕大哭，並沉着地說出貴賤之理：「妾身已事貴人，今忽欲下家奴，妾寧死不辱！」說完又取壁間寶劍，作自殺狀。由於假戲作得真切，董卓便慌忙奪劍，擁抱着她說「吾戲汝」，貂蟬聽見此話，便倒在董卓懷裏，反守為攻，掩面大哭地鑿穿董卓幕後軍師：「此必李儒之計也。儒與布交厚，故設此計，卻不顧惜太師體面與賤妾性命，妾當生噬其肉！」這一番表演，無論是口舌語言，眼淚語言，還是動作語言，全部佈滿心機殺機，可是，呈現於對手面前的卻是無可懷疑的女子至情至性之狀。這種漂亮的偽裝，用姿色與眼淚掩蓋的政治「花招」，便是權術。貂蟬的故事，是一個弱女子身帶計謀、心懷殺機的驚心動魄的故事。歷來《三國演義》的評論者都從文學描寫的角度讚賞這一故事的精彩，尤其是讚賞故事主角貂蟬的有膽有識有謀有略，以致使貂蟬形象成為讀者心目中的女性偶像；而沒有從文化批評的角度上看到：這個女子形象，已完全抹掉自我，掏乾一個女子的本真本然之性而扮演一種間諜式的角色。更沒有注意到，在一個歌伎的身上，竟然也可以積累下如此成熟、如此深刻的心機手段，把人性中所有的嬉笑歌哭全化為陰謀與陷阱。我們通常所說的「歷史」，實際上都包括着「暫時性」（或稱時代性）和「積累性」兩個部份。文化歷史也是如此。這種歷史主要不是寫在文字上、書本上，而是體現在活人身上。貂蟬身上的文化，就是中國歷史積澱下來的文化。她在整個「陰謀與愛情」的計謀中，能夠如此隨機應變，能夠把身體、眼淚、言語、動作、情感全化作讓敵手無可逃脫的羅網與武器，這不能不讓人讚嘆驚嘆。驚嘆的不是女子如妖如怪，而是中國的權術文化竟然如此深刻地進入一個美女子的深層人性之中，以致使我們找遍世界其他女子形象，沒有一個可以和貂蟬媲美。

第七章 「義」的變質

一、「義」的偽形走向

《三國演義》歷來被稱道的，也是影響中國文化性格的最重要的精神是「義氣」。這種精神又最集中地體現在劉備、關羽、張飛的「桃園三結義」與他們之間的關係故事上。對於這種精神，後人幾乎一致認同與崇尚，甚至連被稱為異端思想家的李卓吾也認為這是一種與天地同久的不朽的精神。他在《題關公小像》（《焚書》卷四）中說：

> 古稱三傑，吾不曰蕭何、韓信、張良；而曰劉備、張飛、關公。古稱三友，吾不曰直、諒與多聞；而曰桃園三結義。嗚呼！唯義不朽，故天地曰久，況公皈依三寶，於金仙氏為護法伽藍，萬億斯年，作吾輩導師哉！某也四方行遊，敢曰以公為逑。唯其義之，是以儀之；唯其尚之，是以像之。

像李卓吾這樣的一個卓越的思想家對劉、關、張的「義」評價如此之高，顯然是一種失誤。然而，這也是可以理解的。人確實需要講「義氣」，人際之間也確實需要道義理性原則與道義情感原則，這就是對兄弟之情、朋友之情、知己之情的珍惜與尊重。人間有一種「義氣」是很美、很純正的，這就是超等級、超勢利、超內外，甚至是超國界、超種族的人間之愛。莊子的《齊物論》，孔子的「四海之內皆兄弟」，德國大詩人荷爾德林的「詩意棲居於地球」等理念都包含着對這種愛的期待。在中國文化史上，「義」的理念早在孔子那裏就產生了。「君子義以為質，禮以行之」（《論語·靈衛公》）、「君子義以為上，君子有勇而無義為亂，小人喻於利」等思想已在中國流傳兩千多年。孟子在利義之辯中強調「義」的絕對優先，更是影響深遠。雖然後來墨子對孔、孟有所質疑，合義與利為一，也並不排斥義。兩千多年的利義之爭，最後誰也難以否認人際關係中的一種必要的道義情感原則。

關於「義」的基本內涵。林崗與筆者合著的《傳統與中國人》曾作過如下的解說：

> 義。《説文》：「義，己之威義也。從我，從羊。」段註：「義之本訓謂禮容各得其宜。禮容得宜則善矣。」段玉裁所解甚確。《釋名》：「義，宜也。裁制事物使合宜也。」韓愈《原道》：「行而宜之，之謂義。」其中義字釋為宜，當屬後起之義。而《尚書·康誥》：「用其義刑義殺。」似用本義。本來，自己的行為、儀表，切合禮的規定，這就可以叫做義。因為符合禮容，看起來彬彬有禮，且有威儀。但行為和儀表，是否真正從內心被領悟，當成人生中崇高的不可須臾離開的自身使命，這在使用義字本義的時代是不存在的。儒家把作為外在行為、儀表的義提升轉化為一個重要倫理範疇。他們致力於這樣的努力，就是要把外在的行為規範內化為人心的自覺欲求。因此，外在的行為規範就不能説它是外於人的，必須反過來，説它們根源於人的本心，是不待證明的東西。《孟子·公孫丑上》：「羞惡之心，義之端也。」又，《告

子上》：「仁義忠信，樂善不倦，此天爵也。」《告子上》章有一段孟子與告子辯論的對話：

> 告子曰：「食色，性也。仁，內也，非外也；義，外也，非內也。」孟子曰：「何以謂仁內義外也？」曰：「彼長而我長之，非有長於我也；猶彼白而我白之，從其白於外也，故謂之外也。」曰：「異於白馬之白也，無以異於白人之白也；不識長馬之長也，無以異於長人之長與？且謂長者義乎？長之者義乎？」

有人疑孟子最後的話有闕文。朱子在《集注》中釋作：「白馬白人，所謂彼白而我白之也；長馬長人，所謂彼長而我長之也。白馬白人不異，而長馬長人不同，是乃所謂義也。義不在彼之長，而在我長之之心，則義之非外明矣。」朱註甚得孟子之心。孟子一口咬定：「仁義禮智，非由外鑠我也，我固有之也，弗思耳矣。」儒家對「義」的轉化與提升和對「仁」的轉化與提升有相同之處，都是由外翻而入內，成為個體的道德人格理想。仁義常並舉，但仁多側於個體與群體協調的場合，義則只涉及個體行為，它與外部世界的協調沒有多大關係，只是在個體面臨行動的選擇時，義就起着重要的規範作用。《禮記．禮運》：「君死社稷之謂義。」又，「義者，臣子死節乎君親之難也。」個體行動的選擇應絕對順從義的標準。就是服從君親，服從社稷，用今人的話，就是服從「大局」。社稷的「大局」是個體的「小局」無法比擬的，個體在它面前就一定要「成仁取義」。成仁之日，便是取義之時。

為了避免陷入概念的糾纏與「義利之辯」的老論題之中，筆者想從我國最本真、最本然的「義」現象說起。可以說，在我國遠古的文化藝術史上，早就有「義」的典範。這就是古代大音樂家伯牙與他的知音鍾子期之間的動人情誼。這一美好故事，已化作中華民族集體無意識的一部份。故事的記載非常簡單，《呂氏春秋．本味》曰：「伯牙鼓琴，鍾子期聽之。方鼓琴而志在太山。鍾子期曰：『善哉乎鼓琴，巍巍乎若太山。』少選之間，而志在流水。鍾子期又曰：『善哉乎鼓琴，湯湯乎若流水。』鍾子期死，伯牙破琴絕弦，終身不復鼓琴，以為世無足復為鼓琴者。」伯牙和鍾子期的友情後來成為一種純正情義的象徵。漢代蔡邕曾作《琴操．水仙操》，明陽慎的《蘭亭令》則曰：「此乃高山流水之操，伯牙復生，不能出其右矣。」無論水仙般的情操，還是高山流水般的情操，都是一種完全超越世俗利害關係的純潔情感，這就是中國文化傳統最本真、最本然的「義」。這種「義」沒有任何功利性，也沒有時間性，它完全超越了時空界線。所以楊倞在註《荀子．勸學篇》時特別說明：「伯牙，古之善鼓琴者，亦不知何代人。」這種「義」不知生於何代，也不知止於何代，是人類童年時期天賦的真、善、美，也是中國原始的價值理性與價值情性。這是中國「義」的原形。伯牙、鍾子期這對知音的關係中沒有「利」，甚至也無須契約，無須結盟，只有純心靈的既真且美的關係。這種關係，是一種自然嚮往，自然信賴，也是一種自然規範。它帶有永恆價值與永恆魅力。這兩位古代音樂家的行為語言，比後代學者無數關於「義」的闡釋和註疏都更有力量地說明中國「義」的「原形」是甚麼。這種超越任何功利的心靈紐帶，這種相融相契的絕對傾慕與信賴，這種無目的（無世俗目的）的合目的性，永遠不會過時。無論是中國還是人類世界，這種「義」永遠是必須的。所謂講義氣，如果是指這種義，當然是需要講的。

像伯牙、鍾子期這種超越功利的義，帶有普世價值。因此，無論是東方還是西方，都講「義」，而且都把「義」當作和「利」對立的一種大範疇。不過，從大的方向上説，西方的「義」發展為「正義」，而中國的「義」則發展為「仁義」。西方的義側重於個體的心靈原則，中國的義則着重於人際關係準則。「義」推向社會、國家層面之後，西方的政治理想指向「正義」；中國的政治理想則指向「和諧」。仁義原則使和諧理想成為可能。孟子的天才，是他在孔子的「君子小人之辯」的基礎上，又提出「人禽之辯」、「利義之辯」、「王霸之辯」這三項倫理學的根本。古今中外，無論何國何人，皆無法逃脱這三種尺度。

從以上簡略的講述中，我們可以知道，中國的「義」，至少有兩種原形，一是個人化的伯牙、鍾子期式的超功利的「情義」；一是孟子提升的理性化的有別於功利的「仁義」。兩者有一個共同點，就是都把「利」作為「義」的對立項。把利益原則與道義原則加以區分，也就是説，中國文化中義的「原形」是非功利的。

但是，中國的義，經歷了歷史風浪的顛簸之後，卻逐步變形變質。發展到《三國演義》與《水滸傳》，義的內涵已發生重大變化。其核心概念，變成「結義」、「聚義」、「忠義」。在義字前邊加上一個字、一個定語，不是小事，它意味着義的內涵發生了重大變化。例如宋江代替晁蓋充當梁山領袖時改「聚義堂」為「忠義堂」，雖僅改了一個字，但暗示兩個大原則已出現：一是宋江「只反貪官，不反皇帝」；雖揭竿而起但仍忠於皇帝。二是提示梁山起義者從今之後不可只知上山會聚，還應當忠誠於共同的目標、共同的原則、共同的紀律，甚至共同的首領。這個「忠」不僅表明忠於國家社稷，還表明忠於宋江這位老大哥。「忠義」在這裏不僅是對個人的道德要求，而且是個人行為的規範準則。

《水滸》中的「聚義」和「忠義」，和伯牙鍾子期的情義，已完全不同。無論是聚義還是忠義，都有一個奪天下、打天下的功利目標。這種義，不是超功利，而是爭功利。義只是「利」的意識形態和組織原則，是保證造反隊伍實現大功利目標的精神紐帶。聚義往往還講小義，即帶個人情感的兄弟之義，而忠義則講大義，即講對大功利目標的絕對忠誠。因此，當李逵懷疑宋江接近女色時，他也會為了革命大義而譴責宋江。而李逵、武松雖不贊成招安，但還是服從大局，忠於宋江的「路線」。

《三國演義》講的則是「結義」。「結義」二字，乃是全書的核心價值觀念。「結義」也包含着「忠義」，但重心是「結」，即結盟。如果說，忠義的重心是政治原則的話，那麼，結義則是組織原則。劉、關、張的「桃園三結義」，首先是一種結盟，即組織；然後又是一種盟約，即組織原則。而其盟約的目標是謀大事，正如張飛在舉行結拜儀式之前所言：「我莊後有一桃園，花開正盛。明日當於園中，祭告天地，我三人結為兄弟，協力同心，然後可圖大事。」而劉備、關羽也齊聲應曰：「如此甚好。」而次日他們宣誓的盟約內容也與此相應：「念劉備、關羽、張飛，雖然異姓，既結為兄弟，則同心協力，救困扶危，上報國家，下安黎庶。不求同年同月同日生，只願同年同月同日死。皇天后土，實鑒此心。背義忘恩，天人共戮。」桃園這一盟約，影響中國近兩千年，後來它一直成為中國民間幫會和其他秘密組織的組織原則和倫理原則。一旦「背義忘恩」，不僅違反了組織原則，而且也違背倫理原則。立下原則時是向天發誓的，所以一旦有違，便既違背人理，又違背天理，於是，便有「天人共戮」的理由。「桃園三結義」就這樣成為中國社團的組織模式和倫理模式，我們不妨稱之為桃園組織模式和桃園倫理模式。

桃園模式講的是兄弟倫理，宣示的是兄弟結盟，圖謀的是天下「大事」。它所以能在後代產生巨大影響，是因為它反映了中國下層社會的生存需求。中國的上層社會，特別是貴族官僚社會，講的不是兄弟倫理，而是君臣倫理，是上等人與下等人嚴格區分的倫理。在這種倫理中，只有「君為臣綱」的秩序，沒有平等。「桃園三結義」的兄弟倫理，把異姓的兄弟之情放到至高無上的地位，體現下層社會的平等要求。不管參加結義的人原來是甚麼出身，甚麼地位，一旦加盟，就放下等級差別、尊卑差別，一律視為兄弟。在等級森嚴的封建社會中，義打破了等級，使人獲得一種組織性的平等地位，實際上也獲得一種生命尊嚴與生命護衛，因此，「桃園結義」模式就獲得廣泛的認同。在《三國演義》的文本中，劉備直接表明：兄弟如手足，妻子如衣服。妻子隨時可以拋棄，但兄弟不可丟掉，兩者永遠如手足相連。在儒家「三綱」的倫理規範中，有君為臣綱、父為子綱、夫為妻綱，但沒有兄為弟綱。也就是說，君臣、父子、夫妻有上下尊卑的不平等關係，但兄弟關係則沒有上下尊卑之分。中國的兄弟倫理特別發達，乃是下層社會逃脫三綱倫理羅網的需要。「桃園結義」使兄弟倫理獲得一種組織性的存在形式，從這一意義上，結義是可以理解的。

但是，歷史不斷證明，結義——兄弟之盟並不可靠。因為「義」最後總是要受到利的考驗。當兄弟全都處於貧窮與患難時，也就是「利益」並不突出時，平等關係是可以維持的。然而，一旦「利」字凸顯，共圖的大業成功，新的權力關係——不平等的關係，必定要取代兄弟關係——平等關係，否則權力結構就無法維持。像朱元璋、李自成、洪秀全等，他們起事時，與周圍共圖大業的骨幹自然都稱兄道弟，而一旦事成而稱帝，原先的兄弟便成了臣子，照樣得跪拜三呼萬歲，許多「兄弟」成了臣子之後被懷疑、被誅殺，其中有一個重要的原因，是這些當了臣子的兄弟們忘記時過境遷，關係已發生質變，今非昔比，往日的兄弟之義已不復存在，眼前的真實是嚴格的君臣秩序。企圖用過去的兄弟倫理來擾亂此時的君臣倫理，便是犯上作亂，便是大罪當誅。許多新王朝的功臣淪為悲劇性人物，說明「義」是脆弱的，「結義」的盟約形式是不可靠的；也說明「義」是會變的，它不具有絕對性。

「結義」有其合理的一面，可以理解的一面，但也有不合理的一面。其不合理性，關鍵是「結義」沒有愛的普遍性，或者說，沒有關懷與責任的普遍性。如果我們採用社會上的習俗語言表達，那麼，無論是「桃園」還是梁山，都只是「團夥」，不是社會。結義、聚義的結果，是團夥取代社會，團夥的利益高於一切，大於一切，當然也大於社會利益。所謂「義」，只是團夥原則，並非社會原則。入夥才享有「義」的保護。對於水滸梁山，一百零八將之內，才是兄弟，才有「義」字可言，一百零八將之外，則無「義」可言。魯迅批評賽珍珠把《水滸傳》譯為《四海之內皆兄弟》不妥，就因為水滸英雄恰恰不講五湖四海，恰恰未把普天之下視為兄弟，恰恰內外有別。一百零八之內可講義氣，一百零八之外則可殺、殺、殺。凡「結義」者，最重要的就是要講內外有別，團夥之內與團夥之外兩重天。義在內，不在外，團內家族與團外異族不可混淆。禪宗所講的不二法門，佛教所講的無分別心，離「結義」原則最遠。

二、「義」的排他性

由於結義之「義」本身具有這種原則特性，因此它帶來兩項巨大的局限：

1、對內的凝聚性帶來對外的排他性。

2、團夥之內的小義取代了團夥之外的社會大義。借用現代思想家馬克斯·韋伯的語言說，是兄弟倫理取代了責任倫理。

關於第一種局限，也就是前文所說的缺乏愛與關懷的普遍性，這是積極性的批評。說它具有排他性，則是消極性批評。劉備、關羽、張飛的桃園之義同樣具有巨大的排他性。這一特性不必遠說，僅從他們對待結義時遇到的第一恩人、把他們引向征討黃巾的英雄之路的劉焉，就可讓人深省。劉、關、張原來都是下層的無業遊民，雖有大志，但出頭無門。結義後雖抱負大增，但也得找到一個接納他們的領路人。就在這個重要時刻，劉備遇到了劉焉。劉焉就是劉璋之父，二十八歲的劉備見到他時，他是幽州太守。此人乃江夏竟陵人士，漢魯恭王的後裔。那時黃巾軍已犯幽州邊界，他正在出榜招募義兵。劉、關、張三人結義後由鄒靖拉線，見了劉焉。見面時，劉備靈巧，先在劉姓上做文章，劉焉大喜，遂認玄德為侄。並「令鄒靖引玄德等三人統兵，前去破敵。玄德等欣然領軍前進」（第一回），還旗開得勝，立了一功。從這一關鍵性情節中，可以知道，劉備是靠劉焉起家的，或者說是靠劉焉跨出人生（建功立業）的第一步的。而劉焉對劉備這樣一個剛剛招募來的無名之輩，竟不顧自己的太守身份，斷然認劉備為侄，可謂情義極重。按照正常的情感邏輯，劉備要講義，第一個就應當銘記劉焉的情義。可是，劉焉不在「桃園結義」範圍之內，沒有同生同死的契約。因此，劉備第一個背叛的就是他。他們「三兄弟」和鄒靖打贏了第一仗之後，就和鄒分道揚鑣，自己引本部五百人投奔盧植，並在軍營中第一次見到曹操。

劉備不僅對劉焉「不義」，對劉焉之子劉璋更不義。上篇講述儒術時，已把劉備的不義講了，這裏應特別提醒的是，劉璋乃是劉備的第一恩人之子。俗話說，不看僧面看佛面。但劉備甚麼也不看，只看到益州那一片肥肉似的土地。益州益州，那是真正的利益之州，可不是義氣之州。當年桃園結義的目的，圖的就是大利大益的宏圖大業，哪能輕易放過。因此，儘管劉璋是恩人之子而且真把他看作兄弟，對他講義，他卻絕對不以義報義；至於兄弟二字，他只能止於嘴上，裝在臉上，絕對不能放在心上，更不能表現在行動上。劉璋這個人生性懦弱，但很善良，一聽張松之言（請劉備的軍隊來幫助抵禦張魯保益州），立即叫好。臣僚黃權的告誡不聽，王累死諫（倒懸於城門）也不聽，不僅讓王累自盡而亡，還聲色俱厲地說：「玄德是我兄，豈會害我？再言者必斬。」劉備來後，他真以兄弟相待，盛宴招待一百多天，贈送數不清的禮物。但是，一切真情真義，都不能打動劉備以義相報。和他的父親劉焉一樣，領受的還是「不仁不義」。這原因其實也簡單，因為劉璋並非在「結義」的範圍之內，不在團夥之內。以義結盟的團夥，對外的排他性是絕對的。劉備可以和關羽、張飛講義，但是絕對不可以與劉璋講義。他剛入川時，信誓旦旦地對龐統說：「以小利而失信義於天下，吾不忍也。」（第六十回）但是，一旦入川，他就藉口翻臉不認人，不忍之心與不忍之說，頓時拋到九霄雲外。劉備對待劉焉、劉璋這對至仁至義有恩有情的父子尚且如此，就毋庸再論其他了。可見，「結義」的義，只是團夥的狹隘倫理，並非社會的普遍倫理。「義」在團夥之內可能是真，義在團夥之外則普遍是假。這便是義的變質。

結義之義的無可避免的排他性，必定導致對社會的嚴重破壞。《三國演義》之後的青洪幫把劉關張的結義模式視為楷模，對幫外的派別進行無情打擊，其手段往往極為殘忍。一旦從黑社會延伸到社會，則濫殺與自己的利益衝突的集團甚至殃及無辜。中國社會的變質（惡質化），就從這裏開始。而社會的變質，首先是社會倫理的變質，道義文化的變質。中國人好講仗義行俠，卻完全不知自己所講的義早已變形變質，在「義」的面具下只肥一己一團私利，這種現象到處都是。

三、兄弟倫理與責任倫理

桃園結義之義只在盟內講義，不在盟外真正講義，因此，這種義只能稱作小義，不能稱作大義。如上所述，中國義的原形，一種是伯牙鍾子期式的義，其特點是超功利，無「義」外目的和目標；另一種是孔子的「四海之內皆兄弟」式的義，其特點是超宗教、超等級、超團夥。這兩種義算大義。前者的義面對人類的精神創造，面對天地之美與人間心靈之美，只有對美的嚮往與真誠，這是義的宇宙境界，高於道德境界。後者的義屬於道德境界，但仍以「四海」為胸懷，不以團夥為重，因此也屬大義。

「四海」是個意象性概念，它可以指涉人類世界，也可指涉國家、歷史、社會。「四海之內皆兄弟」的倫理指向不是只對團夥負責，而是對社會負責、對歷史負責，這是毋庸置疑的。孔子所講的「君子群而不黨，小人黨而不群」也是倫理指向。小人只對「黨」——團夥負責，君子卻對「群」——社會負責。桃園結義的兄弟之盟，其局限性就在於只講對團夥負責，不講對社會負責，或者說，只對團夥內的「小兄弟」、「小哥們兒」負責，並不對全社會的「大兄弟」、大哥們兒負責。借用馬克斯·韋伯的語言來表述，桃園倫理（以義為核心的倫理）只是兄弟倫理（小兄弟倫理）、意圖倫理（也有人譯為心志倫理），而不是責任倫理。

分清意圖倫理與責任倫理，是韋伯的巨大思想貢獻。責任倫理是資本主義發展後的思想產物，它強調的是社會效果，而不是動機。而意圖倫理（心志倫理）強調的則是動機。責任倫理作為一種學理，它只能與資本主義聯繫起來闡釋，才能說清它的內涵。此處我們借用這一概念，只是用它來界定一種對全社會負責的講究社會效果的倫理原則。有這種倫理原則作為參照系，我們就可清楚地看到桃園的兄弟倫理只是一種意圖倫理、心志倫理，強調的只是加盟主體的異姓兄弟的情與志，把這種情與志即兄弟之間的義務看成高於一切的義務，包括高於社會義務。韋伯說這種倫理的特點是「人倫關係的優先性」。如果我們借此具體地說明桃園結義現象，那就是兄弟關係的優先性——把加盟的兄弟利益絕對優先的地位放在一切利益包括社會整體利益的前頭。韋伯這一論點是對中國儒教倫理的概說，因此，他指的人倫，還包括君臣、父子、夫妻等倫常關係。而桃園倫理已對儒教倫理作了重大修正，或者說，已發生了巨大的變形。因此，如果說儒家是「人倫優先」的話，那麼，桃園倫理則是絕對的「兄弟優先」。為了了解這一判斷，我們不妨再閱讀一下韋伯的原始論說。

韋伯在《中國的宗教》一書中說中國人沒有彼此觀念，因此也缺乏宗教的激情。這一點影響了中國的民族性，也造成中國在重視個人情誼紐帶時產生排他性，並造成社會義務感的薄弱，這一見解並沒有冤枉中國人。他說：

> 教育階層在極大的程度上，以否定的方式，決定性地影響了庶民大眾的生活態度。一方面它完全阻塞了先知宗教精神的興趣，另一方面則幾乎徹底地根除了這泛靈論宗教意識裏的狂迷要素。這可能至少部份地決定了一般所謂的中國民族性，尤其是儒教社會倫理的冷漠性格——除了親族、學生或摯友這種純粹個人情誼的紐帶之外，都加以排斥——可能就是因此而來的。
>
> 人倫關係的優先性，在社會倫理上所顯示的效果，尤為顯著。直到今天，在中國還沒有對非個人性社會（Sachlichen Gemeinschaften）負有義務的想法，不管這社團是政治性的，意識形態的，或者其他性質的。在中國，所有的社會倫理都只是將與生俱來的恭順關係轉化到其他被認為與此同質性的關係上而已。在五項自然的社會關係裏，對君、父、夫、兄（包括師）、友的義務，構成（無條件）倫理的約束的整理。[1]

1《中國的宗教》，第二七四頁。引自《韋伯作品集》，康樂、簡惠美譯，廣西師範大學出版社，二零零四年。

韋伯看到中國的社會倫理均被與生俱來的親情紐帶所決定，除了這種紐帶之外，其他的均加以排斥。劉、關、張的桃園結義，就是使彼此的關係變成與血緣兄弟同質的關係，也使彼此關係變成一種生命整體似的政治聯盟與組織紐帶。在此紐帶聯結的範圍裏，他們彼此負有絕對義務。曹操雖然不在紐帶之內，但因為曾經具有同質性的情感關係，所以關羽也對他盡了義務。而這次特例之外，關羽並沒有對社會盡義務和對歷史盡義務的想法，至少可以說，他絕對沒有為他人（兄弟之外的他人）和為全社會盡義務的激情。由此，我們可以確信，在一個把關羽當作偶像，把「義」的原則視為最高原則的社會裏不可能有公德心。中國近代的啟蒙思想家梁啟超等，一再反省批評中國缺少公德心，這說明，他們和韋伯一樣，看到中國人缺乏社會義務觀念。今天，我們能比梁啟超往前走一步的是，必須反省這種民族性弱點的文化根源，必須對潛意識中根深蒂固的諸如「義」等文化基因作個清醒的認識和批評。只有結束對關羽的崇拜，才能贏得現代社會的文化起點。

在三國紛爭中，劉備政治軍事大集團，就是從桃園這一小集團萌動的。這一小集團也因此成了大集團的核心，而小集團的倫理原則，也成了大集團的最內在、最根本的倫理原則。對這一點，聰明絕頂的諸葛亮非常清醒。儘管劉備對他三顧茅廬，處處倚重他，但他知道絕對不能觸動核心的倫理關係。因此，當西征中獲得勇武超群的馬超而皆大歡喜，唯獨關羽頓生嫉妒之心而要與馬超決一雌雄時，諸葛亮雖然知道這是極為荒謬而且也絕對違背軍國大局的利益時，他還是不敢訓斥和處分關羽，只是寫了一封滿篇諛詞的信去撫慰他和哄他。更為突出的事件是關羽被東吳所殺後，劉備平素把諸葛亮奉為神明的謙卑再也沒有了。他一不顧當時的政治、軍事大局，二不聽諸葛亮的竭力勸告，原形畢露，把小集團的兄弟倫理看得高於一切，壓倒一切，包括壓倒「國家利益」。於是，他不顧「責任倫理」，妄舉全國之兵為「兄弟」報仇，向吳國宣戰，犯了一次致命的戰略性錯誤，結果不僅使蜀漢元氣大傷，而且自己也喪命於白帝城。劉備此次的戰略決策和災難性後果，雖是桃園團夥倫理原則的勝利，也是桃園結義的圓滿結局（同年死），卻是蜀漢政治與蜀漢軍事最慘重的失敗，這也奠定了他的兒子被司馬氏所俘的滅亡結局。

劉備為關羽報仇的戰略事件正好暴露了「義」的致命問題。這一方面是當「義」的組織原則與倫理原則淩駕於國家原則與社會原則之上的時候，一定會危害國家與社會；另一方面則暴露出「義」的根本弱點：只講情感，不講理性，只講兄弟倫理，不講責任倫理。在「義」的支配下跟着情緒跑，把倫理情感和政治大局混淆在一起，政治無法從倫理道德與情感中分離和獨立出來，這種政治、道德、情感相互糾纏的亂麻狀態連綿不斷，不只屬於劉備集團，也屬於中國的一種傳習，延續了兩三千年的傳習。西方在中世紀政教合一，政治與宗教也沒有分開。但是，啟蒙運動之後，開始政教分離，贏得了巨大的社會進步。韋伯的倫理學也正是在此大背景下產生的。心志倫理實際上是宗教性倫理，它帶有更多的倫理理想與倫理情感。而責任倫理則屬於社會性倫理，這是人在社會中的行為規範。不管是桃園中的義還是桃園外流行於中國的義，均屬於心志倫理。中國這種以家庭血緣為基礎的倫理，其致命之點就是只知對家庭父母負責、對兄弟負責，擴而展之，只知對皇帝負責，不知對社會負責，對人民負責，對歷史負責。

四、關羽崇拜的心理分析

《三國演義》塑造的首席智人是諸葛亮，而首席英雄義士則是關羽，後者被毛宗崗稱之為「義絕」。

《三國演義》產生後，特別是到了清代，關羽代替了岳飛，被民間社會所神化，到處都有關帝廟。用關帝廟代替岳王廟，也符合清王朝的需要。岳飛這個抗拒異族（金）的英雄偶像容易讓人聯想到滿清這個異族，關羽則不會產生這種聯想與顧忌。

《三國演義》中的關羽，如果用理性的歷史的眼睛去看他，會覺得他不過是個失敗的英雄，對他的崇拜缺少充分理由。所謂英雄，有英的一面，還有雄的一面。兩者兼備才算英雄。劉劭在《人物志》裏論英雄時說：「是故聰明秀出謂之英，膽力過人謂之雄，此其大體之別名也。若校其數，則牙則鬚，各以三分，取彼一分，然後乃成……若一人之身兼英雄，則能長世。」按照劉劭的英雄定義，如果從私德的層面上說，關羽釋放曹操的行為確實是感人的。一個人在敵對兩大陣營的血腥搏鬥中，在整個戰局處於關鍵的瞬間，這個人竟能極為冷靜地作出選擇，把個人的知遇之情放到集團的利益之上，寧可背離集團的軍令狀，也不忍背叛內心的情感原則。這一抉擇確實具有人性的精彩和品格之美。這說明：關羽確實是有情有義的人，情感在他的內心深處確實是真實的，根深蒂固的。因此，也難怪毛宗崗、李贄等會為之傾倒，也難怪一代又一代中國的讀者與聽者會傾倒。中國人對關羽的崇拜，實際上是對人際關係中情感原則的崇拜。中國人知道忠義難以兩全，關羽對曹操講「義」，便是對於劉備復漢大業的不忠，甚至也可以說是對皇統的不忠。但是，在崇拜者心中，關羽卻是忠義統一的，這就統一在對知己的情感上，即關羽義釋曹操的行為所表現出來的是忠於情感的原則。忠於情感，在任何時間、任何場合都是動人的。按劉劭的定義，英是指「聰明秀出」，即智慧；雄是指膽力過人，即力量。關羽確有力量，僅過五關斬六將，就可證明。他單刀赴會，也證明他膽力非常。但是，在同時代的諸雄中，最有力量的是呂布，關羽和劉備、張飛聯手才能和呂布打出一個平局。從力量上看，關羽雖說得過去，但其「英」的方面卻讓人覺得智慧不足。他不是一個普通戰將，而是鎮守一方（荊州）的統帥。在這個三方交叉的戰略要地上，應當具有戰略智慧，但他偏偏認識不到諸葛亮聯吳抗曹的戰略佈局，竟然不知聯吳的重要，一味大罵吳國為「吳狗」。孫權派人求親，這是政治聯盟的一種人質紐帶，關係重大，你不答應，可以婉言推托，但他卻丟下污辱孫權的話：「虎女怎能嫁犬子？」在感情上傷害了盟國盟軍。他對外不懂戰略聯盟，對內則不懂禮賢部將，以致得罪糜芳、傅士仁這兩個側翼（守江陵、公安兩地）將領，結果在呂蒙的襲擊中，這兩人投降了吳國，關羽一下子落入孤立無援的絕境之中，以致變成吳軍的俘虜，被送上斷頭台。如果把握關羽的人生整體，特別是把握其作為軍人的整體，完全可以說，他不是一個好的軍事統帥。後來劉備率軍征吳全軍覆沒，自己也死於白帝城，其失敗的源頭就在關羽身上。用歷史主義的眼光看關羽，會覺得他有很大的缺陷。歷史學家黃仁宇先生就對關羽作出這樣的評論。他說：

> 此人（關羽）武藝必有獨到之處，譬如他與顏良對陣，「羽望見良麾蓋，策馬刺良於萬眾之中，斬其首還」，文中又沒有提及兩方隨從將士之行動以及對陣之地形及距離，類似僥倖，又若有神授。他之不受曹公優渥，一意投歸先主，應係實情，也與他的習性符合。可是書中敘述他的英雄末路，則毫不恭維。關雲長對部下不能開懷推恩的掌握，對於敵情判斷、側衛警備也全部馬虎，又破口大罵，缺乏外交手腕，造成兩面受敵的危境而不自知，最後他的部隊毫無鬥志，不戰自潰，他自己只能率領十餘騎落荒而走，也再沒有表現斬顏良時的英勇。以這樣的記載，出之標準的文獻，而中國民間仍奉之為戰神，秘密結社的團體也祀之為盟主，實在令人費解。

黃仁宇先生的困惑並非沒有理由，關羽的缺陷也無可懷疑。我們需要解說的是為甚麼對於這樣一個有明顯缺陷的失敗的英雄，中國人如此崇拜，以至敬之為神。

中國民間社會對關羽的崇拜與對包公的崇拜，其文化心理原因有些相似。一個是黑臉偶像（包公）；一個是紅臉偶像（關羽）。兩個都是精神依託對象。中國人沒有西方的那種上帝可以仰仗，儒、道、釋其實都是無神論，也難以切實仰仗。沒有上帝的肩膀，只能靠自己。而自己的力量又不足以支撐自己的靈魂，這就不能不缺少安全感。除了「沒有上帝可依」之外，還有另一個根本性問題是「沒有法律可依」。法律、法制、法度，代表的是社會規範即社會正義。法制、法律使正義獲得程序，獲得形式，也獲得保障，也就是使正義變成制度化的正義、程序化的正義、形式化的正義。中國歷代王朝雖有法律條文，但缺乏執行的程序與制度。何況從皇帝到官僚，執法的隨意性很強，君王意志與官僚意志常常凌駕於法律之上，這樣，大量不公平的社會冤屈就哭訴無門。在這種社會環境中，老百姓自然嚮往包公，求助包公，崇拜包公。沒有上帝主持公道，沒有法制主持公道，就只能請包公主持公道。

對關羽的崇拜也與此相似。中國沒有上帝，也就是沒有這種大文化內核以及由此派生出來的主、愛、信、救贖、原罪、懺悔等範疇。中國人雖沒有這一套情感——信仰可支撐靈魂，但可以借助「誠」以及相應的忠、恕、禮、義、德、智來支撐。可是中國文化這一套理念，往往說起來頭頭是道，但實行起來卻大打折扣。「滿口仁義道德，滿腹男盜女娼」的反差現象確實到處發生。因為沒有上帝眼睛的監視，人不僅失去信，也失去誠，連朋友也難以信賴。在充滿虛假、充滿虛偽、無可信賴的語境下，人們自然就嚮往關羽這樣一個講義氣、講交情、講信用的形象。

中國人對關羽的集體崇拜，非常典型地說明中國文化心理的一個基本特點，這就是對真實情感和輔助情感的期待。中國的生存環境太惡劣，又沒有上帝的肩膀可以依靠，那就只有仰仗自己的肩膀和朋友的肩膀。因此，朋友肩膀的可靠性，便成了巨大的人生問題。誰的肩膀可靠，誰就是有義氣。中國文化心理的這一特點又包含着一個弱點，這就是中國人作為「個人」總是站立不起來，換句話說，是個體不能獨立地面對歷史，面對社會，面對人生，沒有力量獨立地支撐自身的靈魂。這種人格上心理上的脆弱，使中國人救贖希望放在朋友身上，尤其是放在朋友忠誠的情感之上，伸延開去，便是放在由朋友結成的小集體、小集團之上。「在家靠父母，出門靠朋友」，這一俗話的意思便是說朋友的情感乃是最後的心理靠山。於是，尋找心理靠山、情感靠山，便成了中國文化性格中的一種基本走向。在這種文化大語境中，忠於友道的關羽便成了中國民眾的人格之神。中國人希望通過人格神的幫助和支援，在艱難困苦的生活困境中化險為夷，如同曹操一樣，在死亡深淵面前遇到一個有情有義的尊神，化凶為吉，重新找到生路。聰明的中國人還知道，自己的同胞的弱點是滿口仁義道德，而骨子裏卻很自私，感情並不可靠，像關羽這樣敢於把感情原則放到利益原則之上的英雄實在是十分稀少。毛宗崗說他是「千古一人」，的確如此，太罕見便是太珍貴太神奇，其義釋曹操的行為不僅具有人性，而且還具有神性。正因為如此，關羽的人格便成為中國人的理想人格和神化人格。

正像西方一些國家把「自由」放在黨派、國家、種族利益之上，視為最高的獨立的原則一樣，也正像世界紅十字會把「人權」視為最高的普遍原則一樣，部份中國人也把「義」放到最高的獨立的精神層面上。世界紅十字會在戰場上，不管對立雙方的旗號，更不管戰爭的性質，只管救死扶傷，把生命原則看得高於一切；某些國際人權組織，也不管逃亡者來自何種政治派別和政治集團，更不管他是君主帝王主義者還是民主共和主義者，只管給予逃亡者生存的權利和對反人權的行為作出抗議。這便是理念的徹底性。關羽當然不懂得這種超越政治的「徹底」特點，但在他的潛意識裏，卻有一種超越派別的徹底情感原則，這種情感原則不僅適用於劉備，也適用於曹操。於是，在致命的那一刻，他大喊一聲，讓曹軍的將士下馬跪倒，其實這一喊聲正是他潛意識裏的聲音，這是情感的絕對命令，是情感原則的爆炸，曹操正是在此徹底原則下死裏逃生。可惜，關羽的徹底情感原則只是自我性的情感原則，並非人類性的情感普遍原則。這一點與上述的「自由」、「人權」原則，還是有很大差別的。

應當承認，從歷史主義的角度（對歷史發生作用）上說，關羽有重大缺陷。但從倫理主義角度上說，他卻是一個可信賴的人，可交往的人，可依靠的人。在兩軍對壘的華容道上，他放走曹操，用歷史主義尺度評價，屬於放走大敵的重大錯誤，但用倫理主義尺度去評價，則是一種不忘舊情的善的行為。西方文化只講合法合理，中國文化則不僅講合法合理，還講合情。關羽放走曹操，雖不合法（違反軍令狀），也不合理（喪失政治原則），但完全合朋友情誼。中國文化以情為本體，特別看重情，神化關羽，便是這種情感信仰。

關羽身上確有義士氣概。在一個英雄輩出的亂世時代，他所以出類拔萃，聞名於充滿戰火烽煙的當時中國，是因為他有過人之處。他的成名作是「溫酒斬華雄」，之後又殺顏良、誅文丑，過五關斬六將，大敗曹操的主將之一于禁，生擒龐德，戰功赫赫。除了戰績之外，他本身又是一個身長九尺、渾身豪氣的「美髯公」（漢獻帝對他的稱呼），具有不同凡響的魅力。更難得的是在那個充滿投機、背叛、偽裝、溜鬚拍馬、玩盡權術的時代裏，他卻堂堂正正，始終忠誠於和劉備、張飛的兄弟之盟，無論甚麼誘惑、包括愛才如命的曹操對他的隆重禮遇，也未能使他放棄兄弟結盟時的承諾。曹操給予的榮華富貴，他不要，寧願千里走單騎護送兩個嫂嫂去尋找無權無勢正在潦倒之中的兄長劉備。在白門樓上，他一個堂堂英雄好漢竟因為昔日的友誼，不惜屈身下跪向曹操求情，救了張遼。在赤壁之戰的餘緒中，他在華容道上寧可違背軍令，也要放走昔日對自己有知遇之情的曹操，在他身上，確有一種特別的東西，這就是把情看成根本，情比榮華富貴要緊，情比如山軍令要緊，情比英雄面子要緊。不計功利地守持人間的一點情感，這就是所謂「情義」吧。在兩軍對壘中放走了曹操，也是把情感看成超越沙場的屬於另一層面的東西而加以確認。中國人喜歡、崇拜關羽，是中國以情為本體的文化觀念在起作用。在中國文化系統中，情往往重於理甚至重於法，這種文化的長處是使中國比西方各國擁有更多人際的溫馨，無論在家庭中還是在社會中都是如此。短處是常常因為親情、友情、世情而丟失原則。中國的俗話說「忠義難以兩全」，確乎如此。像關羽對曹操這樣講義氣，實際是對以劉備為首的政治集團的不忠誠。由於歷史價值與情感價值的矛盾，所以皇帝及其謀士們才要強調「大義滅親」，唯此才能實現「忠」；而老百姓則要強調「親者至上」和「情字當先」，唯此才能實現「義」。說關羽忠義兩全，經不起推敲，但說他「義薄雲天」，倒是事實。中國人對關羽的崇拜，歸根結底是對情的崇拜。近年來，李澤厚先生對中國文化的研究，找到了「情本體」，即情為人生與人性的本源和根本。這也是中國文化主幹儒家思想的根本。他說：

> 我曾以為，「孔子特別重視人性情感的培育……實際是以情作為人性和人生的基礎、實體和來源。……強調親子之情（孝）作為最後實在的倫常關係以建立人——仁的根本，並由親子、君臣、兄弟、夫婦、朋友五倫關係，輻射交織而組成和構建各種社會性感情作為『本體』所在，強調培植人性情感的教育，以之作為社會根本」。這也就是《孔子再評價》拙文中所說的孔子仁學的「心理原則」。對「心」、「性」、「情」的陶冶塑建以實現「內在自然的人化」，乃

儒學孔門的核心主題。今日竹簡似可佐證此說。[1]

李澤厚在解釋中國文化為甚麼特別重視「情」、「性」、「心」的陶冶塑造時又指出這有歷史和現實兩方面的根源。他認為前者與上古巫術儀典有關。在原始群體性的巫術儀典中，人心的忠誠敬畏被認作關乎神秘力量的出現和存在，至為重要，否則即瀆神致災。至今民間小傳統各種巫術迷信中仍有「誠則靈」的普遍觀念。歷經久長歲月的理性化，與原始巫術儀典的外在方面演化為繁複的禮制系統（《儀禮》、《周官》）的同時，其內在方面對心靈忠誠敬畏的講求，便演化為原典儒學如竹簡這種對「心」、「性」、「情」的分析研討和理性闡釋。儒術與巫師有關，《孔子再評價》曾引述章太炎「明靈星午子吁嗟以求雨者謂之儒」的說法。關羽被請入神廟，除了他有情之外，還因為他有「誠」，這與中國人的「誠則靈」的文化心理也相通。

五、近代中國思想者的反省

中國人對包公的崇拜和對關羽的崇拜雖可理解，關羽的忠義情感雖然動人感人，但是，兩者都不能成為建構現代文明的資源。無論是包公的「正義」還是關羽的「忠義」，都不符合現代理性。包公雖有正義內容，卻不是正義制度；關羽雖有忠義情感，卻不知忠於社會義務。中國近代思想者，包括作家與

1 李澤厚：《實用理性與樂感文化》，第三三八頁，北京，三聯書店，二零零五年。

思想者，對相關的現象，均作了反省。

劉鶚的《老殘遊記》提出的問題便是社會正義的實現能否只依仗「清官」，不依仗法制，換句話問，只依靠包公式的清官，即只有道德義憤而無法律程序、法律形式能否解決社會公正問題。劉鶚的小說一反晚清小說的歌頌清官、鞭撻貪官的基調，揭露清官在扮演道德形象即正義化身時，往往極為專制武斷，非常殘忍。這些清官帶着一副廉潔面孔，人性深層卻與酷吏相通。許多清官都是一些剝奪人的生存權利的極其殘酷的名利之徒。他說：「贓官可恨，人人知之；清官猶可恨，人多不知。蓋贓官自知其病，不敢公然為非，清官則自以不要錢，何所不可，剛愎自用。小則殺人，大則誤國，吾人親目所見，不知凡幾矣。」（劉鶚自撰評語）劉鶚說「清官猶可恨」，也許過份一些，但說對於清官的黑暗面「人多不知」卻是事實。其所不知之處，乃是只知清官的「清廉」，不知清官的道德法庭如何武斷黑暗，也不知在「不要錢」的掩蓋下對下殘忍、對上邀幸的沽名釣譽的一面。清官們所設置的道德法庭，只有情緒，沒有程序，往往比貪官更反人性。這些正義化身恰恰是製造冤案的能手，在正義的幌子下，恰恰是充滿血腥味的專制。劉鶚以意象性的故事和語言，呼喚現代法制，呼喚「形式正義」，呼喚中國人應當打破把希望寄託於清官的幻想，也就是寄託於包公的幻想。

中國近代改良派的領袖之一梁啟超，他在對中國文化的根本性弱點進行反省時，批評許多中國國民性的基本缺憾，其中有一項是缺少公德心。也就是只重私德，不重公德。所謂公德心，就是社會責任感與社會義務感。關羽這個義士形象，包括他放走曹操這種重大行為，就其私德而言，無可厚非，但就其公德心而言，則可以說他極不負責，連集團的公德都說不上。他用情感替代原則，用義氣代替契約和法律。關羽式的「義」必然要腐蝕與破壞社會規範，使法律和契約變成一張廢紙，正像把諸葛亮的軍令狀變成一張廢紙一樣。當代中國所追求的現代社會目標是建立一個法治的社會，但是，建立這種社會的困難不在於技術層面上確立一套法治制度，而在於制度確立之後，行使制度的主體（人）仍然固守反法治、反契約的義氣原則。也就是說，制度主體一面在建設制度系統，一面卻又是新制度本身最大的腐蝕劑和敵人，它完全可以讓制度變形變質，使社會契約變成個體情感交易的面具。一餐酒肉、一座豪宅便可把制度化為一具空殼。當年魯迅曾預言，無論是帝制還是共和制，一到中國都會走樣。他比其他思想家看得更深的一層，是不僅看到中國制度有問題，而且看到文化有問題，特別是深層結構中的文化——國民性有問題，好制度到了中國可能要被一套根深蒂固的文化所腐蝕而變形變質，這確實是天才的洞見。先不說中國文化的整體，僅僅「義氣」文化，就足以使契約制度變得面目全非，正像關羽的義氣，在華容道上一旦化為具體行為，就整個改變了赤壁之戰的結局。

第八章　智慧的變質

一、破壞性智慧的較量

《三國演義》是一部鬥智之書。當時的戰爭，鬥的不是人數，不是武器，而是智慧。三國的打仗，打的是智慧仗。魏、蜀、吳三方的領袖，鬥得你死我活，但有一個共同點，就是愛才如命，尤其是曹操與劉備。因為人才是智慧的載體。從這個意義上說，三國的戰爭，打的是人才仗。在諸多人才中，出現了諸葛亮這樣的奇才，他把智慧推向巔峰，其名字也變成中國智慧的符號。但是，歷來的讀者與評論者，在肯定和讚美諸葛亮和其他三國人才所表現的智慧時，忽略了智慧的變質。

《三國演義》雖然充滿智慧，但主要是政治智慧和軍事智慧。如果確認戰爭乃是流血的政治，那麼，還可以更簡略地說，「三國」的智慧就是政治智慧。政治智慧之外的哲學智慧、歷史智慧、藝術智慧則幾乎闕如，至少可說是相當薄弱，遠遜於《紅樓夢》。曹雪芹的《紅樓夢》具有極為豐富的哲學、歷史、藝術智慧，而且所有的智慧都帶有充分的佛性與人性，也帶有充分的建設性。而《三國演義》的智慧則遠離佛性與人性，並以破壞性為基本點，即以消滅人、消滅對手為基本點。其智慧屬於破壞性智慧。

關於《三國演義》缺少歷史智慧和哲學智慧，錢穆早就指出了。他說他不喜歡《三國演義》的原因就在於此。

前清光緒時，我還是十歲左右的小孩，在鄉間小鎮上一新式小學裏讀書。這即是中國人接受西方文化一個顯著現象。那時在學校教體操的一位先生，有一次問我說，你是不是喜歡看《三國演義》。我說是。他說，這些書你可不要看，《三國演義》一開始就錯，所謂天下「合久必分，分久必合」，一治一亂，那只是中國歷史走錯了路才如此。現在你要知道，像英國、法國，他們治了便不再亂，合了便不再分，你將來該要多學這一套。諸位當知，遠在前清末年，在一個小鄉鎮的小學裏，一位體操先生，他的頭腦早已那麼進步。他的話就可證明，當時西方文化在中國早有它相當的影響和勢力，早有人渴盼能接受西方領導。那是六十多年前的事，在我腦子裏還是永遠記得。[1]

錢穆先生指出《三國演義》一開篇就搬出歷史循環論的老調，與《紅樓夢》中的林黛玉的《五美吟》及薛寶釵的《懷古十絕》相比，其歷史觀顯得十分淺陋。歷史智慧實在談不上，至於哲學，更是不見蹤影。

可惜就政治智慧而言，這些智慧卻發生了變質。其變質的方向一是智慧權力化；二是智慧權術化，後者尤其嚴重。西方的政治智慧也有蛻變為政治權術、政治陰謀的現象，但沒有三國時期的中國如此嚴重。這原因是西方的權術受到了法律制度的制約，而中國的政治人物玩起權術，則可以無法無天，尤其是在三國紛爭的戰亂時代，其權術完全沒有政府監控，也沒有民間道德監督系統的監控，各方都為所欲為。「三國」之外的其他時代的中國政治智慧也常常發生變質，官場上的黑暗現象與智慧的權術化有極

1 《中華文化十二講》，第七二頁，台北，東大圖書公司，一九八七年。

大關係。獨裁專政的政治體制，總是缺乏約束權力的機制。官僚們無論是獲得權力還是丟失權力，都缺乏有效的程序。機變性、隨意性一旦大於程序性與制度性，官僚們為了保持權力，就得把腦子用於官場技巧，把智慧化作權術。中國人的世故發展為非常成熟的世故，中國人的圓滑發展為非常成熟的圓滑，中國的政治手段發展為非常成熟的手段，就因為在沒有健全的制度中，所有的知識能力、人性能力都投進權術之中。

二、諸葛亮智慧的偽形

官場上一些腐敗官僚耍弄權術，人們容易看穿，曹操、司馬懿等智慧的變形，也不難看穿。而作為智慧化身的諸葛亮，卻一直是中國人崇拜的偶像，至今少有人揭示其智慧的偽形。

諸葛亮的一部份智慧是真誠的，他扶助劉備，對其鞠躬盡瘁、死而後已，是真誠的。他的「隆中對」乃是對時代發展脈搏的準確把握，他的聯吳抗曹的赤壁戰略，乃是奠定三分天下的關鍵抉擇，他的七擒七縱孟獲，又是邊境安定的正確措施，這一切都是真智慧。但是，在複雜的政治環境中，為了戰勝對手，他無法逃脫三國時期「能裝才能贏」、「能騙才能生」的時代總邏輯，也把智慧化作權術。這種智慧的變質，在與周瑜的較量中表現得最為突出。

周瑜把諸葛亮視為天敵，所以才有死時「既生瑜何生亮」的感嘆。而諸葛亮雖然不像周瑜那樣不擇手段，但也把周瑜當作心腹對手。因此，當他在赤壁之戰結束後於荊州夜觀天象，一見到將星墜地，知道周瑜死時，禁不住高興地「笑」了起來。這一笑是真實的。他立即告訴劉備，說他決定以弔喪為由到東吳走一遭，就此可以收攏一些江東「賢士」。明明是高興得不得了，明明因為去掉心腹大患而從心底裏發笑，到了周瑜靈前，卻作大悲傷，大痛苦狀。小說文本中作如此描寫：

孔明教設祭壇於靈前，親自奠酒，跪於地下，讀祭文曰：

嗚呼公瑾，不幸夭亡！修短故天，人豈不傷？
我心實痛，酹酒一觴。君其有靈，享我烝嘗。
吊君幼學，以交伯符，仗義疏財，讓舍以居。
吊君弱冠，萬里鵬搏，定建霸業，割據江南。
吊君壯力，遠鎮巴丘，景升懷慮，討逆無憂。
吊君丰度，佳配小喬，漢臣之婿，不愧當朝。
吊君氣概，諫阻納質，始不垂翅，終能奮翼。
吊君鄱陽，蔣幹來說，揮灑自如，雅量高志。
吊君弘才，文武籌略，火攻破敵，挽強為弱。
想君當年，雄姿英發。哭君早逝，俯地流血。
忠義之心，英靈之氣。命終三紀，名垂百世。
哀君情切，愁腸千結。惟我肝膽，悲無斷絕。
昊天昏暗，三軍愴然。主為哀泣，友為淚漣。

亮也不才，丐計求謀。助吳拒曹，輔漢安劉。
掎角之援，首尾相儔。若存若亡，何慮何憂？
嗚呼公瑾，生死永別！樸守其貞，冥冥滅滅。
魂如有靈，以鑒我心。從此天下，更無知音。
嗚呼痛哉！伏惟尚饗。

孔明祭畢，伏地大哭，淚如湧泉，哀慟不已。眾將相謂曰：「人盡道公瑾與孔明不睦，今觀其祭奠之情，人皆虛言也。」魯肅見孔明如此悲切，亦為感傷，自思曰：「孔明自是多情，乃公瑾量窄，自取死耳。」後人有詩嘆曰：

臥龍南陽睡未醒，又添列曜下舒城；
蒼天既已生公瑾，塵世何須出孔明！

最高興裝成最悲傷，最痛快裝成最痛苦，這些巨大的情感落差，是智慧，但不是智慧的原形，而是智慧的偽形。在這裏，智慧變成面具，變成騙人的籠絡人心的手段，變成證明死者乃是一個好猜忌、氣量小、死有應得的權術，難怪魯肅一聽就覺得錯在周瑜。俗話說：「劉備的江山，是哭出來的。」劉備用眼淚收買人心，他的哭是假的，不幸，諸葛亮的眼淚也是假的。這種表現，中國人所以也產生敬佩，也許是佩服諸葛亮即使假哭，也哭得天搖地動，哭得軍心人心全都服了他。可惜太忽略這哭也是權術心術。就在東吳諸將感動不已、魯肅設宴款待之後，諸葛亮辭別來到江邊，恰好遇到龐統，龐統一語道破他的心事，大笑曰：「汝氣死周郎，卻又來弔孝，明欺東吳無人耶。」諸葛亮竟一點也不掩飾，「亦大笑」。整個弔喪過程，雖然難免需要許多外交禮節和外交語言，諸葛亮表現出某種哀傷也是人之常情，可是諸葛亮卻完全是一番大做戲與大表演，在中外外交史甚至戰爭史上都是少見的。這種做戲，當然也是智慧，然而，這卻是人格分裂到極點、真誠喪失到零點的偽智慧。

應當說明的是，在這裏說諸葛亮的眼淚也是假的，並不是說，諸葛亮的形象整體及其全部眼淚都是假的。他的「揮淚斬馬謖」的眼淚就是真的，至少有一大半是真的。諸葛亮對馬謖的情感是複雜的。這位善於紙上談兵的將軍所造成的失敗，帶給諸葛亮致命的打擊，其嚴重後果他最明白，內心的憎恨與悔恨肯定強烈地煎熬着他。按其軍令狀殺他，本也不必落淚，但他落淚了，這淚水也不簡單，不過，絕不是在周瑜亡靈面前揮灑的那種淚。在戰場上和政治場上，人性會變得複雜，以至真偽難分。

諸葛亮的智慧在《三國演義》中被竭力渲染，以至超乎人間智慧，所以魯迅才批評他「近妖」。作為文學作品，把某個人物的特性推向極致，甚至通過文學的想像手段，把某些人間的智能賦予自己心愛的英雄，這是無可指摘的。在充分自由的文學空間裏，諸葛亮形象的塑造雖過於完美，但卻獲得巨大的成功。這個形象在後代千百年中所以會產生不可估量的影響，完全是借助了文學的力量。然而，問題恰恰在於，一個近乎神的文學形象被推向社會之後，社會果然把他當作神來崇拜。而神是沒有缺陷的，他的所作所為一切都是合理的，既合人理也合天理。於是，諸葛亮在走進中國人的心靈之中時，不僅帶着他的忠誠和智慧，也帶着他的智慧的偽形，其心機心術處處可見。我們不妨再舉幾個例子：

1、新野之戰後，諸葛亮勸劉備：「新野小縣，不可久居，近聞劉景升病在危篤，可乘此機會，取彼荊州為安身之地，庶可拒曹操也。」劉景升（劉表）把劉備視為兄弟，臨危之際，曾託孤給劉備，對劉備絕對信任。諸葛亮也分明知道，但還是勸劉備乘人之危，取而代之。這裏固然有智慧，但其智慧是一種完全不顧人間情義的機謀。

2、赤壁之戰前夕，諸葛亮為了刺激周瑜反曹，別出心裁地闡釋曹植的《銅雀台賦》（「……立雙台於左右兮，有玉龍與金鳳，攬二橋於東南兮，樂朝夕之與共。」）曹植寫二橋，是兩座橋樑，與大喬小喬這兩位著名美人毫不相干。但諸葛亮卻偷樑換柱，輕輕地把兩座橋解釋為二喬小姐，說曹操早有打進江南奪取兩位美女的野心。諸葛亮知道小喬乃是周瑜之妻，這麼一改，一定讓周瑜暴跳如雷，周瑜聽了之後果然「踴躍離座」，向北大罵曹操「老賊」。在此語境中諸葛亮篡改曹詩原意，賣弄了聰明，其實也是心機。

3、劉備不顧劉璋對他的信賴，背信棄義，攻克成都而平定西川之後尚有點惻隱之心，而諸葛亮以他的「智慧」知道，如果不把劉璋趕走，一定還有後患，於是對劉備說：「今西川平定，難容二主，可將劉璋送去荊州。」劉備卻有點猶豫，說「吾方得蜀都，未可令季玉遠去」，可是諸葛亮立即駁斥道：「劉璋失基業者，皆因太弱也。主公若以婦人之仁，臨事不決，恐此土難以長久。」在這裏，諸葛亮與之前勸劉備奪取荊州的思路是一樣的。

4、晚年諸葛亮殺戰功赫赫的大將魏延，更是諸葛亮機智變質的明顯例子。他第一次見魏延，就不顧他救黃忠、打長沙的戰功，喝令要殺他，而理由是他「腦後有反骨」。這種把莫須有的罪名強加在一個功臣戰將身上的行為，說明諸葛亮在權力爭鬥中已經生長出極為主觀的猜忌之心，也就是智慧已出現嚴重病態。後來魏延在平西中又屢建戰功，但諸葛亮還是只看骨相，不看戰績，硬要把他置於死地，令人寒心。疑魏所導致的殺魏行為，乃是智慧變質的邏輯結果。

這樣羅列諸葛亮的智慧變質變態現象，並非刻意去推倒一個中國的智慧符號，而是在批評《三國演義》這部書的智慧指向。在歷史上，確有諸葛亮其人，也確有其超常的智慧。就個體生命而言，諸葛亮不僅具有儒家鞠躬盡瘁死而後已的忠貞情懷，而且有法家的治國之才。他作為宰相，把蜀國治理得十分出色。陳壽在《上〈諸葛氏集〉表》中曾經這樣描述諸葛亮的治績：「科教嚴明，賞罰必信，無惡不懲，無善不顯，至於吏不容奸，人懷自厲，道不拾遺，強不侵弱，風化肅然。」但是，值得注意的是，《三國演義》並不描寫諸葛亮的治國之才，即忽略其智慧的建設性方向，而全力突出他用兵的謀略之才。

論述諸葛亮，關鍵必須廓清諸葛亮生存的語境。如果孤立地看諸葛亮，即把諸葛亮還原為在茅廬中生活的個體，我們完全可以確認，這個人不僅具有雄才大略，具有歷史眼光，而且為人忠誠、懇切，是一個非常典型、非常優秀的大知識分子，在那個時代裏，無論是才華還是品格均無人可比。但是，諸葛亮的智慧一旦進入另一種語境，即進入帝王將相爭奪權力的鬥爭系統裏，或者說，一旦進入劉備集團的「組織系統」裏，這種智慧就發生了變質，即帶上權力爭鬥系統的系統質，也就是把智慧蛻化成殘酷的機謀。這種變質現象，在歷來的諸葛亮研究中尚沒有人點破，但這卻是分析諸葛亮智慧的關鍵。《三國演義》所以會變成權術的大全，與第一主角智慧的變質（從名士變成術士）關係極大。

三、智慧重心的易位

如上所言，智慧有破壞性智慧與建設性智慧之分。就諸葛亮而言，他的軍事智慧屬於破壞性智慧，而他的治國智慧，屬於建設性智慧。從《隆中對》開始，諸葛亮便成了《三國演義》的第一奇士，也成為了日後中國智慧的第一巔峰。至今，諸葛亮仍然是智慧的象徵。千百年來，諸葛亮成為中國人崇拜的偶像，他的所作所為成為一種無可爭議的楷模。他的智慧模式也成為一種無可置疑的榜樣。但是，在這種偶像崇拜中，有三個重大的問題值得思索。

第一，歷史上的諸葛亮與小說中的諸葛亮有無區別？

第二，諸葛亮的智慧是哪個層面上的智慧？主要是治國的智慧還是用兵的智慧？這兩個層面上的智慧是否可以互通？

第三，小說《三國演義》中諸葛亮的智慧哪些是原形？哪些是偽形？其偽形部份即變質部份是否可以膜拜？

在分析論述這些問題時，筆者所持的兩個基本理念必須說明。

1、筆者秉持中國原形文化所揭示的不同政治層面（戰爭作為流血政治也屬此層面）必須使用不同對應方式（即智慧方式）的理念。兩千五百年前老子在《道德經》第五十七章中作出如下經典性論斷：

> 以正治國
> 以奇用兵
> 以無事取天下

這是老子的智慧，也是中國大智慧的原形。老子把「治國」與「用兵」分為不同層面，而不同層面採取的基本手段又完全不同。治國用的是「正」的手段；用兵用的是「奇」的手段。在戰爭中，必須用「奇」，即必須用計謀，這無可非議。所以孫子說：「兵者，詭道也」。《道德經》也包含着一些用兵的詭道，如第三十六章所言：「將欲歙之，必固張之。將欲弱之，必固強之。將欲廢之，必固興之。將欲取之，必固與之。是謂微明，柔弱勝剛強。魚不可脫於淵，國之利器，不可以示人。」這段話包含着「詭術」。司馬遷認為老子哲學導致韓非思想，便是這種「術」從軍事領域延伸到了政治領域。然而，在正視老子的術時，有兩點不可忘記。一是老子講用兵之策時先確立了一個重大的根本的前提，這就是確認戰爭不是好東西。「兵者，凶器也」；「兵者，不祥之器也」。老子從根本上反對殺人，倡導「不爭之德」。不得已進行戰爭，也應當「勝而不美」，以殺人為憾事，勝了也持喪禮的哀傷，此不可忘。另外，還有一點不可忘的，便是指出戰爭時用了術，但治國時卻必須用「正」。這就是說，戰時不是正常的生活時期，不用兵不能戰勝敵人，用奇是不得已。但是，如果把奇術、詭術搬到常規的生活中，搬到治國事業中，即把戰爭經驗搬到和平建設時期，那就是致命的錯誤，就會摧毀整個日常生活的秩序，包括道德秩序、人際關係秩序、政治秩序、經濟秩序等。老子所講的「正」，乃是正道，自然無為之道。《三國演義》的諸葛亮形象塑造和小說之後的偶像崇拜，問題就在於淡化一個「正」字，突出一個「奇」字，從而使「詭」字泛化到一切領域。

這裏首先得比較一下歷史上的諸葛亮與文學中的諸葛亮。呈現歷史的《三國志》和呈現文學的《三國演義》，其諸葛亮的形象是不同的。《三國志》中的諸葛亮善於治國，但並不善於用兵，因此突出的諸葛亮以法治國的「正」。而《三國演義》則幾乎不寫諸葛亮的治國，只一味渲染諸葛亮的用兵，而且是極其詭道，極善偽裝，最後達至魯迅所說的「近妖」的程度。

《三國志》作者陳壽，對諸葛亮十分崇敬，但他對諸葛亮的評價，總的說來，是認為諸葛亮作為「相國」的治國之才很了不起，但作為將帥的「將略」（用兵）卻非他的所長。他說：

> 諸葛亮之為相國也，撫百姓，示儀軌，約官職，從權制，開誠心，布公道；盡忠益時者雖讎必賞，犯法怠慢者雖親必罰，服罪輸情者雖重必釋，游辭巧飾者雖輕必戮；善無微而不賞，惡無纖而不貶；庶事精練，物理其本，循名責實，虛偽不齒；終於邦域之內，咸畏而愛之，刑政雖峻而無怨者，以其用心平而勸戒明也。可謂識治之良才，管、蕭之亞匹矣。然連年動眾，未能成功，蓋應變將略，非其所長歟！（《三國志．蜀志．諸葛亮傳》評曰）

> 立法施度，整理戎旅，工械技巧，物究其極，科教嚴明，賞罰必信，無惡不懲，無善不顯，至於吏不容奸，人懷自厲，道不拾遺，強不侵弱，風化肅然也。（《上〈諸葛氏集〉表》）

> 然亮才於治戎為長，奇謀為短；理民之幹，優於將略。（同上）

> 黎庶追思，以為口實。至今梁、益之民，咨述亮者，言猶在耳，雖《甘棠》之詠召公，鄭人之歌子產，無以遠譬也。（同上）

這是對諸葛亮治國之才的讚美與高度評價，而對其用兵，則說：「亮將略非長，無應敵之才。」（《晉書．陳壽列傳》。）

陳壽對諸葛亮的評價並無偏見。諸葛亮以「法」治蜀，儒法互用，確實是個相才。但三國鼎立後，他固守《隆中對》伐魏的戰略，六出祁山，耗盡蜀國的資源，而在實戰中，又在關鍵處錯用志大才疏的馬謖，導致一敗再敗，最後自己也以五十四歲的壯年死於五丈原。所以司馬懿說他「志大而不見機，多謀而少決」《晉書·宣帝紀》，也並非虛言。《三國演義》竭力掩蓋諸葛亮的弱點，即使在北伐的大失敗中，也用「空城計」來顯示他的神奇。更重要的是，小說全書和《三國志》的真實記載相悖，突出他的用兵。尤其是在赤壁之戰中，料事如神。「宜用火攻」、「草船借箭」、「呼喚東風」，一樁一樁神機妙算，把諸葛亮完全神化了。整部小說，對諸葛亮只有謳歌，連他的錯誤與偽裝也加以謳歌。

《三國演義》突出、誇張諸葛亮的用兵智慧，卻幾乎看不到他的治國智慧。這與歷史不符。事實上，治亂世中的「蜀國」是非常艱難的。僅南方少數民族的治理問題就很不簡單，可惜我們除了看到諸葛亮的南征北戰之外，看不到他的治國故事和相應的建設性智慧。從文學批評的角度上說，《三國演義》要如此選材如此構想如此書寫，無可非議。但從文化批評的角度上說，其智慧是片面的，重心乃是軍事智慧和相關的權術詭術。因此，其人格也無法是完整的，在一些重大的場面，也戴着面具。因此，讀者在把諸葛亮作為智慧化身接受的時候，往往忘記《三國演義》在處理諸葛亮原型時，已淡化「正」的一面和突出「奇」的一面，而在書寫「奇」的一面時又包含着「偽」的一面，這樣，就把片面化的諸葛亮和他的破壞性智慧——許多部份已偽形化的智慧，帶入日常生活與人際關係之中，在偶像崇拜中也學會「裝」，學會灑假眼淚，從而喪失原形中國文化最寶貴的「誠」的精神。

作了上文的分解分析之後，筆者認為，仍然可以把諸葛亮視為中國智慧的一種符號與象徵，但應當側重關注歷史上的諸葛亮所呈現的建設性的治國智慧，即「以正治國」的智慧，而正視文學中的諸葛亮智慧所包含的偽形性質以及政治人格中的分裂事實，不可把「以奇用兵」的詭術權術照搬到日常的生活之中或以諸葛亮的名字來掩蓋不正的心術。這是筆者在作雙典批判時不得不指涉人人崇拜的諸葛亮的原因。

第九章　歷史的變質

——政治鬥爭三原則的源頭

「文化大革命」結束之後，中國社會科學院的研究人員才知道「大革命」中，原先一位《紅旗》雜誌社的負責人給社科院（當時的名稱是中國科學院哲學社會科學部）一個紅衛兵組織點破勝利的秘訣，這就是政治鬥爭三原則：（1）政治鬥爭無誠實可言；（2）結成死黨；（3）抹黑對手。筆者剛聽到的時候，極為驚訝，後來才明白，這也是「古已有之」，其源頭就是《三國演義》。這部小說的生死鬥爭的各方，旗幟不同，口號不同，但其權術卻大致相同，都在實際上遵循這三項原則，或者說，這是《三國演義》中諸政治集團的共同潛規則。前兩章，我們講精神變質，通過這三項規則，可以看得更加清楚。政治無誠實可言，是智慧的變質；結成死黨，是「義氣」的變質；抹黑對手，則是歷史的變質。

一、關於政治鬥爭無誠實可言

在三國紛爭中，三方政治集團的領導人和政治軍事策略者（暫不論有勇無謀的各方將領）均不講誠實。前文已講過，《三國》的邏輯是偽裝的邏輯，愈會裝，成功率就愈高，個個都戴面具，《三國》文化，說到底是一種面具文化。像劉備這種人，至少有一百副面具，曹操少一些，但也有不少面具，甚至連諸葛亮，也得戴面具。周瑜去世時，他內心高興得不得了，卻戴着面具去弔唁，裝模作樣「伏地大哭、淚如湧泉、哀慟不已」。魯肅見他如此悲切，自忖曰：「孔明自是多情，乃公瑾量窄，自取死耳。」三國中人，就這一個魯肅稱得上誠實，就他不戴面具。在那麼複雜、那麼險惡的鬥爭環境中，面對那麼多滿腹詭計的各種人物，他始終不失忠厚，這真是一種性格奇觀。

筆者說，《三國》漩渦中的領袖人物，個個巧言令色，能說會道，口若懸河，但在心中卻沒有「誠實」二字。《三國演義》是中國權術、心術、詭術、變術的大全，還需補充說，《三國演義》把中國的權術、詭術等推向極致，從而也把中國原形文化最核心的精神——「誠」的精神，破壞到極端的地步。當時的群雄在血戰中掃蕩千軍萬馬，這是人們看得到的，但是，它同時也掃蕩了中國文化最原始、最根本的精神，卻是人們看不到的。

關於「誠」的精神，以往中國古代文化的研究者作過許多闡釋。最近幾年，李澤厚先生的研究又發現「誠」是中國文化源頭「巫史傳統」的重要特徵之一。誠來自巫的神明。「誠」本是巫術禮儀中出現神明時的神聖感情。巫術禮儀必須與參與者的真實無妄的感情連在一起，後者是這種活動的必要條件。以後被儒家不斷理性化、道德化、內在化，而成為對人的品格和感情的基本要求。《中庸》講「不誠無物」，後世講「誠則靈」「精誠所至，金石為開」，在這裏，仍然是「誠」與「神」通。誠對於中國文化的重要性，甚至可以用「誠」字來和西方的「信」對應起來，說中國文化和基督教文化的基本區別。他說：

> 基督教講「信」，「因信稱義」；中國講「誠」，「至誠如神」。前者來自《聖經》，後者來自巫史傳統。由兩者生發出來的情慾關係、情理結構、感情狀貌的相同、相似、相通和相異之處頗值仔細分疏。《論語今讀》曾提出，「回顧儒門所宣講之基本概念或範疇如仁、禮、學、

孝、悌、忠、恕、智、德等，以及本章提及的義、敬、哀、命，與基督教的基本概念或範疇如主、愛、信、贖罪、得救、盼望、原罪、全知全能等相比較」，特別在感情——信仰以及其間關係、結構相比較，其中便大有文章，可惜迄今也沒能做。

李澤厚之前，賀麟就特別強調，對於持守無神論的中國，誠就是中國的道，中國的宗教精神，誠實只是道的顯現。他說：

以「誠」字為例。儒家所謂仁，道德意味比較多，而所謂誠，則哲學意味比較多。《論語》多言仁，而《中庸》則多言誠。所謂誠，亦不僅是誠懇、誠實、誠信的道德意義。在儒家思想中，誠的主要意思是指真實無妄之理或道而言。所謂誠，即是指實理、實體、實在或本體而言。中庸所謂「不誠無物」，孟子所謂「萬物皆備於我矣，反身而誠」，皆寓有極深的哲學意蘊。誠不僅是說話不欺，復包含有真實無奈、行健不息之意。「逝者如斯夫，不舍晝夜」，就是孔子借川流之不息以指出宇宙之行健不息的誠，也就是指出道體的流行。其次，誠亦是儒家思想中最富於宗教意味的字眼。誠即是宗教上的信仰。所謂至誠可以動天地泣鬼神。精誠所至，金石亦開。至誠可以通神，至誠可以前知。誠不僅可以感動人，而且可以感動物，可以祀神，乃是貫通天人物的宗教精神。[1]

1 《賀麟選集》，第一三五頁，吉林人民出版社，二零零五年。

中國原形文化的核心，到了《三國演義》，全部變質而走向徹底偽形化。其徹底性就是誠實走向它的反面的極端形態。這種形態的極端性與徹底性不易表述，直到一九一七年，李宗吾先生以「厚黑」二字加以表達。這一年，他的名著《厚黑學》問世，轟動一時，其體現主題的段落如下：

我自讀書識字以來，就想為英雄豪傑，求之四書五經，茫無所得，求之諸子百家，與夫廿四史，仍無所得，以為古之為英雄豪傑者，必有不傳之秘，不過吾人生性愚魯，尋他不出罷了。窮索冥搜，忘寢廢食，如是者有年，一旦偶然想起三國時幾個人物，不覺恍然大悟曰：得之矣，得之矣，古之為英雄豪傑者，不過面厚心黑而已。

三國英雄，首推曹操，他的特長，全在心黑：他殺呂伯奢，殺孔融，殺楊修，殺董承伏完，又殺皇后皇子，悍然不顧，並且明目張膽地說：「寧我負人，毋人負我。」心子之黑，實是遠於極點了。有了這樣本事，當然稱為一世之雄了。

其次要算劉備，他的特長，全在於臉皮厚：他依曹操，依呂布，依劉表，依孫權，依袁紹，東奔西走，寄人籬下，恬不為恥。而且生平善哭，做《三國演義》的人，要把他寫得惟妙惟肖，遇到不能解決的事情，對人痛哭一場，立即轉敗為功，所以俗語有云：「劉備的江山，是哭出來的。」這也是一個有本事的英雄。他和曹操，可稱雙絕；當着他們煮酒論英雄的時候，一個心子最黑，一個臉皮最厚，一堂晤對，你無奈我何，我無奈你何，環顧袁本初諸人，卑鄙不足道，所以曹操說：「天下英雄，惟使君與操耳。」

此外還有一個孫權，他和劉備同盟，並且是郎舅之親，忽然奪取荊州，把關羽殺了，心之黑，彷彿曹操，無奈黑不到底，跟着向蜀請和，其黑的程度，就要比曹操稍遜一點。他與曹操比肩稱雄，抗不相干，忽然在曹丞駕下稱臣，臉皮之厚，彷彿劉備，無奈厚不到底，跟着與魏絕交，其厚的程度也比劉備稍遜一點。他雖是黑不如操，厚不如備，卻是二者兼備，也不能不算是一個英雄。他們三個人，把各人的本事施展開來，你不能征服我，我不能征服你，那時候的天下，就不能不分而為三。

後來曹操、劉備、孫權，相繼死了，司馬氏父子乘時崛起，他算是受了曹劉諸人的熏陶，集厚黑學之大成，他能欺人寡婦孤兒，心之黑與曹操一樣；能夠受巾幗之辱，臉皮之厚，還更甚於劉備；我讀史見司馬懿受辱巾幗這段事，不禁拍案大叫：「天下歸司馬氏矣！」所以得到了這個時候，天下就不得不統一，這都是「事有必至，理有固然」。

諸葛武侯，天下奇才，是三代下第一人，遇着司馬懿還是沒有辦法，他下了「鞠躬盡瘁，死而後已」的決心，終不能取得中原尺寸土地，竟至嘔血而死，可見王佐之才，也不是厚黑名家的高手。

我把他幾個人物的事，反覆研究，就把這千古不傳的秘訣，發現出來。一部二十四史，可一以貫之：「厚黑而已。」

二、關於結成死黨

「結成死黨」，有點駭人聽聞，其實這只不過是「桃園結義」的極端性表述而已。二十世紀之前沒有政黨現象，中國歷史書上所提到的東漢的黨錮現象以及清代的東林黨，都不是政黨。中國古代雖沒有現代意義上的政黨現象，卻很早就有「黨」的概念。人們熟知的孔子所說的「君子群而不黨，小人黨而不群」，就是明證。孔子所說的「黨」，指的是團夥。社會乃是一種群體存在，每個生命個體存在於社會之中，既有個體的獨立性，又需要有尊重他者存在的群體性。用當代哲學語言表達，即既有主體個性，又有主體際性，孔子講群而不黨，是兩者兼有。而團夥則兩者皆無。團夥中人服從團夥潛規則，把團夥利益置於高於一切的地位，以團夥的集體意志取代個人的自由意志，從而丟失了個體的獨立性、主體性；而團夥性又無視社會普遍原則，不顧群體存在的共同利益，因此又無群體性與公德心。孔子說的小人往往是團夥中人，「拉幫結派」之人。中國社會變質時，有一個重要標誌是出現青幫、洪幫、黑幫，以團夥取代社會，以團夥的潛規則取代社會的普遍規範，也取代個體的心靈原則。

「桃園結義」的兄弟之盟，說到底就是一種團夥之盟。結盟時他們的誓詞，對於他們自己是最高原則，但對於社會又不可公開化，所以只是潛規則。劉備、關羽、張飛在桃園殺烏牛白馬置祭，三人焚香再拜後宣誓：「念劉備、關羽、張飛，雖然異姓，既結為兄弟，則同心協力，救困扶危，上報國家，下安黎庶。不求同年同月同日生，只願同年同月同日死。皇天后土，實鑒此心。背義忘恩，天人共戮。」三人中還是張飛最直爽，他提議：「明日當於園中，祭告天地，我三人結為兄弟，協力同心，然後可圖大事。」結盟是為了「圖大事」，結義是為了圖利，結義原則的背後是利益原則。「桃園結義」後來被宋以後的青洪幫所借鑒，成為一種普遍模式，其中「只願同年同月同日死」，更是關鍵，它使團夥變成死黨。因此，「桃園結義」雖有政治原則（「救困扶危」等），但更重要的是組織原則。誰違背組織原則，便要遭到「天人共戮」。這就是說，從結盟之日起，團夥的組織原則高於一切，不可分毫背離，哪怕為組織去死，也無二話，否則就會天誅地滅。總之，宣誓後再沒有任何自由意志，也無須遵循社會的各種規範，唯有忠於團夥，才是生命價值和生命目標。此時，團夥便成了死黨。

「文化大革命」中一度出現無政府狀態，當時山頭林立，一個一個的紅衛兵「兵團」其實就是一個一個的反社會「團夥」。許多「兵團」不堪一擊，其主要原因是兵團的組織者不知「結成死黨」這一秘訣。凡勝利者，都是其領導核心得知這不可洩露的天機。《三國演義》對中國社會的危害，其中重要的一條，就是通過桃園結義的形象語言，暗示人們要圖大事，就必須結成死黨。而每個死黨，無論其名為青幫還是洪幫，都是社會的毒瘤。社會失去健康，發生變質（惡質化），就從這裏開始。

《三國演義》中的桃園結義所以會被後人尤其是青洪幫視為楷模，是因為結義後他們在共圖大業中獲得成功，儘管奮鬥過程中有幾次差些反目（如張飛懷疑關羽），但兄弟之誼確實貫徹到底。這是結義「結成死黨」極為成功的範例。不過，這種範例並不屬於多數。我們見到的發誓生死與共而結成的死黨，許多並不可靠。不說遠的，就說《三國演義》中建寧太守雍闓，他與牂牁太守朱褒一起，與孟獲勾結，成了諸葛亮南征的第一道障礙。於是孔明決定先平定三城，並決定使用反間計在敵手（已結義的高定與雍闓）間製造矛盾。在初次交鋒中高定的先鋒鄂煥被擒，諸葛亮知道他是高定部將，就故意放他一馬，並告訴他：「吾知高定乃忠義之士，今為雍闓所惑，以至如此。吾今放汝回去，令高太守早日歸降，免遭大禍。」鄂煥回去一傳話，高定果然感激不盡，這就為離間計奠下了第一塊基石。後來諸葛亮又進一步發展離間計，最後果然是這個和雍闓「結生死之交」的高定，提着雍闓兄弟的首級來向諸葛亮表忠心，並得到「益州太守、總攝三郡」的封賞。諸葛亮知道雍、高兩人宣稱「生死之義」，更知道他們在「義」的背後離不開一個「利」字，這是人性的普遍弱點。因此，便請出雙刃劍，一邊訴諸利害關係，給予政治軍事壓力；一邊則使用離間計謀，讓他們彼此都動搖本就脆弱的「義」的信念。任何「結成死黨」者都面臨着一個人性不可靠和謀圖大利時的慾望問題，因此儘管有山盟海誓，但還是相互背叛者居多。

三、關於抹黑對手——歷史的偽形化

說「抹黑對手」的策略來自《三國演義》，並不冤枉這部小說。在政治鬥爭中，總有「尊重對手」和「抹黑對手」的兩種文化。《三國演義》文化與前者無關，屬於後者。中國的紂王被抹得那麼黑，古已有之，但像《三國演義》的作者，以如此鮮明的態度禮讚一方、抹黑另一方，實屬罕見。他站在擁劉反曹的政治立場，把劉備視為皇統正統的化身，把曹操視為叛統篡權的奸雄，然後篡改歷史，把曹操描寫成歷史的公敵，正統的對手，使「原形的曹操」面目全非，變成一個黑心的「偽形的曹操」。如此變形是因為作者守持擁劉的絕對政治立場，因此，他不僅抹黑曹操這個第一級對手，也抹黑周瑜這些第二級對手和王朗等第三級對手。由於抹黑，歷史發生巨大的變質。

曹操的原形即歷史上的曹操與曹操的偽形即《三國演義》中的曹操完全是兩回事。原形是「英雄」，偽形是「奸雄」，關於這點，魯迅先生很早就說了公道話。他說：

> 漢末魏初這個時代是很重要的時代，在文學方面起一個重大的變化，因當時正在黃巾和董卓大亂之後。而且又是黨錮的糾紛之後，這時曹操出來了——不過我們講到曹操，很容易就聯想起《三國志演義》，更而想起戲台上那一位花臉的奸臣，但這不是觀察曹操的真正方法。

現在我們再看歷史，在歷史上的記載和論斷有時也是極靠不住的，不能相信的地方很多，因為通常我們曉得，某朝的年代長一點，其中必定好人多；某朝的年代短一點，其中差不多沒有好人。為甚麼呢？因為年代長了，做史的是本朝人，當然恭維本朝的人物，年代短了，做史的是別朝人，便很自由地貶斥其異朝的人物，所以在秦朝，差不多在史的記載上半個好人也沒有。曹操在史上年代也是頗短的，自難也逃不了被後一朝人說壞話的公例。其實，曹操是一個很有本事的人，至少是一個英雄，我雖不是曹操一黨，但無論如何，總是非常佩服他。（《而已集·魏晉風度及文章與藥及酒之關係》）。

關於原形的曹操，已有許多文章論著為他說話。筆者只從「作詩」這一小角度談論幾句。中國的帝王作詩者不少，僅初唐、中唐，就有李世民、武則天、李治（唐高宗）、李隆基（唐玄宗）等。《全唐詩》收李隆基詩六十三首，《全唐詩外編》又錄其逸詩五首。清代的乾隆皇帝一人作詩就達萬首之多。而寫得最好的是兩個人：一是曹操，二是李煜（李後主）。這兩個帝王可稱為大詩人。其詩詞的相同點是境界高遠，氣勢恢宏，而且有形而上的意味，即叩問存在意義的詩思。其「對酒當歌，人生幾何」（曹），「問君能有幾多愁」（李），都是對人生的大叩問。曹操的兒子曹丕、曹植寫的都是文人詩，但曹操寫的卻是哲人詩。曹操對宇宙人生的大體悟與大悲愴是他的兒子所望塵莫及的。李煜的詩則有大慈悲，王國維的《人間詞話》，最重要的貢獻之一是重新發現李煜，指出他有「基督、釋迦」負荷人間苦難的「神境」，比中國文人歷來崇奉的不食人間煙火的「逸境」，精神更為博大。曹操、李煜的詩，高出其他帝王詩人，包括高出宋徽宗等著名的帝王詩人，而且也高於後代許多詩人。這原因也是他具有其他詩人所沒有的大氣和形上意味。從「氣象」這一視角，可以看出曹操確實有一種不同凡響的英雄氣概。這就難怪《三國志》的作者陳壽要在《武帝紀》的卷末，用「非常之人，超世之傑」這八個字客觀地給曹操一個公平的總評價。陳壽之後，吳國大將軍陸遜的孫子、著名文論家陸機曾作《弔魏武帝文》，對曹操也歌頌備至，說曹操：「功於九州，舉世共推；德配天地，援日月而同輝。」禮讚之餘，也說「曹民雖功濟諸華，虐亦深矣，甚民怨矣」。有後面這一批評，倒是使前邊的讚揚更為可信。可以肯定，陳壽、陸機描述的是曹操的原形。

但《三國演義》卻把曹操徹底僞形化，竭盡抹黑之能事。一是讓劉備直接出面抹黑；一是以全書建構一個奸雄形象加以抹黑，以致黑到人人都深惡痛絕。當龐統勸劉備奪取西蜀時，正中備之下懷，可是他在虛假的推讓中卻抹黑了一把曹操，說：「今與吾水火相敵者，曹操也。操以急，吾以寬；操以暴，吾以仁；操以譎，吾以忠；每與操相反，事乃可成。」（第六十回）這裏劉備透露出重大的策略信息，這就是要把自己與曹操來個黑白對照，我為白，曹為黑，把曹抹得愈黑愈好，抹到黑透壞透，事乃可成。所以他在稱「漢中王」和稱帝時發佈的兩個重大文件（前者為上表；後者為祭文）決不放過抹黑對手。表呈許都曰：

> 備以具臣之才，荷上將之任，總督三軍，奉辭於外，不能掃除寇難，靖匡王室，久使陛下聖教陵遲，六合之內，否而未泰，惟憂反側，疢如疾首。曩者董卓，偽為亂階。自是之後，群凶縱橫，殘剝海內。賴陛下聖德威臨，人臣同應，或忠義奮討，或上天降罰，暴逆並殪，以漸冰消。惟獨曹操，久未梟除，侵擅國權，恣心極亂。臣昔與車騎將軍董承，圖謀討操，機事不

密，承見陷害。臣播越失據，忠義不果，遂得使操窮凶極逆，主后戮殺，皇子鴆害。雖糾合同盟，念在奮力，懦弱不武，歷年未效。常恐殞沒，辜負國恩，寤寐永嘆，夕惕若厲。（第七十三回）

祭文（由譙周朗讀）：

惟建安二十六年四月丙午朔，越十二日丁巳，皇帝備，敢昭告於皇天后土：漢有天下，歷數無疆。曩者王莽篡盜，光武皇帝震怒致誅，社稷復存。今曹操阻兵殘忍，戮殺主后，罪惡滔天；操子丕，載肆凶逆，竊據神器。群下將士，以為漢祀隳廢，備宜延之，嗣武二祖，躬行天罰。備懼無德忝帝位，詢於庶民，外及遐荒君長。僉曰：天命不可以不答，祖業不可以久替，四海不可以無主。率土式望，在備一人。備畏天明命，又懼高光之業，將墜於地，謹擇吉日，登壇告祭，受皇帝璽綬，撫臨四方。惟神饗祚漢家，永綏歷服。（第八十回）

兩份文件的主要內容是抹黑對手，說明自己的稱王稱帝是討賊救國之需。文件中聲討曹操「殘忍無道」、「窮凶極逆」、「罪惡滔天」，如果說，劉備是從政治上把曹操說成頭號篡權竊國大盜，那麼，羅貫中則是從倫理上把曹操寫成最不道德、最無心肝、自始至終背信棄義的大壞蛋。此偽形之曹操，心黑極了，人壞透了，其一生就為「奸詐」二字做註釋，二字之外再也沒有任何品德品行品質可言。此人之壞，是從根上就壞起。他出身於閹人（宦官）家庭，從小缺少管教。從小就一肚子壞水，天生就會騙人害人，第一個受害者就是他的親叔叔。《三國演義》一開篇就說曹操從童年時期就善於搞陰謀詭計：

> 操父曹嵩，本姓夏侯氏，因為中常侍曹騰之養子，故冒姓曹。曹嵩生操，小字阿瞞，一名吉利。操幼時，好遊獵，喜歌舞，有權謀，多機變。操有叔父，見操遊蕩無度，嘗怒之，言於曹嵩，嵩責操。操忽心生一計，見叔父來，詐倒於地，作中風之狀。叔父驚告嵩。嵩急視之，操故無恙。嵩曰：「叔言汝中風，今已愈乎？」操曰：「兒自來無此病，因失愛於叔父，故見罔耳。」嵩信其言。後叔父但言操過，嵩並不聽，因此操得恣意放蕩。時人有橋玄者，謂操曰：「天下將亂，非命世之才不能濟。能安之者，其在君乎？」南陽何顒見操，言：「漢室將亡，安天下者必此人也。」

這個偽形曹操，既然生來就沒有善根，全是惡根，之後一生全在作惡，也就不奇怪了。這個從小就心邪的曹操對上無視君臣大義，對皇上只有利用（挾天子以令諸侯）、沒有忠誠，後來竟大逆不道，破壞綱紀，誅殺懷孕五個月的皇后，最後竟篡漢竊國。對下則能利用時好話説盡，不能利用時則誅殺不誤。殺楊修和借黃祖之刀殺禰衡且不説，連為他立了大功的大謀士荀彧，也不能容納而硬是逼死。最令人不齒的是他公然鼓吹「寧教我負天下人，休教天下人負我」的極端自私的哲學。也正是在這種哲學的支配下，他為了保全自己而屠殺在危難中接待他的呂伯奢全家，心黑手辣到極點。至於自己指使王垕用小斛發糧，引起不滿後又借王垕之頭以平軍憤，更是陰險毒辣之極。這之外，他在對待華佗、徐庶、陳宮、張遼等的態度與手段上，無一不是無道無恥的黑故事。歷史上可稱為英雄的曹操，經過《三國演義》的抹黑，變成一個無比殘忍、無比虛偽的大陰謀家、大野心家，以至後人無法了解曹操的本來面目，只有極少數的認真的歷史學者通過「小心求證」而抹掉他臉上的一點黑粉，例如很下功夫的盛巽昌教授就在他的大著《三國演義補證本》中引證王沈的《魏書》、郭頒的《世說》、孫盛的《雜記》、《太平御覽》等來說明小說的描寫與史書所載的事實不符。可惜學者恢復原形曹操的努力總是難以扭轉羅貫中的偽形曹操在中國人心目中的大黑形象。

《三國演義》的抹黑對手還不止於曹操。劉備的二級對手周瑜也被抹黑得面目全非。據盛巽昌先生考證，周瑜是個氣量寬宏的大將，《三國演義》寫他嫉妒孔明之才以至想把孔明置於死地、自己臨終之前還發出「既生瑜何生亮」的慨嘆，純屬《演義》的杜撰。盛先生說：

> 據史傳，周瑜氣量寬宏。赤壁戰時，蔣幹奉曹操命來說降周瑜，回去後說，周瑜「雅量高致，非言辭所間」。他待人接物温文爾雅，謙恭有方，和左右上下都能和睦相處。《三國志·吳書·周瑜傳》說他「性度恢廓，大率為得人」；對此，劉備也說他是「器量廣大」。他的器度和謙讓，是為諸家所認同的。又說：「既生瑜，何生亮」……此乃《演義》神來之筆，不見於史傳。但也可見周瑜年齡大於諸葛亮。按周瑜死時年三十六歲，諸葛亮時年二十八歲。故《演義》說不悖於史。但後人多受迷惘。清袁枚《隨園詩話》（卷五）：「何屺瞻作札，有『生瑜生亮』之話，被毛西河誚其無稽，終身慚愧。」清王應奎《柳南隨筆》卷一亦稱「『既生瑜，何生亮』二語，出《三國演義》，實正史所無也，而王阮亭《古詩選凡例》、尤悔庵《滄浪亭詩序》，並襲用之。以二公之博雅，且猶不免此誤；今之臨文者，可不慎歟！」[1]

1 盛巽昌：《三國演義補證本》，第三一九—三二一頁，上海人民出版社，二零零七年。

第三級抹黑對象是張昭，台灣歷史學家勞榦先生用大歷史的眼光看張昭的主張，認為張昭的主張一旦實現倒是可以避免赤壁戰後六十年的三國爭衡、兵連禍結，有利於天下人，並說張昭「本是一個志節之士，決不是一個懦弱的人」，他的戰略意見並不是簡單的畏曹降曹，而陳壽在《三國志》中對張昭的評價，更是認為張昭甚有遠見（「所存豈不遠乎？」），絕不是《三國演義》中的鼠目光微者。勞榦在《魏晉南北朝史》中寫道：

> 赤壁之戰為三國分崩的重大關鍵，此後六十年的分裂局面肇基於此。但曹操擁有獻帝，為名份所繫；再就全中國人民的幸福而言，曹氏內政，尚無大失，而三國爭衡，卻是兵連禍結。所以赤壁之戰，對於天下人的功罪，原不可立下斷語。裴松之在《三國志・吳志・張昭傳》註云：
>
> 臣松之以為張昭勸迎曹公，所存豈不遠乎？夫其揚休正色，委質孫氏，誠以厄運初遘，塗炭方始。自策及權，才略足輔，是以盡誠匡弼，以成其業，上藩漢室，下保民物，鼎峙之計，本非其志也。曹公仗順而起，功以義立，冀以清定諸華，拓平荊郢，大定之機，在於此會。若使昭議獲從，則六合為一，豈有兵連禍結，遂為戰國之弊哉？雖無功於孫氏，有大當於天下矣。昔竇融歸漢，與國升降，張魯降魏，賞延於世。況權舉全吳，望風順服，寵靈之厚，其可測量哉？然則昭為人謀，豈不忠且正乎？[1]

1 勞榦：《魏晉南北朝史》，第二零頁，台北，中國文化大學出版部印行，一九八零年。

在赤壁之戰前夕，曹操大軍壓境的時候，東吳面臨着一個重大歷史關口。在這一歷史瞬間，東吳作何選擇，的確是生死攸關的大事。在戰略論辯中，歷史上的張昭提出了與曹操妥協，避免天下（中國）分裂的混亂局面。對此，本應從中國與中國人的歷史前途作出理性評價。但是，《三國演義》的作者站在擁劉抑曹的立場，認定不打曹操就沒有劉備當皇帝的機會，當然就把與曹操妥協的主張視為歷史小丑的主張。因此，在小說的文本中，作者沒有讓張昭申訴戰略理由的機會，只是讓他簡單地提出降曹的主張，把他描繪成一個只求苟安、一味想去納降的笨伯。羅貫中筆下的張昭如此令人厭惡，完全是作者站在劉備的立場給予抹黑的結果。

關於給張昭抹黑一節，黎東方先生的批評十分具體生動，我們可再作品味，他寫道：

> 張昭被《三國演義》的作者描寫成一個腐儒。這便是演義體的書誤人之處。它為了烘托諸葛亮的膽大而聰明，就把張昭說得十分懦弱而糊塗。
>
> 實際上張昭這個人倒是頗有骨氣，也很有才幹的。他是徐州彭城國人，書讀得多，字寫得好。本州的東海郡人王朗，琅邪郡人趙昱，均是他的好友；廣陵郡人陳琳，也對他十分欽佩。彭城國的國相某人舉他為孝廉，他不就；徐州刺史陶謙選拔他為茂才，他也謝絕。陶謙生他的氣，把他關了起來；趙昱冒了生命的危險，把他救了出來（陶謙在當時還不曾升為州牧）。
>
> 恢復了自由以後，他遷居到江南，仍舊當老百姓，無牽無掛。孫策來了，對他十分尊敬，到他家裏「升堂拜母」，向他的母親跪拜行禮，弄得他不好意思不「出山」，屈就了孫策的「長史」（秘書長）兼「撫軍中郎將」。

孫策把行政方面大小的事務，都交給了他，他也確是賣力，辦得井井有條。北方有很多人寫信給他，說他能幹，也有若干封說他能幹的信，是寫給孫策，由他以「長史」的職位先行拆開的。他感覺到很為難：不向孫策報告，是蒙蔽；報告，怕引起孫策不滿，甚至猜疑。

孫策知道了這情形，就向他說：「以前齊桓公用管仲，把事情都交給了管仲，稱管仲為『仲父』。左右請示一件事，桓公說：『去問仲父』；左右再請示一件事，桓公又說：『去問仲父』。左右就發起牢騷來，說：『一則仲父，二則仲父，易哉為君。』桓公說：『我未得仲父以前，為君確是很難，既得仲父以後，為君怎麼會不易嗎？』現在，北方人都說張昭能幹，張昭既然是我用的，這就等於說我能幹，能用張昭了。」

孫策之所以在臨死以前，把孫權託給張昭，可見不是沒有理由的。孫策而且向張昭說：「倘若孫權不足以擔任重任，你自己擔當好了。萬一事情不能順利，『緩步西歸，亦無所慮』。」所謂「緩步西歸」，便是慢慢地、從容地歸順曹操所主持的許縣朝廷。所謂「亦無所慮」，便是「也不必有甚麼顧慮」（張昭後來於曹操席捲荊州之時，主張迎降，與孫策的這最後幾句話頗有關係。迎降的建議是否正確，為另一問題）。

孫策斷氣以後，張昭所做的第一件事，是勸孫權停止哀哭，趕緊辦公，而且扶了孫權上馬，帶了隊伍出巡一番，讓「眾心知有所歸」。

此後，他一直是孫權的第一幫手；到了孫權稱帝之時（在公元二二九年）才退休，以「婁侯」的爵位、一萬户的食邑、「輔吳將軍」的名義，悠游歲月，並寫了兩部書，一部是《春秋左氏傳解》，另一部是《論語注》。

退休以前，他是「綏遠將軍」、「由拳侯」。「婁侯」的「婁」字，指婁縣；婁縣在今天是江蘇崑山東北的「婁縣村」。「由拳侯」的「由拳」，是（浙江嘉興之南的）由拳縣。[1]

抹黑抹得最狠的要數《三國演義》的作者借諸葛亮之口對王朗的抹黑（第九十三回）。在小說全書中諸葛亮直接出面對一個人進行人身攻擊的，只有這一個。王朗被孔明罵死，在民間已成了對王朗的笑談和對諸葛亮的美談，歷史的真相一旦被掩蓋，一個歷史人物一旦被老百姓崇拜的偶像所抹黑，真難翻身。情節發生在諸葛亮第一次北伐。蜀軍攻下天水等三城之後北征祁山，聲勢浩大，在長安城外的渭河西岸擺開與曹軍主力決戰的架勢。魏軍則以曹真為大都督，郭淮為副大都督，王朗為軍師。王朗在曹真統帥部裏商討退兵之策時講了大話，說：「來日可嚴整隊伍，大展旌旗。老夫自出，只用一席話，管教諸葛亮拱手而降，蜀兵不戰自退。」第二天兩軍對陣，王朗果然出面對諸葛亮講了一通勸降的濫言，諸如「順天者昌，逆天者亡」、「公可倒戈卸甲，以禮來降，不失封侯之位」等等，結果招來孔明的大笑和一番辱罵，罵中把王朗塗抹成食祿的禽獸，奴顏卑膝的小人，不僅給王朗潑了一身髒水，而且給他扣上了「皓首匹夫」、「蒼髯老賊」、「諂諛之臣」等一系列帽子，結果把王朗活活氣死。諸葛亮這番謾罵之語，乃是典型的抹黑對手的檄文。全文如下：

孔明在車上大笑曰：「吾以為漢朝大老元臣，必有高論，豈期出此鄙言！吾有一言，諸軍

1 黎東方：《細說三國》，第一三八—一三九頁，上海人民出版社，二零零零年。

靜聽：昔日桓、靈之世，漢統陵替，宦官釀禍；國亂歲凶，四方擾攘。黃巾之後，董卓、傕、汜等接踵而起，遷劫漢帝，殘暴生靈。因廟堂之上，朽木為官；殿陛之間，禽獸食祿。狼心狗行之輩，滾滾當朝；奴顏婢膝之徒，紛紛秉政。以致社稷丘墟，蒼生塗炭。吾素知汝所行：世居東海之濱，初舉孝廉入仕，理合匡君輔國，安漢興劉，何期反助逆賊，同謀篡位！罪惡深重，天地不容，天下之人，願食汝肉。今幸天意不絕炎漢，昭烈皇帝繼統西川。吾今奉嗣君之旨，興師討賊。汝既為諂諛之臣，只可潛身縮首，苟圖衣食，安敢在行伍之前，妄稱天數耶？皓首匹夫！蒼髯老賊！汝即日將歸於九泉之下，何面目見二十四帝乎？老賊速退！可教反臣與吾共決勝負。」王朗聽罷，氣滿胸膛，大叫一聲，撞死於馬下。後人有詩讚孔明曰：

兵馬出西秦，雄才敵萬人。
輕搖三寸舌，罵死老奸臣。

一個二十萬大軍的軍師，在兩軍對壘的陣前，被罵得氣破胸膛、撞死於馬下，這事本身就不可信。而歷史上的王朗並非是諸葛亮抹黑的那種形象。據《三國志．王朗傳》載，王朗「文博富贍，樂善好施，誠為一時之俊秀」。他從小就飽讀詩書，被朝廷拜為郎中，後追隨陶謙，被任命為會稽太守。在與孫策的對抗中被俘過，孫策念他是孝子又放了他。經孔融推薦，他投奔曹營並任諫議大夫，曹叡當了魏明帝後，被升為御史大夫。他確實有點書生氣，確實給諸葛亮寫過勸降書。諸葛亮還給他回了信，駁了他的迂腐之論。這篇駁文題目叫做「正議」，但文章只是以項羽的教訓反勸曹操應引為教訓，沒有人身攻擊之言。可見，給對手王朗如此抹黑是《三國演義》作者擁劉抑曹極端立場的產物。

第十章　美的變質

——雙典「女性物化」現象批判

《三國演義》與《水滸傳》，一是權術崇拜，一是暴力崇拜，兩者雖有差異，但也有共同點。其最大的共同點是只知英雄的價值，不知人（非英雄）的價值，更不知婦女的價值和兒童的價值。兩部文學經典共同呈現「女性物化」的極端現象，即不把婦女當作人。在「英雄」們眼中，婦女不是人，而是物，是尤物、食物、玩物、祭物、器物、毒物、動物、獸物等。各種婦女的命運共同表現出非人現象。筆者在講述《紅樓夢》時，說《紅樓夢》講的是自然的人化、靈化過程。賈寶玉本為石頭，林黛玉本是絳珠仙草，《石頭記》乃是石頭草木（自然物）化為人並不斷向心靈深處走進和不斷向「空」提升的感悟過程。如果說，《紅樓夢》是物的人化，那麼，《三國演義》與《水滸傳》則是人的物化。這裏指的「人」，是婦女。中國婦女的不幸命運，非常集中地表現在雙典「女性物化」現象中。而這種現象，恰恰留下中國文化最黑暗的一頁。

一、從尤物到祭物

雙典在物化女性這一點上相通，但又有區別。簡單地說，《水滸傳》突出的是對婦女的殺戮，《三國演義》突出的是對婦女的利用。無論是殺戮還是利用，都是對婦女的極端的蔑視。

潘金蓮、潘巧雲、貂蟬等人，在英雄及雙典作者眼中都屬尤物。所謂尤物，就是以自己的姿色勾引男人並能使男人傾倒的女人。《水滸傳》的主要英雄們對婦女的憎恨，首先是對尤物的憎恨。書中除了著名的潘金蓮、潘巧雲之外，屬於尤物的還有閻婆惜及盧俊義之妻、劉知寨之妻等。所有的尤物都是水滸英雄的殺戮對象。在殘忍的砍殺中，有一細節可能會被讀者所忽視，這就是武松不僅把潘金蓮視為勾引自己的尤物，並且把她作為祭奠兄長武大的祭物。第二十六回回目的名字就叫做：《偷骨殖何九叔送喪，供人頭武二郎設祭》。所供的人頭，就是潘金蓮的人頭。此回有關「設祭」的兩段描寫如下：

……（武松）叫土兵解搭膊來，背剪綁了這老狗，捲了口詞，藏在懷裏。叫土兵取碗酒來，供在靈床子前，拖過這婦人來，跪在靈前，喝那婆子也跪在靈前。武松道：「哥哥靈魂不遠，兄弟武二與你報仇雪恨！」叫土兵把紙錢點着。那婦人見頭勢不好，卻待要叫，被武松腦揪倒來，兩隻腳踏住他兩隻胳膊，扯開胸脯衣裳。說時遲、那時快，把尖刀去胸前只一剜，口裏銜着刀，雙手去挖開胸脯，摳出心肝五臟，供養在靈前；「肐查」一刀，便割下那婦人頭來，血流滿地。

……武松伸手去凳子邊提了淫婦的頭，也鑽出窗子外，湧身望下只一跳，跳在當街上；先搶了那口刀在手裏，看這西門慶已自跌得半死，直挺挺在地下，只把眼來動。武松按住，只一刀，割下西門慶的頭來。把兩顆頭相結做一處，提在手裏。把着那口刀，一直奔回紫石街來。叫土兵開了門，將兩顆人頭供養在靈前，把那碗冷酒澆奠了，說道：「哥哥靈魂不遠，早生天界！兄弟與你報仇；殺了姦夫和淫婦，今日就行燒化。」便叫土兵樓上請高鄰下來，把那婆子押在前面。

武松在同一天裏，第一次是摳出潘金蓮的心肝五臟，供養在武大靈前；第二次是「將兩顆人頭供養在靈前」。前一次是王婆跪着陪祭，後一次則是西門慶的人頭和潘金蓮的人頭被放在一起同祭。潘金蓮的人頭和心肝五臟全變成祭物，這在中國婦女史上應記下一筆。中國人向來都用豬頭、牛頭、羊頭祭天地、祭鬼神，但用人頭及人的心肝五臟祭奠人的亡靈，卻前所未聞。這一細節不知是武松首創還是歷史曾有，或是施耐庵杜撰的文學故事，還有待考察。總之是「女性物化」為祭物，是一樁極為殘忍的事件。

《三國演義》中最典型的尤物應數貂蟬。她的運氣比潘金蓮好多了。但歸根結底，她也是物。她沒有自由意志，沒有獨立人格，沒有人的真情真性。她是很特別的一種「物」類，可稱為三國政治馬戲團裏最善於表演的動物，既是政治家（王允）的玩物，又是董卓、呂布這兩個野心家爭奪的獵物。貂蟬對於王允來說，是忠誠的工具，甘願為主人去「獻身」的奴才——不是狗奴才，而是狐狸般機智靈巧的奴才。對於董卓、呂布來說，她是一把雙刃劍，既殺董卓，也毀呂布。用現代的詞語表述，她是一個打入董卓集團的間諜，乃是瓦解董、呂政治結構的毒物。經過一番無恥的爭奪，最後是呂布獲得獵物，納貂蟬為妻。但是，這不是人的愛情、人的婚姻，只是獵物、玩物的歸宿。她作為政治馬戲團中的動物，表演時受人指揮、受人驅使，也供人品賞、供人利用。馬戲團動物的價值，一是身體，二是技藝。貂蟬靠的也是這兩項，既有誘人的美貌，又有超人的技藝，只是一切表演都無心靈內容和情感內容。因此，她的表演，與其說是人的精彩，不如說是物的精彩。

《三國演義》中的吳國公主孫尚香，是政治馬戲團的另一高級動物。她與貂蟬有所不同，不像貂蟬那樣完全是個政治傀儡。她和劉備的婚姻雖是她的兄長孫權和周瑜設計的傀儡戲，但她自己卻是一個很有個性的美人。可惜她面臨的政治太強大，在孫劉兩方的激烈鬥爭中，她被動地進入「陰謀與愛情」的遊戲，可惜陰謀是真的，愛情是假的。那時的劉備已四十九歲，而她才是一個二十歲左右的青春女子（據可查資料，孫權比劉備小二十多歲，作為孫權的妹妹，應比劉備小三十歲左右）。作為青春女子，她本來可以有自己的情愛，但是，她完全沒有情愛的自由和婚姻選擇的自由，只能充當政治棋盤上博弈的棋子。她生活在陰謀的格局中，但不知道自己在陰謀中的位置。作為丈夫的劉備可以暫時喜愛她，但不可能永久地，真正地愛她，因為他是一個政治野心壓倒一切的政治人，只能把她當作玩偶。劉備知道，一旦對孫尚香有了永恆之愛，他就會作繭自縛，把自己牽制在孫權的戰車上。在野心與情愛的天平上，只能選擇野心。這就注定孫尚香在個體情感上永無歸宿，永遠是政治權力鬥爭框架裏的附屬物。不是真正的人，是附屬物。因此，說到底，也是政治馬戲團裏的動物。

無論是貂蟬還是孫夫人，都是美人。但《三國演義》雖寫美人，卻沒有審美意識。作品提供了她們活動的政治舞台，讓她們作了一番表演，但兩人都沒有內心。其活動，均未切入心靈。

二、另類動物與器物

《水滸傳》的革命女性顧大嫂、孫二娘、扈三娘等，是另類的動物與器物，但不是尤物。

孫二娘與顧大嫂不是貂蟬那種會表演的政治馬戲團的動物，卻是山寨裏有力量的長着尖爪利牙的「獸物」。顧大嫂的諢號是「母大蟲」，即母老虎，因此說她是兇猛的獸物，並非杜撰。孫二娘吃人，顧大嫂不吃人。但她一投入戰鬥，卻是一個殺人不眨眼的猛獸。先看她的外形：

眉粗眼大，胖面肥腰。插一頭異樣釵環，露兩個時興釧鐲。有時怒起，提井欄便打老公頭；忽地心焦，拿石錐敲翻莊客腿。生來不會拈針線，弄棒持槍當女工。（第四十九回）

再看她參加的兩次戰鬥。第一次是參加劫牢（解救解珍、解寶）：

顧大嫂大叫一聲：「我的兄弟在哪裏？」身邊便掣出兩把明晃晃尖刀來。包節級見不是頭，望亭心外便走。解珍、解寶提起枷，從牢眼裏鑽將出來，正迎着包節級。包節級措手不及，被解寶一枷梢打重，把腦蓋劈得粉碎。當時顧大嫂手起，早戳翻了三五個小牢子。一齊發喊，從牢裏打將出來。孫立、孫新把兩個當住了，見四個從牢裏出來，一發望州衙前便走。鄒淵、鄒潤早從州衙裏提出王孔目頭來。（第四十九回）

第二次是參加三打祝家莊的戰鬥：

且說祝家莊上擂了三通戰鼓，放了一個炮，把前後門都開，放下吊橋，一齊殺將出來。四路軍兵出了門，四下裏分投去廝殺。臨後孫立帶了十數個軍兵，立在吊橋上。門裏孫新便把原帶來的旗號插起在門樓上，樂和便提着槍，直唱將出來。鄒淵、鄒潤聽得樂和唱，便唿哨了幾聲，掄動大斧，早把守監門的莊兵砍翻了數十個，便開了陷車，放出七隻大蟲來，各各尋了器械，一聲喊起。顧大嫂掣出兩把刀，直奔入房裏，把應有婦人，一刀一個，盡都殺了。祝朝奉見頭勢不好了，卻待要投井時，早被石秀一刀剁翻，割了首級。那十數個好漢，分頭來殺莊兵。後門頭解珍、解寶便去馬草堆裏放起把火，黑焰沖天而起。（第五十回）

作為革命女性，並有英雄氣概，本值得尊敬，但是讓人目瞪口呆的是「顧大嫂掣出兩把刀，直奔入房裏，把應有婦人，一刀一個，盡都殺了」。照說，顧大嫂本身是婦人，應當憐憫婦人，可是她偏偏把見到的所有婦人一個不漏地全都殺了。這種仇恨婦人、濫殺婦人的人本身還能算婦人嗎？像顧大嫂這樣的「女英雄」，說得輕一些，是雄性化；說得重一些，便是獸物化。

如果說，顧大嫂、孫二娘是獸物化，那麼扈三娘則是器物化。所謂器物化，便是工具化。她先是地主武裝的戰鬥器具，後是革命武裝的戰鬥器具。屬於沒有內心、沒有語言、沒有任何自由意志的器具。關於扈三娘，孟超先生作了如此介紹：

> 出土豪之閨閣，而上梁山之大寨；
> 未做權勢家的婆娘，卻作矮將軍的嬌妻。
> 卓哉扈三娘，媲爐一丈青，
> 應入新烈女傳，而登女英雄無雙譜中！

> 扈三娘，綽號一丈青，是扈家莊扈太公的女兒，飛天虎扈成的妹妹，坐下一匹青駿馬，手掄兩口日月雙刀，還善用紅錦套索，專能生擒大將。已與祝家莊第三子祝彪定為妻室，早晚要娶。宋公明兩打祝家莊時，因為祝家莊東有李家莊，西有扈家莊，這三個莊村，誓結生死之交，有事互相救應，所以扈三娘也前來助戰，捉了矮腳虎王英。後因追趕宋江，被林沖賣個破綻，放她兩刀斫入，林沖用蛇矛逼住兩刀，輕舒猿臂，款扭狼腰，挾過馬來，解上梁山，宋太公認為義女，宋江與她陪話，勸她與王英結為夫婦。她與丈夫王英同為梁山泊專掌三軍內探事馬軍頭領。

扈三娘除了武藝高強之外，還有美貌，開始是地主小姐，後來變成革命美人。「三打祝家莊」戰役中她英勇善戰，打敗了梁山幾名將領，後來被俘並加入起義隊伍，之後便接受革命安排，根據宋江的指令與手下敗將、又醜又好色的矮腳虎王英結婚，成了革命的馴服工具。《水滸傳》對女性只有道德意識，沒有審美意識，好容易在扈三娘身上萌動出一點審美意識，又立即化為烏有。扈三娘雖然才貌雙全，但沒有自我、沒有個性、沒有內心，甚至沒有語言（在宋江被招安之前未曾說過一句話），這些問題留待文學評論者去闡釋。本書從文化批判的角度說，扈三娘因為只有勇氣、沒有情慾，所以得到施耐庵的特別誇獎。算是《水滸傳》的理想女性。《水滸》中關於她的讚美詩，是寫得相當有熱情的。施耐庵心目中的女性理想人物，就是這個服從革命需要、獻身革命、既有力氣又能服從大局的扈三娘。可惜這個扈三娘，只是一個勇敢美麗的器物，並不是真的「人」。扈三娘、顧大嫂、孫二娘等三位英雄革命女性雖然其外形與作風有差別，但共同點是三者都沒有女性的本體語言、本體心理和本體行為，也就是說，她們的語言、心理、行為全是物化了的語言、心理和行為。當她們上了梁山之後，革命文化（梁山革命集團原則等）不僅控制了她們的心理和語言，而且控制了她們的身體與行為。扈三娘這個角色，是中國傳統中的大男子主義和革命英雄主義結合的產物。她從一種文化規範走入另一種文化規範之後，革命文化便控制了她的一切，包括她的身體與婚姻。這個形象正好呈現這樣一個文化意味：中國的女性形象（包括語言、心理、行為）不僅被男權社會所規定，而且被革命權力結構所規定。這種雙重的規定便淘乾了女性的全部本體特性，從而使她們喪失自身也喪失生活。所謂「慾望有罪」，其實是「生活有罪」，喪失慾望，自然無罪（而且有功），但也沒有生活。這正是人間的悲劇性怪圈。

三、權力鬥爭中的貨物與賭物

上述諸種女性，不管是被異化為尤物、動物還是獸物、器物，都還是有血有肉，有聲有色，有名有姓，有模有樣的，但還有另一些女性卻甚麼也沒有，甚麼也不是，甚至連個人的名姓也沒有，只知道是某人的妻子、女兒、小妾。這些人的被物化，是最徹底的物化，以致變成食物、貨物、賭物。把女人變成食物，我們在批評《水滸傳》時，已講過第七十三回中李逵抓住王小二和他的「婆娘」，然後拿起雙斧一上一下，發擂地亂剁了一陣。還說「吃得飽，正沒消食處」，看來是把這「腌臢婆娘」（李逵給這個女子的罵名）當消食的佐料了。在《三國演義》中則是那個獵戶劉安，為了招待劉備，竟把妻子宰了，還告訴劉備，這是「狼肉」。把女人肉視為狼肉、牛肉、豬肉、狗肉一般，這真是「天地不仁，視女人為芻狗」。劉安這種行為是不是有先例？據毛宗崗說：「古名將亦有殺妻饗者」，但筆者未曾考證過，知道殺妻者不少，但殺了之後當食物的，僅知唐代張巡殺妾以慰勞飢餓守城的士兵（被安史叛軍所圍困）的著名事件。此事韓愈在他的《張中丞傳後敍》中曾加以記載和禮讚，直到「五四」新文化運動中，吳虞先生才寫了《禮教與吃人》，批判這種以婦女為充飢食物的吃人行為。

把女人視為食物，是悲慘劇；把女人當貨物，即當作政治賭博、政治交易的貨物，則是滑稽劇。這種滑稽劇，在《三國演義》中一再上演。第十六回寫袁術企圖在淮南稱帝，擬立馮方女為后，立太子為東宮，為了拉攏呂布，擬立呂布之女為東宮妃。呂布表示擁護，把女兒交給袁術的特使韓胤，讓他帶去壽春（袁術稱帝處）嫁給袁的兒子。後來他聽了陳宮的話，又立即反悔，命張遼引兵追趕，至三十里之外把女兒搶回，並捉拿韓胤送到許昌獻給曹操。曹殺了韓胤並封呂布為「左將軍」。之後曹操又決定打袁紹，謀士郭嘉出了主意，說「徐州呂布，實心腹大患。今紹北征公孫瓚，我當乘其遠出，先取呂布，掃除東南，然後圖紹，乃為上計」。曹軍按郭嘉謀略，攻打呂布。在被圍困之時，呂又派許汜、王楷到壽春請求袁術支援。袁術生怕呂布又言而無信，鑒於上一次教訓，提出要先得到他的女兒，然後再出援兵。許、王回下邳復命後，於「夜二更時分，呂布將女以綿纏身，用甲包裹，負於背上，提戟上馬」。沒想到，出了城門，卻被關羽、張飛的軍隊擋住，於是，沒有和袁術做成這樁買賣。在小說文本中，呂布的女兒連名字也沒有，只是其父和袁術進行政治軍事交易的貨物。呂布反覆無常，當時曹、袁的爭奪尚無定局，在兩強的賭博中誰輸誰贏未見分曉，因此，女兒這個寶要押在哪一方，便費猶豫。等到曹操大軍兵臨城下，他再揹上女兒去押寶作交易為時已晚，結果終於被曹操所俘所殺。把呂布女兒界定為貨物、賭物、交易物，顯然比界定為人更為貼切。不過，在三國時代，把女子作為交易物，乃是常見的事。袁紹的兒子袁譚向曹操投降後，「操大喜，以女許譚為妻」。這次婚嫁，曹操把女兒當作獎品，比呂布把女兒當作貢品強一些，但終歸也是物品。這之前，董卓為了籠絡孫堅，特派李傕去求婚，這之後，孫權為了籠絡關羽，也派諸葛瑾去求婚，全是政治生意。

四、毒物與畜物的慘劇

《三國演義》與《水滸傳》中還有一種婦女，是變態而成的毒物，這倒不是男性不把她們當作人，而是女人不把自己當作人，最後自己也變成蛇蠍一樣的毒物。例如袁紹的妻子「劉夫人」，此人的嫉妒心發展到極端，竟然在袁紹死後對袁紹所有的愛妾（共五人）全下毒手。第三十二回記載：

> 袁紹既死，審配等主持發喪。劉夫人便將袁紹所愛寵妾五人，盡行殺害；又恐其陰魂於九泉之下再與紹相見，乃髡其髮，刺其面，毀其屍——其妒惡如此。袁尚恐寵妾家屬為害，並收而殺之。

此事最讓人驚訝的是這個「劉夫人」勾結袁尚把袁紹的五個寵妾全殺了，而且還想到她們會到陰間去和袁紹相會，因此，還把她們逐一毀容，「髡其髮，刺其面，毀其屍」。如此狠毒者，真如毒蛇。人性可以惡到甚麼地步，袁紹之妻劉氏告訴我們：可以惡到如同蛇蠍甚至比蛇蠍還毒。

袁紹之妻殺袁紹之妾的殘酷、毒辣，發生在漢末，這不過是漢初呂后殘殺劉邦之妾戚夫人慘劇的重演罷了。呂后對戚夫人也不止於殺，也加以毀容，並把戚夫人放入豬圈。值得注意的是，呂后並不把戚夫人當作人，她稱戚夫人為「人彘」，即人豕，也就是豬一樣的畜物。《史記．呂后本紀》載：「太后遂斷戚夫人手足，去眼輝耳，飲瘖藥，使居廁中，命曰『人彘』。」甚麼是人彘？對此，錢鍾書先生在《管錐編》中作了如下集解：

「太后遂斷戚夫人手足，去眼輝耳，飲瘖藥，使居廁中，命曰『人彘』」；《考證》引《漢書．外戚傳》「居鞠城中」，師古註：「謂窟室也。」按此班書失檢，「人彘」之名，遂不可解矣。《論衡．雷虛》亦云：「呂后斷戚夫人手，去其眼，置於廁中，以為人豕，呼人示之。」夫廁溷固豚笠豕圈也。《酷吏列傳》：「賈姬如廁，野彘卒入廁」；《國語．晉語》胥臣對文公曰：「少溲於豕牢」，韋昭註：「豕牢，廁也；溲，便也」；《漢書．武五子傳》：「廁中豕群出」，師古註：「廁，養豕圂也」；《全晉文》卷一五二苻朗《苻子》記朔人獻燕昭王大豕者，曰：「非大圊不居，非大便不珍。」後世尚然，竹添光鴻《棧雲峽兩日記》五月三十一日云：「又無圂圊，人皆矢於豚柵，豚常以矢為食。」《太平廣記》卷三三三《刁緬》則引《紀聞》云：「廁神形如大豬」，豈本地風光歟？戚夫人居廁中，故命「彘」曰「豕」耳。豕既食穢而字音又同「矢」，古人因以為諱，如《太平廣記》卷二五四引《朝野僉載》張元一嘲武懿宗詩云：「忽然逢着賊，騎豬向南竄」，自解之曰：「騎豬者，巫豕走也」，即謂驚怖而矢溺俱下也。[1]

1 錢鍾書：《管錐編》，第一冊，第二八二頁，中華書局。

從這些集解，可以看到呂后把戚夫人界定為豬，放入「廁」中，乃是放入豬圈中。呂后在此著名的行為中，完成兩種「女性物化」，一是把戚夫人徹底畜物化，二是把自己徹底毒物化。她不把戚夫人當人，而她的行為也證明她自己毫無人性、毫無區別於獸的不忍之心。按孟子的「人禽之辯」的定義，她也屬於禽獸，即披着人皮與皇后皮的禽獸。袁紹之妻劉夫人完全複製呂后的行為模式，又有所發展，呂后只殺戚夫人，只毀一人之容；「劉夫人」則殺五妾、毀了五個女人之容，並勾結袁尚誅殺她們的家屬。在她的觀念裏，袁紹之五妾也是「人彘」，也是畜物。連人皮都不許帶，人形都不可具，人體都不可完整。她與呂后的這種「思維」，不是人的思維。其實，她們甚麼思維也沒有，只是毫無人性的禽獸。

女人的妒性可發展為劇毒，《三國演義》的權謀中也曾利用這種毒物。第十三回《李傕郭汜大交兵　楊奉董承雙救駕》，寫的正是這種故事。李傕、郭汜原是董卓的餘黨，董卓被殺後，他們攻入長安，操縱朝政，橫行無忌。面對二霸，漢獻帝泣曰：「朕被二賊欺凌久矣，若得誅之，誠為大幸。」太尉楊彪想到郭汜之妻是有名的妒婦，可利用她來離間李、郭，此計果然奏效，其情節如下：

> 獻帝泣曰：「朕被二賊欺凌久矣。若得誅之，誠為大幸。」彪奏曰：「臣有一計，先令二賊自相殘害，然後詔曹操引兵殺之，掃清賊黨，以安朝廷。」獻帝曰：「計將安出？」彪曰：「聞郭汜之妻最妒。可令人於汜妻處用反間計，則二賊自相害矣。」帝乃書密詔，付楊彪。彪即暗使夫人以他事入郭汜府，乘間告汜妻曰：「聞郭將軍與李司馬夫人有染，其情甚密。倘司馬知之，必遭其害。夫人宜絕其往來為妙。」汜妻訝曰：「怪見他經宿不歸，卻幹出如此無恥之事！

非夫人言，妾不知也，當慎防之！」彪妻告歸，汜妻再三稱謝而別。過了數日，郭汜又將往李傕府中飲宴。妻曰：「傕性不測，況今兩雄不並立，倘彼酒後置毒，妾將奈何？」汜不肯聽，妻再三勸住。至晚間，傕使人送酒筵至，汜妻乃暗置毒於中，方始獻入。汜便欲食，妻曰：「食自外來，豈可便食！」乃先與犬試之，犬立死。自此汜心懷疑。

一日朝罷，李傕力邀郭汜赴家飲酒。至夜席散，汜醉而歸，偶然腹痛。妻曰：「必中其毒矣！」急令將糞汁灌之，一吐方定。汜乃大怒曰：「吾與李傕共圖大事，今無端欲謀害我。我不先發，必遭毒手！」遂密整本部甲兵，欲攻李傕。早有人報之傕，傕亦大怒曰：「郭阿多安敢如此！」遂點本部甲兵來殺郭汜。兩處合兵數萬，就於長安城下混戰，乘勢擄掠居民。傕侄李暹引兵圍住宮院，用車二乘，一乘載天子，一乘載伏皇后，使賈羽、左靈監押車駕。其餘宮人、內侍，並皆步走。擁出後宰門，正遇郭汜兵到，亂箭齊發，射死宮人不知其數。

李傕、郭汜互相殘殺，最後兩敗俱傷，被曹操所追殺，只好落草為寇。楊彪的反間計所以奏效，是他抓住郭汜之妻「最妒」的特性，讓其毒性發作。楊彪夫人只說了一句「聞郭將軍與李司馬夫人有染」，便擊中要害，點起郭妻的熊熊妒火。妒火一起，下文便不顧一切，從置毒於酒中到灌糞於其夫，甚麼毒辣手段都用。她無師自通地在酒中放毒，其實自己也是一個披着人皮的毒物。而她在用「糞」灌入丈夫的嘴巴時，也正是把丈夫當成畜物，如豬狗吃屎，其行為改變了丈夫和她自己作為人的本性。

五、雙典「女性物化」圖表

從以上的例證，可以看到「雙典」是「女性物化」的集大成者，中國婦女的命運，中國婦女的變形變態變質，中國婦女如何被剝奪、被壓迫、被摧殘、被殺戮、被吞食、被利用，全都展現在這兩部小說的文本中。中國的政治專制加上中國根深蒂固的大男權主義，再加上女性本身的人性弱點特別是嫉妒性的致命弱點，形成種種可憐、可悲、可嘆的「物化」悲慘劇。這些物化現象如此完備，以至我們可以作出如下的簡單圖表加以呈現：

次序	物類	原形象	情節
1	尤物	潘金蓮	暗戀武松，偷情於西門慶，為武松所殺
		潘巧雲	婚外偷情於裴如海，被丈夫楊雄所殺
		閻婆惜	愛上後生張文遠，並抓住晁蓋書信揚言要報官，被宋江所殺
2	祭物	潘金蓮	被武松砍了人頭，挖出心肝五臟，祭奠於武大亡靈之前
3	食物	獵戶劉安妻	獵戶劉安，為招待劉備，殺妻作人肉餐，稱是「狼肉」
4	刀俎物（宰割之物） 俎：砧板	秦明妻	青州慕容知府以為秦明叛變，殺其妻，命軍士將秦妻頭挑在槍頂，讓秦明看
		馬超妻楊氏	第六十四回：梁寬、趙衢立在城上大罵馬超，將馬超妻楊氏從城上一刀砍下，撇下屍首來

5	畜物		袁紹五妾	袁紹死後，五妾被袁妻所殺，毀容，被視為畜物
6	貨物（交易之物）		呂布之女	袁術為拉攏呂布，商定娶呂布女為媳，呂反悔後又言和，為求袁幫解曹軍之圍，親自揹女兒送給袁術
7	毒物		袁紹之妻（劉夫人）	嫉妒之極而殺袁氏五妾並毀其容
8	器物		扈三娘	梁山隊伍攻打祝家莊時，是地主武裝工具，被俘後成了宋江的馴服工具，嫁給手下敗將王英
9	政治馬戲團動物	色旦	貂蟬	受王允之託，以身體、美貌、才藝完成了離間董卓、呂布之計
		正旦	孫夫人（孫尚香）	在孫權劉備的荊州之爭中，成為雙方棋局的籌碼
		彩旦	郭汜妻	因嫉妒聞名而成楊彪離間李傕、郭汜之計的主角，引發了一場戰爭
10	政治理念生物		徐庶母親	曹操為拉徐庶入營，仿徐母筆跡將徐庶誆來，徐母未弄清緣由，認定兒子已投靠曹操，羞而自殺
			趙昂妻王氏	曹營將領趙昂欲反馬超，但其子趙月乃馬超裨將，一旦舉事將危及兒子性命。王氏知道趙昂猶豫，便說：「雖喪身亦不惜，何況一子乎？君若顧子而不行，吾當先死矣。」
11	造反獸物	母大蟲	顧大嫂	攻打祝家莊時把見到的所有女人一一格殺勿論
		母夜叉	孫二娘	與丈夫張青開人肉黑店

六、「萬物皆備於我」的變形

女性物化的命運，事實上是女性非人化的命運。物有自然物與人造物兩種。自然物又有植物與動物之分。《紅樓夢》的女性尤其是未婚女性，她們是真正的人，欣賞的是植物，所以女主角林黛玉被稱作絳珠仙草和芙蓉仙子。她作《葬花辭》，賈寶玉作《芙蓉女兒誄》，都是借植物而發詩意的慨嘆。不幸的是，《水滸傳》的女性被物化，即被動物化，被畜化、禽化、獸化，女人不被當作人。在爭奪江山的英雄梟雄眼裏，殺戮女人就像殺一隻豬、一條狗，利用女人像玩耍一隻猴子、一隻斑馬與狐狸。而在大男權主義灌滿全身血脈的施耐庵與羅貫中眼裏，女人不僅是萬惡之源、萬惡之首，而且集陽光下各種動物性於一身。孟子的「萬物皆備於我」，到了雙典文本中，變成「萬物皆備於女性」。可怕的是這「萬物」，又全是動物獸物。錢鍾書先生在《管錐編》裏有一節講述人性之惡，惡於禽獸。人類作「萬物之靈長」，也往往集萬物之惡在自己身上。可見，「雙典」把萬物之惡移向女性，古已有之。錢先生匯集了古今中外的智者關於人性之惡兼有各種動物之惡的語錄，讀後讓人驚心動魄，因篇幅較長，此處僅引述以下若干片斷：

……按羅隱《夜泊義興戲呈邑宰》：「溪畔維舟問戴星，此中三害有圖經；長橋可避南山遠，卻恐難防是最靈！」謂人號「萬物之靈」，而其惡甚於水之蛟、山之虎，即仲氏所嘆「人最為劣」也。《禮記．月令》：「季夏之月，其蟲裸」；鄭玄註：「象物露見，不隱藏，虎豹之屬，恆淺毛」，孔穎達《正義》：「《大戴禮》及《樂緯》云：『鱗蟲三百六十，龍為之長；羽蟲三百六十，鳳為之長；毛蟲三百六十，麟為之長；介蟲三百六十，龜為之長；裸蟲三百六十，聖人為之長。』」鄭註未當，孔疏尤乖。《月令》謂時氣温暖，「蟲」皆「露見」不潛伏，非言衣毛之深淺有無，鄭妄舉虎豹為「裸」之例；下文「孟秋之月，……其蟲毛」，鄭註：「狐貉之屬」，蓋以狐貉為「毛」之例，強森分別，一若虎豹孟秋不「毛」而狐貉孟夏不「裸」者！孔疏所引，見《大戴禮·易本命》，亦見《孔子家語·執轡》，即《孟子·公孫丑》所謂：「麒麟之於走獸，鳳凰之於飛鳥……類也；聖人之於民，亦類也，出乎其類，拔乎其萃。」「其蟲裸」者，此季之「蟲」，出穴而不匿居也；「裸蟲」者，「蟲」之無乎羽、鱗、介者也。「其蟲裸」指凡百禽獸蟲豸，而「裸蟲」專指人，以區別於四蟲，猶《荀子·非相》云：「人之所以為人者，非特以二足而無毛也」，或柏拉圖云：「人者，兩足而無羽毛之動物也」(Plato had defined Man as an animal, biped and featherless)。仲氏曰：「裸蟲三百，人最為劣」，誤解「裸蟲」之義，遂不啻言：「人三百中，人最為劣」，語病而理悖矣。《孟子·盡心》：「萬物皆備於我矣」，施彥執《北窗炙輠》卷下記周正夫釋之曰：「所謂『狼如羊、貪如狼』、『猛如虎』、『毒如蛇虺』，我皆『備』之」；李治《敬齋古今黈》卷二亦曰：「焉知『萬物』之中，不有至惡者存乎？」劉飛補輯傅山《霜紅龕全集》卷二七《雜記》謂「最龐最毒、人」，蛇、狐、虎、狼、豬、狗、梟之類，「人中莫不有，而獨無蜂蟻。」惡備則為「最劣」矣。[1]

1 錢鍾書：《管錐編》第四冊，第一一六二—一一六三頁，中華書局。

各類動物的惡，是否都可能全「備於我」，尚可爭論，但雙典讓動物性皆備於女人，卻肯定不公平。雙典固然也給某些女子提供政治舞台，如給貂蟬、孫夫人、顧大嫂、孫二娘等，但其動物性總是壓倒人性。至於雙典所設立的道德法庭，則是專給女子準備的。在曹魏時代，用男權主義的眼睛看婦女，把女子視為亂源禍根已成「公理」，所以才有魏文帝曹丕不許女子參政的詔令「法規」。他即位的第三年，頒佈了一項《禁婦人與政詔》，詔曰：「夫婦人與政，亂之本也。自今以後，君臣不得奏事太后，后族之家不得當輔政之任，又不得橫受茅土之爵。以此詔傳後世，若有背違，天下共誅之。」曹丕公然在皇帝的聖旨裏斷定「婦人參政」乃是「亂之本」，而且規定，如果婦人干預政治可以「天下共誅之」。這等於説，婦人進入政治權力結構，就像動物野獸闖入人的家園，人人可以誅殺。可是，像貂蟬、孫夫人暫時進入政治舞台，也只是作為器物、動物，利用一時而已，並不給予人的政治權利和靈魂主權。曹丕詔令發出的信息，使我們更能理解面對獵戶劉安殺掉妻子招待劉備一事，為甚麼曹操還獎賞劉安。原來，無論是曹操還是曹丕，他們的價值觀念與獵戶劉安都是相通的，婦人沒有人的權利，只有被人（男人）吞食、利用、玩弄的權利。

七、儒家的歷史責任

曹丕以最高政令的形式宣佈婦女乃是「亂之本」，這不僅把「女人禍水」的觀念推向極端，而且從根本上剝奪了女人參與政治及參與社會的權利。曹丕的詔令和《三國演義》的「女性物化」現象有一個共同點，就是把女人當作男人的附屬物。上述所謂器物、食物、動物、祭物等，都是男人附屬物的不同形態，即便像顧大嫂這樣有力量的「獸物」，也只是女人的雄性化，並無女人的主體性。

到了三國時期，中國婦女的價值降落到如此之低，可悲的是以後一千多年，也沒有提高過。直到十九世紀的晚清時期，才開始對此提出問題。西方婦女在中世紀的宗教專制統治時期，地位也很低，《聖經》把女人界定為上帝用男人肋骨所造成，這其實也是把女人當作男人的派生物與附屬物。所以在早期神學中才會發生女人有無靈魂的討論。但是，文藝復興運動之後，女人已走上「人」的地位，她們獲得「解放」的時間比中國婦女早了幾個世紀。

中國婦女的地位低下，而且兩千多年中一直無法改變男人「附屬物」的境遇，對此，儒家負有重大責任，包括孔子也負有責任。孔子在《論語》中關於「唯女子與小人難養也」的論斷，儘管後世論者不斷地給予辯護，但依然無法掩蓋其論斷對後代的惡劣影響。何況，在《論語》的其他章節中也暴露出孔子輕蔑婦女的理念。最為突出的是在《泰伯》第八篇中，竟然不把婦女當作人。他說：

> 舜有臣五人而天下治。武王曰：「予有亂臣十人。」孔子曰：「才難，不其然乎？唐虞之際，於斯為盛。有婦人焉，九人而已。三分天下有其二，以服事殷。周之德，其可謂至德也已矣。」

當周武王說他有十位能人時，孔子的回答，上半句說「人才難得，不是這樣嗎？從堯、舜到這時是最為興旺的了」。說得很好。但下半句則大有問題，他竟然說：「十人之中，還有婦女，所以只算九人。」在孔子看來，婦女不算人，至少不能算是人，不可與其他九人（男人）並舉，不可進入十個能人之列。這就難怪中國婦女兩千多年來在男權社會中只能當局外人或多餘人。孔子為輕蔑婦女開了先河之後，後代儒者把婦女推向附屬男人的地位便有根據了。把孔子的思想加以理論化，最重要的一步是漢初董仲舒提出的「王道之三綱」（即後來《白虎通義．三綱六紀》中所說的「君為臣綱，父為子綱，夫為妻綱」），為「男尊女卑」奠定了理念基石。他把《易經》的陰陽互補哲學改變為陰陽尊卑哲學，形成「陽尊陰卑」的世界觀與天人關係論，從而也推出男尊女卑的倫理學。在中國歷史上，董仲舒第一個用意識形態把女人確定為男人的附屬物。在《春秋繁露》的「基義」篇中，他說：

凡物必有合，合必有上、必有下、必有左、必有右、必有前、必有後、必有表、必有裏，有美必有惡，有順必有逆，有喜必有怒，有寒必有暑，有晝必有夜，此皆其合也。陰者陽之合，妻者夫之合，子者父之合，臣者君之合，物莫無合，而合各有陰陽……君臣父子夫婦之義，皆取諸陰陽之道。君為陽，臣為陰；父為陽，子為陰；夫為陽，妻為陰。陰道無所獨行，其始也不得專起，其終也不得分功，有所兼之義。是故臣兼功於君，子兼功於父，妻兼功於夫，陰兼功於陽……陽之出也，常懸於前而任事；陰之出也，常懸於後而守空處，而見天之親陽而疏陰，任德而不任刑也。是故仁義制度之數，盡取之天；天為君而復露之，地為臣而持載之，陽為夫而生之，陰為婦而助之，春為父而生之，夏為子而養之……王道之三綱，可求之於天，天出陽為暖以生之，地出陰為清以成之……然而，計其多少之分，則暖暑居百，而清寒居一，德教其與刑罰，猶此也。故聖人多其愛而少其嚴，厚其德而簡其刑，以此配天。

在董仲舒的體系中，神權、皇權和父權三者天然配合。在他的「陽尊陰卑」宏論下，婦女成為男人的附屬物，就像兒子成為父親的附屬物，臣子成為君王的附屬物，天經地義。

如果說，董仲舒還只是在意識形態層面上確定「三綱」的話，那麼，到了東漢章帝建初四年（公元七九年）所形成的《白虎通義》，則把三綱神聖化和制度化。「未嫁從父，即嫁從夫，夫死從子」變成中國婦女必須遵守的法規。到了此時，女人更是準確意義上的男人的奴隸與牛馬。東漢尊儒尊到極點，儒家思想變成君主專制制度的統治思想，三綱也因此獲得了絕對性。《三國演義》的故事發生在漢末，成書在明代，這中間經歷了宋儒、明儒的闡釋，「三綱」更成了不可動搖的「天理」。雙典中的婦女，地位如此之低，命運如此悲慘，完全是歷史的結果，尤其是儒家婦女觀念與王權專制結盟的結果。

《三國演義》的故事發生在漢末，距離漢初董仲舒時代已有三四百年之久（漢高祖於公元前二零六年稱帝，漢武帝於公元前一四零年登基，於公元前八七年結束，漢獻帝於公元二二零年退位）。這麼長的一段歷史時間，中國婦女的地位被一貶再貶，終於被確定為「陰」、為「下」、「為右」、為「後」、為「惡」的地位，此後延續近兩千年，再也翻不過身來。《水滸傳》的故事發生在宋代。當時的宋儒在董仲舒的基礎上變本加厲地把「三綱」觀念落實到制度上，女子進一步喪失獨立的人格，完全成了男人的附庸與奴隸。像李逵、武松（包括宋江）等造反英雄，他們在政治上反對專制政權，但在思想文化理念上，尤其是他們的婦女觀，則完全與統治者一模一樣，甚至比統治者更加蔑視婦女。像李逵，就是一個無師自通的「存天理、滅人欲」理念的執行者、實踐者。朱熹等還只是說說而已，李逵可真的是掄起斧頭大砍大滅「人欲」，覺得滅人欲也是替天行道。

痛感中國婦女的苦難命運，為女子正名立心，是近兩三百年的事。《紅樓夢》通過文學把女子還原為人並發出感天動地之聲。這之後，尤其是清末，又有一批作家思想家為婦女伸張正義，其中康有為是很了不起的一位。他的《大同書》，首先是婦女解放的宣言書。他認為宋儒對造成中國婦女的悲慘境地負有責任：「宋儒好為高義，求加於聖人之上，致使億萬京陔寡婦，窮巷慘淒，寒飢交迫，幽怨彌天，而以為美俗。」（《大同書》）他還對中國數千年壓迫婦女的道德專制進行揭露與聲討：

> 天下不公平之事，不過偏抑一二人，偏重一二人，則為之訟者助者紛紜矣……若夫經歷萬數千年，訓合全地萬國無量數不可思議之人，同為人之形體，同為人之聰明，且人人皆有至親至愛之人，而忍心害理，抑之、制之、惡之、閉之、囚之、繫之，使不得自立，不得任公事，不得為仕官，不得為國民，不得預議會，甚且不得事學問，不得發言論，不得達名字，不得通交接……不得出室門，甚且斲來其腰，蒙蓋其面，刖削其足，雕刻其身，偏屈無辜，偏刑無罪，斯尤無道之至甚者矣！而舉大地古今數千年號稱仁人義士，熟視坐睹，以為當然，無為之訟直者，無為之援求者，此天下最奇駭，不公不平之事，不可解之理矣！[1]

比康有為更早一些，在十九世紀初，李汝珍就提出了中國婦女不可再作附屬物的「男女平等問題。」正如胡適所評價的：

1 《大同書》，第一九三頁，上海古籍出版社，一九九五年。

> 他（李汝珍）是中國最早提出這個婦女問題的人，他的《鏡花緣》是一部討論婦女問題的小說。他對於這問題的答案是，男女應該受平等的待遇：平等的教育，平等的選舉制度。……這是《鏡花緣》著作的宗旨。……三千年的歷史上，沒有一個人曾大膽地提出婦女問題的各個方面來做公平的討論。直到十九世紀初年，才出了這個多才多藝的李汝珍，費了十幾年的精力來提出這個極重大的問題。……他的女兒國一大段，將來一定要成為世界女權史上一篇永遠不朽的大文。他對於女子貞操，女子教育，女子選舉等問題的見解，將來一定要在中國女權史上，佔一個很光榮的位置。[1]

在「五四」新文化運動中，胡適、陳獨秀、魯迅、周作人等高舉婦女解放的旗幟，把「男女平等」的啟蒙觀念發展為啟蒙群眾運動，這才徹底地打破了男尊女卑的偏見。這種劃時代的啟蒙，其功勞絕不在「大禹治水」之下。也是到了「五四」，中國婦女才結束被「物化」的歷史，真正從物變成人。二十世紀對於中國婦女是個好世紀，可以說，是中國婦女人化的世紀——婦女獲得社會地位、家庭地位的同時也獲得靈魂主權、生命主權的世紀。

1 《〈鏡花緣〉的引論》，見《胡適文存》，第二集，第四一三頁，台北，遠東圖書公司，一九七九年。

附錄

從《雙典批判》談開去

——答記者楊天二次問

問：您在《雙典批判》中將《水滸傳》和《三國演義》稱為「中國人的地獄之門」，而在我國民間，也早有「少不讀《水滸》，老不看《三國》」之說。對於這兩部作品的文化批判，您的着眼點各是甚麼？在您看來，「雙典」對於中國世道人心的危害究竟體現在哪些方面？

答：最黑暗的地獄是人心的地獄，「雙典」便是這種地獄。《水滸傳》和《三國演義》這兩部小說把中國的人心推入黑暗的深淵，使中國人原本非常純樸、非常平和的心靈發生變形、變態、變質，變得愈來愈可怕，此時，我必須大喊一聲：同胞們，請小心自我的地獄。中國正處於急速現代化的過程，此次現代化，不是槍炮推動的（即不是殖民過程），而是技術推動的，因此，它是民族生活的自然發展，所以我非常支持，也為現代化的成就而衷心高興。但是，歷史總是悲劇性地前行，「發展」總要付出代價，這種代價包括三個負面的東西：（1）生態的破壞；（2）社會的變質；（3）人心的黑暗。這三種代價中屬於最嚴重也是最根本的破壞是「人心的黑暗」。在此歷史語境下，我對「雙典」展開批判，正是期待減少付出的代價。

「雙典」對中國世道人心的危害體現在許多方面，例如蔑視生命、蔑視婦女、蔑視孩子，嗜鬥、嗜殺、嗜血，一切都可當作英雄的祭品等等，我不想再複述了，但今天面對你的問題，我要再次指出：「雙典」對中國人心有一種共同的巨大危害，是為了達到目的而不擇手段。《水滸傳》打着「替天行道」的旗號，讓人覺得「目的」神聖，使用甚麼「手段」都合理，這就是所謂「造反有理」。武松血洗鴛鴦樓，濫殺仇人之外的十幾個無辜（連馬伕、小丫鬟也不放過）有理，李逵按照吳用的指示把四歲的嬰兒（小衙內）砍成兩段也有理，為了逼迫盧俊義、朱仝、秦明上山而用欺騙、嫁禍於人、屠城等一切手段都有理。《三國演義》也是如此，為了自己設定的目的（如劉備的維護正統和曹操的維護一統）便不惜使用各種權術、心術、詭術，不惜施行各種陰謀、陽謀、毒計。為了打下江山，臉皮像劉備那麼厚、內心像曹操那麼黑，均理所當然。中國人一代代地欣賞、崇尚武松、李逵、劉備等，到了當下，「厚黑學」竟成了中國一部份聰明人的生意經和升官發財的潛規則。面對這種現象，我在「批判」中強調「目的」和「手段」乃是不可分割的一體兩面，卑鄙的、血腥的、黑暗的手段不可能導致崇高的、聖潔的目的。我認為，「手段」比「目的」更重要，換句話說，手段重於目的。這是我感悟到的一種人文真理。對不對，可以討論。不能簡單地說「造反有理」，即不能認為只要是造反，那麼使用甚麼手段都是合理的。也不能簡單地說「正統有理」，即不能認為只要是維護道統，使用甚麼陰謀權術都是合理的。

問：您說過，「寫作《雙典批判》，其實是在寫作招魂曲。中國文化的魂，是一個『誠』字」。這個「誠」字具體內涵是甚麼？為何到了《三國演義》時代，「誠」字會喪失殆盡？

答：在美國落基山下，常聽李澤厚先生講中西文化的根本區別，其中有一點是說基督教講「信」，因信稱義；而中國講「誠」，至誠如神。《中庸》講「不誠無物」，後世講「誠則靈」，講「精誠所至，金石為開」。基督的「信」，派生出主、愛、贖罪、懺悔、得救、盼望、原罪等基本範疇；中國的「誠」則派生出仁、禮、學、孝、悌、忠、恕、智、德、義、敬、哀、命等範疇，這些範疇可視為「誠」的文化內涵。而我們通常講的「誠」比較簡單，主要是指誠實、真誠，即對天、對地、對人、對事、對生、對死、對他人、對自己都要真誠、真實。這種「誠」是真，又是善，是中國原形的價值文化，也可以說是本真本然的價值理性。這種價值觀以情感為本體，不以功利為本體。如果說，信上帝是西方的魂，那麼，誠內心則是中國的魂。但是，到了《三國演義》，則一切都是為了現實的政治功利，一切都納入權力角逐和利益平衡的政治體系。為了奪得政權，戰勝對方，即實現功利的最大化，爭鬥的各方全都掩蓋真相，全都戴假面具。誰「偽裝」得最好，誰的成功率就最高。這是三國邏輯。那個時代，表面上是力量的較量，實際上是詭術、權術、陰謀的較量。以生命個體而言，當時最有力量的是呂布，但他敗得最慘，因為他的詭術、權術不如劉備、曹操等，他臨死時，還期望劉備能替他說話，還給他一點「誠」，結果適得其反，劉備報答他的是「落井下石」。在爭權奪利進入白熱化的時代裏，絕對不可能有「誠」字的立足之所。因此，三國時代是英雄輩出的時代，又是「誠實」喪盡的時代。

問：您曾提及，魯迅先生最早發現了「雙典」與中國國民性的相通。可否談談「雙典」的這種國民性基礎最早可溯源於何處？對於魯迅先生所述的「三國氣」與「水滸氣」，您作何解？您認為，「雙典」的產生又有助於塑造新的國民性格，這種性格的具體表現是甚麼？「雙典」產生之後，其文化價值觀就一直統治着中國，這種影響甚至延續至今，為何其會有如此巨大的塑造力和影響力？

答：魯迅所說的「三國氣」和「水滸氣」，可理解為「三國氣質」與「水滸氣質」，也就是中國人早已具備三國式與水滸式的國民氣質即國民性了。魯迅的意思是說，中國人因為有國民性的基礎，所以就喜歡「雙典」。說得明白透徹一些，便是：中國人早已成了三國中人與水滸中人，所以自然就樂於接受《三國演義》和《水滸傳》。

人是一種歷史的存在。超階層、超階級的全民族共有的國民性也是一種歷史的存在。國民性的形成是一個歷史過程，是長期歷史積澱的結果，不是某時某地某處發生的事件，所以很難回答你的「溯源於何處」的問題。

魯迅指出中國人接受「雙典」有國民性基礎，這一點對我有啟發。我補充說明的是，「雙典」產生之後五百年來，它又加劇了中國國民性的壞的方面，起了巨大的負面作用，使中國國民性中「瞞」的方面、「騙」的方面、「偽」的方面、「兇殘」的方面找到「英雄的榜樣」，從而進一步惡性發展，以至形成相信「造反有理」、「權術有效」等新的民族性格。「五四」之後，中國接受西方文化，引入西方的許多人文經典，但是，他們對中國世道人心的影響，都不如「雙典」如此廣泛和如此深刻，真正統治中國人心的還是「雙典」。國民性是一種歷史的惰力，「雙典」產生後又強化了這種惰力，很難改造。魯迅一生以改造國民性為己任，很偉大，但他的改造事業並沒有成功。他的《阿Q正傳》並沒有戰勝《水滸傳》與《三國演義》，現在中國仍然到處是水滸中人與三國中人，也到處是阿Q。

問：您將中華文化劃分為原形文化和偽形文化，能否談談做這樣劃分的原因和其現實價值？您認為《山海經》是中華文化的形象性原形原典，是中國真正的原形文化，為甚麼？以《山海經》為參照，《水滸傳》和《三國演義》又是如何發生「偽形」的？

答：原形文化與偽形文化的劃分，是德國思想家史賓格勒在《西方的沒落》中首先提出的，他用這兩個概念描述了阿拉伯文化與俄羅斯文化的變形變質，我借用來描述中華文化，並不是套用，而是中華文化也有原形與偽形之分，也有原形文化變質為偽形文化的現象。每一種大民族文化，本身都是一個龐大的系統，大系統的質都不是單一的，列寧早就說過，每個民族都有兩種文化，用我們熟悉的語言表述，便是每一種民族文化都有其精華與糟粕。但是，分清精華與糟粕是靜態分析，而原形文化與偽形文化這兩個概念則包含着動態過程，這種劃分更能呈現文化歷史的真實，也更能幫助我們在評價文化時免於落入本質化即簡單化的陷阱。我把《山海經》界定為中華民族原形文化的經典，是因為《山海經》雖然是神話，但它卻呈現出中華民族最真實的原始精神，是中國最內在的歷史。中華民族心靈的本真本然是甚麼樣的？中國歷史的開端擁有甚麼樣的「基因」？《山海經》全都形象地呈現出來了。《山海經》這部「天書」見證了中國原形的英雄文化。以《山海經》「救人」、造福人類的建設性文化為參照系，我們就可以看出「雙典」中的英雄已完全變質，雙典文化已變成殺人的、破壞性的英雄文化。

問：您為甚麼說「五四」運動選錯了旗幟和靶子？這是否說明，「五四」着眼的主要是知識分子階層的文化運動，而您對「雙典」的批判等工作，則更多關注的是整體國民精神人格的病灶？

答：你作此解讀也有道理。「五四」新文化運動很了不起，它包含着歷史主義的文化內涵，也包含着倫理主義的文化內涵。我的「雙典」批判，的確更多地關注倫理主義內涵，也就是你所說的整體國民精神人格。從歷史主義的角度着眼，當時的先進知識分子，為了推動中國走向現代社會，高舉科學與民主的大旗，把孔子作為舊文化的總代表，這無可非議。他們把孔子作為打擊的靶子，是為了說明，中國的傳統文化資源已不能適應現代社會的需要，為了趕上時代的潮流，必須接受西方的理性文化，這是對的。但是，如果從倫理主義的角度着眼，我則認為孔子並不代表中國道德的黑暗面，真正體現中國道德的負面與黑暗面的，應當是《水滸傳》與《三國演義》。要說吃人，「雙典」裏的主要英雄真正是在吃人。《水滸傳》中的暴力，《三國演義》中的偽裝與權術，都是反人性與反道德的。「五四」批判舊道德、偽道德，而偽道德最典型的形象不是孔子，而是三國中人。《三國演義》不僅有道德的偽形，而且還有智慧的偽形、美的偽形、歷史的偽形，樣樣都是科學與民主的大敵，樣樣都在腐蝕人的心靈。如果「五四」運動以「雙典」為主要批判對象，現在中國人的靈魂一定會健康得多。

問：在對《水滸傳》的批判中，您在確認「造反」的某種歷史合理性，同情造反者對「專制制度」或「專制權力」反抗的同時，卻並不認同反抗者的「專制人格」。這種「專制人格」指甚麼？您為何對其不認同？

答：在我心目中，所謂專制，包括專制制度、專制人格、專制語言、專制氛圍等層面。在「文化大革命」中，我對無處不在的專制氛圍、專制人格、專制語言感受特別深。群眾專政，最可怕之處首先是造成專制氛圍，隨時都可能被點名，隨時都可能被「揪」出來，沒有任何安全感，那個時刻，我才明白，大民主原來是大專制，難怪伏爾泰要說，我寧可受寡人專制，也不願意受眾人專制。還有專制語言，這就是我一再批判的語言暴力。人身攻擊，心靈中傷，人格踐踏，「無產階級文化大革命」變成無稽造謠，無端污蔑，無恥誹謗，無限上綱，無所不用其極。那個時候方塊字全帶毒液，中國古今最受尊重的聖賢和中西方最有成就的哲學家、思想家、文學家、藝術家無一不受到最惡毒的抹黑和打擊，連朱德、劉少奇、彭德懷、陳毅等無產階級革命家也難幸免。除此之外，還讓我終生難忘的是到處都橫行着李逵式的「排頭砍去」的專制人格，這種人格是唯我獨革、唯我獨尊、唯我獨斷的人格。我在「雙典」批判中說李逵有兩個特點，一是不近女色，二是嗜殺。因為不近女色，他就佔領了道德制高點，就可以為所欲為，嗜殺濫殺也是大英雄。中國的男人，多半都具有專制人格，心理上皆嗜殺好鬥，唯我獨尊、獨斷，但又好色。「文化大革命」中打鬥造反的紅衛兵，幾乎個個都具專制人格，他們未掌權時是「暴民」，一旦掌了權便是「暴君」，因為本來就是專制人格，一旦「重新洗牌」成功掌了權，自然還是喜歡獨斷獨裁的專制制度，於是，革命領袖轉瞬間變成了專制暴君，中國歷代王朝的更替全是此種循環套。所以我才特別強調，必須在文化上清除專制人格，否則，中國永遠走不出專制——造反——再專制的循環套。

問：您從社會性和政治性兩方面對《水滸傳》的「造反有理」進行了批判，這樣的批判與您和李澤厚先生十幾年前提出的「告別革命」的論斷有何內在聯繫？對於「告別革命」的命題，如今您有甚麼新的思考？

答：《雙典批判》與《告別革命》在理念上是完全相通的，可說是「吾道一以貫之」。

中國文化傳統可分為大傳統和小傳統，大傳統是孔、孟、老、莊等建構的（開端比這還早）尚和、尚文、尚「柔」的傳統。這一傳統合乎人間情理，所以永遠不會滅亡。還有一個是小傳統，這是農民起義的造反傳統，這一傳統，極端尚武，爭奪的雙方均極為殘酷，這是真正你死我活的戰爭。造反的一方知道「成者為王，敗者為寇」，不能不拼死一戰，不能不「排頭砍去」。鎮壓革命的一方為了保住政權也決不留情，連力倡「仁義道德」的大儒曾國藩也「殺得一個不留」而被稱為「曾剃頭」。我和李澤厚先生的《告別革命》便是告別小傳統，即告別《水滸傳》所謳歌的小傳統。破小傳統是為了立大傳統。我們相信，世上沒有甚麼爭端不可以用對話、協商、妥協的方式來解決。大規模的、群眾性的、流血暴力的方式並非歷史的必由之路。

問：您認為「從宋江梁山起義的年代直到現代，中國始終沒有第三空間」。您所說的「第三空間」是指甚麼？為何中國始終沒有「第三空間」？現在有甚麼可能途徑能夠建立「第三空間」？

答：我所講的「第三空間」，原是哲學話語、文化話語，並非政治話語。如果把此概念運用到政治領域也可以，但要「具體情況具體分析」。

從哲學上說，二元對立講的是非此即彼，二律背反講的是亦此亦彼，「第三空間」講的則是「非此非彼」。我認為，文學藝術的原創性皆產生於「非此非彼」的第三種可能中。我的好友高行健，其小說、戲劇、繪畫的原創，全仰仗於非此非彼即超乎二的第三空間。

政治總是產生對立的兩極，如所謂左派與右派，「革命派」與「反動派」，激進派與保守派。在兩極對峙中，政治中人當然要選擇一極作為自己的基本立場，但文學中人與文化中人，由於他們乃是以對人類的終極關懷為人生目的和事業目的，因此總是選擇超越黨派甚至超越政治的立場。這種立場可稱為中性立場，也可稱作價值中立的立場。持守這種立場的知識分子，其立足之地便是超越兩極對立的第三空間。有此空間，才有良知的自由即終極關懷的自由，失去這一空間便失去自由，但是中國歷來政治鬥爭太嚴酷激烈，對立的雙方都要知識分子「非此即彼」，不給他們獨立於第三空間的自由。《水滸傳》中的盧俊義，算是大紳士，他本來也想站立於第三空間，可是梁山英雄不讓他作此選擇，非逼他入其「團夥」不可。「文化大革命」，我想當「逍遙派」，也是想退入第三空間，但無可逃遁，「革命」大勢不允許。現在情況已有所好轉，知識分子至少有沉默的自由、逍遙的自由以及不表態、不參與的自由。也就是說，第三空間還是可以由自己去開闢，去爭取的。

問：能否談談「雙典」的婦女觀？在您看來，《紅樓夢》、《水滸傳》、《金瓶梅》三部小說對待婦女，特別是婚外戀婦女的態度全然不同，可分別用「天堂」、「地獄」和「人間」形容，為甚麼如此詮釋？

答：「雙典」的婦女觀，是把婦女只當「物」不當「人」的野蠻婦女觀。我為此特製作了一張女人的物化圖表，請你留心一下。《三國演義》也殺女人吃女人，如獵戶劉安就殺妻子讓劉備吃，此舉還得到曹操的獎賞。但「三國」對婦女更多的是利用，而「水滸」的重心則是殺戮。「雙典」對婦女的態度是英雄主義和大男子主義及專制人格「三結合」的產物，非常黑暗、非常血腥又非常虛偽。

《紅樓夢》、《水滸傳》和《金瓶梅》三部小說對待婦女的態度全然不同。簡單地說，《水滸傳》對婦女設置了一個人類史上罕見的、極為兇殘的道德法庭，楊雄之妻潘巧雲，武松之嫂潘金蓮等，都被這一法庭判處死刑酷刑，都被挖出五臟六腑。《水滸傳》對婦女只有道德法庭，沒有「審美法庭」。與此相反，《紅樓夢》對於婦女只有「審美法庭」，沒有道德法庭。《金瓶梅》則兩者皆無，它只如實地描寫社會百態與人生百態，既不做道德判斷，也無審美意識。所以，同樣是婚外戀者，《水滸傳》把潘金蓮判入地獄，《金瓶梅》則把潘金蓮放入人間，在人間中如此這般生活，七情六慾，皆屬常態，非善非惡，不必大驚小怪。而婚外戀者秦可卿生活在只有審美法庭的《紅樓夢》中，她卻贏得「兼美」的命名，屬於警幻仙子，又美又可愛。《紅樓夢》很偉大，它不僅把少女視為比元始天尊和釋迦牟尼更為重要的宇宙精華，而且把婚外戀女子秦可卿視為兼得釵、黛之美的天人女神。《紅樓夢》是真文學，呈現的是真人性。我們要尊重人與人性，高舉人的旗幟，只能傾心《紅樓夢》，批判《水滸傳》，肯定《金瓶梅》。

問：您為何認為《水滸傳》中僅魯智深一人具有「人性光輝」？對於宋江，您又有着怎樣迥異時論的再評價？

答：前邊已說過，《水滸傳》中的主要英雄，均有嗜殺的特點，即動不動「殺人」，唯獨魯智深是個例外。他的生命總方向，不是「殺人」，而是「救人」。他出場後三拳打死了狀元橋下綽號鎮關西的鄭屠，這是我們能見到的唯一一次的「殺人」，但此次打死人也是為了「救人」——為了救金翠蓮。而這之後，他到文殊院智真禪師處，剃度為僧，再也未殺過人。路過柳花莊，他痛打小霸王周通，也是為了救人——救劉太公的女兒。林沖刺配滄州時，他大鬧野豬林，更是為了救人——救林沖。當時他很有理由殺那兩個想把林沖置於死地的皂隸，但他只是救人，並不殺人。他處處與人為善，身上沒有匪氣，只有俠氣。他是《水滸傳》中的偉大俠客，不僅有人性，而且還有佛性，非常可愛。

如果說，魯智深是大武俠，那麼，宋江則是大文俠。宋江既沒有武功，也沒有文功，為甚麼江湖豪傑們都服他，稱他為「及時雨」，這就因為他身上既有儒氣又有俠氣，可謂亦儒亦俠。中國的「盜」與「俠」都「造反」，但兩者的根本區別在於，盜是造反後一定要佔有，而俠則不然，他路見不平，拔刀而起，造反勝利後則遠走高飛，不佔有，不爭奪勝利之果。宋江恰恰有此特色。時人說他「只反貪官，不反皇帝」，不錯，但時人沒想到，他不反皇帝，正是他不想當皇帝，沒有佔有皇位、佔有天下的慾望。這正是大俠襟懷。哪個農民革命領袖不想當皇帝？他們通過革命想的是「重新洗牌」，是「蒼天已死，黃天當立」，在替天行道背後是人性貪婪的慾望，但宋江不是如此，他反貪官、反不平、反黑暗，但沒有奪帝位坐江山的慾望，因為他有此俠性，所以當了領袖以後，便提出一套和以往農民革命全然不同的「遊戲規則」，即被稱為「招安」的與政府又打又談判的妥協路線。我和時人的看法很不相同，認為應當充分肯定宋江這種路線與方式，不可簡單地罵他為投降派，更不可像金聖歎那樣，給他戴上種種黑帽子。

問：您將《三國演義》視為中國權術大全，您怎樣看待中國古代文化中所說的「道」和「術」之間的關係？為何在中國歷史上會數度出現「道崩潰，術勃興」的局面？為何說《三國演義》所以會變成權術大全，與諸葛亮智慧的變質關係極大？

答：中國古代文化中的「道」與「術」都是大範疇，要講清道與術的關係，可能需要專著或論文，我們在對談中只能簡單說說。我工作過的中國社會科學院哲學研究所的金岳霖先生寫的《道論》，很難讀。我國最初提出道論的是老子。他講的道，是終極究竟，是宇宙本體。但是《道德經》除了講道之外，也講「術」，司馬遷的《史記》甚至認為法家講術，全來源於「學黃老道德之術」（可參見《史記》中的《老莊申韓列傳》和《孟子荀卿列傳》）。法家體系包括法、術、勢三派，商鞅言法，申不害言術，慎到言勢，韓非則集三派之大成。在韓非看來，法雖重要，但如果沒有術，君主便難以站在超然的地位執法，所以他提出刑要重、賞要慎等政術，對於這些「術」，我們不能簡單地一律視為壞東西。我在《雙典批判》中所批判的權術、心術，實際上是政術的偽形。

用我們今天的現代語言來闡釋，「術」乃是技巧、策略、靈活性。這些「術」要正，必須要有「道」作前提。道是根本，是原則，是靈魂，是制度。《三國演義》中的權術完全喪失前提、喪失原則，成了十足的詭術。打仗不能不講「詭術」，但在政治生活和日常生活中也使用詭詐之術，心靈就會崩潰。所謂「道崩潰」，便是人類正常生活中的基本行為原則崩潰，心靈原則崩潰，道德底線崩潰。「三國」中的帝王將相，個個玩弄詭詐之術，有的玩儒術，有的玩道術，有的玩陰陽術，各種術，歸根結底，全是騙術。諸葛亮這個形象比較複雜，他有真誠的一面，真誠時，其智慧發揮得很動人，但他也有偽裝的一面，偽的時候，其智慧就發生變質。「術」可以表現為生存智慧、生存策略，也可以表現為生存計謀、生存面具，生存騙局。《三國演義》成為權術、心術的大全，包括諸葛亮的權術與心術。

問：您談到，中國的義，發展到《三國演義》和《水滸傳》，其內涵已經發生重大變化，逐步變形變質。那麼，中國文化中「義」的原形是甚麼？「雙典」中的「義」發生了怎樣的變形？這種變形的原因何在？這種變形在西方文化中是否也發生了？

答：中國文化中「義」的原形是與「利」對立的一個大範疇。孔子說：「君子喻於義，小人喻於利。」（論語．里仁）到了孟子，說得更絕對，他說：「王何必曰利，亦有仁義而已矣。」（《梁惠王上》）孟子的學說強調一個義字，他講義利之辯，讓我們明白，即使義中含有利，那也是利他而非利己。總之，對於個人，義便是超功利，不謀私利，唯其如此，才能以義去實踐天命，代替運命，光大生命。我在《雙典批判》中以伯牙和鍾子期的友情為例，說他們兩人的故事便是義的原形。伯牙和鍾子期的「知音」關係，只有情感，只有對音樂的酷愛，沒有其他功利之求。這種「義」很純很美。但是到了桃園三結義，義就發生變質了。義變成劉、關、張「共圖大業」即奪取天下的盟誓，用我們今天的語言表述，義便是結盟結黨營私營利的組織原則，有如三個準備去搶銀行的小團夥，以義為團夥條規，對天發誓。所謂同年同月同日死等，都是安全的需要，功利的需要，因為這種組織原則有效，所以後來被青洪幫廣泛運用。伯牙、鍾子期不謀私利，特別是不謀政治經濟的大功利，非常純粹，自然也相互絕對信賴。劉、關、張及後來的青洪幫卻因功利大業而結合，關係不牢靠，只能用「義」來作「利」的保證。《三國演義》中的義，不僅功利性極強，而且排他性極強。團夥之內與團夥之外大不相同，內外乃天淵之別。《水滸傳》中的義也如此，「一零八」之內與「一零八」之外大不相同，內則稱兄弟，外則「排頭砍去」，所以魯迅批評賽珍珠把《水滸傳》書名譯為「四海之內皆兄弟」不妥當。「水滸」的「義」恰恰沒有愛的普遍性。「三國」中的義當然也是如此，偽形的「義」對社會的健康並沒有甚麼好處，它只能使社會變成一個一個的「團夥」，即以團夥代替社會，使社會發生變質。從這個意義上說，偽形的義乃是促使社會惡質化的毒劑。西方文化因為有基督教的大背景，愛與信都來自上帝，所以「義」的觀念不發達。韋伯的思想只能出現在西方，不可能出現在中國。韋伯只講責任倫理，不講意圖倫理，更不講兄弟倫理和團夥倫理。

問： 您曾多次提及《金剛經》、《六祖壇經》、《道德經》、《南華經》、《山海經》和《紅樓夢》是您心中的「六經」，為何有這樣的定義？這「六經」分別對您產生了怎樣的影響？您旅居國外多年，對於中西文化的「體用」問題怎麼看？

答： 意大利當代天才小說家卡爾維諾去世後出了一部文選，名字叫做《為甚麼讀經典》。其實，這是他在一九八一年的一篇演講題目。卡爾維諾給經典下了十種定義，我記得若干種。他說，經典是從未對讀者窮盡其義的作品，是每一次重讀都像首次閱讀時那樣新鮮，讓人有初識感覺的作品。它既是頭上戴着先前的詮釋所形成的光環、身後拖着它們在所經過的文化中留下來的痕跡，又是剛剛向我們走來的新鮮的作品。特別讓我難忘的是，他說經典是代表整個宇宙的作品，是相當於古代護身符的作品，是不斷在其四周產生由評論所形成的塵雲卻又總能將粒子甩掉的作品。我把《山海經》等六部作品界定為我的經典，意思就是說，我把這六部作品作為我須臾不可離開的護身符和永遠開掘不盡的精神礦山。這「六經」對我的影響，是對我生命整體的影響，也可以說它影響了我的整個生命狀態、生命質量，尤其是靈魂質量。它已進入我記憶的深層，化作我的潛意識。因為經常讀此「六經」，我的生命感覺和二十年前已全然不同，連吃飯、睡覺、走路的感覺都不同。

旅居國外多年，此時我的心態是「世界公民」的心態，既愛中國文化，又愛世界文化。在我心目中，文化、學問、思想只有深淺之分、粗細之分、高下之分，並沒有森嚴的中西之分。我有中國的「我的六經」，也有西方的「我的六經」，我不知誰是體誰是用。我不講「中體西用」，也不講「西體中用」，只覺得無論是中國文化還是西方文化，對我來說，都是「亦體亦用」。莎士比亞是我的體也是我的用。曹雪芹是我的體也是我的用。從荷馬、但丁到托爾斯泰，從孔孟莊老到曹雪芹、魯迅，都是我的精神本體（體），也是我的實踐之師（用）。

問：一九九五年，您與李澤厚先生第一次提到「返回古典」的命題：從現代返回古典。能否談談當時提出這一命題的背景？這一命題的具體涵義又是甚麼？在您看來，應該返回甚麼樣的「古典」？怎麼返回？在「返回古典」的具體落腳點和重心上，您和李澤厚先生的看法是否一致？在您看來，提出這樣的命題對於今天的中國有甚麼現實意義？對於這幾年國內盛行的「國學熱」您又有甚麼看法？

答：十六年前李澤厚先生和我提出「返回古典」的命題，首先是針對二十世紀的機器統治和商品統治。過度的現代生產已使人變成機器的奴隸和廣告的奴隸。「返回古典」就是呼喚「人」從機器與商品統治中重新站立起來。西方文藝復興的「返回古典」（返回希臘）是為了走出宗教統治，讓「人」獲得解放，我們今天講返回古典也是為了人的解放，但歷史的針對性內容不同，我們針對的不是宗教，而是鋪天蓋地的機器與市場。除此之外，我們在理念上還針對正在風行的「後現代主義」時代症。按照一些西方學人的看法，人類的文化方向應是從「現代」走向「後現代」，所以必須高舉後現代主義旗幟，必須解構十八世紀以來的西方形而上學體系，包括啟蒙理性，但我們發現「後現代主義」的致命傷：只有解構，沒有建構；只有破壞顛覆，沒有建設建樹。他們用理念代替審美，用「主義」代替藝術。在人文科學中，他們不顧歷史事實，只信如何講述。針對這種時代症，我們要對他們說個「不」字：不一定要從現代走向後現代，而應當從現代返回古典，即回過頭來正視古典的偉大建樹，重新開掘古典的豐富資源，讓它滋養現代社會，養育現代人過於浮躁、過於急功近利的心靈。

我們講「返回古典」，不是返回西方古典，而是返回中國古典。返回不是復古，而是從時代的需要（中國現代人的生存、溫飽、發展的需要）對中國古典重新開掘並進行現代性的提升。中國的「古典」是個巨大的人文體系，我認為這一體系包括兩大基本脈絡：一是重倫理、重教化、重秩序的脈絡；一是重自然、重自由、重個體的脈絡。前者以儒家為代表，後者以莊禪為代表。李澤厚先生認為儒道可以互補，儒法可以互用。同樣講返回古典，李澤厚先生側重講返回孔子，他推出中國十名最卓越的哲學家，排名第一的是孔子，第二才是莊子。十多年來，他潛心研究著述，提出「情本情」、「巫史傳統」、「一個世界」、「樂感文化」、「實用理性」、「歷史本體論」等重大命題，都與重新闡釋儒家學說相關。他的儒學研究包含着許多新的發現。我的返回古典則側重於返回「我的六經」，也就是返回莊禪這一脈。無論是在香港城市大學中國文化中心講課，還是在台灣中央大學、東海大學講座，我都講這一脈。在著述上，我則寫作「紅樓四書」，在「四書」中我發現《紅樓夢》巨大的哲學內涵，覺悟到這是繼王陽明之後的一部偉大心學，但不同於王陽明，它是形象性心學。這一偉大心學展示了一個名為賈寶玉的「嬰兒宇宙」，呈現了一顆人類文學史從未有過的最純粹的、兼有人性與神性的赤子心靈。我概說了《紅樓夢》五大哲學意蘊：大觀視角、心靈本體、中道智慧、靈魂悖論、澄明之境。上述這一切，都是「返回古典」的初步成果。《雙典批判》也是返回的結果。

你提出這樣的命題，對於今天的中國有甚麼現實意義？我答不了。我一再說，我只管「念佛」，不管「行佛」。只管真誠講述，不求實用意義。

對於「國學熱」我不太熱心。原因是「國學」這個概念本身的內涵不太清楚，只能模糊把握。它是指經學，還是指儒學，還是指考據學，還是指整個中國古代傳統？不太清楚。「國學」最初出現時並不包括蒙學、疆學、滿學等，現在包括不包括？還有，用中國人的視角和語言研究西學包括研究馬克思，算不算國學？有人把季羡林先生也說成國學大師，明明是「外國學大師」，怎麼變成「中國學大師」了呢？還有，李澤厚的《論語今讀》，你可以納入國學，但他寫的康德批判即《批判哲學的批判》，算不算國學？

問：最近，您提出「創造中國的現代化自式」的新概念？這種現代化自式與現在廣泛熱議的「中國模式」是否是一個概念？為何您認為全世界只有中國有可能創造自式？這種「現代化自式」應該如何創造？

答：我在今年四月初回國參加母校廈門大學九十週年校慶，發表了一篇題為《創造中國的現代化自式》的講話，我講的「現代化自式」與現在廣泛熱議的「中國模式」不是同一個概念。「中國模式」是固定式，「現代化自式」是創造式。李澤厚先生讀了我的稿子就說，「中國模式」是「過去完成式」，你講的「現代化自式」是「現在進行式」，即現在和未來還需不斷探索、不斷試驗、不斷創造的一種大存在形式。

提出「創造中國的現代化自式」的中心意思是中國一定要走自己的路，這一點，講「中國模式」的學者，可能也有這個意思。但我和他們的不同之處除了上邊講的這點之外，還有一點不同。我認為，創造中國的現代化自式，離不開吸收「普世價值」。「創造自式」不是轉向他式，即不是轉向西式，但不能拒絕「他式」中所蘊含的「普世價值」。不過，我也要說，普世價值也不可能照搬，拿來之後還要從中國具體的歷史狀況進行創造性運用。在這裏，「用」不是簡單的事。創造就在「用」字的大藝術之中。

我認定只有中國能夠創造出現代化自式，是因為中國具有以下三個條件：（1）中國擁有數千年積累而成的雄厚人文傳統。人類世界最雄厚的人文傳統只有兩個，一個是歐洲人文傳統；一個是中國人文傳統。仰仗這一傳統，中國便有走自己的路的可能。（2）中國已創造出擁有強大國有化基業的社會主義經濟體系，有此前提，中國進入世界經濟結構和建構，本土經濟結構必定帶有自身的特色，這又提供創造自式的另一種可能。（3）中國在二十世紀的變動與滄桑，經受了世上罕見的巨大苦難和生死體驗，經歷過封建所有制、資本家所有制和全民所有制的較量與實驗，擁有豐富的經驗和巨大的教訓，深知各種所有制的利弊。正是這種經驗使中國人更具創造自式的智慧。上述三個條件，日本、印度、巴西、加拿大、俄羅斯都不全具備，它們大體上只能走英美式的道路。中國雖然具有創造自式的可能，但歷史給予的只有今後二三十年的時間，錯過這個機會，那就只能聽天由命了。

謝謝你對我的兩次採訪。提了這麼些有思想的問題，推動我思索。

二零一一年七月三十日
美國

我為甚麼不喜歡《三國演義》與《水滸傳》

——答韓國《朝鮮週刊》記者李東勳問

1、您對《三國演義》持批評的態度，請問是出於甚麼原因讓您有這樣的評價？

2、您對《水滸傳》的批評又是出於甚麼原因呢？

答：我對這兩部文學經典進行批評，有多種原因。這裏有自救的原因，也有「救孩子」的原因；有理念的原因，也有情感的原因。但最根本的原因是「愛」的情感原因。因為我愛自己的祖國，所以不願意看到這兩部作品繼續毒害中國的世道人心。一百年前，我國的偉大啟蒙家梁啟超先生在《論小說與群治之關係》一文中就指出，中國群治腐敗之總根源，有一源便是來自小說。他說：「吾中國人江湖盜賊之思想，何自來乎？小說也；吾中國人妖巫狐鬼之思想，何自來乎？小說也。……小說之力直接間接以毒人如此其甚也。」[1] 梁啟超所指的小說便是《三國演義》和《水滸傳》等，這些小說害人之深，「毒人」之甚，梁啟超是看到了，可惜一百年來的中國人仍然沒有看到，直到二十世紀下半葉乃至今天，中國人仍然不理會、不重視梁啟超的警告，仍然用電影、電視劇、連環畫等各種形式廣泛傳播「江湖盜賊思想」，廣大青少年仍然以《三國》、《水滸》中的英雄為榜樣。這兩部小說對中國世道人心的影響超過一千部、一萬部理論著作。它不僅影響中國人的「意識」層面，而且影響到「潛意識」層面，正在造

1 梁啟超：《飲冰室文集》之三，第一一二—一一五頁，台北，新興書局，一九五七年。

成中華民族新的文化性格。現在中國到處都是三國中人和水滸中人。面對這種狀況，我不能不像梁啟超那樣，用最大的力度，再敲一次警鐘，再發一次大忠告。

中華民族的原形文化非常偉大，又非常單純。例如《山海經》中的女媧、精衛、夸父等都是不知計較、不知得失、知其不可為而為之的英雄，後來，中國文化不斷產生變形變質，變到明代所產生的《三國演義》，這部小說便成了中國的心機、心術、詭術、陰謀的大全。三國時代對立的各方，表面上是軍事力量的較量，實際上是偽裝術、欺騙術的較量，誰最會偽裝、最會欺騙，誰的成功率就最高。中國民間有一句俗語：「少不看《水滸》，老不看《三國》。」因為愈是看《三國演義》，就愈長心機心術，心理就愈來愈變態，變到極端，人就變成「妖」，就不走正道而走歪門邪道。許多老人變得極圓滑、極世故，喪失所有的天真與誠實，完全不像人樣，就因為心裏充塞着《三國演義》的那一套生存密碼。

《水滸傳》對於青少年的危害更是無比巨大。《水滸傳》崇尚的是暴力，是殺戮，是造反。這部小說的主題是「造反有理」。我並不是說造反都沒理，如《西遊記》中的孫悟空，他造龍王和玉皇大帝的反還是有一定道理的，特別是他在取經過程中造「妖魔鬼怪」的反更有道理。但孫悟空的造反有唐僧緊箍咒的制約，不濫殺無辜，有道德倫理規範。而《水滸傳》的「造反有理」則遵循這麼一個公式，即「凡是造反使用甚麼手段都合理」。在「替天行道」旗號下，只要是「造反」，那麼，濫殺無辜、濫殺孩子、濫殺女子、吃人肉、剝人皮，一切均屬「天經地義」。為了逼朱仝上山入夥，吳用就指使李逵把四歲的嬰兒（小衙內）砍成兩半，為了逼盧俊義上山，起義隊伍甚至進行「屠城」，這一切也天經地義。水滸英雄標榜「替天行道」的偉大革命目的，可是，天底下哪能用血腥的黑暗手段去達到光明偉大的目的？我在《雙典批判》中表明，我不相信使用卑鄙的手段可以達到崇高的目的。我還表明：手段比目的更重要，手段高於目的，大於目的。甘地、托爾斯泰之所以強調「非暴力」手段，便是他們認識到手段最重要，只有文明的手段才能達到文明的目的。我和李澤厚先生合著《告別革命》，所謂告別革命，也就是告別暴力手段，並不是告別人類的「自由」、「平等」、「社會公平」、「永久和平」等理想。

3、您可以說說《三國演義》中哪個人物是您不欣賞的嗎？原因是甚麼呢？

答：《三國演義》中的兩個主要人物，曹操與劉備，我都不喜歡。歷史上真實的曹操，我喜歡；但文學中（《三國演義》）的曹操我不喜歡。這個人物被《三國演義》的作者羅貫中寫成一個「黑心人物」，心太黑了。心太黑，便心狠手辣，極端自私，宣稱「寧教我負天下人，不教天下人負我」。而高尚的心正的人，其做人的原則正好與此相反，如《紅樓夢》中的賈寶玉，他做人的原則是不計較天下人怎麼對待我，重要的是我怎樣對待天下人。他的姨娘（趙姨娘）老是要加害他，但他從不說趙姨娘一句壞話。賈寶玉對待父親、弟弟賈環也是這種「寧讓他人負我，我不負他人」的態度。曹操殺王垕、殺楊修、殺禰衡、殺呂伯奢一家，都是謀殺，既不講「情」，也不講「理」，只講「利益」。

我更不喜歡劉備。在《三國演義》中，他是最善於偽裝的人，在「煮酒論英雄」時，連曹操也被他騙了。如果曹操的權術屬於「法術」，劉備的權術則屬於「儒術」，表面上講「仁義」，實際上則不仁不義，他騙劉璋奪西川，說的是「兄弟之情」，做的則是謀取江山。「文化大革命」中的一些政治野心家、陰謀家崇奉三條「政治得勝密碼」：一是政治無誠實可言；二是結成死黨；三是抹黑對手。這三個詭術全來自劉備。虛偽，是腐蝕人性最可怕的毒藥。

4、您可以再說一個《水滸傳》中您比較不喜歡哪一個人物麼？理由又是甚麼呢？

答：我最不喜歡李逵，因為他太嗜殺。這位「英雄」身上有兩個大特色：一是嗜殺；二是仇恨女性。魯迅先生早就批評他不分「青紅皂白，排頭砍去」。尤其讓我最不能忍受的是他以濫殺為樂，殺人時有一種「快感」，就像剁豬肉一樣，有剁人肉的快感。他在狄公莊抓到那一對戀愛中的青年男女後，就把他們抓來剁碎，在斧頭一上一下中得到最大的快樂。這是人類中的怪物，遠離人性的怪物。不幸的是，我的同胞至今還有許多人把他視為英雄。當李逵用大斧頭把小衙內這個四歲的嬰兒砍成兩半的時候，如果想到這嬰兒可能是自己的孩子，你能喜歡李逵嗎？但許多人想到，這是官員的兒子，是階級敵人的兒子，所以就歌頌李逵、崇拜李逵了。

5、您知道韓國人甚至比中國人更喜歡《三國演義》這樣的故事嗎？您是怎麼看的呢？

答：我完全不知道韓國人如此喜歡《三國演義》，你的這一信息讓我感到驚訝。魯迅很早就說過，為甚麼中國人喜歡《三國演義》和《水滸傳》，因為中國是一個三國氣與水滸氣很重的國家。也就是說，中國人喜歡《三國演義》、《水滸傳》，有其國民性的基礎。如果韓國人喜歡《三國演義》，那就是說，韓國也是「三國氣」很重的國家。所謂「三國氣」，是指「三國」似的「國民文化心理」。國民的潛意識裏對權術、心術、詭術失去警惕性和批判能力，對「偽裝」、「面具」這一套危害人性、腐蝕人性的壞東西失去反感和惡心感，就抵禦不了《三國演義》。如果韓國人能反省一下為甚麼喜歡《三國演義》，那麼，這種「反省」，便是對天真天籟的召喚，便是「真誠」、「誠實」等優秀品格的重新覺醒。

6、您在《紅樓夢》上的研究可謂是專家了，所以您的「紅學」派思想是您批評《三國》和《水滸》的原因麼？

答：我的確非常喜愛《紅樓夢》，但即使沒有閱讀《紅樓夢》，我也會批評《三國演義》與《水滸傳》，因為從少年時代開始，我從內心深處就討厭權術、陰謀和暴力。我覺得《三國演義》與《水滸傳》是我靈魂感到恐懼的根源，一想到這兩部小說中的情節與人物，內心就顫抖。在「文化大革命」中，我天天聽到「造反有理」的呼喊，也天天看到「語言暴力」（大字報，大批判）和「暴力語言」（打人，踐踏人，武鬥），更是充滿批判《水滸傳》的激情與衝動。出國之後，我進入第二人生，在新的人生中我的心靈更是作「反向努力」，即不是走向功名、權力與財富，而是返回嬰兒狀態、赤子狀態，這種反向意識與《三國演義》的整體意識格格不入，我覺得，離《三國演義》愈遠，便愈是靠近單純的嬰兒狀態。老子所說的「復歸於樸」、「復歸於嬰兒」，對我來說，就是要朝着與「三國」的相反方向走。我甚至覺得，學校教育孩子該怎樣做人時（道德教育），應當告訴孩子們：千萬不可做曹操、劉備那一種「三國中人」。

我批評《三國演義》與《水滸傳》的起因不是《紅樓夢》，但我確實常常把《紅樓夢》作為鏡子、作為參照系來看《三國演義》與《水滸傳》。《紅樓夢》高舉的是心靈的火炬，其主人公賈寶玉具有一顆最純粹的赤子之心。整部《紅樓夢》是王陽明之後最偉大的「心學」，但它不是思辨性心學，而是意象性心學。賈寶玉的生命特點，是完全沒有「三國」中那種心術與心計，他很傻，完全不知道算計，不知道得失，不知道嫉妒與仇恨等。離賈寶玉愈近，就會離劉備、曹操等愈遠。我們的心靈方向，是朝着賈寶玉走，還是朝着劉備、曹操那裏走，是根本不同的選擇。

7、韓國人不太喜歡《紅樓夢》您知道麼？您認為主要原因是甚麼呢？

答：我不知道韓國人不喜歡《紅樓夢》。這種「不喜歡」，讓我感到了可惜。不過，我不怪韓國人的不喜歡，因為要真正了解《紅樓夢》，真正理解《紅樓夢》所蘊含的偉大心靈並不容易。中國人在「以階級鬥爭為綱」的時代裏也誤讀了《紅樓夢》，以為《紅樓夢》是階級鬥爭的反映，是反封建的教科書。有許多家長也不喜歡自己的兒女讀《紅樓夢》，他們誤以為《紅樓夢》是一部言情小說，甚至是一部「泛愛」小說，不知道《紅樓夢》是一部很了不起的心靈小說，是一部佈滿佛性、佈滿同情心、佈滿大慈悲精神的小說。其主人公賈寶玉不僅有人性而且還有佛性，他是一個準基督、準釋迦牟尼。在他心目中，不僅沒有敵人，甚至也沒有壞人。在人類文學史上，還找不到另一顆如此純粹、如此寬厚的心靈。所以我稱它有如創世紀第一個黎明誕生的眼睛，一點雜質都沒有。也許韓國的讀者還沒有讀出賈寶玉這顆「心」的真實內涵。

8、您當初離開中國大陸是出於甚麼原因呢？您想不想回國？

答：我當初離開大陸，表面上看是政治原因，即只有離開才有政治上的安全，畢竟我捲入了「政治風波」，但深層的原因是我比別人更充分地意識到時間緊迫，當時我已四十八歲了，沒有太多可進行精神價值創造的時間了。我必須「自救」，必須借此機會逃離政治，逃離社會的是非，逃離太熱鬧的生活。文學對於我，不僅是一種興趣，而且是一種信仰。我必須為信仰作出各種犧牲和各種努力，包括暫時離開我的祖國。所以我說我的逃亡不是政治逃亡，而是美學逃亡，是「存在論」意義上的逃亡。

我已在二零零八年第一次回到北京。去年我的母校廈門大學紀念建校九十週年時，我又應邀當了演講嘉賓，做了五場演講，之後又到成都、汕頭、泉州、上海等地做了十幾場演講。近幾年國內出版了我許多（二十六本）書籍。可以說，我已回國了。但為了贏得自由時間與自由表述，我還是願意住在美國，在落基山下守住自己的「象牙之塔」，讓自己仍然沉浸於深邃的精神生活中，以完成更多的精神創造。

謝謝你的採訪。

二零一二年四月十九日
美國馬里蘭

附：李東勳採訪郵件

劉教授您好！

我是韓國《朝鮮週刊》中國新聞部記者李東勳（Lee, Donghun）。

近日，也是受人之託，想寫一篇關於中國四大名著在中國社會和中韓之間的影響之類的報道，得知您是在此方面十分有影響力的研究評論家，所以特此想以郵件的形式對您進行一次訪問，希望您百忙之中能為本社答疑解惑，本人亦代表韓國對您表示感謝！更希望能夠通過這次簡短的採訪了解中國古代文學更深層的造詣。

1、（首先，我了解到）您對《三國演義》持批評的態度，請問是出於甚麼原因讓您有這樣的評價呢？

2、您對《水滸傳》的批評又是出於甚麼原因呢？

3、您認為《三國》和《水滸》這兩部作品對中國人產生了哪些影響呢？

4、您可以說說《三國演義》中哪個人物是您不欣賞的嗎？原因是甚麼呢？

5、您可以再說一個《水滸傳》中您比較不喜歡的人物麼？理由又是甚麼呢？

6、您知道韓國人甚至比中國人更喜歡《三國演義》這樣的故事嗎？您是怎麼看的呢？

7、您在《紅樓夢》上的研究可謂是專家了，所以您的「紅學」派思想是您批評《三國》和《水滸》的原因麼？（聽說您是紅學《紅樓夢》專家，您個人也非常喜歡《紅樓夢》，也正因如此，您才批評《三國》和《水滸》嗎？）

8、韓國人不太喜歡《紅樓夢》您知道麼？您認為主要原因是甚麼呢？

9、您覺得現在中國目前的一些政治學家們也多多少少受到了《三國》和《水滸》的影響了嗎？

10、您當初離開中國大陸是出於甚麼原因呢？您想不想回國？

非常感謝您的解答！希望中韓今後能更多地進行這方面的交流，跟您探討中國古代文學十分新鮮有趣！

最後祝您身體健康！

李東勳

雙典一百悟

【一】

阿根廷的詩人作家博爾赫斯曾批評美國作家愛倫．坡的作品過份渲染悲痛。愛倫．坡自己說：「恐怖不是來自德國，而是來自靈魂。」博爾赫斯認為，他沒有必要從德國浪漫派的作品中尋找恐怖[1]可是愛倫．坡卻為我說出一項真理：恐怖往往來自兩部文學經典。從少年時代開始，《水滸傳》與《三國演義》就開始不斷襲擊我的靈魂。李逵刀砍四歲嬰兒小衙內，武松揮刀殺嫂又殺小丫鬟，張青夫婦開人肉飯店，劉安殺妻招待劉備，曹操殺王垕以安軍心，還有三國時期戰爭中那種說不盡的詭術、騙術、權術，一樁一樁全是噩夢。我對雙典的批判，便是借此走出噩夢，走出恐怖，走出人性恐怖圖像給自己投下的陰影。

【二】

終於意識到：和《水滸傳》的邏輯（凡造反使用甚麼手段都合理）劃清界限，和《三國演義》的邏輯（偽裝得愈好，成功率愈高）劃清界限，才有靈魂的健康。無論是對於自己還是自己出身的民族，都

1 《博爾赫斯談話錄》，第一零一頁，上海譯文出版社，二零零八年。

是如此。水滸英雄們大塊吃肉、大碗喝酒，身體是健康的、強壯的，但靈魂並不健康。樂於「排頭砍去」的靈魂是有病的，把潘金蓮的人頭拿來當祭物的靈魂是有病的。三國的豪強們爭奪天下，激情燃燒，身體也是健康的、強壯的，但頭腦佈滿權術，心中全是機謀，哭也假，笑也假，靈魂更不健康。愈向雙典靠近，靈魂愈是佈滿病毒。

【三】

《水滸傳》與《三國演義》是壓在中國人身上心上的大山。這兩座大山不推翻，中國婦女在精神上就永世不得翻身。這兩座山屹立着，中國婦女就難以擺脫「尤物」、「禍水」、「狐狸精」等罪名。同樣是追求生活的婚外戀者，同樣是一個潘金蓮，在《紅樓夢》中，秦可卿被送入天堂（夢幻仙境）；在《金瓶梅》中，潘金蓮被放入人間（無善無惡）；在《水滸傳》中則被投入地獄（死於武松的刀下）。婦女在《水滸傳》中是被殺戮對象，在《三國演義》中是被利用對象。前者為刀俎之物，後者為政治動物。中國人從皇帝到平民，從將軍到士兵，從知識人到工人農人，全被這兩座山壓着，統治着。大山壓着，神經變得麻木，以為造反有理，以為慾望有罪，以為女人是禍水，以為權術是智慧，以為團夥結義是道德。於是，天天揹着畸形的道德法庭和替天行道的政治法庭，不得解脫，不能翻身。近幾百年，中國表面上是帝王、軍閥、總統統治着，其實從上到下都是這兩座大山統治着，主宰着，從意識世界一直統治到潛意識世界。

【四】

《水滸傳》和《三國演義》讀來有趣，其中有精彩故事，有神奇人物，有超人智慧，有英雄氣概，但是，缺少一樣東西，這就是人性，最普通、最基本、最要緊的人性。雙典中著名的英雄（後來成為中國人的偶像）缺少一點覺悟，不知每一個生命個體，哪怕最微不足道的個體，都有其生命權利與存在價值，大刀大斧不可指向這些無辜的生命。張青、孫二娘的菜園子（人肉飯店）原則是三種人（妓女、和尚、囚犯）不吃，其他的皆不放過，可是人有千種萬種，每一種都應當尊重，都有活着的權利。人之所以成為人（區別於禽獸），就是人具有不忍之心，即不忍殺他人、吃他人和傷害他人。

【五】

劉劭的《人物志》把流業分為十二家：清節家、法家、術家、國體、器能、臧否、伎倆、智慧、文章、儒學、口辯、雄傑。

觀《三國演義》，此十二家都有。其中有許多人身兼數家數能，如諸葛亮，他就兼有法家、術家、器能、臧否、智慧、文章、儒學、口辯、雄傑。但三國中人，就其「角色」而言，最多的是術家，即權術家、心術家。雖然都是術家，但又有很大差別，有的善儒術，如劉備；有的善法術，如曹操；有的善陰陽術，如司馬懿。而就其功能而言，《三國》的器能、臧否、口辯都極發達，魏、蜀、吳三方的謀士集團中均有一流的辯才，一流的批判家（臧否），一流的「秘書」（器能）。然而，最發達的是「伎倆」。三國時代將中國的政治伎倆和其他生存伎倆推向了高峰。連智慧也變成伎倆。無所不在的伎倆，前所未有的伎倆，才是《三國》大人物的特色。

【六】

魏晉創造了一種文化性格，魯迅稱之為「魏晉風骨」。牟宗三先生稱之為「名士人格」。這種人格乃是「唯現逸氣而無所成」，屬於集天地之逸氣，卻是天地之棄才。牟先生認為曹雪芹所塑造的人物賈寶玉，就是此種人格形態。他說了一段很精闢的話：曹雪芹著《紅樓夢》，着意要鑄造此種人格形態。其讚賈寶玉曰：「迂拙不通庶務，冥頑怕讀文章，富貴不知樂業，貧賤難耐淒涼。」此種四不着邊，任何處掛搭不上之生命即為典型之名士人格。曹雪芹可謂能通生命情性之玄微矣。此種人格是生命上之天定的。普通論魏晉人物，多注意其外緣，認為時代政治環境使之不得不然。好像假定外緣不如此，他們亦可以不如此。此似可說，而亦不可說。外緣對於此種生命並無決定的作用，而只有引發的作用。假定其生命中無此獨特之才性，任何外緣亦不能使之有如此之表現。即虛偽地表現之，亦無生命上之本質的意義，亦不能有精神境界上之創闢性。魏晉名士人格，外在地說，當然是由時代而逼出，內在地說，亦是生命之獨特。人之內在生命之獨特的機括在某一時代之特殊情境中迸發出此一特殊之姿態。故名士人格確有其生命上之本質的意義。非可盡由外緣所能解析。曹雪芹甚能意識到此種生命之本質的意義，故能於文學上開闢一獨特之境界，而成就一偉大之作品。此境界亦即為魏晉名士人格所開闢所代表。

牟先生這一論斷無可爭議，但他提出《三國演義》中的諸葛亮雖非名士卻有逸氣的見解，則值得討論。諸葛亮在日理萬機之中，確有一種他人無可比擬的從容與風流，羽扇綸巾中神露智顯。可惜他的這種狀態只能裝給司馬懿等敵人看，實際上自己卻力疲心歇，不得喘息，五十多歲就鞠躬盡瘁，勞累而死。因為他已進入政治、軍事的中心漩渦地帶，完全沒有逸的可能，即沒有清言、清淡的可能，他發出的聲音均是指令、計謀，其中不僅有重言，而且有謊言，如改「二橋」為「二喬」以煽動周瑜反曹等等。

身在政治較量漩渦之中，其逸很難逸之真切，諸葛亮出山之後的逸態，多半是偽態。

【七】

如果說《紅樓夢》是一種名士文化，那麼《水滸傳》則是一種鬥士文化，而《三國演義》，似可稱為謀士文化。

《紅樓夢》中的史湘雲，鮮明地折射出名士文化。她不拘形骸，自由放達，逸得很真很純。她的姑奶奶（賈母），也很有名士風度。而最大的逸士是賈寶玉，他的身上集中了名士文化的全部特點。《水滸傳》雖屬戰士文化，可惜是太多戰士的偽形。像魯智深，可稱真戰士，他英勇善戰，但不濫殺無辜，始終守持戰士的人性邊界；而李逵、武松等，則殺人如麻，刀斧指向一片混亂。《三國演義》從文化上說，比的不是力量，而是計謀。於戰爭中，表面上看是靠將士，從深層看是靠謀士。諸葛亮是智力最高的第一謀士，他代表着三國時代最深層的文化。

【八】

曹操確實愛才如命。他對關羽、趙雲之愛的故事確實感人。趙雲在曹軍的重重包圍之中，如果不是曹操慕其英勇、下了一道「勿傷害」的命令，趙雲哪能衝出一條生路、救出阿斗？但是，曹操所以愛才，還是因為「才」能為我所用，一旦發現才不附我順我，他也不容「才」立足於天下。荀彧為他立了那麼大的功勞，還是被他所「不容」，更勿論楊修、禰衡了。可惜可惜，即使像曹操這樣「愛才如命」的統帥，也走不出「順我者昌，逆我者亡」的專制定律。

【九】

牟宗三先生認為從才性的角度上說，英雄與聖賢的區別在於前者「順」，而後者則有「逆覺」。也就是說，英雄總是順其天性而為，缺少「理性」，而聖人雖也有先天的才性，但又能超越自己的才性去就範天理。

牟先生所說的「逆覺」，用今天的語言表述，便是「反思」、「反觀」、「反省」，即能把自己作為審視對象，有自知之明，能自我克服。孔子所說的「克己復禮」，大約也是這個意思。《三國演義》中的英雄，如曹操、劉備、孫權、關羽等都缺少這種「逆覺能力」，個個自以為是。關羽也如此，他最後的失敗正是失之缺少自知之明，對自己估計過高，對敵方估計過低。《三國》中唯一具有「逆覺能力」的是諸葛亮，所以他才會揮淚斬馬謖，才會在戰敗後自我處分（降三級），因此，他是《三國》中唯一的「英雄」兼聖人的天才。可惜因為戰爭環境極為險惡，他的智慧常常化作心機權術，處世也戴面具，與真正的聖賢還是不能同日而語。無論如何，聖賢是不可搞陰謀詭計的。

【一〇】

曹操煮酒與劉備論的是英雄，不是聖賢。英雄聖賢都需要智慧，但英雄的主要特徵是「膽力」，而聖賢的主要特徵則是「道德」。曹操自知自己如天上蛟龍，擁有膽力，但他的「寧負天下人」，則離聖賢十萬八千里。他不能做「內聖外王」之王，只能做「內雄外王」之王。劉備滿口仁義道德，卻滿腹「宇宙之機」，離聖賢也很遠。曹操稱他為英雄時，他嚇得手足無措，曹操道破他實際上也是膽力過人、能屈能伸的野心家。中國的歷史，在秦之後，漢代崇儒，算崇尚聖人，漢末進入亂世，則崇尚英雄。漢之後，時而崇英雄、時而尊聖賢。宋代是崇尚聖賢的高峰，國勢變得很弱，沒有力量。清則兩者都尊。「五四」運動的劃時代意義，是結束英雄崇拜與聖賢崇拜的時代，進入凡人生活的時代。雖然之後還有反覆（乃有英雄崇拜），但凡人與英雄聖賢平等的時代開始了。用黑格爾的語言說，史詩時代結束了，進入的是散文時代。

【一一】

《紅樓夢》的夢是個性的，每個人的夢和每個人物的「夢中人」都不同。《三國演義》的夢是共性的，曹操、劉備、孫權，也包括袁術、袁紹等，在戰場中打得你死我活，回到帷幄之中和睡床之上，夢的是相同的一樣東西，這就是可戴在頭上的那一頂綴滿珍珠寶石可以號令天下的王冠。為了爭奪這一頂王冠和那一個曾經落到孫策手裏的玉璽，沙場上打得血流成河。《紅樓夢》的夢，是帶淚的夢，《三國演義》的夢，是帶血的夢。

【一二】

《紅樓夢》用很大的篇幅寫兒童的故事。賈寶玉一週歲時，父親便要試他將來的志向，將那世上之物擺了無數，讓他抓取，誰知他一概不取，只取脂粉釵環。七八歲光景時，他童言無忌，說出「女兒水做」、「男人泥做」的驚人之語，與黛玉第一次見面時就給黛玉取別名，發了一番讀書議論。但在《水滸傳》和《三國演義》中看不到兒童的故事，只見四歲小衙內被李逵砍成兩段；還有一個兒童是阿斗，被劉備扔到地上；三是童年時代的曹操，尚未涉世，就在家裏搞陰謀詭計加害親叔叔。

【一三】

可作一假設：如果李逵活在清代，而且造反成功，梁山隊伍打到北京城，進入了賈氏的榮國府與寧國府，那麼，他的大斧照樣會排頭砍去，肯定會殺盡丫鬟小姐，恐怕連賈寶玉與林黛玉也不會放過。他是否會重演狄公莊那場抓住「狗男女」來剁殺的慘劇也未可知。中國農民革命的歷史性悲劇，正是流血成河以後只是更換了權力主體，更換了新貴，以新的暴君取代舊的暴君。歷史為甚麼老是重複，想想李逵就明白。

【一四】

讀了《紅樓夢》與《三國演義》，明白一個做人「大方向」：可以做大觀園中人，不可做三國中人。大觀園中有競賽，但無爭奪。在詩意的競賽中，賈寶玉為勝利者鼓掌（李紈宣佈比賽結果：瀟湘妃子第一，怡紅公子最後一名），他雖被評為最差，但稱讚評判者公道。三國中人的爭奪，卻是你死我活，為了戰勝對手，不惜踐踏無辜的生命和用盡黑暗的陰謀詭計。大觀園中人不知何為心機，所以王熙鳳等不可居住園中。三國中人，則佈滿心術權術。可惜世界上太多三國式的權術較量，太少大觀園式的詩意棲居。

【一五】

《紅樓夢》給中國人提供了心靈體系；而《三國演義》卻提供權術體系。《紅樓夢》中也有王熙鳳式的權術，但作者說她「機關算盡太聰明，反誤了卿卿性命」，基本點是蔑視與批判的，它暗示權術與優秀的心靈體系背道而馳。而《三國》對權術則一路欣賞過去。曹操、劉備、孫權都是機關算盡，但他們一點也不耽誤性命，反而把性命推向權力的尖峰。

【一六】

人的差別之大，人性的差別之大，大得無法估量與言說。有的人的人性單純得極為純粹，具有純粹的徹底性，如《紅樓夢》中的賈寶玉，完全沒有心機、心計、心術，以至於像個傻子。人世間的一些天才藝術家如梵高、莫扎特、弗吉尼亞·沃爾夫、搖滾樂王邁克爾·傑克遜等都單純到極點。他們在藝術的王國裏，充滿靈魂活力，光芒萬丈，但在世俗世界裏，他們卻甚麼都不懂，更不知怎麼與人交往。但有的人卻極為複雜，其人性是一個佈滿機謀與算計的世界。《三國演義》中的三國中人，如曹操、劉備、孫權等都是深不可測的人。

【一七】

《三國演義》有偉大的智慧，但無偉大的心靈。諸葛亮的《隆中對》有歷史的洞見，現實的把握，還有未來的預見，其戰略智慧可為大矣。可惜三國智慧，包括諸葛亮的智慧，只切入大腦，未切入心靈。由於智慧缺乏偉大心靈的支撐，所以其智慧均是分裂的，常常發生變質，化作權術與機謀。與《三國》相比，《紅樓夢》不僅具有偉大的智慧，而且具有偉大的心靈。其主人公賈寶玉與林黛玉的心靈是完整的，他們的智慧是建構詩意生活的想像。

【一八】

讀了《紅樓夢》，再讀《三國演義》，便知道人類各自的追求真不相同。一部份愛詩歌，愛繪畫，愛音樂，愛自然，愛真情；另一部份則愛權力，愛皇冠，愛財富，愛功名。兩部份人都會遊戲，前者玩的是詩，是歌，是燈謎；後者玩的是血，是刀，是人頭。同一片土地，同一片天空，可是天下地上人們的嚮往、憧憬、焦慮多麼不同。哪一部份人更可愛，更久遠？應當是前者，不是後者。

【一九】

唐吉訶德的征途是獨立支撐的征途，中國缺少這種傳統，所以需要仰仗兄弟之盟，仰仗集團，崇尚「義」的紐帶。《三國演義》的桃園之「義」，實際上是一種盟約即組織原則。個體靈魂如果站立不起來，「義」字就一定會盛行。存在主義草創者薩特關於「存在先於本質」的命題宣示：自身對自身的把握應先於被後天的社會關係所規定的總和，當然也應先於被團夥所規定的本質。因為自身未能完全把握自身，所以才需要「義」來幫助把握。

個體對自身的認知與把握應當先於被關係所規定的總和（本質）。自知其無知，首先認識你自己，然後才被他人所認識。他人對「我」的評語，不要在乎，即不要被他者的評語動搖你的本真存在，剝奪你的自由。

【二〇】

中西方文化有一重大差別：西方重思辨藝術，中國重生存智慧。不仰仗上帝，而靠自己的生存能力與生存智慧自強不息，本是好事，但因為生存環境過於險惡，智慧便發生變質，化作權術與詭術。於是，當西方的思辨藝術發展為形而上學的哲學體系時，中國的生存技巧也發展為成熟的權術體系。《三國演義》就是權術體系的形象展示，中國文化重生存智慧的基本優點變成基本缺點；生存智慧變成生存伎倆。

【二一】

如果說，心靈是《紅樓夢》的第一主角，（賈寶玉、林黛玉等都是心靈的載體），那麼，權術則是《三國演義》的第一主角。曹操、劉備、孫權等，全是權術的載體。三國時代，心靈銷聲匿跡，連女子的心靈也看不見。歷史只給某些女子（如孫夫人、貂蟬）提供政治舞台，但不提供內在世界。三國時代的領袖，會欣賞頭腦，欣賞才幹，但不會欣賞心靈，欣賞性情。這是一個心靈被遺忘的時代。

【二二】

在《紅樓夢》中，林黛玉作《五美吟》，薛寶琴作《懷古十絕》。女子在解說世界，解說歷史，女子有自己的靈魂。《三國演義》、《水滸傳》中沒有一個婦女能對歷史作出解說，她們都是男人的工具，男人的附屬物。西方中世紀宗教統治時期，曾討論過婦女有沒有靈魂？倘若讓《三國》、《水滸》的英雄們作答，他們一定會一致地認定：婦女沒有靈魂。

【二三】

讀《紅樓夢》，讀到的是童心；讀《三國演義》，讀到的是野心。曹雪芹暗示，所謂童心，就是不戴任何面具。而三國中人，尤其是三國中的英雄，則個個都戴面具。《紅樓夢》所做的夢是太虛幻境的孩子夢，《三國演義》所做的夢是玉璽到手的皇帝夢。《紅樓夢》是眼淚之書，《三國演義》是鐵血之書。「紅樓」的淚是真的，「三國」的淚是假的。是走向「紅樓」，還是走向「三國」，倒真正是心靈大方向的選擇。

【二四】

教育的第一目的，對於中國的學子來説，也許可以表述為：不要做《三國》中人，不要做《水滸》中人。也就是在複雜的社會生活中要純化自己，守持本真的心性，而不是長滿心機，長滿暴力趣味。離《三國》、《水滸》愈遠，心性就愈加美好。健康優秀的人性便是拒絕心機、拒絕暴力、拒絕爭奪財富、權力、功名的品格。

【二五】

對於中國的世道人心，危害最大的不是孔子，而是《三國演義》與《水滸傳》。四五百年來，造成中國國民性之黑暗的，不是前者，而是後者。「五四」新文化運動的一大失誤，是把前者作為主要打擊對象，而未把後者作為主要批判對象。放過了劉備、李逵、武松，抓住了孔子，放過了張青、孫二娘的人肉飯店，抓住了儒家的「孔家店」。批孔未必能推動新人性的產生，批《三國》、《水滸》卻可以守住道德底線。

【二六】

五百年來，中國人的民族文化性格一直被《三國演義》和《水滸傳》這兩部書所塑造。小說文本中可以看到梁山造反首領對盧俊義、秦明、朱仝等的強行改造，而小說對中國社會世道人心的塑造更是廣泛而規模巨大，可是看不見，不易發覺。中國人把三國中人捧為神明，把水滸中人捧為「天人」（金聖歎對武松的評語），其心靈就開始被關羽、武松、李逵所塑造。魯迅的《阿Q正傳》寫中國人熱衷於品賞暴力趣味，觀看死刑覺得觀看砍頭才有趣，槍斃便覺得乏味。《水滸傳》的李逵正是玩賞這種血腥趣味的先鋒，他在用斧頭剁起人肉時，生命才享受最高的快感。

【二七】

三國時代，每一個兵士、校尉、將軍、文士都殫精竭慮，努力去做一個英雄，但都沒有想到應當努力做一個人。一個英雄必須膽力過人，一個人則必須有善良、正直、誠實的心靈。英雄必須為自己殺出一條血路，必須踏着別人的屍體前進，而一個真正的人則不能隨便傷害另一個人，更不能在他人的血泊中建構自己的事業和贏得人生的光輝。在那個時代，當一個不玩心術權術而守持生命本真的人，比當一個英雄更難。

【二八】

中國進入「三國對峙」，很像西方進入「古羅馬」，即真正進入了一個英雄崇拜的時代。「煮酒論英雄」不是一時興致。那個時代，英雄就是歷史主角，歷史主題。這個時代延伸到唐。直至南宋，二程及朱熹們才改變了時代的文化基調，把英雄崇拜變為聖人崇拜，孔孟再次成為歷史主角。英雄講究立功，聖人講究立德，宋代雖然也出現了岳飛、文天祥，但對他們的崇敬是後世的事，當時他們死得很慘。聖人崇拜一直沿襲到清末，曾國藩雖為三軍統帥，但他只期待自己為聖人，並不希望自己是英雄，因此，一旦戰勝太平軍，便立即交出軍權。直到「五四」新文化運動宣佈「打倒孔家店」才結束聖人崇拜而進入了平民時代。這又很像西方的文藝復興，結束了一個中世紀的神聖崇拜，確立了以人為中心的時代基調，宣佈的是每一個人、每一個生命個體都是重要的，靈魂主權不僅屬於英雄，屬於聖人，也屬於每一個有血有肉的老百姓，凡生命都應受到尊重，受到崇拜。以「五四」人文主義為參照系去觀看《三國演義》，就明白它只把英雄當作人，不把普通人（尤其是婦女）當作人。整個時代闕如的不是英雄性，而是人性。

【二九】

英雄時代講究立功，聖人時代講究立德，凡人時代講究立人。《三國演義》所展示的英雄時代，其主角們個個都想建功立業，但都遺忘甚至鄙視聖人的教導。戰爭太殘酷，老是想到聖人的仁義之論，就會打敗仗。因此，像劉備這種既想當英雄又想當聖人的首領，便常常露出「偽裝」的尾巴。

英雄們立功心切，不把聖人當回事，更不把「凡人」、「普通人」當回事。所以三國時代便蛻變為最不講道德的時代，又是普通人最不值錢的時代。

【三〇】

曹操與劉備煮酒論英雄，認定英雄為「使君與操耳」，天下英雄非他倆莫屬。

按照劉劭《人物志》的英雄定義，英雄乃是「明」與「膽」二者兼備，即「英」與「雄」兼而有之。他說，「是故聰明秀出謂之英，膽力過人謂之雄，此其大體之別名也。若校其分數，則牙則鬚，各以二分，取彼一分，然後乃成……若一人立身兼英雄，則能長世」，英雄必須聰明過人和膽力過人。曹操和劉備雖多權術，但這兩個條件還是具備，所以曹操的判斷可以成立。《三國》中的諸葛亮、周瑜也「英」與「雄」兼備，無愧英雄稱號；呂布這個人，雖膽力、體力有餘，但聰明不足，難以稱為英雄。按照劉劭的定義，趙雲的英雄性比關羽、張飛更強。這就難怪筆者家鄉的香火要獻給趙公元帥趙子龍。

辛棄疾詩云：「天下英雄誰敵手？曹劉。生子當如孫仲謀。」一方面確認曹操、劉備為英雄，另一方面又確認能與天下英雄鼎足而立的孫權也是英雄。《山海經》中的女媧、精衛、夸父，其英雄特點也是敢於選擇「天」、「大海」、「太陽」等最強大的對象為對手，膽力可以和天地齊觀。孫權敢於與曹劉對峙，的確不失為英雄。

用劉劭的「明」、「膽」兩把尺度衡量《水滸傳》主要人物，可知魯智深是真英雄，而李逵、武松雖膽力超群卻毫無「英明」可言，因此，選擇他倆作為崇拜對象，並非準確的英雄崇拜。

【三一】

劉劭在《人物志》中分述「英」與「雄」。他把「英」定義為「聰明秀出」，「雄」定義為「膽力過人」，認為二者兼備才算英雄。把握其真髓，英乃指涉智慧，雄乃指涉力量，既柔且剛，才是人格理想。放入現實世界中，文臣一般呈現為英，武將一般呈現為雄，文武兼備，更是英雄。可稱知識分子為知識精英，卻不可稱之為知識豪雄。「則牙則鬚，各以二分」，劉劭的比喻只言「分」，我們也可延伸其意，視文士如鬚，視武將如牙，在戰亂時代，牙附於唇，鬚附於皮，二者都必須有「主」可依。不過，相比之下，鬚比牙更懦弱，對權勢的依附性更強。因此，武將中易出叛徒，文士中易出奴才。

【三二】

金聖歎把武松評為「天人」，把武松樹為英雄典範，實際上，這不是中國文化中的英雄正典，而是偽典。正典是老子所說的「勝而不美」的英雄，即以喪禮的哀傷態度對待勝利（不得不殺人）的人，而武松殺了人卻得意忘形，在牆上寫了「殺人者武松也」，大擺勝利之姿。樹了武松這一偽典，老子的那一正典就消失了。返回古典，是返回正典，不是返回偽典。

【三三】

三國時代是典型的亂世。亂世的基調是爭天下的戰爭。要爭天下，首先要爭人才。誰擁有人才，誰就擁有天下。所以曹操、劉備都愛才如命，他們的愛才，說穿了，是愛自己的「英雄事業」，在這個英雄時代裏，他們只有立功的觀念，沒有立德觀念，只有人才意識，沒有人品意識。誰只講道德而不講權術心術，誰就是失敗者。戰國時宋襄公講戰爭規則，被認為是「蠢豬式的道德」，三國時更是共同的潛意識。劉備的仁義，也只掛在嘴上。劉璋丟棄益州，就因為他相信劉備真講道德。呂布死前求劉備幫忙，也以為他還存有惻隱之心。三國的道德只剩下一個「義」字，但義也變質。「義絕」只是對結盟兄弟和若干朋友的絕對忠誠，並無對人類生存普遍原則的絕對忠誠，不是絕對道德。只是小義，不是大義。

【三四】

《三國演義》無精神指向，更無深刻思想，但有全書立足的「正統」觀念，因此以「擁劉抑曹」為其政治基點，把劉備視為正宗，竭力溢美，把曹操視為邪派，竭力溢惡。後世讀者（包括一些史家）受其影響，也都以正統派自居，全然沒想到，所謂「正統」是個甚麼東西。那個破敗不堪、罪惡累累的漢朝專制傳統，值得維護嗎？直到一九零二年，梁啟超才大聲疾呼：正統觀念要不得，正統觀念乃根深蒂固的奴隸觀念。他在《論正統》一文中說：

> 中國史家之謬，未有過於言正統者也。言正統者，以為天下不可一日無君也，於是乎有統；又以為天無二日、民無二主也，於是乎有正統。統之云者，殆謂天所立而民所宗也；正之云者，殆謂一為真而餘為偽也。千餘年來，陋儒齗齗於此事，攘臂張目，筆鬥舌戰，支離蔓衍，不可窮詰。一言蔽之曰，自為奴隸根性所束縛，而復以煽後人之奴隸根性而已。是不可以不辯。

梁啟超還特別指出，「自古正統之爭，莫多於蜀魏問題」。《三國演義》以蜀漢為正統，因此把這一派系的關羽、諸葛亮均加以神化。中國幾百年來的讀者在接受這些神化偶像時，忘了支撐自己的偶像崇拜的基石，恰恰是奴隸根性。

【三五】

甲午戰爭之後，中國知識分子面對大失敗、大恥辱進行反省，思考中國作為一個大國為甚麼變成弱國，「積弱」的原因在哪裏？梁啟超為此寫了《中國積弱溯源論》（寫於一九零一年五月）。這篇長文的第三節，標題為《積弱之源於政術者》。他指出積弱有多種原因，但有一種根本原因，是歷代統治者的政術敗壞。本該堂堂正正的政術，變成「之術」、「奴役之術」。無論是誘惑、強制還是控制，都是權術。僅役術就使精英變成機器與奴才。他特別從三國說起：

曹操號令於中國曰：「有從我游者，吾能富而貴之。」蓋彼踞要津、握重權之人，出其小小手段，已足令全國之人，載顛載倒，如狂如醉，爭先恐後，奔走而趨就之矣。而其趨之最巧、得之最捷者，必一國中聰明最高、才力最強之人也。既得此最有聰明才力者，皆入於其彀中，則下此之猥猥碌碌者，更何有焉？直鞭箠之、圈笠之而已。彼蟻之在於垤也，自吾人視之，覺其至微賤、至幺麼而憐也；而其中有大者王焉，有小者侯焉，群蟻營營逐逐以企仰此無量之光榮，莫肯讓也，莫或怠也……

……故昔者明之太祖，本朝之高宗，其操縱群臣之法，有奇妙不可思議者，直如玩嬰兒於股掌，戲猴犬於劇場，使立其朝者，不復知廉恥為何物，道義為何物，權利為何物，責任為何物，而惟屏息踡伏於一王之下。夫既無國事民事之可辦，則任豪傑以為官吏，與任木偶為官吏等耳；而駕馭豪傑，總不如駕馭木偶之易易。彼歷代民賊籌之熟矣，故中國之用官吏，一如西人之機器，有呆板之位置，有一定之行動，滿盤機器，其事件不下千百萬，以一人駕馭之，而戢戢然矣。而其所以能如此者，則由役之得其術也。夫機器者，無腦、無骨、無血、無氣之死物也，今舉國之官吏，皆變成無腦、無骨、無血、無氣之死物，所以為駕馭計者則得矣，顧何以能立於今日文明競進之世界乎？[1]

中國的權術到了三國時代變成一個成熟的體系，它不僅是鬥爭術，而且是鑽營術；不僅是統治術，而且是奴才術；梁啟超講的是統治術與奴才術。僅此一項，就足以使知識精英不知廉恥為何物、道義為何物，權利為何物，義務為何物了。許多奴才，因要了權術，變成了狗奴才、豬奴才、狐狸奴才。

1 《中國積弱溯源論》全文兩萬餘言，第一節論積弱之源於理想者；第二節論積弱之源於風俗者；第三節論積弱之源於政術者，第四節論積弱之源於近事者；意在診斷中國積弱之病源，尋求治療之術。全文連載《清議報》第七十七至八十四冊。本節原載《清議報》第八十冊，一九零一年五月二十八日（光緒二十七年四月十一日）出版。收入《飲冰室合集．文集》第二冊，第五卷。

【三六】

權術，由「權」與「術」二字組成。「權」的本義並不壞，它是指摒棄僵死經義的靈活性。孔子說：「可與共學，未可與適道；可以適道，未可以立；可與立，未可以權。」（《論語．子罕第九》）漢儒說：「反經合道曰權。」所謂反經，就是反僵死原則的靈活；所謂合道，則是指靈活乃是不背棄大原則的靈活。權術恰恰是把靈活性推向毀滅一切心靈原則與社會原則的極端，把手段、技巧、策略、陰謀放在第一位，為了達到政治目的，不擇手段，既不講道德，也不講道理，更無所謂道義。《三國演義》中的智慧發生變質，便是智慧變成了權術，只合術不合道。只合小目的（個人、集團私利、功利），不合大目的（人類的生存、發展、延續）。康德講美是「非目的的合目的性」，《三國》的智慧公式恰恰相反，是「合目的的非目的性」，即只合私人與集團利益，不合人類生存、延續的根本指向。

【三七】

「一定要戴面具，千萬不要忘記戴面具」，這是《三國》權術家的第一經驗。哪怕是篡奪最高權力的新皇帝登基，也不可忘記這一要點。曹丕與「群臣」逼迫漢獻帝退位、自己就要「受詔」坐上皇帝寶座時，司馬懿給曹丕一個重大提醒，就是不可忘記戴上面具。小說寫道：

曹丕聽畢，便欲受詔。司馬懿諫曰：「不可。雖然詔璽已至，殿下宜且上表謙辭，以絕天下之謗。」丕從之，令王朗作表，自稱德薄，請別求大賢，以嗣天位。（第八十回）

明明已經奪了王冠，還要「上表謙辭」，這一「上表」，就是面具。曹丕的權術不如司馬懿成熟，忘了這一着，經點破立即明白，便欣然接受司馬懿的忠諫。三國時代的權術家不僅最兇狠，而且最虛偽。

【三八】

三國時的知識分子，是名副其實的「毛」，如果不附上一張「皮」，就無法存活。連陳宮這種比較剛正的知識分子，也得附上呂布這張不可靠的虎皮。魏、蜀、吳這三張大皮，提供給許多知識分子依附。曹營中的郭嘉、荀彧、荀攸、程昱、賈詡、孔融、楊修、王朗等；劉營中的諸葛亮、龐統、蔣琬、費禕、法正、許靖、譙周、秦宓、鄧芝、楊儀等；孫吳中的魯肅、張昭、諸葛瑾、諸葛恪等。連袁紹這張皮，也有田豐、沮授、許攸、審配、郭圖這些重要知識人附上。當時的知識分子於戰亂之中，沒有別的出路，能附上皮就很不錯。這些「毛」命運不同，運氣最好的是當上「王者師」，如諸葛亮、龐統、張昭等。其次是當上「王者士」，如上述這些有名氣的謀士，待遇不錯，還受尊重；但許多是不見經傳只是為主人撰寫文件的芸芸者，隨時都可丟掉飯碗，這些知識分子的多數，其實是「王者奴」。像楊修這種聰明絕頂的人，其父楊彪，也算「王者師」，他自以為也可當「王者師」，但在曹操眼中也只是「王者奴」；一旦聰明過份，就把他從自己的皮上拔掉，殺了他。楊修的命運説明，當時的知識分子沒有任何獨立的地位。即使像荀彧這種提供「挾天子以令諸侯」的戰略決策的功臣，當上「王者師」，做了頂尖的能臣的，本質上還是「王者奴」，所以曹操一旦看不順眼（因勸阻他當魏公），也把他除掉了。既然是「毛」，隨時可拔掉，也是王者的應有之義。

【三九】

十六世紀英國查理一世時期的貴族思想家斯揣福特（Strafford）在斷頭台上（被克倫威爾革命團體判處死刑）對英國的民眾說：「我請每一位聽見我說話的人真誠地捫心自問一下：是否必須在血泊中才能開始新生？」斯揣福特不是不支持社會的變革和國家的新生，而是希望用妥協的不流血的辦法來實現改革，但激烈的被情緒挾持的革命者不能理解他和饒恕他，終於把他處死。他死後，黎歇留評論說：「英國人殺掉了他們中間最偉大的同胞。」也許是斯揣福特的臨終告誡起了作用，英國在十六世紀之後再也沒有發生暴力革命。與法國不同，英國一直以妥協的辦法把自己的國家一步一步推向現代文明。人類社會的經濟差異尚存，階級、集團、個人的矛盾衝突總是存在，解決這些矛盾的辦法是用你死我活的消滅方式，還是用你活我也活的妥協方式，這是一個最根本的選擇。宋江選擇的是調和妥協的方式，因此一直遭到反對與唾罵，連李逵也罵。幸而李逵是宋江的兄弟，否則早就把宋江當作投降主義者砍入血泊中了。其實妥協不是投降，而是有所讓步地抵達改革社會的目標。條條道路通羅馬，宋江的路也可通向「羅馬」。

【四〇】

宋江、吳用等造反派領袖，為了壯大造反事業的聲威，實行了對人的巨大改造工程。逼迫朱仝、秦明、安道全、盧俊義上山，其實是強制改造，讓他們更換一種角色。從官吏、將領、豪紳變成寇盜、革命者。為了完成這一工程，他們不惜戰爭、流血，不惜使盡陰謀詭計，殘殺無辜者生命。這是一種壯烈而黑暗的工程。可惜梁山領袖通過改造，雖然讓一些人完成了角色的轉換，卻無法完成其靈魂的轉換。造反者可以把盧俊義等逼上梁山，但無法把他們改造成真正的水滸中人。這種改造工程，歸根結底是烏托邦。

【四一】

立國之本應是文化，不是技術，也不是兵馬。魏、蜀、吳都分別建立了國家，都擁有百萬雄師，但是不過一百年，全都灰飛煙滅。三國都忙於招兵、用兵，沒有時間顧及文化。文化人一部份逃離政治，遁入玄學；一部份入世謀生，成了智囊。但因為缺少文化這個「本」，所以三個王座都是短命的。國家一定是立體的，既有長度、寬度，還得有深度。版圖與力量只是寬度與長度，只有文化代表深度，有深度才有根基。

【四二】

人確實必須擺脫低級趣味，但最低級的趣味是甚麼呢？《水滸傳》告訴我們：最低級的趣味是品嘗殺人快感的趣味，品嘗人肉腥羶的趣味。李逵吃人吃得津津有味，武松殺人殺得「心滿意足」，均屬低級政治生物的趣味。魯迅嘲諷中國人好趕熱鬧去看處決犯人，但只想看殺頭，不想看槍斃，覺得殺頭才有趣，槍斃太乏味。這種畸形的病態趣味，與李逵剁人肉的趣味相通，屬於「末人」（尼采的概念：未完成人的進化之人）趣味。

【四三】

美國的南北戰爭雖也打得你死我活，但是戰後，得勝的北方軍隊還是為戰敗的南方軍隊司令李將軍建立紀念碑、紀念館。這叫做尊重對手。《三國演義》的梟雄沒有尊重對手的觀念，只有抹黑對手的功夫。劉備不僅口口聲聲稱曹操為賊，而且處處抹黑他。當時的勝利者除了精通偽裝術之外，還精通抹黑術，愈是能裝，成功率愈高；愈是把對手抹得黑，就愈佔上風。抹得黑透了，就接近勝利了。當時沒有「批倒批臭」等概念，但抹黑術已達高峰。曹營的軍師王朗竟被諸葛亮抹黑抹死了。

【四四】

三國的領袖們都有勇往直前的激情，偶爾也有些感嘆（如曹操沉吟「人生如夢」），但從不消沉。他們積極進取，決不輕易放過一城一池、一山一水。他們也不相信運氣，每個戰役都經周密策劃，不敢疏忽。因太積極，也就過於勞累，曹操與劉備都活不到五十歲。可惜，他們的全部生命激情都用於追逐絕對權力，激情的指向只是把王冠戴到自己的頭上，留給子孫。因此他們的激情缺少詩意，反而是冷靜時的感嘆帶有詩意。

【四五】

曹操一家出了三個著名詩人。曹丕當了皇帝，日理萬機，但能講出文學乃是「經國之大業、不朽之盛事」的思想，很不簡單（儘管這一思想也危害了文學）。而曹植則可說是個職業詩人，從量上或文采上，曹植都超過他的父親和兄長。但從境界上，子輩對於父輩還是望塵莫及。曹操對宇宙人生有一種形而上性質的體悟，氣勢恢宏。曹丕、曹植兩兄弟的詩文雖有情調，但無其父的「大氣」（唐宋詩文也是多有情調，少有大氣）。

《古詩十九首》，從形式上不如唐詩成熟，但是，從精神內涵說，它比許多唐詩大家純正，更像詩，或者說是真正的詩。《古詩十九首》裏沒有功名心，沒有奴隸相，沒有庸俗氣，是純粹的人生感嘆。曹操詩的格調與《古詩十九首》相近。

【四六】

武松和李逵都是最有力量的人。武松打虎，李逵殺虎，而他們本身也如猛虎。李逵喜歡用人肉作為下酒的作料，武松開刀，在鴛鴦樓一殺就是十五個人。中國知道苛政猛於虎，不知苛人更猛於虎。這種苛人，實際上是人的未開化或半開化狀態。他們對付起「苛政」是英雄；但對付無辜百姓，則是猛獸。李逵在狄公莊把那對戀愛中的年輕男女砍死，然後疊起來，用大斧剁開下酒；武松砍殺小丫鬟，哪裏是甚麼真人、「天人」，完全是猛獸。把未開化的人當作英雄進行崇拜，說明崇拜者也未完全開化。

【四七】

三國的戰爭，不僅把全民族拖入血泊，而且把全民族拖入權術、心術這個黑暗的深淵。中國人，尤其是中國人的上層，集體染上一種惡習，這就是迷戀權術、相信權術的惡習。這種惡習之深，深到了政治深處，也深到人性深處。像貂蟬這樣聰明美麗的女子，她生在那個時代，被當作一個傀儡去捕獵兩個強人，不僅不會感到羞愧，而且很自豪，因為她只是按照當時的習性與慣性做了一件事而已。貂蟬的成功，更讓人感到陰謀詭計遠勝於刀槍劍戟的力量。

【四八】

漢獻帝的皇帝寶座風雨飄搖之後，王冠勢必飄落到另一個人的頭上，於是，各路豪強的焦慮中心便集中於王冠。由此，中國開始了新的價值時代：唯一有價值的就是這一王冠和它代表的絕對權力還有相應的爭奪這王冠的權術。其他的一切，例如人的尊嚴，人的品格，人的愛情，全都變得一錢不值。

【四九】

水滸、三國時代，因為戰爭極為殘酷，各方都極需要有力量的武士，有智慧的謀士，因此領袖們都把目光投向人才。由此，他們卻在思維上產生一個盲點，這就是看不見普通人，平常人，忘記最不重要的人也是人，也有生存、溫飽、發展的權利。在他們心目中，這些人只是數字，不是生命。關羽決堤淹曹軍，獲得全勝，活捉于禁，但淹死多少百姓，這是不加考慮的，對於關羽來說，不重要的人死了成千上萬也不重要。有「人才」的意識，並不等於有「人」的意識。

【五〇】

貂蟬的故事，是一個女子身帶巨大陰謀、心懷殺機的驚心動魄的故事。她進入角色之後，抹掉原先的自我，淘乾本真的天性，使出裝、騙、誘、逼各種手段，一切言詞、動作、眼淚、笑容以及撒嬌、自殺、喜怒等等，全是假的。一個美貌女子靠着自己的身段與手段，竟征服了呂布和董卓。可惜她全然不知靈魂的主權和生命中最寶貴的婚姻與情愛的權利。

貂蟬是做戲，但做的只是看得見的戲，而三國各方面的權謀家全都在做戲，但他們的戲看不見，所以更高級。

【五一】

曹操、劉備、孫權都經歷過佔領一座城池、一片土地的狂喜，都為自己擁有雄兵百萬和治有千百個郡縣而享受帝王似的榮光而彈冠慶祝，但他們三人的結局都是一樣的：一是最後都走進墳墓，化作一具骷髏；二是他們的子弟很快就成為司馬氏的俘虜和司馬氏權力指頭下任意撥弄玩耍的小丑。無論是劉禪、孫皓還是曹奐，都獻出城池土地而換取司馬氏給他們的一條活命，讓他們晚些變成一具骷髏，多過幾天行屍走肉的日子。

【五二】

遍地橫屍，白骨遍野，血流成河，三國豪強們不顧生靈塗炭，浴血死戰數十年，只是為了一頂皇冠。說春秋無義戰，其實，三國更是無義戰。戰來戰去，完全是為了那一個號令天下的寶座。

【五三】

三國的豪強們朝思暮想的是征服城池，征服土地。版圖大小，是生命價值的指標；皇帝寶座，是生命最高的指標。他們揮動千軍萬馬南征北戰，版圖不斷擴大，野心不斷膨脹，指標不斷上升，可惜，在凱旋與慶功之中，在征服城鎮的同時，他們也毀滅了生命中的本真本然，埋葬了那些原有的誠實、質樸和人間性情。於是，讀者看到的三國勝利者，全是胸膛充塞野心的權術家，個個是道德、心靈的失敗者。

【五四】

《孫子兵法》確實了不起，但它是兵法，不是國法、家法、人際法。所以老子才要在《道德經》中提醒，「以奇用兵，以正治國」，把兵法與國法儼然分開。可是，三國中人把兵法泛化到一切領域，人人都是兵，個個不厭詐，權術、詭術、心術用到人性最深層，所以才有劉備擲阿斗於地的故事，才有諸豪強們把妻子、女兒、妹妹、朋友全當作戰爭籌碼的故事。一旦把權術詭術引入日常生活與人際關係，人性的墮落就不可避免。

【五五】

皇帝自稱天子，自然是替天行道。挑戰皇帝的反對派，也打着「替天行道」的旗號。「替天行道」，便是最高的道德理由，佔領道德制高點，便可為所欲為。於是，替天治天下的帝王們可以焚書坑儒，可以誅殺九族，可以設「東廠」、置酷刑、興文字獄。於是，替天造反的英雄們可以為了逼朱仝上山，把四歲的小衙內砍成兩段；可以為了逼盧俊義上山，在大名府屠城，全城百姓「死傷過半」；可以為了逼安道全上山，殺了李巧奴一家（儘管是妓家）等，一切均屬天經地義，符合天理。天矣天矣，數千年來，多少人以汝之名，行竊行盜行騙行兇行無法無天之道。

【五六】

東漢後期，政治腐敗到極點。一個個皇帝都不像樣。恆帝、安帝、靈帝、順帝算是少年（十一歲至十五歲之間），其他的幾個（殤帝、和帝、沖帝、質帝、獻帝）均是十歲之下的兒童甚至嬰兒。黨錮事件後忠良殺絕，精英除盡，外戚與宦官進一步把持朝政，朝廷內外一片黑暗。這種皇統正統已是一具佈滿蟲豸的殭屍，中國要得救，只能棄絕這具殭屍。但《三國演義》的作者站在「抑曹尊劉」的皇統立場，把曹操視為奸賊，把維護殭屍皇統的劉備視為救星，從而竭力美化劉備，醜化曹操，改變歷史真相，使歷史發生變質。後代讀者也天然地站在劉備這一邊，以為他維護的皇統皇權是不可更改的甚麼寶貝。

【五七】

「雙典」中的婦女的地位，用現代概念表述，最確切的可以說是男人的殖民地、殖民身。男子乃是婦女的宗主國、宗主家。夫為綱，妻為目的地位常常保不住，妻子常常變成衣服（劉備語）、變成食物（獵戶劉安所為）、變成貨物（呂布揹着女兒去與袁術做交易）等。殖民地沒有主權，只有被奴役、被利用、被殺戮的權利。《水滸傳》的女人潘金蓮、潘巧雲等如同早期的殖民地，更多是被殺戮，《三國演義》的女人如同後期殖民地，更多是被利用，前後期的功能有所不同，但都是奴隸。

【五八】

從漢武帝「獨尊儒術」開始，漢代乃是「經」統治一切。到了漢末，「經」才被「三玄」（老、莊、易）所代替。隨着玄學取代經學，整個時代的文化重心也從重「德」轉向重「才」。在此文化轉型中曹操起了關鍵性的作用。他利用自己的權力，下求才令，不管原來出身地位如何，唯才是舉。當時傅嘏、李豐、鍾會、王廣等的才性之辯，相當於當代人的才德之辯、「紅專」之辯、血統之辯。曹操支持才性異，把出身（性）與才能分開，哪怕出身於流氓地痞，只要有才能，也可為我所用。《三國演義》所展示的時代，正是一個重才不重德的時代，曹操、劉備雖然愛才如命，但也殺才不眨眼。曹操好色，但離孔子所說的「好德如好色」十萬八千里。劉備雖把「仁義」放在嘴上，但也只有偽道德，即滿口仁義道德，滿心帝王將相。劉、曹、孫等爭霸的各方，都把「才」看得最重要。玩得好，有才沒有德不要緊，但只要善於玩弄權術、心術就行。

【五九】

李逵、武松等《水滸》的一些著名英雄，乃是絕對的禁慾主義者。他們不知道人擁有慾望的權利，本能地認定「慾望有罪」。他們生活在北宋，即生活在「存天理，滅人欲」的大命題問世之前，卻無師自通地成為這一命題的先行者，他們遠離情慾、仇恨情慾、殘酷地懲罰消滅情慾。《水滸傳》塑造了一群禁慾主義暴虐狂，一群「存天理，滅人欲」的絕對化形象。他們可以放掉被俘的頭號敵人高俅，但絕對不放過潘金蓮、潘巧雲。《水滸》在英雄主義的幌子下，把中國的大男子主義推向頂峰，也把血腥的禁慾主義推向頂峰。

【六〇】

中國人講「有所為有所不為」，說的是人類道德邊界和道德絕對性。有些事，連惡棍也知道不可以做，沒有討論的餘地。康德對倫理學的貢獻之一，就是說明人之所以成為人（別於動物），乃因人類具有一種人性能力，即聽從內心的絕對命令，去做一些絕對應當做的事，拒絕一些絕對不能做的事。一個孩子掉到井裏，絕對要去救救孩子，不愛也得去救，絕對不可以置若罔聞。李逵砍殺小衙內、砍殺狄公村無辜的男女就絕對不可「為」，沒有討論的餘地。

【六一】

作為人，可以理解同胞們對關羽的好感，因為在那個充滿偽裝、充滿欺騙的時代裏，人性深層美好的東西全被戰爭與陰謀捲走，人間再也沒有情義，而關羽保留了最後的情義，他在華容道上寧可犯法即寧可違反軍令狀也要放走曹操，從而給情義提供了一條出路。

作為學人，則要指出，關羽的義是小義，不是大義，其「義絕」只是對若干朋友的絕對忠誠，不是對人類普遍的愛，因為義中具有巨大的排他性——排斥非盟友、非朋友。是遵循「四海之內皆兄弟」還是遵循「團夥之內即兄弟」？選擇前者，便無法向關羽靠近。一個具有普世情懷的人，他就無法崇拜關羽。

【六二】

孤獨的生命個體，在茫茫的人際煙海中，無依無助，貼近最黑暗的深淵，只好求助靠山。秦香蓮，一個弱女子，就是這樣的生命個體，她沒有法律可依，沒有制度可「靠」，只能求助於包公。在充滿騙子的社會裏，無人可以信賴，人們只能嚮往關羽人格，哪怕犯法（違反軍令狀）也要救援朋友（放走曹操）。中國人的包公、關羽崇拜可以理解，只是在英雄義薄雲天的偉大氣概裏，蘊含的是中國人沒有上帝也沒有法律可以依靠的可憐境地。沒有法律保障的中國人，把清官與義將視為心理靠山和心理救星，於是，包公與關羽便被推上神殿與神台。劉鶚的《老殘遊記》的意義，就在於它第一次打破中國人的心理靠山，提醒中國人必須改變既定的拯救之路。它揭示，這些心理靠山——清官，其設置的道德法庭比貪官還殘酷，他們在廉潔的面具下常常幹着最沒人性的勾當。中國人只有丟掉幻想，建構獨立支持的靈魂和現代的「公道」法制秩序，才是出路。

【六三】

曹操、劉備、孫權以及與他們同時代的軍閥袁紹、袁術，儘管旗號不同，各有各的理由，但他們都進入一種「共犯結構」，即「共同犯罪」。他們把中國投進了一個燒殺不斷的野蠻狀態，讓戰爭、陰謀、不幸、恐怖佈滿長江黃河上下的這片偉大的土地。從外部說，在他們爭奪天下的半個多世紀裏，中國人喪失了日常社會秩序，沒有生活。從內部說，中國的人性發生空前的變質，沒有誠實。盧梭曾說，人性不會倒轉。但在三國時期，中國的人性發生了巨大的倒轉現象，人格發生分裂，心靈塞滿心機，智慧變成權術，英雄變成陰謀家，整個時代的人性圖騰只有一種，便是面具。歷代史學家只看見三國時中國土地的大分裂，但沒有看到中國人格的大分裂。

【六四】

武松砍了潘金蓮的頭，又挖出她的心肝五臟，然後設置祭壇祭奠武大的亡靈。此時，如果武大有知，看到的是最傷心慘目的景象，兩個最親的親者，一個成了屠夫，即劊子手；一個成了祭品，即犧牲品。

其實，水滸英雄攻打祝家莊的戰爭和三國時代無數的戰爭的功能都一樣，其龐大的戰爭機器，都在製造兩種基本產品，一種是屠夫，一種是祭品。

【六五】

《水滸傳》的故事到了二十世紀末變成了電視劇中「該出手時就出手」的歌聲。

李逵、武松等確實出手不凡，但常常出手太狠、太毒、太殘忍，太沒道理。武松在鴛鴦樓一出手，砍殺十五條人命；李逵一出手，把無辜的女子剁成肉醬；楊雄一出手，把妻子的五臟六腑全掏空而懸掛樹上。《水滸傳》的可怕恰恰是不該出手時常出手，一旦出手固然也征討腐惡，但也往往濫殺無辜。李逵等的出手，只憑情緒，沒有理性。但願電視劇《水滸傳》的出手呼喚，不要帶來新的恐懼。

【六六】

老子《道德經》說「天地不仁，視百姓為芻狗」，這一命題到了「雙典」，則是「天地不仁，視女子為豬狗」。《三國演義》中劉安殺妻如同殺豬狗牛羊招待劉備只是一種象徵，李逵殺狄公莊的青春女子以「消食」，武松殺潘金蓮，楊雄殺潘巧雲，張順殺李巧奴，顧大嫂入祝家莊時對所有女人格殺勿論，全是視婦女為豬狗。他們和以屠宰為職業的屠夫不同之處，是屠夫殺豬宰羊，並無快感，而李逵、武松殺戮時卻有快感。從「雙典」的文本中，可以看到中國文化負面中最黑暗的一頁。

【六七】

人天生具有慾望的權利。慾望的權利便是生活的權利。「三言二拍」以文學的方式肯定人的基本權利，《金瓶梅》也以文學的方式展示慾望的形態，對慾望沒有善惡判斷。《水滸傳》則對人的慾望設置最殘暴的道德法庭。武松、李逵、楊雄都是宣佈判處慾望以死刑的法官，而且兼任最殘暴的劊子手。如果說革命是剝奪剝奪者，他們則是剝奪非剝奪者。那些具有人性慾望的女子都是非剝奪者。她們並不危害社會和傷害社會。

楊雄和石秀這對異姓兄弟一起屠殺潘巧雲和迎兒，把潘氏的心肝五臟挖出來並掛在樹上，展示了人性史上罕見的黑暗的一頁。這一頁，是中國極端大男權主義和革命英雄主義相結合再與小生產者嫉妒心理相混合的產物。中國的男權主義，不僅被制度化，而且被暴力化。被制度化，儒者有責任；被暴力化，則是造反英雄們的「創作」。

【六八】

雙典中的女性多半是物不是人，她們雖有人的功能，如性慾、生育等功能，但主要是呈現「物」的功能。在物功能中又有三項很特別也很奇怪：（1）「食物」的功能：獵戶劉安為了招待劉備，宰了自己的妻子，充當「狼肉」；（2）「祭物」的功能：武松砍了潘金蓮的頭還挖出她的心肝五臟，作為大哥武大亡靈的祭物；（3）「動物」的功能：《水滸》中的顧大嫂是見一個殺一個的獸物，《三國》中的貂蟬、孫夫人等則是政治馬戲團裏的高級動物。

【六九】

《水滸傳》中的扈三娘，可算是作者和宋江的理想女性了。有美貌，有武藝，還有一個最重要的特徵，是可操作性。她沒有靈魂的自我認同，也沒有意識到女性人生最寶貴的權利乃是愛情與婚姻的權利。她服從革命領袖的指示，只充當一個善於作戰的銳利武器和遵守紀律的馴服工具，在宋江的安排下她嫁給手下敗將、愛吃人肉的王矮虎王英，不僅沒有怨言，壓根兒就沒有語言。這種不會說話但有力量的武器，是最好操作的理想武器。

【七〇】

人類中的「忍人」，是離禽獸最近的人。所謂忍人，就是喪失不忍之心的人。孟子講人與禽獸的區別只有「幾希」（很少），人禽之別最根本，是人有「不忍之心」——不忍去殺人、吃人、傷害人。也就是說，不忍之心是人性的發端，又是人的第一標誌。但《水滸傳》中的許多英雄，如李逵、武松、楊雄等，卻把婦女的身體拿來剁殺，挖出她們的心肝五臟來洩憤，不僅忍心，還從中感到快活，心滿意足。可是，中國讀者歷來都把忍人當作英雄。

【七一】

面對三國令人戰慄的權術心術，總是想起甘地，想起曼德拉、馬丁．路德金等，想到政治其實也有另一種大道，另一種遊戲方法：和平的，透明的，非暴力的大道。雖有鬥爭，但沒有鈎心鬥角；雖有較量，但沒有陰謀詭計；雖有方法，但沒有卑鄙的手段。人類世界最深的黑暗，是權術輻射出來的黑暗。最深的黑暗隱藏在最深的陰謀詭計之中。

【七二】

讀透三國，才明白三國乃是三個假人國。劉備是假人，曹操是假人，孫權也是假人。全是戴面具、玩面具、比面具。三國文化，是面具文化。有面具才能生，有面具才能贏。連代表最高智慧的諸葛亮也得戴面具。劉璋的失敗，就是因為他誤以為劉備是真人，看不穿劉備的面具。董卓為甚麼灰飛煙滅，就因為他以為那個美麗絕倫如同仙子的貂蟬是真人，沒看穿她的面具。曹操屢次上當，也誤認為劉備、龐統、黃蓋等是真人，上的是面具的當。

寫作《雙典批判》，其實是在寫作招魂曲。中國文化的魂，是一個「誠」字。仁、義、禮、智等等，都是誠所派生。誠能通神，誠是中國的上帝。可是，到了《三國演義》時代，「誠」字喪失殆盡。剩下的只有假人、假言、假面。誠被偽所取代，智慧被權術所變質，單純的情義被團夥的盟約所偷換，所有大人物全是戴面具的大壞蛋。全都沒有完整的人格，沒有真實的內心，沒有透明的契約。對權術的批判，乃是對誠實的呼喚。魂歸來兮，這個魂就是「誠」。

【七三】

在水泊梁山上，誰是最高的法官？不是首領晁蓋與宋江，也不是軍師吳用與術師公孫勝，而是李逵。他不僅最善於打殺，而且最憎恨女色，後者使他佔有了道德制高點與道德審判權。他誤認宋江搶走劉太公的女兒，就砍倒杏黃旗，想當場劈掉宋江，大義凜然。誰接近女色，誰就低人一等，領袖人物也是如此；誰遠離女色，誰就有真道德，誰就是真英雄，真法官。李逵一旦執政，實行的第一主義，一定是禁慾主義，其專制，也一定是最黑暗的剝奪女性生活權利的大男權專制主義。

【七四】

李逵等梁山造反者，在「替天行道」的旗幟下，宣稱欲救生民於水火，扮演的是「救主」的角色，可是一旦進入拯救過程，則不分青紅皂白地無情砍殺。攻打大名府時濫殺全城百姓，連職業劊子手蔡慶也看不過去，求助柴進制止殺戮。此時的救主是原先的劊子手。此時的魔鬼是替天行道、正殺得痛快的「救主」。《水滸》中的許多英雄就在「救主」與「魔鬼」這兩種角色中不斷轉換。

【七五】

智取生辰綱之後怎麼辦？對於生辰綱這種不義之財怎麼處置？大約有三種方案：一是分贓，即參與搶劫的兄弟私分；二是分散給天下窮苦兄弟，即劫富濟貧；三是充公，把生辰綱交給國庫。晁蓋、吳用採取第一方案，只是私分，並無濟貧也無充公。後來宋江攻打祝家莊，實際上是劫取生辰綱的擴大與延伸，也發生取了不義之財後怎麼辦的問題。也是三個方案的選擇。宋江的進步是分了一部份「救濟災民」，大部份還是按斤論両分給兄弟。西方的盜似乎比較簡單：盜就是盜，不懂得「劫富濟貧」這種冠冕堂皇的「盜」理。

【七六】

《三國演義》描寫戰爭，所有的智慧都用於如何把對方消滅掉。數百年來，中國讀者欣賞這種智慧，但看不到戰場內外，特別是在籌劃戰爭的帷幄之中，種種所謂智慧，都把人從人的深層結構中毀掉。所有的決策者只熱衷於權術，熱衷於陰謀，於是，在殺人放火的同時，也毀掉人的誠實，人的正直，人的質樸。三國時期，心機心術覆蓋全中國，表面上看，是白骨蔽於野（曹操詩），從深層看，則到處是人心的屍體與殘骸，前者看得見，後者看不見。而中國人的人心乃是從後者全面走向黑暗的深淵。三國時期，人心險惡到極點。環境險惡，人心更險惡。連最美的青春女子貂蟬，也佈滿心機，在施行美人計時竟可以做到計謀天衣無縫，以致老謀深算的董卓也敗在她的手下。貂蟬尚且如此，更不用說爭奪天下的主要人物了。曹操說「寧教我負天下人，休教天下人負我」（第四回），一句話洩露了全部心機。在白門樓上，呂布被曹所俘，生死之際，曹操想聽劉備一句話，此時的劉備，一言可以給呂布打開一條生路，但劉備發出的一言卻把呂布打入地獄。呂布通過轅門射戟救助過劉備，但劉備深知此人將是自己爭奪天下的障礙，也顧不得舊情。人心的險惡，正是人心只知算計，不知其餘。

【七七】

在曹軍的包圍中，趙雲孤身死戰，保護糜夫人與阿斗殺出血路。在千鈞一髮之際，糜夫人為了讓趙雲減少負累，讓他全力救出阿斗，便帶着負傷之身，毅然投井自殺，以自身的毀滅成全丈夫的事業。趙雲突圍後見到劉備時喘息而言：「糜夫人身帶重傷，不肯上馬，投井而死，雲只得推土牆掩之。懷抱公子，身突重圍，賴主公洪福，幸而得脫。」說完雙手把阿斗遞予劉備。這時劉備接過阿斗，擲之於地說：「為汝這孺子，幾損我一員大將。」（第四十二回）

這一段重要情節，劉備只有一句話，一個動作，完全沒有注意即完全不在乎趙雲特別說到糜夫人為他和阿斗而死——為他後繼有人而捨身拯救「幼主」。在他心目中，糜夫人不存在，根本不值一提。中國的許多「大丈夫」都如劉備，只有事業的野心，沒有情份的良心。

在《三國演義》中，婦女不存在，或者說，婦女不被視為人的存在，而是物的存在。這之前，張飛在呂布的偷襲中丢了一個小沛，致使甘夫人與糜夫人陷在城中，為此，張飛拔劍自刎，劉備向前抱住，奪劍擲地說：「古人云：『兄弟如手足，妻子如衣服。衣服破，尚可縫；手足斷，安可續？』」（第十五回）妻子如衣服，婦女只是物，劉備在緊急中透露出重大心靈信息。三國的英雄們，無論是劉備還是曹操、孫權，或是呂布等等，都把女人當作物。或當作貨物（政治交易品），或當作器物，或當作動物。最受器重的美女，如貂蟬、孫尚香（孫夫人），便是政治馬戲團裏的動物，沒有人的靈魂主權，也沒有人的內心世界。

【七八】

以暴易暴，是《水滸傳》所宣揚的暴力合法性理由。「智取生辰綱」所以合法，乃是以暴劫暴，以暴取暴。蔡知府等貪官污吏剝奪民脂民膏，屬第一暴力；晁蓋等七雄搶奪民脂民膏屬於第二暴力。造反原理，說到底是以第二暴力取代第一暴力的原理。第二暴力本是不得已，它是為了制止第一暴力，而不是第一暴力的延伸與發展，可惜，《水滸傳》提供的卻是第二暴力崇拜，全書的最大潛命題乃是第二暴力天然合理。

【七九】

《三國演義》把偽裝術推向巔峰，出現了偽裝三絕：一是劉備在與曹操「煮酒論英雄」時的裝傻；二是諸葛亮在周瑜死亡弔唁會上的裝哭；三是司馬懿在曹爽權力下的裝病。三者均裝到無懈可擊，沒有任何破綻。一有破綻，就會陷入危險。因為他們的表演不是在日常生活場合，而是在極為險惡的生死搏鬥場合。因為裝成功了，才有蜀國與晉國。

【八〇】

說中國傳統文化只是「人肉的宴席」，過於激烈，但它的確指涉一部份真理。在雙典中就具體展現了三種人肉宴。第一種是張青、孫二娘夫婦開的人肉黑店，連武松也險些被吃；第二種是李逵的人肉酒席，小說記錄李逵製作黃文炳肉醬的過程：「便把尖刀先從腿上割起，揀好的就當面炭火上炙來下酒。

割一塊炙一塊，無片時，割了黃文炳，李逵方才把刀割開胸膛，取出心肝，把來與眾頭領做醒酒湯。」

第三種是王英王矮虎的人心醒酒湯。宋江就險些被吃。小說寫道：

> 當下三個頭領坐下，王矮虎便道：「孩兒們，正好做醒酒湯。快動手，取下這牛子心肝來，造三分醒酒酸辣湯來。」只見一個小嘍囉掇一大銅盆水來，放在宋江面前；又一個小嘍囉捲起袖子，手中明晃晃拿着一把剜心尖刀。那個掇水的小嘍囉，便把雙手潑起水來，澆那宋江心窩裏。原來但凡人心，都是熱血裹着，把這冷水潑散了熱血，取出心肝來時，便脆了好吃。那小嘍囉把水直潑到宋江臉上，宋江嘆口氣道：「可惜宋江死在這裏！」

三種人肉宴席都因為出自英雄之手而被忽略和原諒了。

【八一】

《水滸傳》展示了一個永遠循環套：反抗惡，必須訴諸惡；反抗暴力，必須訴諸暴力。宋江想擺脫這一循環套，走上招安之路，結果又被引入新的暴力之路。

任何暴力必將陷入不可避免的永恒的惡的循環中。人類要擺脫這種絞肉機，只能勿以惡抗惡，勿以暴抗暴。

【八二】

用徹底的語言說明《三國演義》乃是地獄之門，才能從內心深處與三國中人劃清界限。與《三國演義》劃清界限，便是自救的開端。

【八三】

殺人沒有任何心理障礙，沒有壓力，沒有猶豫，沒有徘徊，而且還有快感與自豪感，如武松還理直氣壯地在牆上寫道「殺人者武松也」，如李逵還快活地拿人肉下酒痛飲，等等。這是水滸英雄的特色。一個人，一個民族，到了殺人沒有心理障礙，吃人沒有心理壓力，那就真正暢通無阻地返回動物界、禽獸界。

【八四】

所有的人都會看到三國時代國家分裂、中華民族面臨着最深重的社會危機，但少有人看到那個時代是中國人內心最為分裂、人格最為破碎、道德最為墮落的時代。那個歷史時節，社會的高層，政治集團的頂層，很難找到完整的人格。梟雄們想去統一領土，但沒有人想去統一人格、統一內心。

【八五】

中國的韜晦之術，是一種藏身之術。《三國演義》告訴讀者，此術的要義在於一個「深」字，即藏得愈深，事業就可幹得愈大。司馬懿的成功，就是韜晦的成功，深藏的成功。儘管曹操很早就發現他有「雄豪志」與「狼顧相」，但還是被他蒙混過關。他最後篡奪政權時裝病也裝得天衣無縫，此人一旦從深處出籠，便如潛龍跳門，一發而不可收。《三國演義》的權術，不僅多樣，而且「深刻」。

【八六】

《三國演義》你死我活的鬥爭，暗示一條政治規則：會裝，才能成功，愈是會裝，成功率就愈高。呂布比劉備有力量，但缺少劉備那種偽裝的本事，結果一敗塗地，自己還上了斷頭台；曹操雖有權術，但偽裝能力不如劉備。煮酒論英雄時，他就被劉備蒙騙。那個時代，說真話有危險。禰衡這個書呆子，就死於說真話。曹操借黃祖之刀殺了他，不讓他再說話。楊修聰明之極，但他不知聰明過人的危險，尤其是不知「聰明蓋主」的危險。結果，他也被曹操所殺，死於不懂得裝傻裝糊塗。

【八七】

在《三國演義》的智者群中，首席智人是諸葛亮，他的智慧達到頂峰，偽裝術也達到顛峰。知道周瑜死時，最高興的是他，笑得最開心的是他；但裝出最悲痛的也是他，哭得最傷心的也是他。裝的水平不同，諸葛亮的假哭，其水平可使東吳的魯肅深為感動，覺得瑜亮之爭，錯在周瑜。諸葛亮的偽裝，厲害之處是能裝到入化的程度，即假相沒有任何作假痕跡。諸葛亮雖特別，但並非不可企及，許多中國的政治人物也都擁有成熟的偽裝之術。「假如當年身便死，一生真偽有誰知」，他們的偽裝技巧，水平都是很高的。

【八八】

在充滿凶險的三國時代，人頭隨時可能落地。在險惡的環境中，面具比鐵甲更為重要。鐵甲可以防範明槍暗箭，面具則能使人安全並使人走向榮華富貴之門。當時打天下，光靠刀槍箭矢遠遠不夠，還得靠面具。劉備、關羽、張飛的結盟，是情感契約，又是面具與力量的結合。如果沒有劉備的面具，關、張的刀槍是打不了天下的。當時歷史舞台上的主角，個個都是戴面具的政治生物。

【八九】

劉備、諸葛亮入川，招降了猛將馬超。馬超武藝高強，剛勇無比。如果從「國家利益」的大局着眼，關羽只能是一百個高興，可是，他卻偏偏不高興，偏偏產生嫉妒之心，甚至想和馬超比一高低、決一雌雄。這種「老子天下第一」的心態，乃是關羽的致命傷，也是導致他走向失敗的性格弱點。在生死存亡之際，在極為險惡的戰爭環境中，戰友之間還會產生如此的嫉妒之心，可見人性惡是何等根深蒂固。

【九〇】

《三國演義》以兄弟結盟開篇。可是，劉備、關羽、張飛的結義（「不求同年同月同日生，只願同年同月同日死」）只是個人的盟約。表面上看是「約」，實際上只是「意願」，並非社會契約。盧梭所著的《社會契約論》，也譯為《民約論》，這是公約公法，與桃園結義的私約私願完全不同。盧梭在《社會契約論》的第六章說明：「我們每個人都以其自身及全部的力量共同置於公意的最高指導之下，並且我們在共同體中接納每一個成員作為全體之不可分割的一部份。」盧梭還聲明，公約的共同體乃是由全體個人的結合所形成的公共人格，[1] 參與公約的人就叫作公民。

桃園結義的盟約正是以個人意圖取代社會契約，以團夥取代社會，以團夥的組織原則代替公民的義務與權利。中國歷史上所缺的不是無條件的個人意願與團夥組織原則，而是有條件的、對整個社會負責的社會契約。因此中國的現代法治的社會建構，就得從告別桃園似的兄弟之盟開始，然後進入社會契約。用契約意識代替江湖義氣，便是現代文明的曙光。

【九二】

姬金鐸先生的《韋伯傳》把韋伯對親情倫理的批評，概說得非常準確。傳記一段寫道：「韋伯在《經濟與社會》這部著作中曾經把社會關係分成兩種，一種稱為公社型關係（Communal），另一種稱為社會型（Social）關係。所謂公社型關係就是人們在主觀情緒的基礎上建立的關係，不管這種情緒是基於情感還是出於傳統。所謂社會型關係是人們出於合理的利益的考慮，或在某種有意義的承諾基礎上建立的關係，不管這些考慮是基於對絕對價值的合理判斷，還是出於利己的動機。韋伯把宗族關係看作是第一類關係的典型。這種建立在血緣、親屬關係之上的宗族組織是與合理化的現代經濟關係格格不入的……在宗族關係的基礎之上產生出的倫理觀念必然具有雙重性質，即對待與自己親近的人是一種倫理態度，對待外界的人則又是一種倫理態度。這就形成了對外與對內兩種完全不同的辦事原則和交往態度。在圈子以內，是完全不講經濟利益的互利互助的，對外界則可坑蒙拐騙無所不為……由這種雙重倫理還可以進

1《社會契約論》中譯本，何兆武譯，第二六頁，台北，唐山出版社，一九八七年。

一步形成一種雙重人格，這種雙重人格以兩種截然不同的道德準則行事。中國古代所講的義利之辯就帶有雙重倫理的色彩。[1]

韋伯對中國的親情倫理必然造成雙重道德準則和雙重人格的思想，是我們觀看《三國演義》的極好參照系。桃園結義講的兄弟倫理（親屬倫理的變種），乃是意圖倫理，不是責任倫理。前者強調動機，後者只講效果。前者只對兄弟負責，後者卻對全社會負責，所以前者有內外之別，後者無內外之別。建構現代社會，仰仗前者自然是永遠建不成的。

【九二】

無論是《水滸傳》中的「義」，還是《三國演義》中的「義」，其致命弱點是缺少愛與關懷的普遍性。從倫理主義角度上說，它無普世之愛，只有團夥之愛；從歷史主義角度上說，它無社會責任感，只有兄弟責任感。義的圈內圈外，具有天淵之別。圈內圈外兩種倫理，兩種尺度。佛與禪講無分別心，義卻有大分別相。愈是靠近三國、水滸中人，離佛愈遠。

【九三】

三國時代，沒有全社會認同的普遍契約，只能依靠朋友的承諾。但是承諾往往不可靠，即使最權威的承諾如「一言九鼎」也未必可靠。於是就指望生死連結的義氣，以團夥契約代替社會契約。其實，這

1 姬金鐸：《韋伯傳》，第九六頁，河北人民出版社，一九九八年。

些契約的可變性很大，隨時都會變質。在有法制的社會裏，生存技巧肯定會貶值，義氣也會貶值。

【九四】

三國時期的道德是畸形的，除了對「義」特別敏感之外，對其他的道德品格均缺乏敏感。特別是對誠實、正直、善良這些人類的基本品格更是缺少敏感與敬意。盧梭說，「人類的最大責任是不傷害別人」，三國時對這種最大道德責任沒有敏感，相反，那時歷史平台上的主角想的完全是如何去傷害別人與消滅別人。當時，一面是智慧發展到最高峰，一面則是道德走向最低谷。中國的生存智慧也只往生存「功夫」的方向發展。權術、心術、詭術，均有功夫，但無境界。王國維說有「真情」才有境界，而權術，心術，詭術恰恰沒有真誠。

【九五】

曹操借王垕的頭平息軍憤，既不講道德，也不講道理。明明是自己的錯，卻推給別人，這是不道德；明明是王垕執行命令，卻說他違反軍令，這是不講道理。三國時的霸主，為了實現自己的霸業，都不顧道德與道理。

【九六】

曹操認為當時亂世中的英雄只有他與劉備，而不是孫策之流。但繼承孫策霸業的孫權後來也割據東南一方，成為對抗「天下英雄」的強大敵手，成為三分天下的豪傑。宋代詩人辛棄疾非常佩服孫權，並作詞禮讚道：「天下英雄誰敵手？曹劉。生子當如孫仲謀。」那麼，這位英雄是靠甚麼與曹劉分庭抗禮、龍盤虎踞半壁江山的呢？同樣也是權術，而且同樣也是不惜一切手段把權術推向極致。可與劉備擲子在地的政治遊戲相媲美的是孫權則可以把自己的親妹妹當作實現「吞吐天地之志」的籌碼，這不也是「包藏宇宙之機」嗎？辛稼軒畢竟是個詩人，太單純，以為孫權可做後人榜樣。

【九七】

通過《三國演義》，讀者都知道曹操多疑。事實上，那個時代的大人物都有多疑症，連最有智慧的諸葛亮也無端猜疑為蜀漢立下豐功偉績的魏延，說他「腦後有反骨」，這純粹是莫須有的罪名。諸葛亮犯的顯然是多疑症。魏延「善養士卒、勇猛過人」，敗郭淮、奪西蜀、擒孟獲、收姜維、射曹操、斬王雙、死張郃、大戰司馬懿、驚退夏侯霸，南征北戰，屢建奇功，特別是失街亭後力挽狂瀾，更是功不可沒。連這種忠勇大將都不信任，真是諸葛亮的大敗筆。這個時代充滿野心，充滿機謀，充滿面具，充滿背叛，連最可信賴的關羽，立了軍令狀也不算數，終於放走曹操。整個時代不可信任，更何況某個部將與文臣。因此，曹操的多疑症是可以理解的。

【九八】

對權力的熱衷與追逐，為權力而戰爭，是三國的時代基調。這個時代舞台上的主角曹操、劉備、孫權、袁紹、袁術、董卓、呂布等，均不約而同地認定有了皇冠就有了一切，於是，他們的全部神經都被權力所抓住，全部心思都用於奪取權力的計謀、機謀、陰謀之上。權力激活了他們的智慧，也麻木了他們的心靈，以致他們對殺人、吃人等生命毀滅現象全都無動於衷。獵戶劉安殺妻招待劉備，劉備沒有譴責，曹操聽了還感動得嘉獎劉安。吃人已讓人驚訝，獎勵吃人更讓人驚心動魄。

【九九】

文壇玩詞藻，政壇玩權術，這是魏晉的風氣，錢鍾書先生在《管錐編》中批評陸機，說「機以詞藻為首務，風氣中人也」。借用錢先生的概念，可以說，三國中人都是風氣中人，都是沉醉於權力與權術的風氣中人。那個時代，玩弄權術的風氣覆蓋一切，有的玩儒術，有的玩法術，有的玩陰陽術，有的玩縱橫術，有的玩美人術。當時的「知識分子」都去充當政治謀士，玩的也是權術。於是，文士、謀士、術士三者角色很難分開，但都是風氣中人，潮流中人。像徐庶那種走出風氣與潮流，決心隱身於山林農舍之中的只是個例。

【一〇〇】

周滅商的理由是道德理由。推翻紂王的理由也是他沉湎於女色與酒色。然而，史家卻忽視商代比周代更自由，周所消滅的是一種比周更自由、更寬鬆、更符合人性的生活方式。周朝發佈禁酒令，僅此法令就不知剝奪了多少日常生活的樂趣。水滸英雄殺戮婦女也是道德理由。《水滸傳》中最有人性的故事是宋徽宗通過地道去私會妓女李師師，可是，如果李逵執政，他要討伐宋徽宗的第一大罪可能正是這一條。

西遊三百悟

【一】

兒童時代最喜愛《西遊記》。因為人之初，性本善。兒童時代天生最具善念，即童言、童心、童趣等全是天真天籟。而《西遊記》正是佈滿善念的大書。孫悟空容不得專制帝王和各類專制權貴，哪怕是天上玉皇、地上龍王。哪裏有不平等，就鬧到那裏。哪裏有妖魔鬼怪，就打到那裏。為人間請命，為人間除惡，為人間張揚自由平等，為人間懲惡揚善，這是中國最質樸的英雄主義。讀《西遊記》，就是讀生氣勃勃的英雄，讀超功利、超時代的最高意義的善。

【二】

《西遊記》一反儒道文化經典那種「面向過去」（以周公為坐標，包括返回儒統、道統、正統）的大思路，首次建構「面向未來」的精神大維度，為中國人展示一條向西天取經而不顧艱難險阻的全新道路。《西遊記》的首創精神之一，是開創中華民族朝前看、朝前走、朝前求索的遠征圖景。這是曠古未有的大視野。

【三】

孫悟空是中國個體自由精神的偉大象徵。它表達了中國人內心對自由的嚮往。從自然關係上說，它表達了人不受制於蒼天也不受制於大地的束縛。從社會的關係上說，它又表達了人不受制於政治權力宗教權力統治的自由意志。可貴的是，小說還表述了對於自由的正確理解，前期孫悟空表現的是無所畏懼的積極自由精神，後期孫悟空則表現自由與限定、自由與規則的衝突與和諧。其主體性和互為主體性的矛盾與化解，也得到充分表述。

【四】

《西遊記》為中國的禪文化提供了一個意象性的說明。佛文化在印度誕生，在東南亞尤其在中國、日本發展。這是公認的事實。但是尚未有人指出，禪對佛的發展，不是一般性的擴展，而是思想上的巨大飛躍。中國禪，以六祖慧能為代表，他把禪純粹化，抵達「只禪不相」，「只禪不宗」，「只禪不佛」的境界。這一境界，高行健的劇本《八月雪》作了最透徹的呈現。慧能不僅拒絕黃袍加身，謝絕進入宮廷充當「王者師」，不被政治勢力所利用，而且打碎傳宗的衣鉢，廢棄權力更替的象徵之物。在此石破天驚之舉中，高揚的是「只禪不宗」的旗幟，這一行為語言宣示，禪超越一切宗派門派，不僅不納入任何政治勢力的範疇，也不納入任何宗教勢力的紛爭，只獨立不移地站在精神領域中。禪宗，排除了宗，只剩下禪，即只剩下超現實功利的純粹自由和純粹獨立的立身態度，這是佛教曠古未有的偉大變革。慧能本是宗教領袖，但他本人又拒絕任何偶像崇拜，既不崇拜他者，也不自滿自售即不以佛自居。

《西遊記》把慧能的境界加以形象化地展示，也只禪不相，菩提大師實際上是個大禪師，他教會孫悟空「去我執」而贏得七十二變，「去法執」而打破時空限制，贏得一個筋斗十萬八千里，最後他不滿孫悟空把私授的本事顯耀於師兄弟，違背「真人不露相」的禪理。露相，意味着慾望，意味着功利之思。菩提大師給孫悟空唯一的叮囑是讓其保守師門的秘密。不讓孫悟空說破出自何宗、何師、何門，這是禪而不宗。這又是一個不立宗派宗門的偉大範例。最後，孫悟空護送唐僧到了西天，被封為「鬥戰勝佛」，他不在乎，只在乎去緊箍咒。把自由看得高於佛，大於佛，這是只禪不佛。禪，即大自在，大自由。禪本身才是目的，之外沒有目的，而讓人崇拜也不是目的。這是《西遊記》對中國文化所作的偉大貢獻。

【五】

中國人以「儒」應世，借「道」逍遙，用「釋」明心。《西遊記》兼備三者，尤其是道與釋。它是莊子之後對中國影響最大的自由書。但兩者又有巨大的區別。用比賽亞．柏林的思想概念劃分，莊子屬消極自由（negative liberty），而《西遊記》則屬積極自由（positive liberty）。消極自由，重心是迴避（合理的不作為）。積極自由，重心是爭取（主動去做）。莊子的逍遙，是不依附、不參與的自由；莊子的齊物，是不競爭、不挑戰的自由；莊子的混沌，是不表態、不發言的自由。這些都是合理的不作為，所以是消極自由。而孫悟空的大鬧天宮與大鬧龍宮，三打白骨精及大戰各路妖魔，則是主動出擊地掃除敵意和阻撓，所以是典型的積極自由精神。

《西遊記》的前十幾回書寫積極自由精神的極致，天不怕地不怕敢把玉皇龍王拉下馬的英勇無畏精神也表現到極致。《西遊記》的下部描寫釋迦牟尼和觀音菩薩為孫悟空設置緊箍咒，暗示人間世俗生活的原則，自由與限定的矛盾。自由不是我行我素，自由意志乃是對本能的抑制與支配。戰勝山中妖魔與戰勝內心妖魔的統一。後半部小說走向乏味（模式化），但思考走向深刻。自由與限定的悖論，使孫悟空陷入困境與痛苦。

【六】

中國文化有先秦經典、宋明諸賢構成的大傳統，也有陳勝、黃巢、李自成等農民起義構成的小傳統。《西遊記》改變了小傳統，為中國文化提供了造反（革命）而不胡亂殺生的英雄範例。前期孫悟空上天入地，大造三王（玉皇、龍王、冥王）之反，反中有戲弄，有破除，但不濫殺無辜，從未傷害過一個無辜的生命。他在大鬧龍宮時，只限於借兵器，並未用兵器在海裏殺生。他大鬧天宮時，胡吃仙桃，搗亂仙桃大宴特權。但王母派來摘桃的仙女們，孫悟空只是施法把她們「定住」，並未調戲或傷害她們。造反中有「度」有「分寸」。大鬧煉丹爐時，也不傷及太上老君。

【七】

《水滸傳》把武松、李逵等打扮成社會正義的化身、救世主，可是他們本身卻充滿邪惡，為逼人上山而不擇手段，（如逼朱仝上山而把小衙內砍成兩半，如逼秦明上山而殺盡城郊百姓）以殺人為樂，這就近乎魔鬼。而吳承恩卻不把孫悟空打扮成正義的代表，他的猴形妖身，似人非人，頑皮調皮本身就是對人間權威的解構。

【八】

唐僧在沒有證據證明妖魔為妖魔時，他寧可給妖魔以「好人」的假設，不許孫悟空隨意打殺。唯有如此，才能避免誤殺生命與傷及無辜，實現善的絕對性。因此把唐僧簡單地視為「愚氓」是不對的。當孫悟空令妖魔現出原形，證明妖為真妖時，唐僧總是欣然接受，所以孫悟空總是跟隨唐僧，不棄不離，離了還會再回來，因為他知道師傅胸中擁有怎樣的一顆大慈悲心。

【九】

如果說，孫悟空是以力服人，以力服龍，以力服天，那麼，唐僧則是以心服人，以心服龍（連晉廣龍王太子也服而化作白馬馱他走過萬里征途），以心服天（連天子唐太宗也拜他為御弟）。征服人的最偉大的途徑是人心，不是人力，更不是暴力。所以唐僧為師，行者為徒。過去如此，現在如此，將來還是如此。

【一〇】

孫悟空天不怕，地不怕，玉皇不怕，龍王不怕，閻羅王不怕。真真正正「無所畏懼」。然而，他卻敬畏唐僧。之所以敬畏，也不僅是因為唐僧擁有「緊箍咒」，更為重要的是唐僧擁有慈無量心，悲無量心。有這種心，他才能把孫悟空從五行山的重壓下解放出來，也才能把豬八戒、沙悟淨和孫悟空吸引到身邊，構成一支尋找真理的隊伍。而孫悟空之所以令人佩服，也在於他不僅「無畏」，而且「有所敬畏」。

【一一】

近現代的政治，最根本的弊端，是輕易地界定人為「敵人」，尤其是界定為「階級敵人」，即草率地把人視為「牛鬼蛇神」、妖魔鬼怪，然後批倒批臭或打倒打爛，完全不知人的尊嚴。我喜愛唐僧，乃是他絕對不允許這種輕率，寧可委屈孫悟空，也不隨意錯判他者為牛鬼蛇神。這種態度，與「寧可錯殺一千、也不可放過一個」的口號截然相反，也與「乾淨徹底全部消滅」的口號相反，乃是一種對生命極尊重極鄭重的態度，而尊重鄭重的背後是慈悲，是對每一個生命個體的絕對護愛。從表面上看，這是唐僧心腸，從深層上説，這是佛性原則。

【一二】

孫悟空走上取經之路前夕，對龍王埋怨，説我僅殺了幾個強盜，唐僧就嘮叨沒完。當時孫悟空雖然無比勇猛，卻仍然十分幼稚，他不知道，殺戮任何一個人包括被稱為盜賊的人都是大事。在唐僧心裏，殺幾個人，是大事件，在孫悟空那裏，卻是小事情。所以孫悟空才必須從頭修煉，不是練武藝，而是修心性。修到懂得尊重每一個人就成佛了。

孫悟空在花果山是「美猴王」，屬於被前呼後擁的「王者」：而在西行路上，他卻是跋山涉水的衛兵，屬於唐僧指揮的「行者」。前者安逸享樂，後者勞苦搏鬥。人生往往須在二者之間作一選擇。世上的聰明人多數選擇前者，但孫悟空選擇後者，所以號為孫行者。他的心性使他懂得：生命，不怕勞苦，只怕勞苦無意義。他在求索真理的路途上，每一步都踏着苦辛，也每一步都踏出意義。

【一三】

《紅樓夢》從女媧補天遺石說起，直接連上《山海經》。《西遊記》雖未直接與女媧相連，但也充滿《山海經》那種「知其不可為而為之」的精神。天，不可補，女媧偏要補；海，不可填，精衛偏要填；日，不可追，夸父偏要追；這是《山海經》精神。孫悟空渾身都是這種精神：天宮不可鬧，他偏大鬧；冥府不可進，他偏挺進；真經，在萬里之外不可企及，他偏與唐僧一步一步向它靠近。神能往，我亦能往，魔能往，我更能往。這是中國的原始文化精神，被孫悟空發揮到了極致。

【一四】

《山海經》的追日精神，乃是不顧炎熱的追求光明的精神；《西遊記》的取經精神，也是不顧艱辛追求光明（真理）的精神。夸父追日時留下的拐杖化為桃林，帶給後人一片綠蔭。唐僧孫悟空獲取的經典，也如同桃林，留給後代的更是無窮盡的春風與星辰。中華文化之所以不滅不亡，與追日取經這種大精神息息相關。

【一五】

孫悟空之所以成為偉大的英雄，一是靠高人指點（他遠走天涯，求拜菩提師祖，學得七十二變）；二是靠自我鍛煉（進入煉丹爐才能煉成烈火金剛和煉出金睛火眼）。三是靠佛把他推上正道（不走歪門邪道方能成為真英雄）。鋼鐵是怎樣煉成的？《西遊記》回答說：「鋼鐵是煉丹爐、五行山和自身的千辛萬苦煉成的。」煉成後怎樣發光發熱？《西遊記》又回答說：光熱全在正道上。

【一六】

孫悟空大鬧天宮，完全沒有「替天行道」的意識，也沒有「替人行道」的意識。所以他既不招兵買馬，也無造反綱領，完全是反抗天庭對他的蔑視，求證自己的尊嚴。他的許多造反行為都是被當權者逼出來的，所以如來佛祖把他關進五行山五百年是不妥當的。佛祖也往往不公平。

【一七】

孫悟空造反而不謀反，他從未使用過計謀，包括陰謀與陽謀，也不動用心機與心術，與《三國》中人完全兩樣。三國中人個個善於偽裝，善於作假，善於設置陰謀詭計，誰最會裝，誰的成功率就最高。而孫悟空始終是花果山人，不裝，不偽，不假，自然自由自在。與三國中的那些巧偽人，完全是兩種不同質的生命。

【一八】

作為天下第一武功，天地之間全無敵手的勇士，孫悟空竟然選擇皈依佛教的道路。可見最有力量的存在，並非手拿千鈞棒的英雄，而是臉帶笑意的如來。這是一個偉大的隱喻：至柔可以克至剛，而至剛者可以聽從至柔者。世間最偉大的力量存在於心靈之中。

【一九】

《西遊記》的佛，是個全知全能的精神體系。佛眼能看到一切，看穿一切。真假孫悟空，打得死去活來，連唐僧也辨認不出來，最後讓如來佛祖一眼看穿。除了如來與觀音之外，還有其他佛星。佛的邏輯是誰的善性愈強，誰就離我愈近。反之，誰在歪門邪道上走得愈歡，就離我愈遠。

【二〇】

《西遊記》把個體自由精神作了最為通俗化與形象化的表述。它傳達了中國人民關於自由、關於解放的內心嚮往。這種精神嚮往，乃是中國人民千百年來所做的好夢。這夢不是榮華富貴夢，不是飛黃騰達夢，而是不受精神壓迫的個體自由夢。

【二一】

孫悟空以「玩鬧」的方式造反，把中國嚴酷的統治秩序化為一笑。至高無上的玉皇，倒海翻江的龍王，操縱生死的閻羅王，全被他嘲弄戲弄一番，真是痛快淋漓。這位舉世無雙的孫行者乃是一個偉大的解構者，他用「玩鬧」解構掌握統治權力的最高權威，給飽受壓抑的中國人民，一讀就贏得一次精神解脫。

【二二】

孫悟空的生命沒有負面氣息。受過壓抑，受過蔑視，受過打擊，受過委屈，但他從不憤世疾俗，也從不消沉頹廢。他總是精神飽滿地向前進擊。其靈魂健康、新鮮、活潑，充滿活力，一點老氣、暮氣、朽氣都沒有。多想想孫悟空，生命自然就會增長正能量。

【二三】

孫悟空與賈寶玉的根本區別是：賈寶玉是純粹的人，而孫悟空則是半神半人，非神非人。賈寶玉充分人性化，但人性中帶有神性，所以與眾不同，能處污泥而不染。而孫悟空則神性十足，但神性中帶有人性。唐僧向唐太宗介紹孫悟空時說，他是傲來國花果山水簾洞人氏，確認他是人，但此一人氏，除了籍貫古怪之外，他又完全不同於人。他雖不是神，但神通廣大。他雖不是人，卻又具有人的正直、幽默、疾惡如仇等人性特徵。孫、賈二者，均是心靈。兩部偉大經典，塑造兩顆偉大心靈。

【二四】

如果必須用意識形態的語言來描述孫悟空，那麼，我們可稱孫悟空是個無政府主義者。他不在乎玉皇權威，也不在乎龍王閻王權威。玉皇、龍王、閻王，都是政府符號，但孫悟空覺得其存在十分荒唐，給他們開點玩笑，沒有甚麼不可。但他尚無能力分清開明權威和野蠻權威，也不知人世間沒有政府就會亂成一團。

【二五】

海德格爾的存在論發現人具有時間意識（動物只有空間意識，沒有時間意識），死亡便是時間的標誌，人生乃是「向死而生」，出生之後既走向健壯又走向死亡，因此可以說人生乃是一場無可逃遁的悲劇。但孫悟空很特別，他既不怕空間阻隔，也沒有時間的限制，他的存在不是「向死而生」，而是向永恆而生。所以他是一種比人類更高級的生命存在。進化論所講的類人猿乃是比人低級的物種，而吳承恩塑造的孫悟空則是比人更高級的類人猿。但他又不是尼采所呼喚的那種狂傲的「超人」，而是本領超凡的「平常人」。

【二六】

孫悟空沒有文化。目不識丁，耳不聞道，但也因此不受文化的污染，所以他永遠天真，永遠自然、自由、自在。他在花果山只食「自然果」，不吃「智慧果」，這倒是與上帝（聖經）的要求相符，也與《道德經》的「智慧出，有大偽」的思想相通。孫悟空之所以可愛，是他身上一點也沒有虛偽的影子。人間的世故、圓滑、算計、機謀、偽裝等，完全與他無關。

【二七】

儒家講修養，道家講修煉，釋家講修心。但三家最後都力求走向共同認定的天地境界。孫悟空不修文化，但咀嚼宇宙精英，讓花果山的清果和水簾洞的清水養育出一顆永恆的童心，天然地會集三家精華，同樣也可抵達天地境界。所謂天人合一，恐怕是天心與童心的合一，仁心、道心、佛心的合一。

【二八】

開始讀《西遊記》時，覺得孫悟空很奇怪。而最奇怪的並不是「大鬧天宮」，而是他永遠沒有成就感。打了許多勝仗，立了許多戰功，但從來沒有勝利者那種「凱旋」的感覺。進入中年時代後，才明白孫悟空完全超越人類那些勝負、成敗、輸贏、得失、榮辱等計較。他的神性也正是從那裏得以表現。真正的偉大英雄，確實不必陶醉於世俗的所謂「勝利」、「成就」、「功勳」、「獎賞」之中。孫悟空沒有成就感，沒有勝利感，正是一種境界。

【二九】

妖魔鬼怪的夢想是吃唐僧肉，因為他們知道吃了唐僧肉可以長生不老。可見，妖魔鬼怪也會死亡。其陰性生命也有時間的限定。吳承恩透露一個大信息，一個好消息：妖魔鬼怪並非永恆存在。這就給人類展示了希望：人也許戰勝不了妖魔，但可以和妖魔展開生命較量。妖魔會死，他們死後天下肯定會有更多的太平與安寧。

【三〇】

知愛恨，分利弊，重成敗，計得失，原是人的聰明點，但也可以變成人性的弱點。孫悟空因為神性大於人性，所以也沒有這種人性的表現。他對於功名、對於財富、對於權力，永遠處於不開竅的混沌狀態。和孫悟空討論榮辱、功過、得失，等於和夏蟲語冰。

【三一】

孫悟空爭取的自由，不是相對自由，而是絕對自由，包括超時間、超生死的自由。絕對自由在人類社會中並不存在，緊箍咒對於人類是必要的，自由還需要制約與限定。孫悟空的前期反抗一切制約，後期（走上取經之路後）則接受必要的制約。孫悟空超越人類的存在狀態，但又讓我們感到很真實，神性與人性都很真實。這也許正是閻連科所說的「神實主義」吧。

【三二】

孫悟空的故鄉在哪裏？是花果山、水簾洞嗎？不是。他作為石猴入世時還不知道花果山、水簾洞在哪裏。他從哪裏來？肯定不是地球的某處來。真要叩問故鄉究竟，那只能追尋到那個不可知的「無極」。人類最後的關懷是終極關懷，而無極中的生命，其關懷又高於終極關懷。

【三三】

孫悟空神通廣大，戰無不勝，但也有局限性。幾番與妖魔打仗，只打了平局，最後不得不去請天神菩薩幫忙（觀音、文殊、太上老君、哪吒、楊二郎都幫過忙）。鬧完天宮時翻筋斗，並撒了一把尿，才明白自己的本領再大，也跳不出如來佛的手掌。在無限「無極」之前，他的一翻十萬八千里，也只是在宇宙角上的一個小小的跳躍。宇宙無涯，英雄有限。連孫悟空都有如此局限，更何況人。

【三四】

除了孫悟空的法名帶有「悟」字之外，還有豬八戒名為悟能，沙僧名為悟淨，都是唐僧命的名。唐玄奘創立唯識宗，從他的命名中，也知道他強調「悟」。到了慧能禪宗，只剩下「悟即佛，迷即眾」。佛教從一開始就啟迪信徒的悟性，所以釋迦牟尼才以「拈花微笑」啟蒙「善知識」（信眾）。主人公們既然以「悟」字命名，我們也應把《西遊記》視為一部悟書，對其悟讀，不怕人家嘲笑為「誤讀」。

【三五】

佛教東傳，到了禪宗，化繁為簡，傳至慧能，簡之又簡，只重一個悟字，佛教成了悟教，只有頓悟（南禪）與漸悟（北禪）之分。《西遊記》的書魂是佛也是悟，佛性既是善性也是悟性。

【三六】

海德格爾《存在與時間》描述了人的三種精神存在狀態，即「煩」、「畏」、「死」。因為人有時間意識，在有限的人生中總想有所完成，於是就有許多煩惱、憂慮、牽掛。也會有許多擔心、害怕與畏懼。也因為有時間意識，所以總想征服死，於是就求壽、祈禱、寫作（文字比生命更長久），就在死神面前衝鋒陷陣以求存在狀態充分敞開。而孫悟空全然沒有「煩」，沒有「畏」，也全然沒有「死」的意識（除了剛到花果山而聽說「壽」的局限）。因為他的存在，超越了「人」的存在，也超越了時間與空間，存在論解釋不了孫悟空。

【三七】

孫悟空當了唐僧的徒弟，但不是唐僧的馴服工具。他擁有獨立的人格與獨立的神格，所以常會與唐僧爭吵、賭氣，甚至離隊。他成佛得道，也沒有充當偶像的狂喜，只求唐僧解除緊箍咒。他時而為神，時而為人，但從來不為物不作工具，不為物所役。

【三八】

西方哲學曾把主體與客體對立，即把主體固化；而東方哲學（老子莊子）卻把主體虛化，即把自我化為「無我」。而孫悟空既不固化也不虛化，只讓自我流動化又自由化。所以我們看到的孫行者，是個宇宙流浪漢。既不是木偶，也不是幻象。他有血有肉，又有聲有色。

【三九】

《西遊記》有意無意地展現：人，神，魔，三者有一個共同點，都怕死，都想長生不老。連妖魔也想吃唐僧肉以謀不朽。可見，「畏死」既是人的本能，也是神魔的本能。孫悟空到了花果山之後，萌生了死亡意識，所以才橫渡滄海去求仙求壽，他的本領高強後，最想撕掉閻王殿的生死簿，之後他大吃蟠桃與人參果，也是希望超越死亡，超越時間限定。

【四〇】

孫悟空本事大，還是翻不出如來佛的手掌。此一故事又說明，如來所象徵的至善是無限的。自由與善，本可以並行不悖，但自由如果濫用，就會離開善。一旦離開善，自由也就沒有意義。甚麼是最高的善？有益於人類的生存與延續，才是善。自由一旦破壞了善，就會走向反面。

【四一】

孫悟空的前期（五行山壓住之前），他的生命重心是自由；後期的生命重心是行善。取經是行善，除妖是行善，護師與救人，都是行善。行善時，他的天性進入倫理，野性化為佛性。「自由」與「善」得以統一。

【四二】

孫悟空知道，唐僧就是他的解放者。唐僧帶給孫悟空新一輪的自由，但其條件是要接受制約（緊箍咒）。孫悟空既接受制約，又不斷反抗制約。其正其反，都有道理。自由與限定，本是一對悖論。我行我素便沒有任何限定的自由，其實是本能與慾望的奴隸，並非真的自由。

【四三】

在中國，人神之間及神魔之間只有一步之隔，人隨時可以變成魔，神也可以隨時變成魔。豬八戒原是天神，號稱天蓬元帥，只因道德上犯了錯誤（調戲嫦娥），因此被罰入下界，成了妖魔，並鬧出高老莊的醜劇。但他走上取經之路後，逐步改邪歸正，又可稱「神壇淨者」。沙和尚原是天上的捲簾大將，只因摔破了玉盞，才貶入下界變成了河妖。中國文化相信天人可以合一，神與人、神與魔當然也可以合一。孫悟空與之搏殺的妖魔，原來是神與佛的坐騎、侍從或弟子。《西遊記》告訴人們：沒有永恆的神仙，也沒有永恆的妖魔，只有永恆的人性。

【四四】

孫悟空神通廣大但還是翻不出如來佛的手掌。這手掌，既象徵佛的無邊法力，也象徵生命的本心。心靈如宇宙無邊無際，心外無物，心外無天。人的本事再大，也逃脫不了心靈的制約。決定一切的，還是自己的心靈狀態。這是《西遊記》的心靈本體論。

【四五】

對於《西遊記》，既可作「無神論」的閱讀，把天界、魔界、冥界都視為現實人界的變形和想像。但也可作「有神論」的閱讀，確認人界之外存在着一種超人間的力量，孫悟空就是這種力量的代表，他不受時間的限制，不受空間的限制，不受死亡的限制。他可以穿越人界而看清神仙世界與妖魔世界。我們無法判斷，作者吳承恩是有神論者還是無神論者。但可判斷，他的《西遊記》充滿現實精神，並非神話。還可以判斷，此小說，乃是自由之書並非宗教之書。

【四六】

釋迦牟尼，其「報身」是《西遊記》至高無上的如來佛祖，全知全能的精神明燈，既出面把孫悟空送入五行山下，又喜愛孫悟空，讓孫走上取經道路。途中保護唐僧和援助孫悟空的也都是他屬下的諸佛，有時他甚至自己出面幫助孫悟空，例如幫助真悟空驅逐假悟空。《西遊記》中的佛祖佛王，重唐僧，重孫悟空，重善性，重個體自由。

【四七】

從《西遊記》中可以知道，人、妖（魔鬼）、神（仙）三者的區別只在於「慾望」。人有慾望的權利，但不能充當慾望的奴隸和慾望的人質。魔鬼之所以是魔鬼，就在於他們慾望過度燃燒，以至企圖吃唐僧肉而幻想長生不老，便走火入「魔」。正當地爭取長壽是人，企求長壽無邊而想吃唐僧肉，則越過人的邊界而滑入魔界。所謂神仙，則是慾望的滿足，除了豐衣足食之外還有歌舞美女，也不愁死亡。魔鬼也有人的外形，甚至有美女的外形，但如果心地不良，心脈充滿慾望，就會現出其妖精原形。佛乃是調節人性慾望的宗教，它告訴人們，太貪、太癡、太嗔，都是慾望過份燃燒，都是魔變的開始。前期孫悟空，雖天真活潑勇猛，但也有求壽求長生不老的慾望。大鬧天宮，本是維護個人的尊嚴，屬於戲鬧式的精神反抗，無可非議，但最後已產生「皇帝輪流坐，明年到我家」的慾念。這就有走火入魔的危險了，所以如來佛才出面用五行山囚禁了他，然後又給唐僧緊箍咒以制衡這位天不怕地不怕的英雄。有制衡，孫悟空才未變成魔而修成佛的正果。

【四八】

德國哲學家叔本華之所以悲觀，是他覺得人永遠無法戰勝心中的魔鬼，慾望滿足了，還會產生更大的慾望，無法成神。他喜歡佛教，恐怕也在於他知道佛可調節、制衡慾望。王陽明說破山中賊易，破心中賊難，也是深知破除慾望最難。破了即成神，脹了即成怪，瘋了即成魔。從這個意義上說，人妖之間，神魔之別，確實只在一念之差。

【四九】

《西遊記》的理想國是佛教天國，與後來洪秀全的太平天國最大的區別是，佛教天國絕對戒殺，反對暴力，反對流血。連妖魔鬼怪只要他們不傷人、不吃人，佛也給出路，只要放下屠刀，仍然可以回到天國。儒家的烏托邦是「禮運大同」，莊子的烏托邦是回歸原始無識無知的烏有之鄉。康有為的烏托邦是大同世界。毛澤東的烏托邦是「共產主義」。孫中山的烏托邦是沒有資本家的資本主義。實用主義的美國也有烏托邦，貝爾的小鎮天國，桑德爾的反自由主義的美德王國等等，都是烏托邦，但都是「心造的幻影」。

【五〇】

《西遊記》中的佛，是文學化與理想化的佛，它賦予佛祖多重象徵意蘊：（1）象徵永恆；（2）象徵無限；（3）象徵全知全能；（4）象徵絕對道德精神。佛無時不在，無處不在。佛在宇宙中，也在大眾心中。佛是主宰者，又是冷觀者，還是解放者。《西遊記》中多次出現「解放」一詞。孫悟空既被佛囚禁於五行山中，又被佛所「解放」。佛普渡眾生，包括普渡妖魔鬼怪。佛的慈悲所以是無量慈悲，就因為只要妖魔降服，佛也給予寬恕。佛教擁有最大的寬容與恕道。

【五一】

悟空，是《西遊記》主角的名字，也是這部小說的根本題旨和哲學內核。佛學講色空，不承認物質世界的實在性，所以才展示夢幻世界與神魔世界。《西遊記》的色空觀念特別徹底，它對天上宮廷的實在性不予承認，所以孫悟空才去戲弄一番。第七回之後，《西遊記》則大量地展示妖魔鬼怪的虛幻，絕非實在。可惜唯有孫悟空看穿其空，而唐僧反而落在徒弟之後。《西遊記》告訴我們：宮廷沒有實在性，玉皇沒有實在性，龍王沒有實在性，閻王沒有實在性，妖魔鬼怪沒有實在性，甚至西天的極樂世界也沒有實在性。孫悟空的千鈞棒，其偉大意義，不僅在於它能打敗一切妖魔，而且在於，它打破了人世間的一切幻想與幻相，讓人們看到自己追逐的一切，最後都歸於空無。

【五二】

《紅樓夢》與《西遊記》的哲學基點，都是色空。賈寶玉的生涯也是「悟空」的生涯。《西遊記》除了和《紅樓夢》一樣悟到榮華富貴沒有實在性之外，還悟到妖技魔術也沒有實在性。妖魔鬼怪的一切聰明、一切偽裝、一切騙局，歸根結底也是原形畢露。換言之，妖魔鬼怪無論變成怎樣美的美女，也無論擁有怎樣高的招數，最後的真實，都是一堆骷髏，一縷青煙。再「好」也是「了」，再變也是不變。

【五三】

《紅樓夢》通過色世界而悟空，以有證無；《西遊記》通過空世界證空，以無證無。天宮、龍廷、閻王殿，妖魔鬼怪，本是虛無世界，人們往往信其有，但孫悟空的金箍棒，卻證其本體皆是空。《紅樓夢》用色世界作鋪墊，然後把空悟透。《西遊記》把虛幻世界徹底展示，天兵天將與妖魔鬼怪都作鋪墊，同樣也把空悟透。《紅樓夢》在色世界的頂峰上發現世界原來是白茫茫一片真乾淨。這就把空悟透。《西遊記》在無世界的頂峰上發現，原來所謂玉皇大帝天兵天將都是紙老虎，他們敵不過一隻石猴，即敵不過一顆自由的心靈。《西遊記》的空世界之中也有色世界，它讓唐僧師徒先經歷色世界，然後再悟到這世界並不真實，到頭來只是一個空。《肉蒲團》的問題是只展示色世界，肉世界，沒有空意識，沒有看透，只有癡迷，執迷，肉團迷，變成下流的誨淫之書。當代一些所謂「下半身」寫作出來的小說，也是只展示色世界，離「悟空」很遠。

【五四】

孫悟空的第一個老師是教他七十二變的菩提祖師，第二個老師是會唸緊箍咒的唐僧。前師教他本領，後師教他心性。二者缺一不可。前者授予「才」，後者授予「德」，孫悟空對兩位老師均極為敬重。最後他成為「鬥戰勝佛」。鬥而能勝，要靠本領。鬥而能善，要靠心性。成佛之後緊箍咒也隨之免除，因為此時他已德才兼備，無須監督，可「從心所欲而不逾矩」。

【五五】

孫悟空成為頂天立地的天才，有其先天條件。他作為石猴破土而出時，就不同凡響，敢於挑戰龍廷。但是他敢大鬧天宮，卻是在向菩提祖師學藝之後，沒有祖師教他騰雲之術和七十二變術，他怎能與天兵天將較量？成了天才之後，還有一個天才的心靈走向問題。《西遊記》精神內涵的完整性，就在於它還描述了孫悟空把心靈納入佛性的艱難歷程，從而提供了一個天才的生命全信息。

【五六】

佛的大慈悲，有一重要表現，是相信人有瞬間而變的可能。人在瞬間中破了我執之後，可以放下屠刀立地成佛。一旦放下屠刀，大慈悲者便不查其過去的歷史，不計其往昔的罪責。這是何等的寬容?!豬八戒、沙和尚都曾騙人、殺人，但一旦皈依，佛則接納，讓他們走上取經的道路，向佛靠近，最後豬八戒成了淨壇使者，沙僧成了金身羅漢。人是會變的。只要變好變善，就行。不翻舊賬，這是佛的長處。

【五七】

孫悟空既是自由精神的載體，又是自然精神的載體。老子曰：人法地，地法天，天法道，道法自然。視自然為最高價值。孫悟空無父無母，無兄無弟，由天地生．靠天地養，不着文字，不知文化，但也不受文化污染，不為概念遮蔽。於是，他總是單純、天真、耿介，不知功名為何物，也不知權力財富為何物。《西遊記》文化，乃是形象性的莊禪文化，道釋文化。兩種文化的相通點乃是崇尚自然。孫悟空既是自由的化身，又是自然的化身。五行山之前，他是自然（石頭）的人化，五行山之後，他又是自然的佛化。但不管是人化還是佛化，孫悟空還是孫悟空。混沌，天真，勇敢，幽默，英勇而質樸，聰慧而善良。

【五八】

孫悟空身上的基本品格是勇敢、無畏、正直、天真，而這些品質恰恰是多數中國人所缺少的。比較一下《三國》中人，那些偉人們多麼世故、圓滑、虛偽、善謀。他們也被稱為英雄，但孫悟空的英雄氣充滿小孩子氣，而三國偉人的英雄氣卻充滿老狐狸氣。換言之，孫悟空充滿花果山的青春味，而三國偉人們則充滿妖魔和「火雲洞」（妖住處）骷骨味。

【五九】

孫悟空乃天地所生，他沒有「家庭」，沒有家國之累，赤條條來去無牽掛，也無需為家庭爭面子，完全沒有「榮宗耀祖」之思，即完全沒有世俗之累，所以贏得大自由大自在。相比之下，豬八戒太多世俗之念，太貪小便宜。這兩個形象，一個完全揚棄了中國國民性的弱點（孫），一個則深深烙下中國國民性弱點（豬）。對於中華民族而言，孫悟空的巨大意義，在於他呈現了民族性的出路。

【六〇】

前期孫悟空的弱點是英勇但不知責任，想到可當「齊天大聖」，沒想到應當「與人分憂」，「與天合一」。後來當上唐僧的徒弟，走上取經之路，便生長了責任感，多了一份人間關懷。所謂大聖，僅有力量是不夠的，還需要有對他人與對社會的關懷。取經之前的孫悟空，是行者（儘管屬天馬行空）而非聖者，取經成佛之後，他倒是成了自由的聖者。

【六一】

在取經路上，唐僧多次唸緊箍咒，多次委屈冤枉孫悟空，甚至把孫悟空開除出取經隊伍，消其隊籍，但孫悟空始終敬愛唐僧，追隨師傅，因為他也有一顆善良心靈。此心與師傅的慈悲之心息息相通，息息相連。心靈相通，才是最堅韌的情感紐帶。孫悟空儘管眼力比師傅強，但尚未抵達唐僧的心靈水平。在唐僧的大慈悲情懷裏，是絕對不可以輕易給人戴上「牛鬼蛇神」的帽子的，在擁有充分證據之前，他寧可作「非妖魔」的假設。孫悟空雖然不能完全理解師傅，但能感受到師傅慈悲的心跳。這一雙師徒，事事相爭，又心心相印。他們是人類文學史上一對最可愛又最有詩意的師長與學生。

【六二】

唐僧不僅大慈悲，而且大聰明，他知道陽光下最寶貴的是人的生命。每一個生命都值得尊重。他當然也憎恨牛鬼蛇神，但隨意斷定他者是牛鬼蛇神，給人作「牛鬼蛇神」的判斷，是大事件。因此他寧可相信冒充人類的妖魔，也不肯誤殺任何一個好人。這與現代聰明的蔑視個體生命的政客很不相同，現代社會充斥冤案，牛鬼蛇神照樣橫行無忌。

【六三】

《西遊記》給中國人提供兩項價值無量的精神坐標，一是孫悟空的勇氣；二是唐僧的信念。前者之可貴，不在於一般的勇氣，而是積極爭取個體自由的勇氣。後者之可貴，也不在於一般的信念，而是對於慈悲的絕對性信仰。為此信仰，他捨棄一切世俗歡樂，選擇萬里跋涉的征途，寧要八十一難，也不要榮華富貴。唐僧的價值觀，將滋養中華民族的千秋萬代，而孫悟空的自由精神，將永遠激勵中國人民去掙脱沉重的專制主義鎖鏈。

【六四】

自由與限定，這是一對永恆的矛盾。沒有限定的自由，會導致人類生活的不可能。沒有自由的限定，會導致心性的枯焦和死滅。孫悟空與唐僧，展示了這對矛盾，其糾葛和解脱，都深藏理性的詩意。這是善與善的矛盾，真與真的衝突，心與心的張力，而且是追求正義（孫）與追求和諧（唐）兩者的悖論。

【六五】

中國的凡夫俗子，成功者如西門慶，善於穿梭在市場與官場之間，生意興隆，妻妾成群，但不知人生意義。不那麼成功的，則如豬八戒，只能在市場與官場之外沾一點食色，討一點便宜，雖對社會並無大礙，但對社會也無補益。這種角色，更適合於生活在「豬的城邦」（蘇格拉底的語言），不宜生活在「人的國度」。但當下的人類社會，卻佈滿西門慶與豬八戒。

【六六】

豬八戒身上有許多可笑之處，但最致命的缺點是自私。心胸被貪婪所佔據，見到食與色，就激動，就亢奮，只想多吃多佔，不想多勞多辛苦。有點小本事，但幾乎不獻給他人，只想到自己。有點小聰明，也很少用於正道，倒是會在歪門邪道上要出小伎倆。要看國民劣根性，豬八戒倒是一面鏡子。其參照作用，遠勝於阿Q。

【六七】

論外形，豬八戒似豬，孫悟空似猴，都屬動物。但論起「性情」，二者卻大不相同。豬八戒滿身動物性，孫悟空卻滿身植物性。植物只需陽光與水，沒有肉慾與性慾的渴望，而動物則充滿食的飢渴與色的飢渴。此外，樹木總是獨自挺立，正直潔淨，而動物則常常爬行於人前與地上。孫悟空既是神性大於人性，又是植物性大於動物性。豬八戒往往相反。

【六八】

唐僧幾度被魔鬼所騙，幾度被魔鬼所俘，幾度差些被魔鬼吃掉，但他還是依靠孫悟空的超常本領和自身的超常信念，一步一步地走到靈山。能夠完成這段征程，原因多個，而最重要的是佛在他心中，佛的感召力化作唐僧師徒的凝聚力。這種力量是看不見的無形千鈞棒，它粉碎了征途中所有的困難和誘惑，對付妖魔，孫悟空手裏有鋼鐵的千鈞棒，唐僧心裏也有鋼鐵的千鈞棒。

【六九】

唐僧一行路過西梁女兒國時，美麗絕倫的女王真心愛上唐僧，她願把王國贈予唐僧，讓唐當國王，自己為后，面對這位絕色女王，孫悟空的千鈞棒無能為力，只有唐僧自己的心力可以渡此難關。渡鬼門關易，渡美人關難。

【七〇】

吳承恩在《西遊記》中塑造了豬八戒這個形象，劇作的初衷也許只是為了使作品增加一些喜劇感，可是，這個形象卻為讀者提供了一個中國國民性的樣板。換句話說，了解豬八戒這個形象，便可了解中國國民性的大半。老豬是那麼自私而粗俗，平素懶洋洋，可是一聽到有好吃好喝或有漂亮女子，精神就來了，而且迫不及待地想弄到手，完全不顧他人的痛苦和不幸。在高老莊，他隱瞞自己的豬相，騙取了良家姑娘的婚姻，只顧自己取樂，完全想不到會給別人造成怎樣的災難。在中國，這種貪圖一己之私而不惜毀滅他人青春與前程的事情經常發生。

【七一】

孫悟空費了很大的心思，甚至鑽入鐵扇公主的肚子裏拳打腳踢，才借出芭蕉扇，可是豬八戒卻在唐僧、沙僧面前謊稱這是他的功勞。他對孫悟空不僅不感激，而且還想吞食孫的「戰鬥成果」。豬八戒這種不誠實，包含着冷酷的貪婪和自私。孫悟空作為「師兄」，一路拼殺，豐功偉績，但豬八戒始終未能心悅誠服地加以頌揚和禮讚。他長得很醜，卻很在乎自己的面子，他的小聰明，使他明白，師兄的光輝也有損他的面子。

【七二】

中國世俗社會，其眾生大約也是唐僧徒弟似的三類人，一類是本事很大、心地很純的優秀精英，如唐僧、孫悟空；一類是本事一般但老實厚道的普通人，如沙僧；還有一類則如豬八戒，這是本事一般、心思卻相當複雜的凡夫俗子。中國歷史上能夠造反並坐上龍位或英名遠播的，多數是第三類人。像劉邦、朱元璋等，原先都是豬八戒。

【七三】

唐僧、孫悟空到西天取經，一路拼搏。他們的戰鬥生涯，最艱難的並非戰勝妖魔鬼怪，而是戰勝自己。即勝洞穴中之魔怪容易，勝自己心中的魔怪很難。豬八戒到了靈山，也沒有戰勝自己心中的貪婪、自私、狡黠等等。孫悟空一路上幾次灰心，幾度消沉，他克服自己的委屈、計較、頑皮等，比克服紅孩兒、白骨精等還難。至於唐僧，他經受巨大的誘惑，要克服突然冒出的慾念，也不是簡單的事。幾回在美女妖魔之前掙扎，與其說是與魔鬼搏鬥，不如說是和自己搏鬥。孫悟空鬥不過妖魔時，還可以去求天神與菩薩幫忙，而與自己身上的鬼怪搏鬥，神仙則一點也幫不上忙。

【七四】

自從孫悟空在《西遊記》中誕生之後，中國人其實就有了一個偉大的榜樣：保持天生的單純、正直與善良，穿狂風巨浪去向高人學得一身真本領，為自由與尊嚴敢於挑戰任何帝王權威，行為過度時甘受五行山懲罰，得解放後神通廣大卻願意接受約束，隨心所欲而不逾矩，戰功赫赫而無成就感，戰果累累而從未喜形於色，即使成佛成道，也無佛相道相，只存一顆平常心，漫漫生涯只做好事，冥冥之中只知盡責。

【七五】

自從唐僧形象在吳承恩筆下形成之後，中國人的價值觀便有了一個偉大的飛躍。即知道有一樣「東西」價值無量。這「東西」比帝王的寶座更尊貴，比天宮的榮華更耀目，比財富美色更珍奇，比生死榮辱更重要，它值得人們為之獻身，值得人們為之經受任何苦難，值得人們為之捨棄一切。這種「東西」，就是真理。在唐僧時代，真理就是佛經。唐僧是這一真理的絕對追求者。他告訴中國人，人世間甚麼是最高價值。

【七六】

豬八戒只有美食意識、美女意識和各種低級潛意識，如求生意識、謀生意識等，但他沒有奉獻意識，沒有道德意識，也沒有個體尊嚴等高級意識。其長處是沒有甚麼深心，也沒有甚麼機心與野心，所以他成了很好的逗趣對象和取笑對象，但絕對成不了人們的尊敬對象。吳承恩沒讓如來給予封佛，即未讓他成為人們燒香致敬的對象，只讓他擔當「淨壇使者」享受供奉，如此安排，非常恰當。

【七七】

孫悟空作為英雄，其最大的弱點是缺少精神嚮往。因此在漫長的取經路上，他只能成為唐僧的衛士，很難成為唐僧的知音。對於佛，他也只有崇拜，未能真有理解。他與諸菩薩交往，也都是實用性來去，從未有過靈魂共振。我們可以讚美孫悟空的身心雄偉，但不能說孫悟空精神世界豐厚廣闊。

【七八】

孫悟空的傑出，主要是表現於行為語言，而不是口頭語言。他的行為都是大行為。前期的行為（大鬧天宮等）驚天動地。後期的行為也石破天驚。他不算志士，但確確實實是個戰士。前期是為自由而奮鬥的戰士，後期是為真理而奮鬥的戰士。他的行為語言寫在天空中，寫在森林裏，寫在滄海中，寫在長征的大地上。所以，我們一提起孫悟空，就神旺，就快樂，就意志飛揚。

【七九】

《西遊記》把豬八戒的小生產者性格寫活了，他一出現，就讓人開心。中國太多豬八戒，太多這種自私而不自知、貪婪而不自明的人。正因為人間太多豬八戒又不自知自明，所以佛教才要呼喚「去我執」。人的國度已變成「豬的城邦」，國民們還充滿豬的執着，不知解脫，這還了得?!中國幾千年的農業社會，以種植小耕地和家養小牲畜為生，深知牲畜的性情，卻被畜性所浸染。《西遊記》提醒中國人，不可像豬八戒那樣生活：整日想入非非，卻不得要領，不知活着為甚麼。基督教重在鼓勵人們進入天堂，佛教重在提醒人們擺脫地獄。這地獄，就是我執與法執。自我是自我的地獄，而且是最難衝破的地獄。豬八戒執迷於色，執迷於那些渺小的慾望，便是陷入自我的地獄。高行健在《逃亡》劇中說，自我的地獄隨身性特別強，它會跟着你走到任何一個天涯海角。豬八戒已走到天宮裏去了，即已走入天堂，但還是要調戲嫦娥，並由此被貶入下界，所謂掉入地獄，掉進去的正是自我的地獄。

【八〇】

基督教《聖經》的《舊約》給人巨大的精神壓力，佛教雖有戒律，但沒有這種壓力。緊箍咒是佛祖外加給孫悟空的，大英雄需要大約束。可惜許多帝王、元首、總統都不知道這個道理。大人物一旦失去大約束，就為所欲為，變成大壞蛋。許多大人物都成了大壞蛋，原因就在於此。

【八一】

《西遊記》具有四對雙邊結構，一是唐僧與孫悟空的師徒結構；二是孫悟空與豬八戒的師兄弟結構；三是天人互補結構；四是神魔、人魔互動結構。第一對結構蘊含自由與限定、英雄與聖賢互補的哲學提示；第二對結構蘊含真諦與俗諦、本真角色與世俗角色的區分、矛盾、對照等哲學提示；第三對、第四對結構則是中國天人合一、人神同台、物我不分的形上思路的呈現與展示。這四對結構使《西遊記》精神內涵更深邃，又使小說的審美形式更多彩多姿。

【八二】

文學事業是心靈的事業，觀察文學，不是觀察其「風動」與「幡動」，即不是關注其故事情節，而是關注其「心動」即心靈信息。以此觀之，便可看到，《水滸傳》充滿兇心與忍心（缺少不忍之心），《三國演義》充滿機心與野心。唯《西遊記》與《紅樓夢》充滿童心與佛心。孫悟空的童心經過佛的洗禮，變成佛心。所謂佛心，乃是慈無量心，悲無量心，捨無量心，喜無量心。而童心則只是單純之心與真摯之心。賈寶玉走出賈府之前，僅展示童心和佛性，離家之後，他的童心將會有一番向佛心提升的過程，那是另一番故事，可惜曹雪芹沒有完成。

【八三】

《西遊記》中打得最為激烈、也是勝敗最難分曉的戰鬥，是真假孫悟空的較量。首先是難斷誰真誰假，連唐僧、太上老君、觀音菩薩都分不清，最後只好請佛祖親自判斷。這段故事說明，真我與假我的搏鬥最為激烈也最為艱難，人要認識自己與戰勝自己，絕非易事。去我執，不是除卻真我，而是除卻假我。但假我堅固而強大，極難戰勝，往往比戰勝外部妖魔更難。

【八四】

《紅樓夢》裏的真假寶玉也有一番「假作真來真亦假」的糾葛，那位甄寶玉見到賈寶玉之後，說了一通立功、立德、立言的酸話，讓賈寶玉非常失望。兩人的外形一模一樣，但內心卻完全相反。賈寶玉是寶玉的本真角色，甄寶玉是寶玉的世俗角色。人（個體）自身的分裂，人不認識自己，世俗角色遠離本真角色，世俗角色不認識本真角色，最後，世俗角色又教訓本真角色，這是人類普遍的悲劇，難以發覺又非常不幸的悲劇。無數的聰明父母與教育者正在處心積慮地教育下一代如何當好甄寶玉，即當好世俗角色，教育主體並不知道何為本真角色。

【八五】

在中國二三千年的文學發展史上，喜劇文學不豐厚，但產生了兩部偉大的喜劇作品，一部是《西遊記》，一部是《儒林外史》，後者把千百萬中國士人所追逐的科舉制度化為一笑，而《西遊記》則把森嚴的專制等級統治制度化為一笑。這兩次千古笑，讓飽受壓迫、飽受苦難的中國人民也跟着燦然一笑。《西遊記》用最通俗的藝術形式傳達了中國人民內心的憤懣與嚮往，這是關於反抗專制與嚮往自由的吼聲與笑聲。中國倘若有一個上帝，而且設置了「喜劇精神自由獎」，第一個應授予莊周，第二個應授予吳承恩，第三個應授予吳敬梓（《儒林外史》作者）。

【八六】

五百年來，四大文學名著天天都在塑造中國的民族性格，時時都在影響中國的世道人心。不但影響下層社會，也影響上層社會。其影響，不用說薩特、傅科比不上，即使馬克思、列寧，也難企及。因為理論家只能影響人們的頭腦，而四部名著則扎扎實實地熏陶人們的心靈，進入潛意識深處，形成集體無意識，即新的民族性格。

【八七】

二十一世紀開始之後，我贏得了一次解脱。這是從習慣性的人文枷鎖中走出來的解脱。學問的姿志，寫作的腔調，高頭的講章等等，都是枷鎖。姿態就是「相」，就是「表演」。《金剛經》提示人們去「我相」、「人相」、「眾生相」、「壽者相」，但沒有提示人們去「學者相」、「作家相」。有這兩種「相」，就會丢失表述的真誠。十年前，我就在《二十一世紀》上寫道：當代學界太多學術的姿態，太少追求真理的熱情。換句話説是太多相，太少心靈。太多「要甚麼」（功利），太少「甚麼也不要」。這就不真誠。其實，無目的，無企圖，為學而學，為詩而詩，無相無姿態，才是真學人真詩人。孫悟空作為大英雄，他沒有一點英雄相，更沒有半點救星相。單純勇敢的他，見不平就反，見妖魔就打，見菩薩就敬，見假面就揭，絕無人世間那些姿態與酸氣。

【八八】

提起孫悟空，年青時總是想到他「三打白骨精」，如今年邁了，卻更佩服他的「三鬧帝王殿」，即大鬧玉皇殿、龍王殿，閻王殿，痛打人人厭惡的妖魔難，痛打人人害怕的帝王更難。挑戰兩者都需要勇氣，但挑戰後者更需要膽識。前者是壞蛋，後者是權威。與白骨精較量，即使失敗也屬英雄；而與帝王較量，失敗了便是賊寇。

【八九】

《西遊記》沒有寫成《封神演義》，很了不起。唐僧與孫悟空最後均被封佛，但吳承恩沒有把自己的作品寫成「封佛演義」。《封神演義》屬三流小說，其致命傷是書中只有「風動」、「幡動」而沒有「心動」。《西遊記》則不僅有精彩的風幡之動，而且更有精深的心動。其童心，其佛心，其相兼的英雄心與平常心，都寫得極其真摯動人；不像《封神演義》那樣，只有離奇情節，沒有心靈詩意。

【九〇】

在孫悟空的詞典裏，似乎沒有「困難」二字。說他在取經路上歷盡「艱難險阻」，那是讀者的描述，並非孫悟空的感覺。他完全沒有世俗的長吁短嘆，沒有人類的悲喜歌哭，也沒有神氣鬼氣酸氣朽氣等。他有猴氣，那是孩子氣而不是流氓氣；他有虎氣，那是英雄氣而不是霸王氣。他的生命，是充滿朝氣和勇氣的氣場。

【九一】

康德寫過「何為啟蒙」的著名文章。他所定義的啟蒙乃是對勇敢精神的喚醒。從這個意義上說，孫悟空的故事是最好的啟蒙故事。他的行為，是對奴隸性蒙昧的提醒。它啟迪人們：無論是在帝王將相等各色權威面前，還是在妖魔鬼怪等各種邪門歪道面前，人都不可以失去自己的尊嚴與勇敢。

【九二】

在中國文學中，我最愛兩顆心靈：一顆是柔性的，《紅樓夢》中的賈寶玉；一顆是剛性的，《西遊記》中的孫悟空。兩顆心靈原先都是石頭，通靈後卻變成至柔與至剛。至柔者在脂粉釵環的包圍中生活，至剛者在妖魔鬼怪的包圍中打拚。儘管環境極為不同，但都通向至真至善至美的詩心。所謂詩心，乃是我們所夢想、所嚮往的跳動於未來的心靈，是人類此刻還不具備、但以後可能成為現實的心靈。這種心靈，簡單渾沌，卻很豐實。這種心靈現實感並不強，但它又傳達了現實人的嚮往。

【九三】

中國的文學四大名著，從審美形式（藝術技巧）上說，都堪稱經典。但從精神內涵上說，雙記（《石頭記》與《西遊記》）與雙典（《水滸傳》與《三國演義》）則有天淵之別。雙記是好書，雙典是壞書。具體地說：《紅樓夢》是中國的情感集成；《西遊記》是中國個體自由精神的象徵。《水滸傳》是中國農民革命的聖經；《三國演義》是中國心機心術的大全。中國人從小就讀這四部經典，即從小被這四部小說所塑造。如果說，傳統的中國人是被老四書（論語、孟子、大學、中庸）所塑造，近現代中國人則更多是被新四書（紅、西、水、三）所塑造。所以現在可以看到四種中國人，即三國中人，水滸中人，紅樓中人，花果山人。前兩種人已在統治中國，後兩種人則極為稀少。

【九四】

文化地緣學常研究「氣場與人」的關係。氣場確實會影響人的氣質、性情等。例如中國的幽燕多豪氣，出了許多俠客；浙江多戾氣，就出了勾踐、魯迅等許多不屈不撓的硬漢子；五台山、峨嵋山多祥氣，那裏就出了許多著名的和尚聖僧；舊上海多市儈氣，就出了許多大流氓。《西遊記》中，唐僧身上擁有許多祥氣，孫悟空身上則有許多勇氣，豬八戒身上大半是俗氣，而沙僧比較實在，讓人感受到的是拙氣。《西遊記》第三十九回寫道：「那八戒上前就要度氣，三藏一把扯住：『使不得，還教悟空來！』那師父甚有主張，原來，豬八戒自幼兒傷生作孽吃人，是一口濁氣；唯行者從小修持，咬松嚼柏，吃桃果為生，是一口清氣。」這段書寫，以氣識別不同生命。讓我們知道，孫悟空一身清氣，豬八戒一身濁氣。勇氣加清氣，正是真英雄。俗氣加濁氣，則是豬王國。

【九五】

孫悟空是人嗎？如果是人，他是甚麼人？這個問題從少年時代就在我的腦子裏回旋。後來，我終於明白，孫悟空乃是「宇宙人」。他的存在是宇宙存在，他的生命速度乃是宇宙速度（一個筋斗十萬八千里不是人間速度），他的眼睛乃是宇宙眼睛（千里眼），他的武器乃是宇宙武器（可無限伸延、可頂天立地的千鈞棒）。因為是宇宙人，所以他沒有地球人的長吁短嘆，沒有世俗人的喜怒哀樂；也沒有甚麼困難感、成就感；甚至也沒有生老病死的苦惱。那些龐大的權力財富，那些不可一世的宮廷權威、帝王將相，在他眼裏也不過是些轉眼即逝的「勞什子」。他永遠充滿活力，其生命沒有兒童時代青年時代、老年時代的劃分，他不僅生活在時代之外，而且生活在時間之外，完全是個超生死、超時間的存在，也可以說是超存在的存在，因此，他徹底地掙脫了人間鎖鏈，成為大自由人。

【九六】

賈寶玉到地球走一回，雖看透功名利祿，卻還未揚棄脂粉釵環。而孫悟空則與世間的一切毫無瓜葛，他乃是天地所出。唐僧介紹他時，稱他為傲來國花果山水簾洞人氏，其實連籍貫也沒有，正因為他無牽無掛，所以贏得了最高自由。不像賈寶玉那樣，還得對父親心存畏懼，也得屈從父母安排的婚姻與世俗生活。可惜世間並無孫悟空，這位花果山人，只是吳承恩的夢中人而已。

【九七】

賈寶玉和孫悟空這兩個石頭變來的生命，到地球走一回，同樣都發現人間妖魔。孫悟空發現後窮追猛打。賈寶玉則發現另一種妖魔，這就是功名利祿。孫悟空與賈寶玉都感覺到，地球人全被名繮利索所困，也全被妖魔鬼怪所騙，所以把短暫的人生全拋入虛幻的追逐之中。妖魔鬼怪總是用美色裝扮自己，功名利祿也塗抹種種色彩，二者殊途同歸。歸於對人的毀滅。

【九八】

吳承恩稱孫悟空為心猿。人生來不自由，心生來也不自由。於是，人類便想像出一種讓心靈自由馳騁的生命，從心中產生，又可代表心靈的生命，於是，就想出自由自在、神通廣大的心猴子，這便是心猿。心猿可以飛天，可以入地，可以抵達心靈無法企及之處，實現生命全部夢想。

【九九】

《西遊記》中的眾多妖魔，有三個共同點。一是善於偽裝，二是都想長生不老，三是都喜歡喝人血、吃人心。其實，三項都是人性弱點。妖魔或裝成美女，或裝成孤老，或裝成帝王，甚至裝成唐僧和孫悟空，都是為了騙人。不誠實，會騙人，這是人性的基本弱點。而畏死，這乃是本能。尤其是擁有巨大權力、財富、功名之後，更怕死，更想長生不老，如秦始皇，就拚命尋找長生不老藥。至於喜歡喝人血、吃人心，許多帝王將相、達富貴人，都是食客。其實，我們所經歷的歲月，就看到許多「掘心自食」和逼人「交心而食」的現象，只是自己當了吸血鬼與食心者而不自知，或知而不承認。

被五行山關壓了五百年，這對於孫悟空而言，只是瞬間；蟠桃，人參果，幾千年一熟，這對於神仙而言，也是瞬間。孫悟空作為理想形象，乃是不死不滅不亡即超越時間限定的英雄，唯有此等英雄，才不怕權力壓迫，才不怕火爐燒烤，才不怕妖魔加害，也才不怕天上玉皇，地上龍王，陽間豪強，冥界閻羅等；也才能擺脱天堂的誘惑，地獄的威脅，獲得真自由、大自由。可惜這一切只是文學所編織的夢。

【一〇〇】

唐僧一行到了比丘國之後，發現國王萎靡不振，中了「妖氣」。妖魔鬼怪除了妖身、妖心、妖伎倆、妖組織之外，還有妖氣。妖氣看不見，但它卻四處瀰漫，甚至會覆蓋一切。妖氣即妖魔氛圍，它能迷惑人、毒害人，往往比妖魔本身更可怕。我曾説過，專制包括專制制度、專制人格、專制語言、專制氛圍等層面，而妖魔也包括妖魔組織、妖魔伎倆、妖魔氣息等層面。人們通常譴責那些喜歡裝扮的女子為「妖精」，而《西遊記》所指的妖氣，則是妖魔鬼怪的一種手段，有如世間的迷惑人的花言巧語即騙人的意識形態。比丘國國王感染了妖氣就如同中了邪，變成妖魔的傀儡。

【一〇一】

孫悟空本事超人，他可以騰雲駕霧，升天入地，但他卻真誠地追隨唐僧，一步一個腳印地行走在取經的崎嶇路上。唐僧給他命名為孫行者，非常傳神。他從「超人」變為「行者」，給我們很大的啟迪，它告訴人們：人生真諦，恐怕不在於「及時行樂」，而在於「及時行走」。行萬里路，走萬座山，生命就充實了。孫悟空的生命詩意，既是「打」出來的，也是「走」出來的。

【一〇二】

孫悟空戰勝妖魔鬼怪，除了靠力量之外，還靠智慧。他化作小蟲小果子一次又一次地鑽入強敵的肚子裏，除了鑽入鐵扇公主的肚子裏拳打腳踢之外，還鑽入三頭巨鷹和黃眉童子的肚子裏倒海翻江，他甚至還會扮演成假唐僧、假魔鬼去和真魔鬼周旋。他的武藝舉世無雙，他的智慧也無人可比。戰勝敵人，不僅要「力取」，還要「智取」。

【一〇三】

效法孫悟空，不是學習他的武藝與變術，這是永遠難以企及的。但可以學習他的生命態度。他總是坦坦蕩蕩，打仗時坦蕩，頑皮時也坦蕩。如果他是人類，便屬於端人，即正派人，正路人。做事靠自身本領，絕不搞陰謀詭計。做人靠自身的健康與強大，絕不誇張撒謊，撥弄是非。

【一〇四】

孫悟空被如來佛祖封為「鬥戰勝佛」，倘若賈寶玉被封，那應是「不鬥不戰也勝佛」。二者都有道理。前者為積極自由精神的象徵，後者為消極自由精神的象徵。二者最後的歸宿均模糊化，如果讓我們加以猜想，孫悟空應返回花果山，賈寶玉應返回大荒山。「鬥」還是歸於「不鬥」。

【一〇五】

《基督山恩仇記》中有句名言說，開發人類智力的礦藏是少不了要由患難來促成的。唐僧、孫悟空不遠萬里到西天取經，這是開發人類智力礦藏的偉大跋涉，跋涉的過程正是患難的過程。成功與患難總是結伴而行。

【一〇六】

「手段」比「目的」更為重要。孫悟空武藝高強，神通廣大，神出鬼沒，而且擁有最強大的武器，一把會伸能縮、可以頂天立地的金箍棒，但他不傷害人，更不像武松、李逵那樣濫殺無辜。他造反，也只是挑戰、搗亂、宣洩惡氣，既不殺人，也不殺神，幾乎是一種遊戲人生。他和天宮天庭、天兵天將打仗，也幾乎是在玩耍，並不流血。他破壞仙桃天宴，只讓仙女們不能動彈，不會喊叫，並不傷害她們，也不調戲她們。手段十分文明。

【一〇七】

孫悟空和唐僧這個「師徒結構」，意蘊極為深厚。它包含多重內涵。首先唐僧的緊箍咒是宗教對孫悟空的制約與限定。造反者的自由也受到限定。不可濫殺無辜是緊箍咒的規則和底線，孫悟空因為有此限定，所以他才沒有變成牛魔王，而是把取經的道路走到底，終成正果。在大鬧天宮之前，他就與牛魔王結拜兄弟，二者相近。但牛魔王不加修煉，又未能得唐僧指引，所以走向魔鬼之路，娶了鐵扇公主，不僅作惡多端，連對鐵扇公主也不真誠。好吃好喝好鬥又好色，與孫悟空完全兩樣。可見英雄並非我行我素、胡來胡去的妖怪，而是本領非凡又是接受制約的天地之才。其次師徒結構，又是自由、平等、博愛三位一體的結構。師徒的衝突，不是善與惡的衝突，而是善與善的衝突。「兩善」的衝突，比善與惡的衝突更為複雜，更需要佛陀指點迷津。

【一〇八】

孫悟空不管如何頑皮，如何造反，如何變幻莫測，但總是讓人感到他的天真在，他的純樸在，他的正直在，即他的善性在。他很會變易，變得讓人眼花繚亂，但他身心上卻有一種堅硬的「不易」，任艱難、委屈、誤解乃至種種妖法魔法都無法改變的品性，這就是他的善性。不易之善性，乃是他的生命本體。

【一〇九】

孫悟空與唐僧，一直生活在本真世界中，而豬八戒雖是孫、唐的同路人，但一直生活在世俗世界中。八戒帶着世俗要求走向取經之路，其身上的癡、貪、嗔等弱點，正是佛教要克服的人性弱點。《西遊記》告訴我們，即使是豬八戒，他身上也有佛性，他有小狡猾等小生產者的秉性，但沒有虛偽、圓滑、世故，也不濫殺無辜，所以也有成佛的可能。

【一一〇】

唐僧及其弟子，共同去取經，並不要求隊伍的純粹。其中既有真諦的代表（孫悟空），也有俗諦的代表（豬八戒）。有本領極高強者（孫），也有本領一般，但任勞任怨的清醒者（沙僧）。在關鍵時刻，平素沉默寡言的沙和尚總會說出幾句要緊話，連那隻白馬也會發出重要的聲音。各種生命所蘊藏的佛性不同。唐僧懂得尊重不同的個體個性，所以才能獲得取經的成功。

【一一一】

《西遊記》與《紅樓夢》一樣，也是部《石頭記》。賈寶玉原是女媧補天時未被選用的一塊多餘的石頭，後來通靈而來到人間，成了世上的一個多餘人。而孫悟空原先也是一塊石頭，後來石破天驚，出了一隻石猴。這隻石猴到了花果山後，既通靈，還通了變術和武藝。賈寶玉和孫悟空都是世界的異端。一文一武，與人類等級社會皆不相宜，文者演成悲劇，武者演成喜劇。二者的存在形態很不相同，但都有石頭的自然與純樸。

【一一二】

《西遊記》的主角孫悟空很少説話，但性情與人類相通。他的主要語言乃是行為語言。他是一個行動的生命。其眼睛是天眼，即千里眼。在太上老君的煉丹爐裏煉了四十九天後變成金睛火眼，能識破各種妖魔，後來成了法眼與慧眼。唐僧修行雖高，但未經煉丹爐的煎熬，所以眼力不如孫悟空。

【一一三】

豬八戒雖有許多缺點毛病，但還是個可愛的形象，因為他活得很真實，沒有矯情，一點也不會「裝」。餓了想吃，睏了想睡，本能本相，完全不知掩蓋。取經路上，挑重擔的主要還是沙悟淨，但豬悟能也是辛苦角色。在喜劇作品中，他帶給大家許多樂趣。總之，他是《西遊記》中一個很成功的形象。

【一一四】

取經之路，乃是追求真理之路。追求路上，充滿妖魔鬼怪．充滿苦難，充滿危險：全程共九九八十一難，每一難的征服，都需要智慧、勇氣和毅力。《西遊記》是中國人追求真理的聖經。這部偉大小説，為中國人立下了「崇尚真理」的品格，也為中國人樹起為真理奮鬥的不屈不撓的偉大榜樣。

【一一五】

考察漢民族，應着眼於文化，而不應當着眼於血統。漢民族的血統並不純粹，胡人的血液早已滲入漢族脈絡。但漢文化卻一以貫之，匈奴被漢化，蒙古被漢化，滿清被漢化。所謂漢化，通常只說「漢族血統化」，其實更重要的是「漢族文統化」，「漢族文化化」。我們研究漢民族為甚麼不會滅亡，乃是研究漢文化為甚麼不會滅亡？巴比倫文明、瑪雅文明、印加文明等都滅亡了，為甚麼中華文明即漢文明不會滅亡？

【一一六】

周有光先生的思維三段（神學、玄學、科學），十九世紀哲學家孔德早已說過，不算新說。玄學乃是中世紀的產物，用邏輯形而上解釋神學。形而上是哲學中叩問存在的部份，古希臘就有。現代世界，其實三種思維都有。科學思維代替不了玄學思維，認識論代替不了存在論與本體論。佛的神奇與孫悟空的神奇，近乎神學；佛的說教與唐僧的緊箍咒又近乎玄學。

【一一七】

與唐．吉訶德相比，孫悟空也有「知其不可為而為之」的精神，即大戰風車的精神。天宮，龍宮，閻王殿，都是大風車，但孫悟空照樣挑戰。不同的是，唐．吉訶德冒出的是一片傻氣，孫悟空冒出的則是一片靈氣。但二者都守持一片天真與混沌。

【一一八】

唐僧的緊箍咒不是道德法庭，而是宗教法庭，它把握的是佛教戒殺的規範，這是英雄主義的補充。也是英雄行善的保證。李逵、武松等，最大的缺陷是缺了這麼一個緊箍咒，所以李逵幾乎變成魔，他熱衷於「排頭砍去」，砍殺時沒有制約。李卓吾用「佛」字點評李逵，顯然不妥。

【一一九】

孫悟空與賈寶玉都反叛，但賈寶玉是貴族性的反叛，他的鋒芒不是指向皇帝，而是指向科舉制度和陳舊意識。而孫悟空則直接指向玉皇、龍王、閻王等最高統治者。孫悟空的行為可稱為造反（但不是流血造反），賈寶玉的反叛則不算造反，頂多只算反抗。二者的叛逆，都是精神性的叛逆，孫悟空手中雖有千鈞棒，但這種武器能縮能伸，也有精神性質。

【一二〇】

孫悟空大鬧天宮，雖屬造反，但他並無一般造反者的目的，如推翻政權，取而代之等。孫悟空沒有私心，沒有野心。沒有革命綱領，沒有革命組織，沒有革命隊伍，一切只是個體的獨立獨行。他沒有任何「替天行道」的意識，只是本能地感受到天道不公平，於是他就反抗，挑戰一下至高無上的所謂玉皇大帝。他大鬧天宮起因於「弼馬溫」事件，但他不是嫌官小，而是發現天庭對他極不尊重，他是為個人的尊嚴而奮起反抗的。反得有理。在孫悟空的心目中，本沒有等級觀念，也不懂得官階為何物，所以開始時欣然地接受弼馬溫這頂小烏紗帽。他的不滿是因為他明白給他戴上這頂帽子是對他的污辱。士可殺而不可辱。孫悟空因受辱而反叛。這種反叛乃是天經地義，無可厚非。

【一二一】

拉馬克在《西線無戰事》中說：我看到了世界上最聰明的頭腦還在發明武器和撰寫文章，使種種敵視和殘殺更為巧妙，更為經久。唐僧也擁有最聰明的頭腦，他的偉大在於，絕對不用頭腦去發明武器，而是用頭腦去發現文明，他不撰寫文章，但不畏艱險地輸入西天撰寫的慈悲文章。

【一二二】

孫悟空的英雄性抵達登峰造極的水準，任何力量都打不垮他。天兵天將打不敗他，太上老君的煉丹爐燒不死他！佛祖的五行山也壓不碎他。壓了五百年，但孫悟空還是孫悟空，英雄還是英雄。真正的英雄，絕對不會被任何命運所擊倒。

【一二三】

《水滸傳》的英雄主義與中國的大男子主義緊密結合，所以才發生武松殺嫂、楊雄殺妻等慘烈行為。而《西遊記》中的英雄主義卻不沾上任何鮮血，更沒有女子的鮮血。它雖側重歌吟男性，但沒有任何大男子主義的臭味，包括豬八戒在高老莊的行為，也沒有大男子主義的陰影。

【一二四】

《西遊記》的主人公所經歷的苦難，包括自然災難。但主要的災難是人間的苦難，即人自身的所作所為。鬼怪總是偽裝成人而做壞事，即披着人皮做壞事。而人總是偽裝成神而騙人，即借神之形而行鬼之實。

【一二五】

孫悟空的行為很「野」，如天馬行空，沒有邊際，但他沒有野心，儘管武藝高強。戰功赫赫，尤其是斬妖除魔，更是功比天高，但他總是胸懷一顆平常心，總是跟隨在師父之後，一步一步地走在取經的路上。有本事，又有平常心，才是真英雄。面對高強本領，尼采鼓動「超人」，慧能卻主張做「平常人」。一個有野心·一個無野心，哪個才是真英雄呢？

【一二六】

《西遊記》也可稱作「變形記」。讀卡夫卡的《變形記》，首先聯想到的就是《西遊記》。卡夫卡筆下的人變成甲蟲，寄意的是現代人在現代生活的高壓下的困境以及在困境中的物化（動物化）和異化；而吳承恩筆下的人則變成猴，變成豬，變成馬，變成魔，變成妖。寄意的是一部份人確實妖魔化了，在佛眼之中，在金睛火眼之下，他們（她們）只有一張人皮，一旦被戳穿，就只剩下一堆枯骨，沒有血脈與心靈。他們（她們）想的是榮華富貴和吃唐僧肉而萬歲萬萬歲。孫悟空是一個自己會變形而且能識破妖魔變形的英雄。

【一二七】

《西遊記》的主角，從孫悟空到豬八戒，還有參與取經的沙僧與白馬，都是「妖身」。第一百回裏，歸國的唐僧向唐太宗介紹自己的弟子並攜其入東閣赴宴時，特給唐王先下定心丸說：「小徒俱是山村曠野之妖身。中華皇朝之禮數。萬望主公赦罪。」唐僧的諸位徒弟確實都俱妖身，但佛教禪宗告訴人們，心性才是人的根本。作為人，重要的是「心」，而不是「形」，孫悟空的猴形妖身並不重要，重要的是他永遠跳動着一顆至真至善之心。有這顆心靈為前提，再加上他的「齊天」本領，便做出一番轟轟烈烈有益於人類的事業。

【一二八】

一切人，一切生命都有佛性，連跟隨唐僧的那隻白馬也有佛性。此馬原是西海龍王之子，屬於王二代，龍二代。唐僧到了毒蛇盤踞的鷹愁澗涉水，此龍二代吃掉唐僧所騎的馬匹，犯有罪責，但在菩薩的指導下，它也改邪歸善，加入取經行列。它甘為唐僧腳力，馱着唐僧登山越嶺，跋涉崎嶇，功勞很大，被如來佛祖封為「八部天龍馬」。這位廣晉龍王之子，原先犯了不孝之罪，但他身上也存有佛性，一旦以身皈法，也可修為正果。説佛法無邊，説到底還是寬厚無邊，慈悲無邊。相信一切生命皆有善根，這是佛教的第一真理。

【一二九】

佛教認定，不管你過去有過怎樣的錯誤與罪惡，但只要放下屠刀，便可立地成佛。這種不計前科、不查出處不算舊賬的博大寬容性，給一切罪人展示了再生的可能。豬八戒原是天河水神，天蓬元帥，但在蟠桃會上卻酗酒調戲仙娥，被貶到下界後變成半畜半人，又在福陵山雲棧洞造孽，還鬧出高老莊的醜劇，但他走上取經之路後一路挑擔，十分辛苦，最後雖未封佛，但也被升為汝職正果，做淨壇使者。而沙和尚沙悟淨，本是天上捲簾大將，先因蟠桃會上打碎了玻璃盞而被貶入下界，後又在世間流沙河裏傷生吃人，造成罪孽。但皈教皈法後，一路保護唐僧，登山牽馬，不辭勞苦，最後也被如來封為「金身羅漢」。《西遊記》所體現的佛教寬容，與當下世界的查三代、記前科、存檔案、究出身等政治技巧，很不相同。

【一三〇】

取經完成後，如來給唐僧師徒封號。唐僧、孫悟空皆為佛，而孫悟空關心的只有一事：他問唐僧，既然我已成佛，那麼頭上的緊箍咒是不是可以去掉。最在乎的還是自身的自由。孫悟空雖會七十二變，但其童心則永遠不變，爭取自由之心也永遠不變。他被封為佛後跳動的還是一顆童心。

【一三一】

沒有佛教的東傳，就不會有兩部偉大的「石頭記」，《紅樓夢》與《西遊記》。兩部經典均佛光普照，均有大慈悲。賈寶玉的大慈悲是愛一切人而無仇恨機能。孫悟空的慈悲雖廣大無際但有仇恨，他恨妖魔鬼怪，與之戰鬥到底。但他的恨，歸根結底也是愛。愛平民百姓，愛一切生靈，愛師傅唐僧。為了保護師傅，他才不得不出手，不得不怒目橫對那些偽裝的妖孽。愛的對立項不是恨，而是冷漠。

【一三二】

《西遊記》給中國人民兩個偉大的啟迪：一是尋找真理（取經）之路絕不平坦，它注定崎嶇坎坷，經受九九八十一難在所難免，到了目的地，還有一難。二是像孫悟空那樣爭得自由，就必須不怕千辛萬苦去求道求術，也不怕千辛萬苦去求經求佛。有本領才有自由，有至善至真之心才有自由。

【一三三】

孫悟空並無行善意識，也無自由理念。但他卻有善的本能和自由的天性。他的一切英雄行為，都是心性使然，而非認識所致。換言之，孫悟空與賈寶玉一樣，石頭軟化、靈化後變成一顆心，一切都是心動，而不是頭腦的預設。即一切都出自本體論（心性本體），而不是認識論。

【一三四】

施耐庵把李逵、武松寫成正義的化身，道德的化身。但李逵那把斧頭，不僅砍殺官兵，砍殺敵人，而且砍殺戀愛中的男女，砍殺好人。吳承恩也寫孫悟空造反，但不把他寫成正義的化身與道德的化身。然而，恰恰是孫悟空呈現了人間正義，自然道德。他的金箍棒只指向妖魔，絕不傷害任何一個好人。

【一三五】

孫悟空的善性非常徹底，他不僅不傷人，對於魔，他也不是一概殺戮，而是分清妖的由來，尤其是對於只有慾望而無罪惡的妖魔，他更是放其一馬。如對天竺國的假公主，她是玉兔精，對真公主雖有怨但未傷害，對唐僧只是慕名貪戀而不像其他妖怪想吃唐僧肉。所以經過激戰戳穿其妖形之後，他還是聽從太陰星的勸説，放玉兔返回月宮。以善對待和自己進行過惡戰的「敵人」。

【一三六】

《西遊記》的詩詞遠不及《紅樓夢》，從總體上説，它比較淺露，缺少含蓄，也缺少韻味。尤其是缺少內在情韻與內在神韻。相當多的詩類似打油詩。這是《西遊記》審美形式上的一大缺陷。第二缺陷是大鬧天宮那幾回之後的幾十回，均寫取經路上遇妖除魔的故事，情節大同小異，能讓讀者獲得新鮮感的故事不多。不像《紅樓夢》那樣，回回都很特別，令人回味無窮。

【一三七】

從審美風格上説，《紅樓夢》屬秀美，即陰柔美；而《西遊記》則屬壯美，即陽剛美。二者的審美基點雖不同，但其至真至善之情則完全相通。孫悟空與賈寶玉都極純粹，極正直，極忠厚。兩人的情感形態不同，一個是溫情（賈），一個是豪情（孫），但二者都無矯情。

【一三八】

《紅樓夢》是悲劇，《西遊記》是喜劇。除此之外，還可以說，《紅樓夢》又是荒誕劇，而《西遊記》則是怪誕劇。孫悟空，形雖怪誕，但神情很剛正，不可視為荒誕。而《紅樓夢》中的賈赦、賈璉、賈蓉、賈瑞以及薛蟠等，則是形為貴族，實則是偽君子、嫖客、色鬼，他們的人生，只是一場又一場的滑稽戲，荒唐戲。

【一三九】

孫悟空與豬八戒的區別，除了本領的高低之外，最大的不同是豬八戒有慾望，而孫悟空沒有慾望。孫悟空一不好吃，二不好色，三不羨慕榮華富貴。無欲則剛，所以他成了不敗金剛。孫悟空的英雄性，不僅表現為「無敵手」，而且表現為「無慾望」。有前者，才能戰勝艱險，有後者，方可戰勝誘惑。

【一四〇】

歌德筆下的浮士德，與魔鬼打賭：一生進取，倘若滿足即成其俘虜。孫悟空一路打過去，也在與魔鬼打賭。但從未當過魔鬼的俘虜。他與魔鬼賭的首先是眼睛，能看穿偽形即勝利，不能看穿即失敗。唐僧看不穿。因為他只有經書的澤溉，缺少煉丹爐的煎熬。孫悟空之所以戰無不勝，除了仰仗老師的傳授，還仰仗於煉丹爐的磨煉和對手的磨難。

【一四一】

《西遊記》中有一個關鍵詞常常被忽略，這就是「心猿」。（參見第八十五回，其標題為《心猿妒木母，魔主計吞禪》，第七回：《八卦爐中逃大聖，五行山下定心猿。》第八十八回：《禪到玉華施法會，心猿木母授門人。》）孫悟空的歷程便是從石猴化為心猿的過程。猿是他的相，心是他的本。孫悟空與賈寶玉一樣，乃是一顆純正的心靈。他的大鬧天宮、大鬧龍宮、大戰妖魔，從表相看，是身動，器動（金箍棒動），實質上是心動。即表面上是武器（金箍棒）的批判，實質上是精神的批判。孫悟空所以感人，正是他的武功令人眼花繚亂，心地卻極為純樸，整個心靈總是投向為人類解脫各種壓迫壓抑的事業上。他是最勇敢、最無私的心靈，也是最生動、最靈驗的英雄佛。有這尊英雄佛在，中國就不會缺少勇敢和善良。

【一四二】

《西遊記》寫孫悟空不服唐僧指責，萌生「二心」，結果發現假行者應運而生，假孫悟空與真孫悟空不僅相貌相似，而且本事一樣高強，真假行者打得死去活來，連唐僧、觀音菩薩也辨不出真假，最後只好請示如來佛祖。此節告訴我們：心的分裂，自己和自己打仗，最難了結。戰勝妖魔易，戰勝心魔難。換言之，是戰勝鬼怪易，戰勝自己難。最難戰勝的，還是自己。此回主旨與王陽明的「破山中賊易，破心中賊難」，意思相通。

【一四三】

形與神、相與心的反差，往往更能顯現心的高尚、高潔、高貴。孫悟空的外形，《西遊記》多次從不同視角寫他如同妖精，卻突顯出他的心靈格外壯美。雨果《巴黎聖母院》的男主角，其相貌也十分醜陋，但心地卻很美好。就審美效果而言，形醜給人帶來樂趣，心美則給人帶來啟迪。

【一四四】

《西遊記》第一回的詩云：爭名奪利幾時休，早起遲眠不自由。騎着驢騾思駿馬，官居宰相望王侯。只愁衣食耽勞碌，何怕閻君就取勾。繼子蔭孫圖富貴，更無一個肯回頭。這首詩與《紅樓夢》首回的《好了歌》相似，主題同一。都是勸止歌。勸告世人從爭名奪利的路上回過頭來，提醒世人放下無窮盡的慾望。尤其難得的是，《西遊記》之歌還直截了當地道破「自由」二字，點明一旦被名利和榮華富貴之念所羈絆便無自由。能放下慾望才有自由，能不羨慕王侯貴爵才能自由。這首自由歌，正是《西遊記》的主題歌，靈魂歌。孫悟空呈現的正是這首歌的自由精神。他的千鈞棒，表面上是打妖魔，從深層看，則是打擊人類的貪婪慾望和名韁利索。

【一四五】

唐僧雖至誠至善，但並不完美。他畢竟是人不是神。他苦修苦煉，但仍然沒有除盡我執與法執。在妖魔的偽形面前，他總是拒絕聽取孫悟空的陳述，這是「我執」。不僅不聽，還唸緊箍咒，抓住咒語不放，這是法執。因為有此執迷，所以才需要去取經，去尋找認清自己的參照系。成佛得道之後，他放下緊箍咒，既是破法執，也是破我執。

【一四六】

孫悟空從石猴變成人類之後，便佔花果山為王。佔水簾洞為主，擁有千萬個猴兵猴卒，算是一方諸侯，自得自在。但他卻不陶醉於自己的安樂鄉中，而毅然辭鄉遠行，到千里之外的荒山野嶺尋找高人並學得一身絕技。從五行山釋放之後，他又隨時可回花果山為王為霸，但他卻不留戀這個小王國的膚淺快樂，選擇千辛萬苦的取經之路。為了尋找真理，他寧可放棄天天接受朝拜的生活，甘願去充當一位和尚的衛士，跟着爬千山，涉萬水。

【一四七】

唐僧與孫悟空的師徒結構，並非主奴結構，也非君臣結構，它是陰陽互補結構，文武互補結構，善慧互補結構。因為，孫悟空在人格上與唐僧是平等的，他常常善意地調侃唐僧，特別是妖魔化作美女向唐僧求親的時候，他總是一邊解救，一邊遊戲唐僧的尷尬困境。

【一四八】

孫悟空頂天立地，但他並非「高大全」的英雄。他頑皮、頑劣，喜歡搗亂，喜歡戲弄，喜歡耍脾氣。他有超人的武功，又有常人的性情。作為文學形象，他既怪誕，又很平實。毫無高大全英雄的面具和矯情，更無意識形態的痕跡。他是英雄，更是個孩子。

【一四九】

老子在《道德經》中講述三個「復歸」：復歸於嬰兒，復歸於樸，復歸於無極。此一精彩理念，也可用意象性的語言，表述為「復歸孫悟空」。孫悟空既是英雄，又是「嬰兒」；既有神魔般的豪放，又有石頭般的「質樸」。他身行天地，心馳宇宙，精神涵蓋「無極」。

【一五〇】

陀斯妥耶夫斯基在《罪與罰》中讓主人公講了一句話，說：「我只想證明一件事，就是，那時魔鬼引誘我，後來又告訴我，說我沒有權利走那條路。」讀《西遊記》，見到唐僧戰勝各種引誘，總是想起這句話。唐僧之所以神聖，就是明瞭，自己選擇的那條路是正確的，就一路走到底。並明瞭，從此之後他再也沒有權利走別的路，包括榮華富貴之路。

【一五一】

孫悟空被救出五行山之後，並未立即放下「屠刀」，立地成佛。他還殺了幾個被他稱為「強盜」的人，唐僧批評，他還賭氣跑到龍王那裏喝茶，這之後，觀音菩薩才把如來賜與的「緊箍咒」交給唐僧，孫悟空嚐了咒語的苦頭之後才正式成為唐僧之徒而走上取經之路。可見，緊箍咒對於英雄孫行者是必要的，儘管唐僧後來唸錯了幾回咒語。

【一五二】

從藝術成就上說，至少有兩點《西遊記》遠遠不及《紅樓夢》。一是女性形象的塑造，《紅樓夢》塑造了林黛玉、薛寶釵、史湘雲、王熙鳳、妙玉、秦可卿、晴雯、襲人、鴛鴦等個性豐富的形象體系，很了不起。每一個體都是生命極品，都是不朽的生命圖畫。而《西遊記》只有男性的精彩（孫悟空、唐僧等均是男性），沒有女性的精彩。其中的美麗女性如天竺國公主、寶象國女王，女兒國國王等也只是抽象的符號，雖美如仙子，卻毫無血肉，更無內心。沒有一個能活生生地站立起來。

【一五三】

吳承恩筆下的英雄，最美的人物形象都是男性。而女性，要麼很蒼白，要麼很抽象。最美的女子多半是妖精（或取妖精的皮，或做妖精的形，或本身就是妖精）。多數的魔鬼都偽裝成美女，孫悟空打殺的較多也是美女妖精。吳承恩彷彿也是一個大男子主義者，對女子很不信任。如果說《水滸傳》是屠殺婦女，《三國演義》是利用婦女，《紅樓夢》是禮讚婦女，那麼，《西遊記》則是懷疑婦女。

【一五四】

《西遊記》與《紅樓夢》一樣，不僅書寫人間，還書寫天界。《紅樓夢》呈現的天界，是警幻仙境，這是曹雪芹的烏托邦；《西遊記》呈現的天界，則是權力秩序，這是地上權力王國的翻版，吳承恩顯然厭惡這種秩序，所以讓孫悟空去把它攪亂。吳承恩的烏托邦不在人間，而在自然界。《紅樓夢》的烏托邦是女兒國，《西遊記》的烏托邦是沒有女性的花果山。

【一五五】

《紅樓夢》中充滿情愛悲劇和情愛故事。而《西遊記》則沒有愛情故事，也沒有愛情悲劇。所以尚未進入情愛的兒童愛讀，脫離情愛的老人也可讀，唯處於戀愛中或充滿情感嚮往的青年人恐怕沒有耐心讀下去。

【一五六】

《水滸傳》和《西遊記》都想救世，前者想「替天行道」，後者想「替佛行道」，目的無可厚非，但《西遊記》的救世手段是取經，類似西方普羅米修斯的「偷火」，即偷來真理之光明以照亮人心與人間，這種途徑與手段，屬於天經地義，天然合理。而《水滸傳》的救世手段則是火燒火併，打家劫舍，揮斥暴力，橫流鮮血。其結果是世界愈變愈充滿仇恨，愈打愈充滿血腥。不僅救不了世界，個人也難成生命正果。

【一五七】

《西遊記》不是神話，不是宗教，不是佛學，但它佛光普照，佛性磅礴。《西遊記》是文學，其心靈、想像力、審美形式，都發揮到極致。它非常生動，非常幽默，非常感人。因為它又擁有宗教的大慈悲與宗教的大視野。

【一五八】

人的慾望本無可厚非。然而，一旦慾望膨脹過度就會變成魔。人人都有變成「白骨精」的可能。人一旦具有魔的慾望，就會變成白骨精。

【一五九】

儘管孫悟空大鬧了天宮，天上地上的秩序一點也沒變，玉皇還是玉皇，龍王還是龍王，號令還是號令，威權還是威權，壓迫還是壓迫，奴役還是奴役。說甚麼金猴奮起千鈞棒，玉宇澄清萬里埃，完全是妄念。孫的千鈞棒橫掃過後，玉宇還是驕奢淫逸，一片專制。其秩序、其邏輯，一點也沒變。

【一六〇】

唐僧一行歷經八十一難，踏遍路途艱難，此行給中國人提示：再難也要走到底，任何關口都有佛在。這佛，就是自身的光明。甚麼難關都可以闖過去，只要師徒協力，只要自身心正、心淨、心明。

【一六一】

所謂「時代症」，病症就在自身。世界的問題全在人自己身上。人生來並非神仙，也非善主。古往今來，宮廷裏弒父、弒兄弟的事件從沒有中斷過。皇帝有幾個好下場？殺來殺去，為了奪取權力。權力大於親情，為了權力，可以六親不認，這是我們看到的歷史和接受的教育。世界難以改造，人性也難以改造。兩千多年前，宮廷裏的刀光劍影，今天仍在重演。人性的貪婪無法改變。中國的國民性，可以認知，可以呈現，但也難以改造。說革命可以改變一切，未必，革命後的未莊還是未莊，阿Q還是阿Q。

【一六二】

千鈞棒，為我們出氣，但暴力並不能改造世界。玉宇的澄清，政治的澄明，世道的進步，主要還是靠文化，而不是靠千鈞棒。《西遊記》告訴讀者，「千鈞棒」固然有力，但「萬里路」（文化取經之路）更為根本。固然不能迷信經書，但是更不能迷信千鈞棒。

【一六三】

經過千辛萬苦，唐僧師徒終於抵達靈山。靈山本是西天的極樂世界，人間淨土。可是，世上並無理想國。佛國也不是淨土國。佛國之王如來佛祖見到唐僧師徒後自然高興，便命身邊的兩大徒弟阿儺，伽葉帶唐僧師徒去藏經閣領取真經。到了閣中，阿儺竟問是否有甚麼禮物相贈。公然索取財物。當唐僧說明「未曾準備人事」後，阿儺竟然很不高興，以致「偷工減料」，將櫃下無字經一卷卷拿出來代替有字經，強塞給唐僧。這一情節乃是《西遊記》最後部份的神來之筆。它讓人們知道，連如來的聖徒也不乾淨，連著名的阿儺、伽葉也行敲詐勒索。這一情節還告訴讀者，對於佛家菩薩可以尊崇尊敬，但不可迷信。（參見《西遊記》第九十八回）

【一六四】

阿儺、伽葉向唐僧師徒索「人事」（禮物）不成後，竟用「無字經」敷衍、欺騙遠道而來的聖僧。唐僧忍受不了，只好向如來告狀（望如來救治，見第九十八回），而如來竟為阿儺們辯解。

佛祖笑道：「你且休嚷，他兩個問你要人事之情，我已知矣。但只是經不可輕傳，亦不可以空取，向時眾比丘聖僧下山，曾將此經在舍衛國趙長者家與他誦了一遍，保他家生者安全，亡者超脫，只討得他三斗三升米粒黃金回來，我還說他們忒賣賤了，教後代兒孫沒錢使用。你如今空手來取，是以傳了白本。白本者，乃無字真經……」

原來，阿儺索取「人事」的行徑被如來佛祖所認可。如來是後台。連佛祖也認為「賣經」天經地義，而且只能高價賣，不可「賤賣」。佛祖此番說法令人匪夷所思。然而細想下來，唯有把佛聖化而迷信的人才會覺得奇怪，而對於清醒的識者而言，這倒是佛國的真實。世上並無百分百的淨土。人人嚮往「極樂世界」，「淨土世界」並不存在。

【一六五】

吳承恩筆下的靈山，人們嚮往的淨土世界與極樂世界，竟也發生勒索「人事」的醜劇，佛徒們燒香膜拜的如來佛祖竟然也超越不了功利之舉，為勒索行為辯護。可見，在吳承恩極為清醒的意識裏，其烏托邦並非靈山。那麼，他的理想國在哪裏呢？吳承恩的烏托邦既不是天國（玉皇主持）也不是佛國（如來主持），而是花果山。唯有花果山、水簾洞才保持大自然的純正、質樸與和諧，才不受人世灰塵的污染。

【一六六】

唐僧們拿到有字真經後，開始了回歸的行程，但在橫渡大河時，因被白黿作怪，把他們翻倒河中；從而打濕了經書。此時，唐僧十分沮喪。就在此時此刻，平常少言寡語的孫悟空講了一個安慰師父的哲學。第九十九回如此寫道：

……不期石上把《佛本行經》沾住了幾卷，遂將經尾沾破了。所以至今《佛本行經》不全，曬經石上猶有字跡。三藏懊悔道：「是我們怠慢了，不曾看顧得。」行者笑道：「不在此，不在此！蓋天地不全。這經原是全全的，今沾破了，乃是應不全之奧妙也，豈人力所能與耶！」

偉大英雄孫悟空最後說出了偉大哲學，即「天地不全」之哲學。天不完全，地不完全，人不完全，神不完全。這才是真理。求全責備，苛求「金要足赤，人要完人」顯然不妥當。確認天地不全，神佛不全，人類不全，才有寬容，才有慈悲。孫悟空最後道破的大哲學奧妙，乃是真知灼見。

【一六七】

孫悟空到西天取經，一路打拼，一路吃苦，但也一路生長了，尤其是心靈的生長。他西行的最大成果，不是被封為「鬥戰勝佛」，而是發現了宇宙人間的真理——「天地不全」的真理。天不全，所以要補天；地不全，所以要填海；佛不全，所以經書打濕了不必懊喪；人不全，所以往往辨別不出妖魔；自我也不全，所以才會自稱「齊天大聖」。孫悟空道破「天地不全」之哲學，乃是無字真經，這是孫悟空悟到的真理，也是吳承恩悟到的真經。中國文化作為偉大的時空存在，《西遊記》的這一筆（由孫悟空道破的「不全哲學」）又給偉大存在增添了精彩的一頁。

【一六八】

《西遊記》的最後一回（第一零四回）描寫唐僧回歸長安，拜會唐太宗。御兄御弟親熱一場。這種回歸，乃是向世俗世界的回歸，純屬畫蛇添足。《西遊記》本是取經過程，也是悟空過程，唯有歸於空，看破宮廷御苑等榮華富貴並無實在性，那才擁有思想深度。可惜它卻回歸於世俗，回歸於儒家所建築的秩序。唐太宗為唐僧建築了可藏經書的雁塔寺，讓經書「落實」於凡地。最後這一結局看似圓滿，實則落俗，屬於小說的敗筆。

【一六九】

在《共悟人間》中，我和劍梅曾比較過陀思妥耶夫斯基《卡拉馬佐夫兄弟》中阿廖沙和《紅樓夢》中的賈寶玉。後者最後選擇「逃避苦難」，離家出走。與阿廖沙撲向大地去擁抱苦難的方向不同。二者均有理由。如果把孫悟空和阿廖沙相比，那麼，孫悟空倒是與阿廖沙的選擇非常相像，孫悟空跟隨唐僧到西天取經，正是撲向大地去擁抱苦難，不僅擁抱兩樁三樁苦難，而是擁抱八十一樁苦難，在苦難中打拼。東正教的精神是唯有苦難才是進入天堂的階梯，而《西遊記》也告訴我們：唯有苦難才是抵達極樂世界的橋樑。

【一七〇】

唐僧一行到了西梁女兒國之後，女兒國的國王愛上了唐僧，她不僅極美麗，而且極真誠。她願意付出舉國之富，招唐僧為夫。此時，唐僧面臨着一種比妖魔更嚴峻的美女考驗。這個美女不是一般的美女，也不是因為她是女王，而是她有一種寧棄江山也要唐僧之愛的氣魄。對此，唐僧在愛與信念二者之間作一選擇。唐僧再偉大，也是肉體之軀，他在女王面前不可能不動心，然而，最後他還是作出「信念第一」的選擇，信念重於情愛，取經的使命重於美女的呼喚，他還是繼續走上原來的追求真理的道路。英國的愛德華二世，寧要美女不要王位固然感人，但唐僧這種寧要信念不要江山美女的選擇，更了不起。

【一七一】

《紅樓夢》中的賈寶玉，其別名（前世之名）「神瑛侍者」，他到人間後鍾情於「閨閣女子」，真的以平等心態當了許多貴族女子（如林黛玉、薛寶釵、秦可卿、史湘雲等）的侍者（服務員），也以平等心態當了許多丫鬟女子（如晴雯、鴛鴦、襲人等）的侍者。閱讀《西遊記》之後，就會知道，孫悟空也是一個侍者，但他不是眾女子的侍者，而是唐僧的侍者，即「聖僧侍者」。他以高強的武功也以真誠的態度陪伴唐僧萬里長征，為唐僧服務。如果沒有這位英雄侍者，唐僧怎麼排除那麼多災難而抵達靈山？

如果說，賈寶玉是柔性侍者，那麼，孫悟空則是剛性侍者。賈寶玉之「侍」，需要戰勝許多世俗偏見；而孫悟空之「侍」，則需要戰勝自我原來那一派「老子天下第一」的齊天傲慢。充當王者不易，充當侍者也不易。

【一七二】

豬八戒姓豬。養豬是農民的事業。他使用的工具是豬耙，也是農民慣用的工具。總之，他是小生產者。小生產者天生擁有小聰明、小狡猾、小算盤，善於佔小便宜，謀小利益，當然也會做小挑戰，小浪漫。豬八戒除了貪吃之外，還有一個致命弱點是好色。貪吃與好色是他的本性。改變本性之難比改變江山更難。豬八戒的經歷告訴我們，即使從天上落到地下，即使從神宮墜入豬胎，即使歷經千難萬險，即使穿越生死關口，豬八戒還是豬八戒，小生產者本性還是小生產者的本性。所以他到了靈山之後，如來佛祖無法給他封「佛」，只能給他封「淨壇使者」。常聽到「改造世界」與「改造人性」的豪言壯語，但清醒者卻要質疑，豬八戒的本性可以改造嗎？

【一七三】

孫悟空可以千變萬化，不僅七十二變，第九十五回寫道：「行者把棒丟起，叫一聲『變』！就以一變十，以十變百，以百變千。半天裏，好似蛇游蟒攪，亂打妖邪……」他能屈能伸，可變成頂天巨漢，也可縮成小蟲兒鑽入鐵扇公主肚中。但他的可貴不僅在於能變，還在於他身上有一種永遠不變的東西，這就是他的心靈。他的心靈永遠向真向善，永遠是嫉惡如仇的正直，永遠有戲弄權威的頑皮，也永遠有追求真理的熱情，更永遠有與妖魔鬼怪勢不兩立的正義感。

【一七四】

佛祖如來在解析如何分辨真假孫悟空時說：「汝等法力廣大，只能普閱周天之事，不能遍識周天之物，亦不能廣會周天之種類也。」他說：「周天之內有五仙：乃天、地、神、人、鬼。有五蟲：乃蠃、鱗、毛、羽、昆。」如來還說，此十類種之外還有四猴混世，真孫悟空屬靈明石猴，假孫悟空屬六耳獼猴。如來如此給萬物分類。雖嫌簡單，但讓我們明白，《西遊記》塑造的主角乃是非天、非地、非神、非人、非鬼，當然也是非蠃、非鱗、非毛、非羽、非昆。但他又是兼天、兼地、兼神、兼人、兼鬼，極為特殊又極為豐富。因此，把孫悟空僅僅劃為神或劃為「人」或劃為「妖」，均屬簡單化。孫悟空就是孫悟空，他能飛天入地，又能入神化人而驅鬼打魔，這一角色，人類文學史上前所未有。

【一七五】

《聊齋志異》中的妖精，許多是狐狸精，她們長得很美，而且很癡情。表面上，蒲松齡完全逆反《西遊記》的思路，吳承恩筆下的妖精，如白骨精，確實強悍可怕，本事很大。然而，《西遊記》並不把妖精推向絕路，它也給妖魔三條出路：一是改邪歸正，豬八戒、沙僧是也；二是還其本相，送入雲霄，紅孩兒是也；三是當即處死。前兩條皆是給予出路，第三條則是不得已。對妖魔尚且如此，對人更應當寬厚以待。

【一七六】

《金瓶梅》是寫實文學的經典極品。而《紅樓夢》與《西遊記》卻比《金瓶梅》多了一個大精神層面，這就是超越現實的大浪漫層面，也可以說是充分想像的形而上層面，即帶有哲學意蘊的夢幻層面，於是就有「太虛幻境」，「大觀園」，「大鬧天宮」等等。文學千種萬種，千姿萬態，《西遊記》、《紅樓夢》雖不完全寫實，卻充分寫真，這兩部經典有真際，真精神，又有真情感，真思想。世上找不到孫悟空，卻人人都可以效法孫悟空。

【一七七】

《西遊記》唐僧師徒，歷經十四年，日日山，月月嶺，最後抵達靈山。而高行健的《靈山》，也是主人公歷經艱難困苦尋找靈山。但《西遊記》是現實的征程，一路與妖魔拼搏；而《靈山》則是內心的旅行，全書八十一節，也歷經八十一次內心的撞擊，因此《靈山》又可稱為內在《西遊記》。《西遊記》與《靈山》兩書雖有差別，但都確認，靈山在內不在外，即靈山乃是坐落於人的內心之中，一旦把靈山視為外部世界的理想國，就會大失所望，即發現靈山不靈，淨土不淨，極樂世界並不完全快樂。

【一七八】

一切都會變，妖魔也會變。沒有永遠的敵人，也沒有永遠的妖魔。這是《西遊記》的一個重要思想。例如牛魔王一家。在花果山水簾洞初期，牛魔王原是孫悟空的好友，兩者還結拜為兄弟，後來老牛走火入魔，與鐵扇公主成親，還生了紅孩兒。鐵扇公主與孫悟空打得死去活來，最後認輸了，借給孫「真芭蕉扇（第一回是假的）」，並告訴孫悟空關於芭蕉扇的真實用法，即必須搧四十八下，多一下都不行，這也歸於善。鐵扇公主也不是永遠的妖魔。

【一七九】

文學創作不僅有發現，而且有發明！文學樣式中的寓言，原先容量有限。《西遊記》可能只寫成一則寓言。但吳承恩卻把石頭變石猴變神猴佛猴的寓言（並非存在物）演義成大故事大小說。其關鍵是把石猴寫成心猴，大鬧天宮，也是心反，即精神反抗。一切都是內心活動。寓言擴展到如此複雜，如此規模，如此程度，世上少見。卡夫卡的《變形記》、《審判》、《城堡》，也是寓言所擴展，（擴展到如此精彩！）新文體就是這樣創造出來的！這是作家發明。吳承恩發揮了唐僧，卻發明了孫悟空，豬八戒，沙僧和西海白龍馬王子。

【一八〇】

《西遊記》中把「偽形」、「作假」的各種形式全展示了。小說中，不僅有妖魔偽裝的假男人，假女人，假小孩還有假孫悟空，假如來佛，假雷音寺。世上的造假藝術如此高超，要戰勝「假」，就得擁有一雙「火眼金睛」。《金剛經》說五種眼睛：肉眼，慧眼，佛眼，法眼，天眼。「火眼金睛」雖不屬佛眼與法眼，至少是超越肉眼的慧眼，這也是超越俗眼之眼。

【一八一】

唐僧取經的行程必須穿越無數關卡，急流、險灘、懸崖、峭壁、火焰山等自然關卡且不說，僅過境的國度，如寶象國、烏雞國、車遲國、西梁女國、祭賽國、朱紫國、獅駝國、比丘國、滅法國等，就需要無數公文、印章，更何況路上妖、魔、鬼、怪、精魂，樣樣都是障礙，都是難關。然而，對於唐僧而言，最難過的是美女關，一顆至慈至善的心靈，遇到一個至真至美的女子，這不是千鈞棒可解決的，也不是唸幾套佛經可以對付的，此處需要定力，更需要一個高於一切、壓倒一切的信念。

【一八二】

唐僧取了經之後，回到長安。在唐太宗歡迎的禮儀上，唐僧向唐皇介紹自己的隨行弟子，說悟空「出身原是東勝神州傲來國花果山水簾洞人氏」；豬八戒「出身原是福陵山雲棧洞人氏」；而沙和尚「出身原是流沙河作怪者」；而白馬則「原是西龍王之子」。唐僧出於好意，人化四位弟子，並給予確鑿的出身籍貫。可是，孫悟空等的特點，恰恰不可本質化為「人氏」，恰恰是超籍貫、超國度、超時空的生命存在。唐僧作此介紹，純屬荒唐。

【一八三】

唐三藏、孫行者、豬八戒、沙悟淨，我們可稱他們為「西遊中人」。他們儘管性格、性情差異很大，但有一個共同點，就是沒有機心。《三國演義》中的曹操、劉備、孫權、司馬懿等，其性格、性情也差異很大，也有一個共同點，就是充滿機心，全是「巧偽人」。他們不是會「變」，而是「裝」，每人都有一百副以上的面孔。

【一八四】

孫悟空、豬八戒、沙悟淨，個個都是「妖身」，長得很醜，開始時總是讓人嚇一跳。但他們只會「嚇人」，不會「騙人」。《三國演義》中的劉備，文質彬彬，有模有樣，很討人喜歡，連孫權的妹妹（孫尚香）也一見鍾情。他倒是不會嚇人，但很會騙人。赤子之「醜」不可怕，騙子之「美」倒是很可怕。

【一八五】

生命四季（春夏秋冬）對於孫悟空，顯得格外分明。他的春季在大荒野與花果山度過，飽餐大自然的花香雨露，和同族朋友共享歡樂；還遠涉滄海到菩提大師那裏學得一身武藝，生命變得生氣盎然。從菩提師那裏回來後，他的生命進入夏季，激情爆發，如洪水尋找宣洩，於是大鬧天宮，攪得周天不寧。被如來佛祖壓進五行山的五百年乃是夏秋之間，被唐僧解救後他進入成熟的秋季，參加取經，有打拼，有約束，有收穫。到了靈山之後被封佛，諸佛皆冷，他會不會也像一尊風雪中僵化的菩薩呢？也許會，也許不會。倘若按照《道德經》的路向，他應當復歸於嬰兒，還會在花果山中創造另一番生氣勃勃的故事。

【一八六】

現象界（現實生活）沒有自由，於是就在精神界夢自由，創造自由夢。《紅樓夢》創造的是情愛夢；

《西遊記》創造的是逍遙夢。夢中有歡樂，也有約束。孫悟空頭上有緊箍咒，賈寶玉頭上也有緊箍咒，那就是他的父親賈政。

【一八七】

中國人不僅承受太多壓迫，而且承受太多壓抑。假設玉皇、龍王、閻王等，又多了一層精神壓抑。於是就有嚮往自由的中國子弟反壓迫與反壓抑。孫悟空大鬧天宮、大鬧龍宮、大鬧閻王殿，不是反映現實生活，而是反映內心的不滿。孫的戲鬧，正是宣洩與嚮往。

【一八八】

《西遊記》的前半節（孫被打入五行山之前），輻射的是夢幻人生；後半節輻射的是現實人生。現實人生，就是面對艱難險阻不斷跋涉，就是要面對各種妖魔鬼怪不斷拼搏，就是要接受緊箍咒不斷受屈。現實人生，歷經千山萬水，歷經八十一難，歷經曲曲折折，無人可以幸免。偉大的人生，就是「鬥戰勝」的人生。

【一八九】

《西遊記》與《紅樓夢》都是石頭記。兩部石頭記，兩部自由書。前者為剛者自由書，後者為柔者自由書。前者多笑聲，後者多眼淚。在現實世界裏，不僅弱者沒有自由，強者也沒有自由。古往今來，哪個帝王將相有過自由？專制暴君也未必有自由。帝王們只敢許諾「麵包」，不敢許諾「自由」。

【一九〇】

《三國演義》的首領人物身邊有謀士（劉備有諸葛亮、龐統等；孫權有張昭、魯肅等；曹操有楊修、荀彧等），《水滸傳》的首領人物宋江身邊也有吳用、公孫勝等，唯有《西遊記》中的首領人物唐三藏身邊沒有謀士，隨他取經的全是戰士。因為他的事業與理想，無須計謀，無須陰謀與陽謀，只需一顆真心，一種信念，一腔熱血。孫悟空、豬八戒、沙和尚，雖長得醜，但都心性善良，不戴面具。

【一九一】

真值得歌功又頌德的，唯有唐僧和他的悟空、悟能、悟淨等弟子們。他們不僅給中國取來佛教經書，為中國文化開闢另一大視野，功莫大矣！而且跋涉萬里，無私無畏，一路上全做好事，其心靈最純最正，其德行無限量也！中國極少帝王功德兼備，就以支持唐僧取經的唐太宗而言，他創造了中國歷史上的貞觀之治，其功不可沒，值得歌頌，但他的德行，包括逼迫父親退位、射殺自己的兄弟等行為，是否可稱得上「德」，即是否可頌，則大可質疑。還有漢武大帝、成吉思汗等，也是其功可歌，其德未必可頌。要說歌德派，只能充當唐僧師徒的歌德派。

【一九二】

如果發一張履歷表讓孫悟空填寫，那他只要在所有的欄目裏填下一個「無」字即可。因為他沒有祖國，沒有故鄉，沒有學歷，沒有籍貫，沒有父母，沒有兄弟。他名字叫做行者，名副其實，是個真正的流浪漢，真正的天馬行空者。我曾把莫言比作孫悟空，說他是文學魔術家，至少擁有七十二變術。其實好作家都是跨界魔術家，跨越國界，跨越類界，跨越俗界，跨越天地之界，跨越時空之界，跨越古今之界，跨越中西之界。

【一九三】

中國的喜劇性小說很少，但明清之際所產生的《西遊記》和《儒林外史》都很精彩。魯迅說，喜劇是把無價值的東西撕毀給人們看。《西遊記》不僅撕毀妖魔鬼怪這些世所公認的無價值糟粕，也撕毀世所畏懼的玉皇龍王閻王這些無價值的統治權威。統治者擁有權威，但未必擁有價值。撕毀這些權威，不僅有膽，而且有識。

【一九四】

孫悟空並不是準確意義的人，但讀過《西遊記》的人，幾乎人人都愛他，為甚麼人人愛？有人說，因為他本事高強，念着他就有安全感。有人說，他能變幻無窮，看着他樂趣無窮。有人說，他像孩子，永遠都煥發着天真天籟。說得都很好，很對，都道破了一種堅硬的理由。而我要說，他雖是非人，但其言行，卻與人性最深層的部份相通，即與誠實、正直、勇敢、疾惡如仇等品格息息相通。

【一九五】

有學人說，《西遊記》反對道教，其實，它只反旁門歪道，如紅孩兒的叔叔，自稱如意真仙人，他掌控女兒國的落胎泉水（解陽山破兒洞裏的落胎泉），卻從不給人（喝國中子母河的水會懷孕，需喝泉水解陽），也不給唐僧師徒，為此還和孫悟空打了十幾回合。而對於萬壽山五莊觀人參果樹主人鎮元大仙，雖發生衝突（孫把寶樹連根拔起，鎮元為此生氣），但最後經觀音菩薩救活了人參果樹後還是和孫悟空結拜為兄弟，此一情節具有象徵意蘊，這說明在吳承恩心目中，道釋兩家雖有紛爭但可以情同手足。

【一九六】

孫悟空打不贏紅孩兒（牛魔王之子），就在豬八戒之後，親自去南海請觀音菩薩幫忙。觀音便隨孫來到紅孩兒居住的火雲洞。紅孩兒見到孫悟空，就噴出一團烈火，此時，觀音將手中的淨瓶口朝下，傾出一股神水澆到火山，頓時煙消火滅。制服了紅孩兒之後，觀音收他為善財童子，並把他帶入雲霄。此段情節，寓意甚深：孫悟空、豬八戒以剛制剛，並不能征服剛，倒是觀音以至柔克至剛（此前觀音也是以至柔克服孫悟空）。此外，即使像紅孩兒這樣的妖魔（自己為妖，父母也是妖），觀音還是給予出路。廣闊的雲霄既可供人飛翔，也可讓妖魔改邪歸正。

【一九七】

甚麼都可作假，《西遊記》中不僅有假孫悟空、假唐僧，還有假如來佛，假雷音寺。所以英雄孫悟空除了必須擁有一身超人的武功之外，還需有一雙識破假相的火眼金睛。但孫的火眼金睛不是天生的，而是煉丹爐裏煉出來的，而煉丹爐不僅是太上老君所持有的那一種烈火金剛。孫悟空還經受另一種天地大熔爐。唐僧一行遊走西天，歷經十四個大冷冬天和十四個大熱暑天，在酷日艷陽下跋山涉水，何嘗不是在煉丹爐裏煎熬？生命能夠心明眼亮，全靠天地大煉爐。

【一九八】

《西遊記》的妖魔結成一家的唯有牛魔王、鐵扇公主、紅孩兒還有紅孩兒的叔叔。此叔是不是牛魔王的胞弟，吳承恩未交代清楚。除了牛家外，其他妖魔鬼怪都是各自為戰，即只佔山頭洞穴，未拉幫結黨結派。這一點，可能是他們鬥不過人類的弱點。人為萬物之靈，頭腦比較發達，於是想出結黨營私的邪惡路徑，其手段心術，皆遠超各路鬼蜮。

【一九九】

人可「萬物皆備於我」。這萬物，既包括虎豹蛇蠍，也包括妖魔鬼怪。所以人可能既擁有獅虎的兇殘，蛇蠍的毒辣，豬狗的卑賤，狐狸的狡猾，還可能擁有妖魔的善於偽裝善於欺騙等伎倆。人的自救之所以難，就難在必須排除萬物積澱於人身上的種種特性，既要清洗動物性，又要剔除妖魔性。

【二〇〇】

《論語》中的小人、賊人，在孔子心目中也是妖魔，只是命名與《西遊記》不同而已。妖魔鬼怪的特性首先與「小人」相似，喜歡嘰嘰喳喳，喜歡騙人，喜歡耍小伎倆。不老實，不道德，不正派。《西遊記》中的妖魔，除了具有「小人」諸特性外，還有一個小人所沒有的共同脾氣，即喜歡佔山為王，佔洞為穴，以山洞為根據地去奪人生命，製造事端。

【二〇一】

孫悟空本事非凡，無所不能。但他也有一種與賈寶玉相似的精神品格，就是沒有世俗世界中世人所具有的那種嫉妒的生命機能，也沒有算計機能、欺騙機能、貪婪機能、報復機能等。這位英雄既勇猛又純粹，既高大又高尚。所以人人愛，人人傾慕。

【二〇二】

《紅樓夢》到處是愛情與愛情之美。倘若沒有戀情，《紅樓夢》就大為減色。它不僅寫了戀情，也寫了親情、友情與世情。而《西遊記》中則全然不寫愛情，只有師情與世情。但兩種情感都寫得極為動人。孫悟空對師傅唐僧始終不離不棄，不叛不捨，儘管師傅誤解他，委屈他，對他使用緊箍咒，甚至把他逐出隊伍，他仍然熱愛師傅，保護師傅，和師傅一路走到底。這除了從理念上孫悟空知道師傅引領的路是正確的路之外，這位英雄還不忘自己當初是如何走出五行山的，也知道師傅所做的一切都是出於大慈大悲，也都是為了他好。

【二〇三】

既然甚麼都看透，既然四大皆空，那麼，為甚麼還那麼看重經典經書？其實，真正的哲學難題是看透一切、看空一切之後還得活，那麼怎麼活法？還要不要有所作為，要不要有所爭取？唐僧既然看透一切歸空，那麼，他不顧千辛萬苦奔赴靈山，是否有必要？唐僧看透了一切之後，還在爭取意義。

【二〇四】

《紅樓夢》的基調為優美，《西遊記》的基調為壯美。前者典雅，後者崇高。美學風格雖不同，但兩部小說都有大慈悲，均佛光瀰漫。《紅樓夢》告訴人們，若要解脱，唯有放棄（放棄功名利祿等妄念）。《西遊記》則告訴人們，若要擺脱苦海，唯有拼搏。二者都有道理，只是《西遊記》更積極。人類的兒童時代，不應太早學佛，但可讀《西遊記》。

【二〇五】

《紅樓夢》是悲劇，《西遊記》是喜劇。前者書寫有價值的生命一個個死亡與逃亡；後者書寫千鈞棒把無價值的生命（妖魔鬼怪）一個個摧毀，也把冒充生命之王的天皇海帝一個個嘲弄，真讓受盡折磨與苦難的中國人贏得一個開心開懷的瞬間。《紅樓夢》中有許多眼淚，《西遊記》中沒有眼淚。然而，沒有眼淚的笑也幫助苦難的中國人在被奴役中活了下來。

【二〇六】

唐僧與孫悟空為人類展示了一種心靈方向，這不是功利之心與功名之心的方向，也不是積財與發財的方向，而是童心與佛心的方向。童心指向純正，佛心指向慈悲。人生再艱難，再複雜，還是應當不斷地純化自己，慈化自己。

【二〇七】

孫悟空是強者，唐僧也是強者。孫悟空強在本領，唐僧強在信仰。一個具有堅定信仰的人，沒有任何力量可以把他擊倒，也沒有任何命運可以把他征服。唐僧的信仰，使取經的團隊一往無前，使孫悟空這樣的超級英雄口服心服，也使豬八戒這樣的世俗生命追求新夢。取經團隊能抵達靈山贏得勝利，既靠孫行者的本領，更靠唐三藏的信念。

【二〇八】

中國人長期只當石頭，沒有靈性，沒有思想，沒有生活，只任憑風吹雨打，酷日暴曬，也不會呻吟，不會抗爭。賈寶玉與孫悟空通靈之前只是一塊石頭。通靈之後則有理想與價值觀，很難任意由人擺佈。當下中國人倘若也能通靈，贏得靈魂的主權，那就會有另一番人生。

【二〇九】

唐僧師徒們雖然性情不同，本領有高下，而且常有衝突，但他們有個共同點，就是充滿熱情，即充滿求索真理的熱情；而且共同有一個目標，尋找西天的靈山，奔赴佛祖的故鄉。熱情有了，目標有了，他們就能戰勝一切艱難險阻，天天辛苦而很有意義。

【二一〇】

孫悟空、豬八戒、沙和尚，皆是假人假物。但在《西遊記》中，卻個個栩栩如生，非常真實。誰也不會批評小說胡編亂造。這是「假中見真」。而這部小說描寫世俗世界時，如寫唐僧的父母故事，彷彿是真人真事，反而「真中見假」。因為文學要的真實乃是真際而非實際，是神實而又非形實。孫悟空與豬八戒等，都是真際中的生命。

【二一一】

《西遊記》的最大敗筆，是謳歌以唐太宗皇帝為核心的世俗權力中心，讓英雄（孫）與聖者（唐僧）也臣服於帝王的權威之下。連玉皇都不看在眼裏的孫悟空，怎能乖乖地匍伏在皇家的腳下？這不僅違背全書的精神邏輯，也破壞了讀者心中的真情真性。《西遊記》凡是寫到大唐宮廷繁華處或其他世俗升沉處，均不倫不類。

【二一二】

《西遊記》的另一大敗筆是對唐僧出身的描述。唐僧的父親原是狀元，因有水匪想霸佔其妻（唐僧之母），便把狀元推入水中而置死。其妻也不得不委身於匪，並把小兒唐僧放入水中漂流，後又被僧人救起磨練成聖。而其死了的父親卻又復活。總之，故事十分離奇，令人難以置信。吳承恩本來可能是想說明唐僧出身不凡，成聖並非偶然。但是弄巧成拙，每個細節都很造作。這種畫蛇添足的描寫，純屬杜撰。

【二一三】

豬八戒這個形象，低級慾望中也有高級信息。他代表着人的慾望。慾望有高低之分，他的慾望較為低級，只知吃喝嫖賭，缺少精神信念，社會中有一部份人正是這樣，只求口香腸肥，不知品相，有吃有喝有色就好。但八戒又崇尚唐僧，追求進步，這個形象雖可笑，但可愛，因為他真實。

【二一四】

唐僧師徒是個小社會。它是精神集團，不是功利集團。這個小社會由四種生命組成。一是英雄（即精英），由孫悟空呈現。二是芸芸眾生，由豬八戒呈現。三是中產階級，由沙和尚呈現。四是精神領袖，由唐僧呈現。這是社會的四維空間，缺一不可。沒有沙和尚，社會得不到調節，很難和諧。

【二一五】

人性中帶有神性，孫悟空與唐僧均處污泥（人間）而不染，皆不癡不貪不私不邪，這便是神性。而如來佛祖與親信弟子伽葉、阿儺，則身處人間也染上人類惡習，公然向唐僧們索取禮物，神性中也顯露人性的弱點。這是《西遊記》對人性與神性的認知，既不承認人性的純粹性，也不承認神性的純粹性，非常深刻。

【二一六】

甚麼是社會？《西遊記》告訴我們，社會便是三教九流，人神混雜，鬼神混雜，人妖混雜。大社會中有玉皇，有龍王，有冥王，有佛，有菩薩，有聖僧，有人類，有妖魔鬼怪。而小社會（人類社會）也是如此，既有精英也有糟粕；既有帝王將相，也有平民百姓；既有天才豪傑，也有人渣鬼怪；因此，企圖橫掃一切牛鬼蛇神，企圖建立一個絕對統一絕對乾淨的國度，肯定是妄念。企圖用自己的存在方式統一全人類的各種存在方式，也絕對是妄念。唯有承認多元，唯有寬容與慈悲，才符合社會本質。要求社會純粹又純粹，就會導致「專制」。

【二一七】

孫悟空渴求的自由，不是人間社會的那種物質性的人性自由，例如戀愛自由、婚姻自由、居住自由、行走自由等等，而是不受時間束縛、不受生死束縛、不受輪回束縛、不受天地束縛的精神性自由。這是現實自由之外更高級的神性存在的自由，人類文學史上從未有過這樣的作品。

【二一八】

時行的存在主義哲學可以解說賈寶玉，但不能解說孫悟空。孫有人的特徵，但不是純粹人的存在，他亦天亦地，亦人亦神亦妖。他不會死，沒有存在主義「向死而生」的問題。他不在乎財富、權力、功名等，沒有存在主義所講的「煩」。他本領極度高強，天上地下全無敵手，沒有存在主義所言的「畏」。

《西遊記》中有一種比人類終極關懷更深刻、更重大的關懷，這也許可稱為佛家的無限量關懷。

【二一九】

孫悟空焦慮的不是計時間的生存問題，而是超時間的存在問題。他想長壽，説穿了，是想超越時間。《西遊記》把佛描述為一種超時空的巨大存在。這是人的嚮往。佛教本來沒有人格神，但在吳承恩筆下，如來佛祖、觀音菩薩都成了人格神，他們立足於天地之間，全知全能，千變萬化，可除妖魔鬼怪，可救苦救難。從文學上説，這是發明，即發明佛祖及觀音諸形象，但從宗教理性而言，這又是誇張，即把佛高度神化，誇大了佛的功能。

【二二〇】

文學的基點是真實，書寫人性的真實與人類生存處境的真實，才是文學的出發點。然而，甚麼是真實呢？真實不等於真人真事。《西遊記》唐僧的原型唐玄奘，確有其人，他到印度取經，確有其事，但他絕對不可能帶着猴身、豬身等半妖半人去取經，可是，我們讀了《西遊記》卻從深層上了解唐玄奘西天取經的真實，路途艱險的真實。孫悟空大鬧天宮，也非真事，但我們卻感受到他的精神反叛，正是我們的內心嚮往。我們何曾不是反抗專制壓迫壓抑的孫悟空？那些維持不自由不平等制度的玉皇龍王威風赫赫，不正是應當嘲笑一番嗎？

【二二一】

無論是塑造孫悟空、唐僧、豬八戒等，還是塑造玉皇、如來、觀音菩薩等，或是塑造白骨精、鐵扇公主、紅孩兒及眾多妖魔鬼怪，都是吳承恩對世界對人性的一種認知。在西方，米該朗其羅通過畫筆塑造了上帝，把人放入了天堂。上帝與人都那麼豐富。他之後，但丁又塑造了地獄，眾生相都在地獄中展示，這是米該朗其羅和但丁對世界對人性的認知。吳承恩從天上寫到地上，他筆下的天庭、佛國與妖魔世界，還有唐僧這個聖人和孫悟空這個英雄，都是他所理解的宇宙與人間。他之所以了不起，乃是提供一種超越中國文化框架的全新視野。

【二二二】

《西遊記》只描述妖魔的個體，未曾描述妖魔的國度。中國古書中寫過鬼國，但未寫過妖魔國。妖魔國除了必須有妖王魔王（這類角色《西遊記》中倒是有，如牛魔王），妖民妖眾（這類角色《西遊記》中雖有，但太稀少，構不成國民），此外還必須有妖魔統治集團，集團中有各級臣子官員狼狽為奸、巧取豪奪。關於這一種國家特色，《西遊記》缺少描述。倒是玉皇治下的天庭和龍王治下的海殿較像國家，孫悟空所蔑視的天宮，有皇上，有臣子，有將帥，有美女，有美食，有軍隊，有罪犯，有天規，還有天蓬元帥調戲嫦娥的嚴重事件，以及擁有吃仙桃特權的利益集團。可惜《西遊記》尚未寫明玉皇龍王等有多少嬪妃以及他們的獨斷獨裁。

【二二三】

妖魔比人更厲害的地方，一是更兇悍，孫悟空都打不過，甚至與八戒、沙僧聯手都打不過。二是比人更善於變形，更善於偽裝。第二點是妖魔的深層本質。因此，社會中那些善於偽裝、善於巧言令色、善於陰謀詭計的人，都比較接近妖魔，或者本身就是妖魔。

【二二四】

國家係雙重結構之物。一重為實體結構，一重為精神結構。前者以權力中心為主，後者以文化為主。《西遊記》中的唐太宗呈現實體結構，而唐僧則呈現精神結構。唐太宗是表層的，暫時的；唐僧則是深層的，永恆的。唐僧比唐太宗更有份量。可是吳承恩沒有擺脱習慣性的價值邏輯，讓唐僧口口聲聲自稱「御弟」，把自己變成帝王的使者，這是巨大的價值顛倒，也是《西遊記》的根本局限。

【二二五】

古希臘史詩有《伊利亞特》與《奧德賽》兩部，前者象徵人生的「出征」，後者象徵人生的「回歸」。二者是人生的兩大經驗模式，都很艱難。《西遊記》只描述出征，未描寫回歸。可以肯定，回歸之路同樣千難萬險，千辛萬苦，同樣會遭遇許多妖魔鬼怪。這是另一番故事，吳承恩留給讀者自己去補充，去想像，去進行審美再創造，這才是聰明與智慧！

【二二六】

古希臘悲劇《俄底浦斯王》的主角，因不認識自己的父親與母親，終於走上「殺父娶母」的宿命，為此，他憎恨自己，自戕眼睛。孫悟空本是石頭，沒有父親也沒有母親。他只與天地獨往來，為天地所生，也為天地所困，他的唯一悲劇，乃是作為天地之子，不可能揮灑天地賦予的全部靈性。這也是人類的普遍悲劇。

【二二七】

《西遊記》展示的既不是黑暗世界，也不是光明世界；既不是古怪世界，也不是平淡世界。它展示的正是現實世界。這世界，既有聖賢（如唐僧等），也有妖魔（如白骨精等）；既有英雄，也有俗眾（如豬八戒等）；既有神明，也有鬼怪；既有統治者，也有被統治者；既有勞心者，也有勞力者；既可希望，也能絕望；既有真精華，也有假貨色。……世界並非清一色，也非純粹閣。因為魚龍混雜，神魔並置，人妖同在，這世界才生動活潑。

【二二八】

豬八戒和孫悟空走在同一條路上，師弟與師哥前後只有一步之遙，八戒始終不知道，這一步，是一千里，一萬里。他們之間的差距是天地之差，霄壤之別，所以八戒始終不知敬佩身邊的師哥。這種情形使我們想起日本著名作家芥川龍之介（一八九二—一九二七）的名言：天才和我們相距僅僅一步，同時代者往往不理解這一步就是千里。後代又盲目相信這千里就是一步，並因此而殺了天才。

【二二九】

風吹，雨淋，雪擊，浪打，山崩，路斷，雷震，電劈，崖陡，谷深，等等。唐僧師徒經受多少這類平常性艱難？這一切艱難，《西遊記》幾乎一字不提，不在話下。他們遇到的災難是魔鬼想吃他們的肉，是妖怪想喝他們的血，是蛇蠍想奪他們的命。妖魔鬼怪的阻攔和企圖，才是真正的艱難險阻，唐僧師徒迎戰的不是小艱險，而是大艱險。唯戰勝大艱險，生命才得以飛升。

【二三〇】

《西遊記》有一種貫穿性的哲學，也可以說是一以貫之的哲學，這就是變易哲學。諸物、萬物都會變，神會變，人會變，妖魔也會變。孫悟空會變，豬八戒會變，眾妖精也會變。《西遊記》的變易哲學很徹底，其徹底性表現為認定妖魔也可以變。《西遊記》中的妖魔是一個十分豐富複雜的系統，妖魔、妖怪、妖精、妖星，五花八門，僅妖精就有蠍子精、蜈蚣精、蜘蛛精、玉兔精、白骨精等，這些妖怪均有來歷，而且神通廣大，孫悟空常常打不過，需請觀音菩薩，天神、佛靈、佛祖幫忙。最了不起的是，《西遊記》總是給妖魔提供出路，暗示讀者：沒有永遠的妖魔，沒有永遠的敵人。

【二三一】

《紅樓夢》瀰漫着貴族精神，《西遊記》則磅礴着平民精神。大鬧貴族秩序，大舉為民除害，知其不可為而為之，都屬平民嚮往。周作人把平民精神界定為求生精神，把貴族精神界定為求勝精神，未必妥當。孫悟空作為平民典範，他既求生也求勝。

【二三二】

孫悟空作為一塊奇石，通靈之後，其生命起點是神魔，其終點是佛。他止於佛了嗎？不，被封佛之後他立即想到去緊箍咒，去咒之後他還會有所作為。自由沒有止境，孫悟空的生命也沒有終點。

【二三三】

《西遊記》讓我百讀不厭，百看不厭，百思不厭。因為它與人生緊密相連。唐僧使人嚴肅，孫悟空使人勇敢，豬八戒使人快樂，沙僧使人平實。整部小說使人積極。文學，畢竟應以「帶給人類力量」為上。人生辛苦，充滿重負，需要力量。

【二三四】

《金瓶梅》寫實，《西遊記》寫幻，但二者都抵達「真」的高度。文學之真，既可以「實際」抵達，也可以「真際」抵達。殊途同歸。文學最自由，這也是一證。政治就不可着幻，歷史、新聞等也不可着幻。科學本也不可入幻，但科幻小說最近正在興起，但它畢竟是文學，並非科學。

【二三五】

彼一《石頭記》，《紅樓夢》，一開篇就連接《山海經》，說明主人公賈寶玉通靈之前原是一塊女媧補天時被淘汰的石頭，在天邊「自怨自艾」。此一《石頭記》，《西遊記》，來路雖未與《山海經》

的故事直接相連，但其精神也是女媧、精衛、夸父、刑天等《山海經》英雄的原始精神，即「知其不可為而為之」的精神。天不可補，海不可填，太陽不可追逐，但他們偏偏要去補，要去填，要去追逐，偏要去那裏尋找經典與真理。

【二三六】

人是極豐富的大概念。用科學的語言說，有生物學意義上的人，社會學意義上的人，宗教學（靈魂學）意義上的人。用玄學的語言說，人又可分生存層面的人，存在層面的人。一般地說，把人定義為「社會關係的總和」沒有錯。但以此定義描述孫悟空又太狹隘。他又是自然關係的總和，也是宇宙關係的總和。

【二三七】

中國的男人（尤其是暴發戶）有多粗糙、粗鄙、粗俗，看看西門慶與豬八戒就明白。豬八戒較之西門慶，其可愛之處在於他不與官府結盟，不賄賂權貴，不取媚帝王，而且還同情取經事業，甘為唐僧效勞。豬八戒於粗鄙中有向上追求，西門慶則一路粗鄙到底，直到死亡。

【二三八】

《西遊記》為中國人展示了一條偉大道路，這是求索真理的道路。這條道路異常艱辛，即使求索者本領高強，德性純潔，也必須歷經千辛萬苦，千磨萬煉，而且一定要衝破妖魔鬼怪所設置的各種障礙。求索真理無功利可言，卻要求尋找者獻給出全副身心。

【二三九】

梁山英雄，《水滸傳》中的一百零八將，除了魯智深之外，均不可能成為唐僧之徒，即未能走向取經之路。他們共同崇尚的是「龍位」，而不是「經書」。唐僧師徒，萬里打拼，千辛萬苦，求索的是佛經；而李逵武松等雖也浴血奮戰，不屈不撓，但目標只是奪得帝位。宋江只反貪官、不反皇帝，但也用盡機謀與皇家較量，殺人無數。嗜血者喜《水滸》，畏血者喜《西遊》。

【二四〇】

金角大王與銀角大王這對妖魔，雖然和孫悟空進行死戰，但知道他們原是太上老君身邊兩個燒火的仙童，就放他們一馬，讓他們隨太上老君回到天上。還有那個在火雲洞裏興風作浪的紅孩兒，自稱「聖嬰大王」，係牛魔王與鐵扇公主之子，聲言要活捉唐僧，要讓其父吃唐僧肉。孫悟空與他打得筋疲力盡，倒在水中，失去知覺，連去求救觀音都沒氣力，只好讓豬八戒去請，途中，紅孩兒又化作假菩薩作惡，把八戒騙到火雲洞裝入袋子準備宰吃。對於這樣一個死敵，最後被制服後還是讓觀音收他為善財童子，帶入雲霄。給妖魔以還原，即給妖魔以出路。連妖魔都有出路，更何況人？

【二四一】

《紅樓夢》是一部女性的書；《西遊記》則是一部男性的書。《紅樓夢》謳歌女性，崇尚女兒（未嫁的少女），智慧的高峰也由女性擔當。主人公賈寶玉更是少女的崇拜者，他只向以女兒為主體的淨水世界靠近，卻盡可能逃離以男人為主體的泥濁世界。而《西遊記》則謳歌男性。從英雄孫行者到聖者唐三藏，到徒弟豬八戒與沙和尚都是男性。世界是他們支撐的，真理是他們找到的，困難是他們克服的。而女性，好則如西梁國女王，只一心想與唐僧結為夫妻。壞則是惡毒的妖魔，如白骨精白骨夫人和鐵扇公主牛魔王之妻，她們不僅善於偽裝，而且喜歡吃人。唯一美好的女性形象是觀音，但她是神，不是人。

【二四二】

唐僧和賈寶玉均佛性極高。他們倆的心目中，都沒有敵人，也沒有壞人，甚至也不知道有假人會說假話。賈寶玉完全聽信襲人和劉姥姥哄他的故事（一個騙他哥哥嫂嫂要她回家，一個編造雪中美姑娘凍死成神），唐僧也不信偽裝為鄉村姑娘的妖魔是白骨精，屢次受騙，還錯怪孫悟空。賈寶玉和唐僧的弱點是可以原諒的深刻的弱點。

【二四三】

最苦的，最樂的，最熱的，最冷的，最紅的，最黑的，最美的，最毒的，無論甚麼環境，無論怎麼極端，他都能經得住考驗，也都不愧是錚錚巨漢，這就是孫悟空。天堂裏他橫行無阻，但不調戲嫦娥與摘仙桃女子。地獄裏他搗毀魔洞，掃除妖巢，也從不謀私。甚麼是英雄？孫悟空以身作答，以身作則。

【二四四】

看到豬八戒，就想起蘇格拉底關於「豬的城邦」的警示。人類如果都像豬八戒那樣生活，以吃飽喝足和佔有情色為一切，不知生活還有更高尚的東西，那就會陷入豬的城邦。《紅樓夢》的薛蟠、賈蓉、賈璉等，基本上屬於「豬城邦」中人。豬八戒為了從豬城邦中走出來，才加入唐僧的取經隊伍，但薛蟠等卻完全不知自救。

【二四五】

唐僧們以為走到靈山，取了經書，這些經書便可普渡眾生，拯救世界。他們沒想到，靈山也要索取他們的禮物（人事），即也無法超越功利。這真是淨土不淨，極樂不樂。連佛地都不乾淨，更怎麼期待佛能救治世界與改造世界？小說最後這一筆，是極深刻的一筆，它提醒人們，靈山也並非光明的所在地。光明在哪裏？光明只在我們自己身上。

【二四六】

要說浪漫主義，《西遊記》才算真浪漫，它不僅展示天庭、地獄、海殿，而且展示神仙世界、魔怪世界。其主人公上天入地，騰雲駕霧，完全生活在天地宇宙境界中。整部小說，人性、神性、魔性交叉磅礴，佛力、人力、鬼力相互較量。魔幻、仙幻、夢幻全都上場。相比之下，《西廂記》等只能算小浪漫，《西遊記》才是大浪漫。

【二四七】

從表面看，孫悟空的精神類似唐·吉訶德，一往無前，知其不可為而為之。實質上，二者還是很不相同。唐·吉訶德毫無目標，也無任何需求，唯一牽掛的是他的虛設情人杜爾西內婭，做了甚麼事，都要向她彙報。而孫悟空則有「靈山」目標，也有求索經典的使命。兩部作品都是偉大的喜劇，但《西遊記》帶有更多的東方的儒家特點，再頑皮，也不離家國使命。

【二四八】

《西遊記》和《紅樓夢》都對名利之徒表示公開的蔑視。《紅樓夢》通過《好了歌》嘲諷「世人都說神仙好，惟有功名忘不了」。《西遊記》則通過孫悟空說：「世人都是為名為利之徒，更無一個為身命者。」所謂身命者，即自我實現者。孫悟空就是一個不知何為名利而求自我實現者，包括實現自我的自由，自我的本事創造，自我的齊天齊道齊佛理想。

【二四九】

觀音菩薩，在《西遊記》中是個大慈大悲的女神。她本事高強，但唯一的武器是水。她手提一個小瓶，瓶中只有水。這水，能滅火，能救生，能驅魔滅怪，能使萬物復甦，還能幫助唐僧、孫悟空掃清前行的一切路障。老子在《道德經》中說，上善若水。不錯，觀音不僅形如水，心也如水。水至柔，但它克服了一切至剛至堅，最有力量。

【二五〇】

人妖之間，神魔之間，只有一線之隔。人與妖，人與魔的相互轉化，往往只在一念之中。人，一旦慾望燃燒，狂妄無度，就會變成妖魔。何為妖魔？慾望無度、野心無邊的人便是妖魔。而妖魔也可以轉化為人，佛教認定，人一旦放下屠刀，便可成佛，當然，放下屠刀更可成「人」。然而，放下屠刀之後還要放下過份的慾望，返回平常之心。

【二五一】

孫悟空歷經無數次戰鬥，但他沒有勝負觀念，輸贏觀念，成敗觀念，得失觀念，因此也沒有勝利感、凱旋感、成就感，更不會為勝利而趾高氣昂。他立下無數戰功，但不知何為「立功」。他最率真、最誠實、最正直，積下許多德行，但不知何為「立德」。他只說真話，只言由衷之言，一切聲音全是天籟，但不知何為「立言」。孫悟空無須刻意追求三不朽，所以沒有任何精神鎖鏈而贏得大自由。

【二五二】

《西遊記》中的詩，相當粗糙，大體上是一些打油詩，遠遠無法與《紅樓夢》中詩相比。《紅樓夢》詩每一首都精彩，都有很高的審美價值。《西遊記》詩雖大為遜色，但整部作品卻瀰漫着詩意，這是雄偉的詩意，勇敢的詩意，頂天立地挑戰權威的詩意，爭取自由和求索真理的詩意。

【二五三】

《列子》的《周穆王三》提出「化人」概念，説此種生命，可「入水火，貫金石，反山川，移城邑」。依此定義，孫悟空正是「化人」。所謂化人，便是千變萬化之人。孫悟空正是能夠入水火、善於千變萬化的生命。列子心目中的「化人」，與莊子的「真人」、「至人」相似，既有人的特徵，又超越人類的局限。人是會變的，但無法像孫悟空那樣變幻無窮。用「化人」這一概念描述孫悟空，甚為恰切。

【二五四】

吳承恩書寫孫悟空的英雄性，但沒有把這個英雄寫成「高大全」。他也寫了孫悟空的局限性，例如多次打不過妖魔，只好去請觀音菩薩和其他天神菩薩幫忙。求佛求神時也不得不低聲下氣。有這些弱點和局限，使孫悟空形象更真實更可愛。

【二五五】

唐僧的武功，不僅遠不如孫悟空，而且也遠不如豬八戒與沙僧，但孫、豬、沙等都服他，敬他，愛他。因為他身上有一種比武功更了不起的魅力，這就是他的大慈悲精神。

【二五六】

孫悟空與賈寶玉一樣，均屬天外來客。要問：「你從哪裏來？」，只能說：「從天外來。」《紅樓夢》的主角賈寶玉、林黛玉並不承認賈府是他們的故鄉。尤其是林黛玉，她不僅有相思病，而且有鄉愁病。但孫悟空從未有過鄉愁。鄉愁，乃是一種病痛，甚至是一種鎖鏈。孫悟空也沒有世人的種種陋習與惡習。如對金錢的迷戀和對權力、功名的迷戀等等。孫悟空身上有種精彩的悖論，即既無所畏懼，又有所畏懼。既天不怕，地不怕，妖不怕，魔不怕，鬼不怕，卻有點怕「緊箍咒」，即害怕佛的權威。正因為他無所畏懼，又有必要的敬畏，所以才完美。

【二五七】

人和鬼（妖魔）都求壽（長命），可見妖魔鬼怪也有時間觀念和死亡觀念。其區別在於，人通過價值創造（意義創造）去超越死亡，而妖魔鬼怪卻想通過吃唐僧肉而不朽，即通過想入非非損人利己而爭取萬壽無疆。

【二五八】

企求活命長命，這是一切生命的本能，連孫悟空也走出花果山去尋求長壽妙法。然而，所有英雄與成功者都明白，人生在世，不僅應當持有「活命哲學」，還應當高舉「拚命哲學」。既吸收「無為」之教，不求身外功利，更是認定人生即拼搏，知其不可為而為之。孫悟空的生涯，便是知其不可為而為之的壯麗過程，並非「活命哲學」主宰的故事。

【二五九】

孫悟空的一生，既是轟轟烈烈的一生，又是兢兢業業的一生。大鬧天宮自然是轟轟烈烈，取經路上則是兢兢業業。無論是挑戰權威還是履行責任，他都是英雄加赤子，既無比英勇又無比單純。中國人常有紛爭，但都愛孫悟空，這一共同點，使中國擁有未來。

【二六〇】

中國民間智慧提醒國人，少不看《水滸》，老不看《三國》。但我要說，《西遊記》則老少皆宜，少時多多閱讀前半部（被壓五行山之前），學習孫悟空的勇敢，有膽量齊天，有氣魄挑戰玉皇龍王；晚年多多閱讀後半部，領會師徒結構，領會佛在自身，領會戰勝心魔以總結人生。

【二六一】

所謂「金睛火眼」，並不是它能看得「遠」，而是它能看得「透」，即能穿透一切假象直逼本質。孫悟空就能看出山不是山，水不是水，美女不是美女，還以山水真相（洞穴），更還以美女乃是妖魔的真面目。西方的現象學，正是呼喚人們要有一雙金睛火眼，避免被概念和經驗所遮蔽。

【二六二】

悟空悟空，如何悟到空？最難的不是悟到四大（生老病死）皆空，而是悟到靈山也空，佛祖也空，空空如也！即唯有自己的心靈不空，光明就在自己身上，佛就在自己心中。佛教的本義正是說，心外的一切均無實在性，一切都被心靈狀態所決定。

【二六三】

第三十九回《一粒金丹天上得，三年故主世間生》，孫悟空與豬八戒，師哥與師弟，二者都要給烏雞國的前國王（被推入井中，已死三年，屍體尚存）度氣，以求復活。但唐僧選擇孫悟空，不選擇豬八戒，其理由是豬八戒自幼就吃人，一身濁氣，而孫悟空只食花果，一身清氣。此時，這對師兄弟，其清濁之分，才正式道破。《西遊記》除了展示師徒結構之外，還展示了兄弟結構。師徒一英（唐）一雄（孫），兄弟則一清一濁。英與雄互補，清與濁並置，既呈現了性情的豐富多樣，又呈現世間的複雜真實。師徒結構蘊含着自由與限定的哲學，兄弟結構則蘊含着真諦與俗諦的道理。

【二六四】

蠍子精住在毒敵山琵琶洞裏。（昴日星官現出大公雞本相幫助孫悟空制服蠍子精。）鐵扇公主住「芭蕉洞」。太上老君身邊燒火的兩個仙童，變成金角大王銀角大王。（偷用老君五寶：葫蘆、淨瓶、金繩、扇子和七星劍。）黃袍怪住波月洞。（寶象國之難）怪有寶丹，含在嘴裏法力無邊。（天上奎木狼星下界）。可見，凡是妖魔鬼怪，都有洞穴，即都有藏身之所和可供陰謀策劃之密室。

【二六五】

禪宗六祖慧能的著名詩句是「本來無一物，何處惹塵埃」。生命的過程總是從無到有又從有到無，開端是無，結束也是無。孫悟空儘管本事無可比擬，但也逃不出從無到無的生命邏輯。他原先只是一塊石頭，這是無。後來成佛，也是無。「古今將相在何方？荒塚一堆草沒了」《好了歌》。今天我們問，當年老孫的身軀在何方？也是「荒塚一堆草沒了」。但是，作為一顆心靈，其心跳，其精神，卻不滅不衰，永遠被歷史所記憶，所傳誦。

【二六六】

拙作《性格組合論》中說，在孫悟空的性格，由於具有與崇高因素相對照的怪誕因素，便顯得更加豐富。魯迅說，《西遊記》中的「神魔皆有人情，精魅亦通世故，而玩世不恭之意寓焉」。[1]魯迅舉了孫悟空大敗於金兜洞兕怪，失掉金箍棒，因謁玉帝，乞求發兵收剿一節，說明《西遊記》表現了孫悟空的人情美。孫悟空在失敗之後，為了救師父，不得不謙恭地請求過去並不看在眼裏的「玉帝老兒」，「伏乞天尊垂慈洞鑒，降旨查勘凶星，發兵收剿妖魔，老孫不勝戰慄屏營之至。」在旁邊的葛仙翁取笑他說：「猴子是何前倨後恭？」行者道：「不敢不敢。不是甚前倨後恭，老孫於今是沒棒弄了。」這裏表現出孫悟空的愛師的人性，也表現出孫悟空身上的局限性。林語堂在分析孫悟空的形象時說：「最可愛最受歡迎的角色，當然是孫悟空，他代表人類的頑皮心理，永遠在嘗試着不可能的事業。他吃了天宮中的禁果，一顆蟠桃，有如夏娃吃了伊甸園中的禁果，一顆蘋果，乃被鐵鏈鎖禁於岩石之下受五百年的長期處罰，有如盜了天火而被鎖禁的普羅米修斯。適值刑期屆滿，由玄奘來開脫了鎖鏈而釋放了他，於是他便投拜玄奘為師，擔任伴護西行的職務，一路上跟無數妖魔鬼怪奮力廝打戰鬥，以圖立功贖罪，但其惡作劇的根性終是存留着，是以他的行為的現形表象為一種刁悍難馭的人性與聖哲行為的爭鬥。」[2]孫悟空這個形象所以會成功，確實是作者並沒有把他寫成純粹神或純粹魔，而是寫成一種具有動物外形又兼有

1 《中國小說史略》，見《魯迅全集》，第一版，第九卷，第一六五頁。
2 林語堂：《吾國與吾民》，第二四四頁，遠景出版社，一九七四年。

神性與魔性和人性。他的性格，既有「聖哲」性的崇高，又有「人性」的滑稽和怪誕。他的崇高可與普羅米修斯相比，而他的「刁頑」又是完全奇特的，他甚至可以化作蚊子鑽入鐵扇公主的肚子裏，叫具有強大本領的妖魔受不了。而對待神仙，他也總是用怪誕的方式開他們的玩笑。這樣，在孫悟空的性格中就構成一種崇高因素與怪誕因素的二重組合。與孫悟空比較，沙僧的性格就缺乏二重組合形式，似乎是理念的符號。

【二六七】

人的聰明，可上升為智慧，可下降為精明，甚至可墮落為狡猾。鯨魚和狐狸都很聰明，孫悟空和豬八戒也都很聰明，孫悟空的聰明展示為「付出」，豬八戒的聰明則表現為「佔有」。一個是大聰明，一個是小聰明。大聰明可化為高超的武藝，小聰明則常化為佔小便宜的伎倆。脊樑式的英雄，都是大聰明者。他們不僅不懂得生存策略，而且有點呆傻，孫悟空正是這種生命。

【二六八】

孫悟空通靈之後，佔據花果山為王。他聰明過人，很快就明白雖然花果山滿山，但他的生命有限。他決定出外求道，原是求索長壽之道。可是菩提大師無法授予此道，他雖然學到一身超人本事，卻無法學到超死亡的秘訣。儘管他吃了人參果，搗毀閻羅殿，抹掉生死簿，成了「鬥戰勝佛」，也鬥不過死神，終得一死。這是大英雄的悲劇，但《西遊記》的作者不敢正視。

【二六九】

印度的佛教傳到中國，便中國化為禪宗。禪把佛進行改革，一是把佛由繁化簡；二是把佛從外轉內。第二項把一切取決於內心，佛即心，心即佛，心靈狀態決定一切，明心見性勝過高頭講章。人心黑暗，便走火入魔，人心光明則上升為神。為主為奴，為神為妖，全取決於自己。

【二七〇】

人妖之間，神魔之間，只有一線之隔。人人都恨妖魔鬼怪，卻少有人知道，人群中就有許多妖魔鬼怪。貪婪過度，苛求過度，專橫過度，粗暴過度，虛假過度。人就會變成魔。人們常提醒自己，不要越過底線。這底線便是人妖之界，一旦越過做人的道德底線，就走入魔界、妖界、鬼界。

【二七一】

孫悟空給中國也給人類世界提供了兩大生命奇觀，一是「大鬧天宮」，二是取經路上「大掃妖魔」。前者是勇敢的極致，後者是堅韌的極致。康德的著名文章《甚麼是啟蒙》，把啟蒙的重心歸結為激發勇氣去運用理智。孫悟空永遠啟發着中國人，要做成任何事業，除了知識之外，還需勇敢與堅韌。

【二七二】

我從小喜讀《西遊記》，讀高中一年級（十五歲）時，就從《西遊記》中領悟到三個人生要義：一、取經之路也就是求索真理之路，沒有捷徑可走。唐僧師徒走了千山萬水才抵達靈山。二、取經之路絕不平坦，除了坎坷曲折之外，還有妖魔鬼怪的重重阻攔。三、人生之路再多艱難險阻，只要有個高尚目標，就可以勝利地走到終點。

【二七三】

萬里取經路上，沒有功名，沒有功利，而且充滿危險，充滿艱辛，充滿牛鬼蛇神，但還是有唐僧一類「傻子」走上這條路，而且一直走到底。這便是人類之所以不會滅亡的原因。

【二七四】

英雄的功夫煉到最後應煉出一種傻勁，即不知計較、一味向前的傻勁。孫悟空身上就有此種傻勁。莊子所講的「混沌」，就是這種傻勁。孫悟空不是傻子，他極度聰明，但不知得失，手中心中皆無算盤。

【二七五】

梁啟超在百年前就說，沒有新小說，就沒有新國民。可是他心目中的新小說只有西方名著，沒有中國經典。其實，要造就新國民，依據《紅樓夢》與《西遊記》也可以，那就是要締造孫悟空的勇敢，賈寶玉的善良，唐三藏的慈悲，林黛玉的智慧等。

【二七六】

青年時代，應當師法前期孫悟空，敢打敢拼，天不怕，地不怕，玉皇龍王閻王全不看在眼裏。中年時代，應當師法後期孫悟空，不怕千辛萬苦，不怕妖魔鬼怪，一心只求真理。晚年時代，則可師法成佛後的孫悟空，他成佛之後不僅沒有我相人相，而且沒有佛相，只求去緊箍咒而得大自在。

【二七七】

出國之後，我在第二人生中又重讀《西遊記》，此次更是感悟到幾個人生真諦。一、悟到想要贏得高強本領，一定要「破我執」與「破法執」，孫悟空的千變萬化均來自衝破我相和諸法諸相。二、尋找光明，必得明白：光明不在外界也不在靈山中，而在自己身上。光明與自由都是自身的覺悟。三、千經萬經，心靈才是真經。心正、心淨、心覺、心明，才是上上等佛。

【二七八】

人間到處有高山流水，也到處有妖魔鬼怪。人生路途中到處有生活，也到處有陷阱。明知有妖魔，明知有陷阱，還是要不屈不撓往前走。走前無須任何成功的保票，走後不求任何世俗的獎賞。這就是唐僧師徒一行留給後人的根本啟示。

【二七九】

人們只知道「經濟蕭條」的大現象，卻往往看不到「思想蕭條」的大現象。整個明代，文字獄猖獗，東廠橫行，科舉教條日盛。此時此代，吳承恩著《西遊記》，給中國人提供一種大思路，這就是反抗專制秩序的思路，化干戈為玉帛的思路，心向慈悲的思路。

【二八〇】

幾千年來，多少帝王將相，多少天才能人，揚言要重整山河，改造世界，然而，中國還是中國，世界還是世界，專制還是專制。那麼，唐僧師徒取了經書之後，中國與世界是不是就能完全改變呢？可以肯定，中國有了經書之後，阿Q還是阿Q，未莊還是未莊，皇上還是皇上，百姓還是百姓，老闆還是老闆，奴隸還是奴隸。

【二八一】

佛教倡導破我執和破法執。破法執，應是破一切法執，那麼，這包括破佛法嗎？倘若要徹底，當然也需破佛法。《西遊記》的結尾寫了儘管佛法無邊，但佛也具有人性弱點（公開索取禮物），不可迷信。吳承恩寫佛，又超越佛，這才了不起。

【二八二】

中國家長們都教育孩子要「聽話」，要當「乖孩子」。而《西遊記》一反習慣性思維，偏偏寫了一個頂天立地又不聽話的大英雄，既不聽龍王的話，也不聽玉皇的話，只順從內心的絕對命令。其實，沒有一個人才天才是「乖孩子」，但一定是獨立不移的好孩子。即不是逆來順受的奴才之子，而是敢於挑戰的熱血赤子。

【二八三】

破了「我執」，孫悟空才能七十二變，才能接受觀音與唐僧。孫悟空如果因為本領超群而執於「皇帝輪流坐，明年到我家」的妄念，就會蛻化為野心家、統治者，而成不了「鬥戰勝佛」。

【二八四】

穿越火焰山固然很難，而穿越女兒國更難。女兒國國王真心愛上唐僧，她美麗而多情。穿越火焰山，必須具有智力，方能戰勝鐵扇公主，穿越女兒國則靠心力。能見絕色女子而不動心，能遇榮華富貴而有力量放下，這不是武力、智力可以做到的。它需要心靈的定力、毅力和信仰力。唐僧正是依靠自身的心力，戰勝了誘惑，走完了自己的取經之路。

【二八五】

唐僧在未出發之前，就可在長安講經論典，其學問可謂「滿腹經綸」。而孫悟空由石頭而變，不知詩書。豬八戒、沙和尚、白龍馬等，更是目不識丁的文盲。然而，文化程度雖然不同，卻可以為同一偉大目標走在一起共同奮鬥。人既是生而平等，也可生而並肩比翼，不論知識差異。

【二八六】

孫悟空、豬八戒、沙和尚、白龍馬均作了一次最重要的選擇，即選擇拜唐僧為師，伴隨唐僧走上艱難之路。這一選擇，意味着他們走向善，走向光明，走向意義。選擇決定本質，他們的選擇決定了他們乃是光榮、正確的生命。

【二八七】

生命的質量由眼睛的視野所決定。孫悟空擁有「金睛火眼」，說明他擁有他者所無的特別視野。這是天地視野，宇宙視野，而不是家國視野，民族視野，群體視野。孫悟空護衛師傅，不僅用他的千鈞棒，還用他的大視野。

【二八八】

《紅樓夢》是我的文學聖經，《西遊記》則是我的人生聖經。我的第一人生，與孫悟空相似，喜歡向權威挑戰，喜歡質疑現存秩序，既不在乎地上龍王，也不在乎天上玉皇。第二人生又酷似這位孫行者，一路大戰妖魔，特別是內心鬼怪，而且也接受「緊箍咒」，在爭取自由中，明白需要限定與責任。

【二八九】

我在《西遊記》中投下了愛。既愛孫悟空，也愛唐僧；既愛豬八戒，也愛沙僧與白龍馬。對於妖魔鬼怪，我也有大悲憫，所以支持給出路。我對《西遊記》的解說，不僅借助於理性，還借助於愛。

【二九〇】

誰有難就救援誰，何方有呼喚就到何方。這是唐僧師徒的慈悲原則。慈悲原則不分階級，不講地位，不論等級，一律給予慰藉和幫助。平民有求，他們總是見義勇為。國王有難，他們也加以拯救。這正是佛的立場，中道的立場。

【二九一】

文學的善，是絕對不欺騙讀者。從這個意義上説，真便是善。所以文學除了無須政治、道德法庭之外，也無須面具。作品中可以有面具，但那只是嘲諷、玩掌之物，絕非作者態度。作家不可戴上任何面具。孫悟空、豬八戒、沙和尚，雖長得醜，但不戴面具。「三國」中人，也可以説是「面具中人」。主角全戴面具。人類的面具愈來愈精緻。中國「高大全」英雄幾乎全戴面具。最不堪的是《三國》作者與當代英雄塑造者本身也戴面具並欣賞「面具中人」。

【二九二】

只知吃飽喝足，不知何為格調，何為品相，這就是豬八戒。只知佔有嫦娥，不知尊重嫦娥，這也是豬八戒。只有三流慾望，二流武功，卻企圖享受一流生活，這是八戒妄念。只見實利，不見精神，更無信念，這是八戒未能成佛的原因。豬八戒形象，不僅給人快樂，而且給人一面鏡子。

【二九三】

不癡，不貪，不嗔，這是沙僧。無欲、無邪、無私，這是沙和尚。他沒有孫悟空的巨大本領，但也沒有豬八戒的惡習陋習，是個平常人，平常徒，平常心。此種平實之徒，未被封佛，卻也是正果羅漢，值得敬重。在取經的團隊裏，有他，才有團結，才有和諧。平實並非平庸，平和也非平庸。

【二九四】

白龍馬，本是龍二代，龍公子，卻俯首甘為聖者牛，一心追隨求索真理的隊伍，參與建立精神大業，為人類立下不朽功勳。這是海馬，更是天馬。不慕龍宮中的榮華富貴，卻跟從唐僧去作萬里跋涉，這種白龍馬精神，更足以撼人心扉。這種自討苦吃、自求實現、自力更生的白龍馬精神，足以感天動地……

【二九五】

本領最高，眼睛最亮，責任最重，這是孫悟空。有心，有情，有勇，有識，這是孫行者。可是，這位《西遊記》主人公，最寶貴之處，則是他的心性：酷愛自由，蔑視權威，獨自挑戰專制秩序。酷愛真理，蔑視妖魔，與諸兄弟護衛唐僧到西天取經。耐心、耐苦、耐勞，還耐委屈、耐苦戰、耐折磨、不屈不撓。

【二九六】

心地最美，心性最善，心眼最真，這是唐僧。忠於信仰，忠於信念，忠於信徒，這是唐三藏。因為他呈現真、善、美，因為他集中大慈、大悲、大愛，所以贏得英雄愛戴，也贏得眾望所歸。他本身就是經，就是典，就是佛，就是禪。《西遊記》不僅給讀者提供了一個頂天立地的無敵英雄，還提供了一種感天動地的善良心性。

【二九七】

一心關懷民瘼，一心救苦救難，一心播種真理，這是觀音菩薩。滴水撲滅火焰，滴水澆滅仇恨，滴水復活萬物，這是觀音功能。信徒們塑造她的形象擁有千千手，吳承恩塑造她的形象只有一雙手。這雙手提小瓶清水的手，帶給人間無盡的生機與希望。她走到哪裏，就把福音福祉帶到哪裏。

【二九八】

中國的國民性問題，是居上層者，太多想當玉皇龍王，即太多玉皇夢與龍王夢，既可榮華富貴，又可號令天下，還有天兵天將與蝦兵蟹將保護。反之，又太少有人想當唐僧這樣的聖者志士，既清廉寡慾，又辛辛苦苦地歷盡坎坷追求真理。國民性問題，就下層而言，則太多豬八戒，即太多小聰明，太多自私自利自作聰明。而太少孫悟空即太少大聰明，那種勇於擔當、勇於挑戰專制權威、勇於求索自由與真理的大聰明。

【二九九】

中國人的心靈字典裏，沒有「高貴」二字。豬八戒的意識中，也沒有此二字。有吃有喝有漂亮女人就高興，但高興不等於高貴。當下許多高官權貴，也不知道這不是高貴。功名、財富、權力都不是高貴，唯有放下這一切而尋求真理與光明，真誠地為人類進步服務，自尊自立自明，那才是高貴。

【三〇〇】

兩部石頭記都寫「幻」，但《紅樓夢》寫的是仙幻，呈現的是警幻仙境與四大仙姑；而《西遊記》寫的是佛幻，呈現的是釋家靈山和諸多佛身。雖然都是「幻」，卻又非常「實」。前者是閨閣女子的本真形象，超越主體。後者是佛山諸神的世俗形象，現實主體。因此，兩部傑作可稱為「仙幻現實主義」和「佛幻現實主義」。但都有大浪漫、大妖魔，稱之為「魔幻現實主義」或「魔幻浪漫主義」也可以。

比馬爾科斯的《百年孤獨》還早出五百年。「主義」是概念，生命是真實。兩部經典的價值在於都寫出人性的真實和神性的真實。

【三〇二】

整部《西遊記》告訴我們，抵達靈山，並非抵達地圖上被稱作「靈山」的那個點，也不是會晤如來佛王的那個瞬間，而是抵達自由王國的巔峰，自由精神的至高點，也就是抵達「從心所欲而不逾矩」、思想飛揚而不需要「緊箍咒」的最高境界。萬里跋涉，千山尋找，最後找到的是心靈自由的真理，那是自身的光明與自身對自由的覺悟。

二零一六年五月初稿
二零一八年八月完稿
美國科羅拉多

後記

去年六月返美後，我便投入《雙典批判》的整理與寫作中。所謂「整理」，是因為早在二零零一年，我就在香港城市大學中國文化中心開設了講座《對〈水滸傳〉與〈三國演義〉的文化批判》，並形成了初步的講稿。至今，八年過去了。這八年中我還在台灣地區的中央大學和東海大學講過這個題目，也在許多短文中陸續發出質疑的聲音。但因投入「紅樓四書」的著述之中，只能把「批判」先放下。但是，談論體現於長篇小說中的形象性中國文化，只談《紅樓夢》還不夠，必須進入《水滸傳》與《三國演義》才完整。有原形文化的闡釋，又有對偽形文化的叩問，才有更清醒的認知。經過一年多的埋頭努力，此刻終於見到成型的書稿了，真是高興。

這一年多能有此新書的完成，首先要感謝北京三聯書店負責人李昕兄和朱競梅編輯的催促與推動，有朋友推動着，寫作就多一份力量。此外，我還要特別感謝三位友人。一是許治英，她把我在台灣的講座錄音，整理成三四萬字左右的文字，使我多了一個基礎，也讓我在爬格子時少費一些氣力。二是黃秋強，他是我在城市大學結識的好學生，真愛文學的年輕詩人。他知道我將在今年夏季（從五月到八月）進入寫作的最後階段，便買好機票和辦好簽證手續，想專程到美國為我打字。沒想到，意外的美國「豬流感」事件使他無法成行。但他還是利用整個假期，把我寄去的十幾萬字初稿一個字一個字地打下來。今年香港比往年還熱，他就在酷暑的煎熬中和他的朋友劉曉捷一起辨認我潦草的字跡，然後把全稿化作清晰的著作初型，讓我能夠在澄明的紙頁上再作潤色與修正。秋強給我這一幫助，是種關鍵性的力量。三是葉鴻基，他是我的表弟，現正在建設「再復迷」網站，繁忙之中幫我打出《雙典閱讀筆記一百則》初稿（全書的附論部份，約三萬字），也在南方的暑熱中經受一番煎熬。如果沒有上述三位親朋好友的支持，《雙典批判》恐怕還會繼續埋沒在錄音帶裏。

二零零九年九月一日
於美國落基山下

劉再復著作出版書表（整理：葉鴻基）

序	類別	書名	出版社	出版年份	備註
1	文學理論與批評	《性格組合論》	上海文藝出版社（上海）	一九八六	
2	文學理論與批評	《性格組合論》	新地出版社（台灣）	一九八八	
3	文學理論與批評	《性格組合論》	安徽文藝出版社（安徽）	一九九九	
4	文學理論與批評	《性格組合論》	中國人民大學出版社（北京）	二零零九	
5	文學理論與批評	《文學的反思》	人民文學出版社（北京）	一九八六	
6	文學理論與批評	《文學的反思》	福建教育出版社（福建）	二零一零	
7	文學理論與批評	《放逐諸神》	天地圖書有限公司（香港）	一九九四	
8	文學理論與批評	《放逐諸神》	風雲時代出版公司（台灣）	一九九五	
9	文學理論與批評	《罪與文學》	牛津大學出版社（香港）	二零零二	與林崗合著
10	文學理論與批評	《罪與文學》	中信出版社（北京）	二零一一	與林崗合著
11	中國古代文化與古代文學	《傳統與中國人》	三聯書店（北京）	一九八八	與林崗合著
12	中國古代文化與古代文學	《傳統與中國人》	三聯書店（香港）	一九八九	與林崗合著
13	中國古代文化與古代文學	《傳統與中國人》	人間出版社（台灣）	一九八八	與林崗合著
14	中國古代文化與古代文學	《傳統與中國人》	安徽文藝出版社（安徽）	一九九九	與林崗合著
15	中國古代文化與古代文學	《傳統與中國人》	牛津大學出版社（香港）	二零零二	與林崗合著
16	中國古代文化與古代文學	《傳統與中國人》	中信出版社（北京）	二零一零	與林崗合著
17	中國古代文化與古代文學	《論中國文化對人的設計》	湖南人民出版社（湖南）	一九八八	與林崗合著
18	中國古代文化與古代文學	《雙典批判》	三聯書店（北京）	二零一零	

19	中國古代文化與古代文學	《賈寶玉論》	三聯書店（北京）	二零一四	
20		《〈西遊記〉悟語 300 則》	中國藝文出版社（澳門）	二零一九	
21		《西遊記悟語》	湖南文藝出版社（湖南）	二零二零	
22		《紅樓夢悟讀系列》（六種）	三聯書店（上海）	二零二零	
23		《白先勇、劉再復紅樓夢對話錄》	中華書局（香港）	二零二零	與白先勇合著
24		紅樓四書　《紅樓夢悟》	三聯書店（香港）	二零零六	
25			三聯書店（北京）	二零零六	
26			三聯書店（香港）	二零零八	增訂版
27			三聯書店（北京）	二零零九	
28		《共悟紅樓》	三聯書店（香港）	二零零八	與劉劍梅合著
29			三聯書店（北京）	二零零九	
30		《紅樓人三十種解讀》	三聯書店（北京）	二零零九	
31			三聯書店（香港）	二零零九	
32		《紅樓哲學筆記》	三聯書店（北京）	二零零九	
33			三聯書店（香港）	二零零九	
34	中國現當代文學	《魯迅與自然科學》	科學出版社（北京）	一九七六	與金秋鵬、汪子春合著
35			爾雅出版社（台灣）	一九八零	
36		《魯迅美學思想論稿》	中國社會科學出版社（北京）	一九八一	
37			中國社會科學出版社（北京）	一九八一	
38		《魯迅傳》	人民日報出版社（北京）	二零一零	與林非合著
39			福建教育出版社（福建）	二零一零	

40	中國現當代文學		《論中國文學》	中國作家出版社（北京）	一九九八	
41			《論高行健狀態》	明報出版社（香港）	二零零零	
42			《書園思緒》	天地圖書有限公司（香港）	二零零二	楊春時 編
43			《高行健論》	聯經出版事業公司（台灣）	二零零四	
44			《現代文學諸子論》	牛津大學出版社（香港）	二零零四	
45			《李澤厚美學概論》	三聯書店（北京）	二零零九	
46	思想與思想史		《橫眉集》	天津人民出版社（天津）	一九七八	與楊志杰合著
47			《告別革命》	天地圖書有限公司（香港）（共印八版）	一九九五—二零一五	與李澤厚合著
48				麥田出版社（台灣）	一九九九	
49			《思想者十八題》	明報出版社（香港）	二零零七	劉劍梅 編
50				中信出版社（北京）	二零一零	
51			《共鑒「五四」》	三聯書店（香港）	二零零九	
52				福建教育出版社（福建）	二零一零	
53			《教育論語》	福建教育出版社（福建）	二零一二	
54	散文與散文詩	散文	《人論二十五種》	牛津大學出版社（香港）	一九九二	
55				中信出版社（北京）	二零一零	
56			《漂流手記》	天地圖書有限公司（香港）	一九九三	漂流手記（1）
57				風雲時代出版公司（台灣）	一九九五	
58			《遠遊歲月》	天地圖書有限公司（香港）	一九九四	漂流手記（2）
59			《西尋故鄉》	天地圖書有限公司（香港）	一九九七	漂流手記（3）

60	散文與散文詩	散文	《獨語天涯》	天地圖書有限公司（香港）	一九九九	漂流手記（4）
61				上海文藝出版社（上海）	二零零一	
62			《漫步高原》	天地圖書有限公司（香港）	二零零零	漂流手記（5）
63			《共悟人間》	天地圖書有限公司（香港）	二零零零	漂流手記（6）與劉劍梅合著
64				上海文藝出版社（上海）	二零零一	
65				九歌出版社（台灣）	二零零四	
66			《閱讀美國》	明報出版社（香港）	二零零二	漂流手記（7）
67				福建教育出版社（福建）	二零零九	
68			《滄桑百感》	天地圖書有限公司（香港）	二零零四	漂流手記（8）
69			《面壁沉思錄》	天地圖書有限公司（香港）	二零零四	漂流手記（9）
70			《大觀心得》	天地圖書有限公司（香港）	二零一零	漂流手記（10）
71			《隨心集》	三聯書店（北京）	二零一二	
72			《我的心靈史》	三聯書店（香港）	二零一九	
73			《我的思想史》	三聯書店（香港）	二零二零	
74			《我的錯誤史》	三聯書店（香港）	二零二零	
75		散文詩	《雨絲集》	上海文藝出版社（上海）	一九七九	
76			《深海的追尋》	湖南人民出版社（湖南）	一九八三	
77				新地出版社（台灣）	一九八八	
78				廣東旅遊出版社（廣東）	二零一三	

79	散文與散文詩 散文詩	《告別》	福建人民出版社（福建）	一九八三	
80		《太陽．土地．人》	百花文藝出版社（天津）	一九八四	
81			新地出版社（台灣）	一九八八	
82		《潔白的燈心草》	廣東旅遊出版社（廣東）	二零一三	
83			天地圖書有限公司（香港）	一九八五	
84		《人間．慈母．愛》	人民文學出版社（北京）	一九八八	
85			廣東旅遊出版社（廣東）	二零一三	
86		《尋找的悲歌》	天地圖書有限公司（香港）	一九八八	
87			廣東旅遊出版社（廣東）	二零一三	
88		《讀滄海》	安徽文藝出版社（安徽）	一九九九	
89			福建教育出版社（福建）	二零零九	
90	散文選本	《劉再復散文詩合集》	華夏出版社（北京）	一九八八	
91		《生命精神與文學道路》	風雲時代出版公司（台灣）	一九八九	陳曉林 編
92		《尋找與呼喚》	風雲時代出版公司（台灣）	一九八九	陳曉林 編
93		《劉再復精選集》	九歌出版社（台灣）	二零零二	
94		《我對命運這樣說》	三聯書店（香港）	二零零三	舒非 編
95		《漂泊傳》（海外散文選）	青年書局（新加坡）、明報月刊出版社（香港）聯合出版	二零零九	
96		《遠遊歲月——劉再復海外散文選》	花城出版社（廣東）	二零零九	
97		《師友紀事》（散文精編1）	三聯書店（北京）	二零一零	白燁、葉鴻基 編

98	散文選本	《人性諸相》（散文精編2）	三聯書店（北京）	二零一零	白燁、葉鴻基編
99		《讀海文存》	遼寧人民出版社（遼寧）	二零一二	
100		《歲月幾縷絲》	海天出版社（深圳）	二零一二	
101		《世界遊思》（散文精編3）	三聯書店（北京）	二零一二	白燁、葉鴻基編
102		《檻外評説》（散文精編4）	三聯書店（北京）	二零一二	白燁、葉鴻基編
103		《漂泊心緒》（散文精編5）	三聯書店（北京）	二零一二	白燁、葉鴻基編
104		《八方序跋》（散文精編6）	三聯書店（北京）	二零一三	白燁、葉鴻基編
105		《兩地書寫》（散文精編7）	三聯書店（北京）	二零一三	白燁、葉鴻基編
106		《天涯悟語》（散文精編8）	三聯書店（北京）	二零一三	白燁、葉鴻基編
107		《莫言了不起》	中和出版有限公司（香港）	二零一三	
108			東方出版社（北京）	二零一三	
109		《散文詩華》（散文精編9）	三聯書店（北京）	二零一三	白燁、葉鴻基編
110		《審美筆記》（散文精編10）	三聯書店（北京）	二零一三	白燁、葉鴻基編
111		《又讀滄海》	廣東旅遊出版社（廣東）	二零一三	
112		《天岸書寫》	廈門大學出版社（福建）	二零一四	
113		《四海行吟》	中華書局（香港）	二零一四	
114			中國人民大學出版社（北京）	二零一五	
115		《童心百説》	灕江出版社（廣西）	二零一四	
116		《吾師吾友》	三聯書店（香港）	二零一五	

117	《劉再復論文集》	天地圖書有限公司（香港）	一九八六	
118	《劉再復集》	黑龍江教育出版社（黑龍江）	一九八八	
119	《劉再復——二〇〇〇年文庫》	明報出版社（香港）	一九九九	
120	《劉再復文論精選》上、下	新地出版社（台灣）	二零一零	
121	《人文十三步》	中信出版社（北京）	二零一零	林崗 編
122	《走向人生深處》	中信出版社（北京）	二零一零	吳小攀 訪談
123	《魯迅論》	中信出版社（北京）	二零一零	劉劍梅 編
124	《文學十八題》	中信出版社（北京）	二零一一	沈志佳 編
125	《感悟中國，感悟我的人間》	人民日報出版社（北京）	二零一一	對話集
126	《回歸古典，回歸我的六經》	人民日報出版社（北京）	二零一一	講演集
127	《高行健引論》	大山文化（香港）	二零一一	
128	《甚麼是文學》	三聯書店（香港）	二零一五	
129	《文學常識二十二講》	東方出版社（北京）	二零一六	
130	《我的寫作史》	三聯書店（香港）	二零一七	
131	《甚麼是人生》	三聯書店（香港）	二零一七	
132	《怎樣讀文學》	三聯書店（香港）	二零一八	
133	《讀書十日談》	商務印書館（北京）	二零一八	
134	《文學慧悟十八點》	商務印書館（北京）	二零一八	
135	《劉再復片段寫作選集》（四種）	香港城市大學出版社（香港）	二零二零	

學術選本

編號	文集	部類	書名	出版社	年份	備註
136	劉再復文集	文學理論部	①《性格組合論》	天地圖書有限公司（香港）	二零二一	
137			②《罪與文學》	天地圖書有限公司（香港）	二零二一	與林崗合著
138			③《文學四十講》	天地圖書有限公司（香港）	二零二一	
139			④《文學主體論》	天地圖書有限公司（香港）	二零二一	
140		人文思想部	⑤《告別革命》	天地圖書有限公司（香港）	二零二一	與李澤厚合著
141			⑥《傳統與中國人》	天地圖書有限公司（香港）	二零二一	與林崗合著
142			⑦《教育論語》	天地圖書有限公司（香港）	二零二一	與劉劍梅合著
143			⑧《思想者十八題》	天地圖書有限公司（香港）	二零二一	
144			⑨《人論二十五種》	天地圖書有限公司（香港）	二零二一	
145		古典文學批評部	⑩《紅樓夢悟》	天地圖書有限公司（香港）	二零二二	與劉劍梅合著
146			⑪《紅樓人三十種解讀》	天地圖書有限公司（香港）	二零二二	
147			⑫《賈寶玉論》	天地圖書有限公司（香港）	二零二二	
148			⑬《雙典批判》	天地圖書有限公司（香港）	二零二二	
149		現當代文學批評部	⑭《高行健論》	天地圖書有限公司（香港）	二零二二	
150			⑮《魯迅論》	天地圖書有限公司（香港）	二零二二	

（不包括外文版）

劉再復簡介

一九四一年農曆九月初七生於福建省南安縣劉林鄉。一九六三年畢業於廈門大學中文系，被分配到中國科學院《新建設》編輯部。一九七八年轉入中國社會科學院文學研究所，先後擔任該所的助理研究員、研究員、所長。一九八九年移居美國，先後在美國芝加哥大學、科羅拉多大學，瑞典斯德哥爾摩大學，加拿大卑詩大學，香港城市大學、科技大學，台灣中央大學、東海大學等高等院校裏擔任客座教授、訪問學者和講座教授。現任香港科技大學人文學部客座教授。著作甚豐，已出版的中文論著和散文集有《讀滄海》、《性格組合論》等六十多部，一百三十多種（包括不同版本）。中文譯為英文出版的有《雙典批判》、《紅樓夢悟》。韓文出版的有《師友紀事》、《人性諸相》、《告別革命》、《傳統與中國人》、《面壁沉思錄》、《雙典批判》等七種。還有許多文章被譯為日、法、德、瑞典、意大利等國文字。由於劉再復的廣泛影響，冰心稱讚他是「我們八閩的一個才子」；錢鍾書稱讚他的文章「有目共賞」；金庸則宣稱與劉「志同道合」。

「劉再復文集」

① 《性格組合論》 劉再復
② 《罪與文學》 劉再復、林 崗
③ 《文學四十講》 劉再復
④ 《文學主體論》 劉再復
⑤ 《告別革命》 李澤厚、劉再復
⑥ 《傳統與中國人》 劉再復、林 崗
⑦ 《教育論語》 劉再復、劉劍梅

www.cosmosbooks.com.hk

書　　名　雙典批判──對《水滸傳》和《三國演義》的文化批判（「劉再復文集」⑬）
作　　者　劉再復
責任編輯　陳幹持
封面題字　屠新時
美術編輯　郭志民
出　　版　天地圖書有限公司
香港黃竹坑道46號
新興工業大廈11樓（總寫字樓）
電話：2528 3671　傳真：2865 2609
香港灣仔莊士敦道30號地庫（門市部）
電話：2865 0708　傳真：2861 1541
印　　刷　亨泰印刷有限公司
柴灣利眾街德景工業大廈10字樓
電話：2896 3687　傳真：2558 1902
發　　行　聯合新零售（香港）有限公司
香港新界荃灣德士古道220-248號荃灣工業中心16樓
電話：2150 2100　傳真：2407 3062
出版日期　2022年12月／初版

ISBN：978-988-8550-19-7